異常者

笹沢左保

祥伝社文庫

目次

第五の犠牲者

1

『影』が、そこにあった。

影の意味は一般に、三通りあるとされている。

第一に、光線が何かに遮《さえぎ》られてその裏側に黒く現われるもの。

第二に、水面や鏡などに映ったもの。

第三に『見る影もない』の影で、姿である。

ほかに、正体不明の人間を『影』と表現する。この場合は、そういう意味の『影』なのである。

その『影』は、小さな公園の植込みの中にいた。

『影』がそこに姿を現わしたのは、いまから四十五分前であった。『影』は公園の中へはいると、そのまま植込みの奥に身をひそめた。それっきり、植込みの中から出て来なかった。

小さな公園は、夕方までの喧噪《けんそう》が嘘《うそ》のようだった。日暮れとともに、ひとり取り残されたような公園に一変した。噴水があるような公園ではなく、樹木も芝生もすっかり荒らされていた。

子どもの遊び場になっているせいで、『芝生へはいらないで下さい』という立札も完全に無視されている。

樹木は枝にぶら下がり、皮をむしり取って、いいように痛めつけられていた。植込みは、子どもが駆け抜けたり隠れたりするので、葉がすぐに散ってしまい、若木は傾きかげんであった。

その子どもたちも、姿を消している。無人の小公園では、砂場やブランコがひっそりと眠っていた。公園の東側は幼稚園、北側が造園会社の庭石や石燈籠《いしどうろう》の置場、西側が私鉄電車の線路であった。

公園の南側だけを、道路が走っている。その道路の向こう側には、住宅が並んでいた。人々はテレビを見ているか眠りに落ちたかで、住宅街も平和な静寂《せいじゃく》の中にあった。犬の遠吠《とおぼ》えも聞こえない。

影は動かない。

手袋をはめている。その手に、スプレーを持っていた。影は文字通り、影になっている。

時間は、午後十時三十分であった。四月の末だというのに、肌寒い陽気である。もう少し気候が温暖になるか、夏になるかすれば、この公園にもアベックが立ち寄ることになる。

しかし、いまはまだ、そのアベックの姿もない。公園の前の道路は、住宅街のために作られたものだった。だから、幼稚園をすぎたところで、そのブロック塀にぶつかる。つまり、行きどまりになるのである。

通り抜けができないので、車がはいって来なかった。人通りもない。夜になると、散歩する人間もいなかった。つまり、昼は賑《にぎ》やかだが、夜は九時をすぎると人も車も、公園の前を通らなくなる。

公園自体は、真っ暗ではない。公園の四すみに水銀灯があって、地上を照らしている。暗いのは、植込みの奥だけだった。一定の間隔を置いて、電車が光の帯を見せながら通過する。

そのときだけ、静寂が破られる。しかし、すぐ静かになって、遠ざかるレールの響きが小さくなるまで聞こえる。静かになると、黒い空間が広く感じられる。星が見える。いかにも、郊外の夜空らしい。

ヒタヒタと音が聞こえた。サンダルをはいている足音である。

影が、初めて動いた。

影は公園の入口を、そっと覗《のぞ》くようにした。影が隠れている植込みは、公園のいちばん奥まったところにある。公園の入口は、斜《なな》め反対側にあった。影は期待する目で、その入口のあたりを凝視《ぎようし》した。

人影が現われた。

クサリに繋《つな》いだ犬を連れていた。

犬を連れた人影は、迷うことなく公園の中へはいって来た。人影は、女であった。赤いスカートをはき、白いブラウスにカーデガンを着ていた。白いソックスをはいた足に、ビニールのサンダルを突っかけている。

犬は小さな雑種である。まだ、成犬になっていない。主人に従順ではない。真直《まつす》ぐ歩かないし、主人の足にじゃれつこうとする。まだ犬として頼りないということが、一目でわかる。

「いやよ、ピーコ」

女が飛びつこうとする犬を、足で押しやった。ピーコとは、犬の名前らしい。メスなのに違いない。

女は公園の奥へ来た。特に美人ではないが、清潔感があって女っぽい。色白で、肉感的な感じがする。二十六、七だろうか。人妻という印象を与える。

影が更に、はっきり動いた。影はスプレーを、地面に置いたのである。代わりに、縄跳《なわと》びの縄を手にした。繊維索《せんいさく》を薄い水色のビニールで包んだロープで、その両端にはもちろん握りの部分がついている。

「さあ、ピーコ。早く、すませちゃってちょうだい」

すぐ近くで、女が言った。女は公園へ、犬に大便をさせに来たのである。犬は地面の匂《にお》いを嗅《か》いだあと、その場にしゃがみ込んだ。女はそれを、ぼんやり見おろしている。

影が初めて、植込みの中から出た。音を立てなかった。女までの距離は五メートルで、影は足音を忍ばせて歩いた。女は背中を向けていて、まったく気がつかなかった。影はロープを、左右へ伸ばした。

そのロープが、女の目の前を通過した。女の首にロープがかかったとき、影は素早くそれを絞るようにしていた。

「ひえっ」

声にならない声が、女の口から洩《も》れた。反射的に女は、両手でロープを摑《つか》もうとした。そのために女は、犬のクサリを手放していた。犬が振り返って、人間たちの争いを見上げていた。

影は、地面を蹴《け》りつけた。砂利《じゃり》が幾つか、犬のほうへ飛んだ。犬は驚いて、横っ飛びに逃げた。犬は公園の入口のほうへ、躍《おど》るような恰好《かっこう》で走り去った。ジャラジャラと引きずるクサリの音も、すぐに聞こえなくなった。

影はロープを、引っ張るようにした。逆《さか》らえば、首がしまる。女は引っ張られるがままに、後退を続けるほかはなかった。影がまず植込みの奥へはいり、続いて女も吸い込まれるように消えた。

植込みの奥には、かなりの幅があった。造園会社のコンクリート塀と植込みのあいだが、二メートル近くあるからだった。その辺の赤土は、掘り返したあとまた固めてある。子どもたちの仕業《しわざ》であった。

その地面にまず尻餅《しりもち》をつき、女は引き倒された。影は声も出さなかったし、ナイフなどもちらつかせなかった。つまり言葉や刃物で、威嚇《いかく》したり脅《おど》したりしないのである。ロープだけしか、使わないのだ。

女も黙っていた。首をしめられていては、何も言えなかった。それに恐怖のために、声も言葉も失っているのである。恐らく顔は蒼白《そうはく》だろうし、気が遠くなるような心地なのに違いない。

震えていることは確かだった。

影は左手で、ロープを握っていた。いつでも、女の首をしめることができるように、態勢を整えているのだ。いまの状態ではロープの一方を引っ張っただけで、女の首はしまるはずである。

影は右手で、女のブラウスを引っ張った。ボタンがちぎれて、ブラウスの前が開いた。女は苦痛を堪《こら》えるような顔になって、固く目をつぶった。夜目《よめ》にも白く、量感のある二つのふくらみがこぼれ出た。

「あ……」

初めて、女が声を発した。影の手が、スカートをまくり上げたからだった。影は容赦《ようしゃ》なく、パンティを引きおろした。

「やめて……」

絞り出すような声で、女が言った。女は顔を、のけぞらせている。恐ろしさと絶望感に、影の顔を見ることができないのだ。

影は女の脚を広げて、そのあいだに両膝《りょうひざ》を突いた。影は女の腰をかかえ込み、荒々しく引き寄せた。そのときから影はもう、ロープを手放していたのである。だが、女はそのことにすら、気づいていないようだった。

この機会にと、暴れたりもしなかった。無抵抗であった。判断力も失せていたし、恐怖感にすべてが麻痺《まひ》してしまっている。女は嗚咽《おえつ》していた。すくみ上がって、泣いているだけであった。

闇の中で、女の絶望的な声が聞こえた。影に貫かれた一瞬であり、そのあとはまた静かになった。

十分ぐらいが、すぎただろうか。女の苦悶《くもん》する声が短く聞こえて、その直後に植込みの中から影が出て来た。影はロープとスプレーを持ったまま、足音もなく公園の入口へ向かった。

影はすぐに、闇の中へ消えた。

植込みの奥には、女の絞殺死体があった。仰向《あおむ》けに、転がったままである。足許《あしもと》に、丸めたパンティが落ちていた。スカートの乱れも直してないので、下腹部まで剝《む》き出しになっている。

ブラウスの前が、大きく開いてあった。乳房から胃袋のあたりまでが、真っ赤に染まっていた。血ではなかった。わざわざ女の白い胸と腹に、スプレーで赤い塗料を吹き付けていったのである。五人目の犠牲者だった。

2

その頃、波多野丈二《はたのじょうじ》は新宿《しんじゆく》の歌舞伎町《かぶきちよう》にある『クラブ数利夢《すりむ》』の、奥まった席にいた。波多野丈二に、連れはいなかった。彼はクラブ数利夢に来るとき、いつもひとりだけと決まっていた。

『クラブ数利夢』は、特に高級であることを、売りものにしている店ではない。だが、ムードがいいことと、個性的な美人がホステスに多いということで評判だった。客ダネも悪くないし、上品な雰囲気である。

矢鱈《やたら》に客を詰め込むということをしないし、話の妨《さまた》げになるような音楽もなかった。

常連が多いので、何となく和《なご》やかであった。マスターもバーテンもボーイも、古い顔ばかりである。

波多野丈二も、この店の常連だった。いつもひとりなので、あまりいい客とは言えなかった。しかし、ママの好みに合っている常連のひとりということで、波多野丈二は大事にされている客であった。

波多野の席には、ホステスがひとりだけいた。今夜初めて見るホステスで、ママから新人だと紹介された。新入りのホステスは、口数が少ない。波多野丈二も黙って飲むほうである。

二人とも、黙っている。同席しているというより、波多野が何か注文をつけるのを待って、ホステスはただ付き添っているようなものだった。ホステスは所在なさそうに、ハンカチを弄《もてあそ》んでいた。

「まあまあ、どうしたの。二人とも、飾りものみたいに……」

ふと気がついて席に立ち寄ったママが、波多野にぴたりと寄り添ってすわった。

「うん」

波多野丈二は、ニコリともしなかった。もともと無口なほうだし、笑うことも少ない波多野であった。だが、今夜の彼はいつもより、更に暗い顔つきでいた。見た目には、男性的である。

色が浅黒くて彫《ほ》りの深い顔立ちであり、精悍《せいかん》な三十男を絵に描いたようだった。しかし、いかにも印象が暗くて、拗《す》ね者という感じさえする。長身で痩《や》せていることも、波多野を陽気なのんびり屋には見せなかった。

もっとも、そうしたところが母性愛をくすぐり、ほうってはおけないという気持にさせるのだと、大勢の女たちが言っている。三十七歳の男の孤独感が、滲《にじ》み出ているということらしい。

「でも、波多野さん。お酒の量だけは、凄《すご》いみたいだわ。ボトルの三分の二より、もっとあけているもの」

ウイスキーの瓶に目を近づけて、ママが言った。

「まるで、酔わないんだ」

波多野丈二は、コップの水割りを呷《あお》った。

「どうかなさったの」

「さあね」

「いつもより、憂鬱《ゆううつ》そうよ」

「もしかすると、例のことが原因かもしれない」

「例のことって……」

「今日は、四月二十八日だろう」

「ええ」

「命日だよ」

「ああ、そうか」

「多分、そのことが原因だ」

「でもねえ、波多野さん。今日で丁度《ちょうど》、二年になるわけでしょ。もう過去のことよ。二年前に亡くなった方のことを思い出して、悩んだところで仕方がないと思うの」

「わかっている」

「今夜限り、さっぱり忘れるってことで、気持よく酔っぱらったらどうかしら」

「そうできるものなら、そうしたいと思うね」

「できますとも。明日のことは考えずに、今夜は徹底的にお酔いなさい」

「明日は天皇誕生日で休みだから、二日酔いで一日中、寝ていても構わないんだけど……」

「だったらなおさらのこと、さあお飲みなさい、お酔いなさい。介抱役に、このサトミさんを付けておきますから、安心して酔っぱらいなさいね」

ママは濃い水割りを作って、波多野の前にコップを置いた。

波多野はその水割りを一気に飲み干した。

「その調子……」

波多野の肩を叩《たた》いて、ママは立ち上がった。サトミという新人のホステスが、ママを真《ま》似《ね》て濃い水割りを作った。波多野は早いピッチで、水割りを飲み続けた。酔いの回るのが、はっきりとわかった。

サトミというホステスは水割りを作り、波多野のタバコに火をつけるだけであった。相変わらず、口数が少なかった。サトミというホステスは、黒いブラウスに黒いスーツを着ていた。

席を立ったときに見たのだが、いいスタイルをしていた。大柄でも長身でもなく、小柄でも肥満気味でもない。肝心なところの肉づきはよく、細いほうがいい部分は華奢《きやしや》であった。均整がとれている。

容貌《ようぼう》も、個性的な美人だった。色が白くて、やや冷たいくらいに気品がある。チャーミングな美貌だが、波多野と同じように暗さが感じられる。だが、女の場合には、それが神秘的な翳《かげ》りとなっている。

やがて、波多野は酔っぱらった。和服を着たママの後ろ姿が、目にはいらなくなった。思考や記憶が乱れて、眠ったみたいに意識が薄れてゆく。間もなく、何が何だかわからなくなった。

ふと気がつくと、波多野丈二は車の中にいた。眠っていて、目を覚ましたのだ。まだ、酒は醒《さ》めていない。客もホステスも数人しか残っていないクラブ数利夢の店内、自分を抱き起こそうとしているママ、ホステスの肩を借りて乗り込んだエレベーターと、断片的に記憶が甦《よみがえ》った。

目の前に、運転手の背中がある。メーターが見えた。タクシーに、乗っているのだった。波多野は、上体を起こそうとした。彼は柔らかくて、温いものに寄りかかっていた。

波多野は、頭上へ目をやった。

そこには、女の顔があった。

サトミというホステスである。サトミは波多野と目が合うと、チラッと苦笑を浮かべた。フランス人の女みたいな顔をしていると、波多野は酔った頭で思った。そのサトミは、何も言わなかった。

どこへ向かっているのか、波多野は気にもかけずにいた。窓外《そうがい》には、夜更《よふ》けの街があった。

凶報

1

次第に、意識がはっきりして来た。酔ってはいるが、眠りから覚めたということになるのだろう。波多野丈二は、時計を目に近づけた。もう、二時をすぎている。クラブ数利夢で、一時間ほど寝込んでしまったのに違いない。

窓外の夜景に、見覚えがあった。玉川《たまがわ》通りである。どうやらタクシーは、波多野の住まいへ向かっているようだった。波多野丈二が世田谷《せたがや》区上野毛《かみのげ》二丁目のマンションに住んでいることは、クラブ数利夢のママが知っている。

そのママから言い付かって、サトミという新人のホステスが、波多野丈二をマンションへ送り届けることになったのだろう。そうした役目を簡単に引き受けたところを見ると、サトミというホステスには愛人も恋人もいないらしい。

東名高速と分かれたあとも玉川通りを南下して、田園都市線の二子玉川《ふたこたまがわ》園駅の手前で東に折れる。玉川二丁目を抜けると、すぐに上野毛二丁目であった。上野毛二丁目へはいったところで、左へカーブする。

「ここだ」

波多野丈二が、急に元気になって、勢いよく上体を起こした。

タクシーが、急停車した。住宅街の入口で、右側に四階建ての白い建物があった。あたりはすでに、深い眠りの中にある。特に住宅地の厚い闇に点在する街燈《がいとう》が、夜更けの感じを強めていた。

波多野は料金を払って、タクシーを降りた。そのあとに、サトミというホステスが続いた。二人とも無言であった。波多野はサトミに、タクシーを降りるようにすすめなかったし、またさよならを言ったりもしなかった。

サトミのほうも、それが当然というように、波多野と一緒にタクシーを降りたのである。それがサトミ自身の意志なのか、ママから部屋まで送るように言われて来たためなのか、波多野にはわからなかった。

タクシーが、走り去った。路上に人影もなく、車の往来も見られなかった。この時間ではタクシーも簡単にはつかまらない場所だということが、サトミにもよくわかったはずである。

それを承知の上で、サトミはタクシーを降りてしまったのだ。あるいは、サトミもこの近くに住んでいるのかもしれない。そうでなければ、彼女は波多野の部屋に泊まる気でいるのである。

右側の白い建物は、夜目にも瀟洒《しょうしゃ》なマンションであった。左右に一階から四階までの部屋があり、中央部が階段になっている。最近では高層建築でなくて、部屋数も少ないのが、高級マンションとして多くなりつつあった。

そうした意味では、このマンションも贅沢《ぜいたく》で高級だった。八つの部屋があるだけで、一室のスペースがかなり広いということになる。地階が、住人専用の駐車場になっている。白い外観も、悪くなかった。

中央の部分に、金文字で『ホワイト・マンション』とある。その下を潜《くぐ》って、波多野とサトミは階段をのぼった。波多野はまだサトミの肩を借りないと、階段をのぼる足許が危なかった。

長身の波多野を持ち上げるようにして、サトミはかなり苦しそうに階段をのぼって行く。腕に触れる彼女の髪の毛を、波多野は上から見て綺麗《きれい》だと思った。黙々と彼を助けているところなども、ひどく女っぽい。

三階の左側のドアの前で立ちどまり、波多野は鍵を取り出した。ドアをあけて電気をつけてから、二人はもつれ合うように室内へのめり込んだ。2DKだが、全体的には広い部屋であった。

居間、書斎、応接間を兼ねた部屋がメインになっていて、二十畳ほどの広さである。もう一部屋は六畳の寝室だった。奥にダイニング・キッチンと、浴室、トイレが並んでいる。

上着を脱いだだけで、波多野はソファに倒れ込んだ。サトミがテーブルの上にバッグを置くと、さっさと奥のほうへ歩いて行った。まずはダイニング・キッチンの様子を、見に行ったのだろう。

「お水にしますか」

サトミが、ようやく口をきいた。

「いや、ビールのほうがいいね。冷蔵庫の中にある」

波多野は答えた。眠気が覚めたし、もっと飲みたいという気分になっていたのだ。

間もなく、サトミが戻って来た。彼女はテーブルの上に、ビールの瓶と二つのコップを置いた。自分も、飲むつもりなのだ。波多野は何となく、嬉《うれ》しくなっていた。酔っているときは、魅力的な女にそばにいてもらいたいものである。

「お仕事、弁護士さんなんですってね」

向かい合いの椅子《いす》にすわって、サトミは書斎に使われている一隅の専門書の山へ、目を走らせた。その一隅だけが、書類と記録簿と法律書で、乱雑を極めている。

「ようやく一本立ちになって、法律事務所を持ったばかりだ」

波多野は、二つのコップにビールを注いだ。暗い目つきだった。

「若手弁護士ってところね」

「民事専門だから、あまり颯爽《さっそう》と登場ってことはないけどね」

「でも、お金にはなるんでしょ」

「さあね」

「だって、かなり優雅な生活をなさっているみたいだわ」

「それは、独身でいるからだろう」

「結婚は……」

「する気はないね」

「いや、結婚の経験はある。もちろん、一度だけだ」

「一度も……」

「離婚したんですか」

「その前に、死んだよ」

「その前にって、離婚する予定だったのが、その直前に亡くなられたって意味かしら」

「そうだ」

「病気で……」

「いや……」

「事故ですか」

「自殺だよ」

波多野丈二は、コップを手にした。

その波多野をチラッと見やって、サトミは悪いことを聞いたというように目を伏せた。彼女も黙って、ビールに口をつけた。部屋の中が、急に静かになった。普通の波多野は口が重くて、静寂の中で沈黙していることにも馴《な》れていた。

だが、法廷に立ったときと酔った場合に限り、波多野は人が変わったように多弁になる。特に酔っぱらったときは、静寂や沈黙が苦痛にさえ感じられる。寂しさが寒気のように、襲って来るからであった。

「もう二十九日になってしまったから、昨日ってことになるんでしょうけど、つまり自殺なさった奥さまの……」

「命日ってわけさ」

「そうだったの」

「四月二十八日が自殺した女房の命日、そんなことはわかりきっている。それに、ママにも言われたけど、もう過去のことだ。いつまでも忘れずにいたって意味はないし、おれも特に思い出したりするわけじゃない」

「でも、心の中に何かが残っている。だから、酔おうとしても、なかなか酔えなかったんでしょ」

「結果的には、酔ったじゃないか。もう命日もすぎたことだし、いまは楽しくて仕方がないんだ」

「無理しなくても、いいのよ」

「いや、本当にもう、過去のことは忘れている」

「それ、真実かしら」

「もちろんさ」

「じゃあ、試してみようかな」

「試す……」

「時間の上では、もう二十九日だわ。でも、朝にならなければ、まだ二十八日の延長よ。つまり、まだ奥さまの命日だってことになるでしょ」

「だから、どうだというんだ」

「その奥さまの命日に、ほかの女を抱けるかどうか試してみましょうかって、言っているの」

「ほかの女って、きみのことか」

「そう。わたしをここに、泊めて下さるかしら」

サトミはじっと、波多野の顔を見つめていた。もの怖《お》じしない目であり、笑ってもいなかった。もちろん冗談とは、受け取れない。暗い眼差《まなざ》しだが熱っぽく、彼女の表情には真《しん》摯《し》なものが感じられた。

「大歓迎だね」

波多野は冷ややかに、サトミを見返した。

「じゃあ、いいのね。今日は祭日だし、お店もお休みで、わたしには何の予定もないの。夜まで、お邪魔するわ」

「是非、そうしてくれ。こんな時間にきみを帰して、例の残虐魔に殺されたりしたら、大変なことになるしね」

「ではまず、お風呂を沸かすことにしましょうか」

サトミは相変わらず、ニコリともしないで立ち上がった。

「きみ、本名を教えてくれないか」

サトミの背中に、波多野は声をかけた。

「川本多美子《かわもとたみこ》よ」

振り返ってサトミは、初めて恥じらうような笑いを浮かべた。

2

波多野丈二は、『残虐魔』という言葉を用いた。しかし、これは彼が勝手に作った言葉でも、考えついた呼び名でもなかった。マスコミの造語であって、新聞も週刊誌もテレビも、この『残虐魔』という通称を使っているのである。

不特定多数の人間を対象に、動機もなく毒物を仕掛ける。あるいは、毎週同じ日に放火して歩く。爆破予告の電話をかけて、飛行機や新幹線を停める。こうした犯罪者に対して、『愉快犯』というマスコミ造語がある。

『残虐魔』というのも、それとまったく同じであった。この一カ月間に、『残虐魔』は一種の流行語にさえなっていた。三月三十一日、四月十日、四月十六日、四月二十六日とすでに四件の連続殺人事件が発生している。

いずれも同一犯人の犯行と断定され、連続殺人事件ということになったのである。被害者はすべて女で、全裸あるいは半裸で絞殺されるという共通点があった。もちろん性的犯罪で暴行未遂とか、異物挿入とかの跡が見られた。

普通、こうした事件の場合、犯人に対して『殺人鬼』とか『通り魔』、あるいは『異常犯罪者』『暴行魔』といったレッテルが貼られるものである。ところが、この一連の犯人の場合は、いささか違って来るのだった。

屋内に侵入しての犯行もあるし、必ず殺害するのだから、『通り魔』や『暴行魔』とは違うのであった。『殺人鬼』とするには、性的な面が強すぎる。『異常犯罪者』では、何となくものたりない。

その結果、『残虐魔』なるマスコミ造語が、生まれたのだろう。殺すこと自体、残虐な行為ということになるが、その前に被害者に屈辱的な苦痛を強《し》いている点が、より残虐だったのである。

両手両足を、ベッドに縛《しば》りつけられている。

タオルで、目隠しをされている。

口の中に、パンティを押し込まれている。

顔に赤いペンキを、吹き付けられている。

乳房と下腹部に、赤いペンキを吹き付けられている。

被害者たちはいずれも、そうした姿で絞殺されているのだった。現場の状況にしても、かなりひどいことをしているようである。身につけていたワンピース、ブラジャーなどを、ハサミでずたずたに切り刻む。

ネグリジェは、引き裂かれている。異物挿入には木の枝、ヘア・ブラシの柄、口紅、メガネのケースなど、現場にある被害者のものや、その場で拾ったものを手あたり次第に用いている。

殺害方法が絞殺であること、刃物で傷つけていないことを除けば、あらゆる点で残虐なやり方であった。そのことがまた大きな反響と話題を呼び、マスコミも『残虐魔』という造語を広める結果となったのだ。

警視庁の合同捜査本部では連日、必死の捜査を続けているが、手がかりは未《いま》だにゼロだという。相手はいつどこで犯行を重ねるかわからないし、その点では最も厄介な性犯罪の『通り魔』なのであった。

報道が派手であり、この『残虐魔』を知らない者はいないはずだった。だが、最近はそういうことに影響されて、外出を差し控えたり夜道を恐れたりする人間は、あまりいないようである。

自分だけは大丈夫だという楽観主義と、襲われたときはそれで仕方がないという開き直りが、現代人気質となっているのだろう。だから、話題にはするけど、ただそれだけという女が多かった。

「残虐魔に、襲われるわよ」

「わたしを襲うなんて、残虐魔ってそんなにもの好きかしら」

「地震と同じだわ。そうなったときは、諦《あきら》めるわよ」

こんなふうに言葉として、口にするだけなのである。

いまの波多野にしても、そうなのであった。夜中にサトミを帰したりして、もし残虐魔に襲われたらと、本気で考えているわけではなかった。ただ『残虐魔』という言葉を、口にするのにいいタイミングだっただけなのだ。

流行語というのは、そうしたものなのである。常に口にしながら、実感が伴っていない。すぐに残虐魔のことを引き合いに出すが、その実態は自分と無関係だと決め込んでいる。波多野も、そのひとりであった。

ビールを飲むのをやめたときは、すでに四時をすぎていた。波多野が先に風呂へはいり、寝室のベッドでサトミこと川本多美子を待つ恰好になった。川本多美子の風呂は長く、波多野はベッドで睡魔と戦わなければならなかった。

川本多美子が寝室へはいって来たのは、午前六時に近い頃であった。カーテンをあければ、もう窓の外は明るくなっているはずだった。川本多美子は裸身に、バス・タオルを巻きつけているだけである。

ベッドは、ダブルの幅であった。川本多美子も、ベッドに身を横たえた。二人とも十分に手足を伸ばしているが、互いに触れ合うことがなかった。二人は揃《そろ》って、天井へ目をやっていた。

小一時間がすぎた。波多野は、サイド・テーブルの上に視線を移した。そこにはスタンドと時計、それに電話が置いてあった。波多野が目で確かめたのは、そのうちの時計だったのだ。

「間もなく、七時でしょう」

天井を見上げたままで、川本多美子が言った。

「うん」

波多野は思いきって、多美子の上にのしかかるような姿勢をとった。川本多美子は、波多野の目を見ていた。波多野は多美子の魅惑的な容姿に圧倒されながら、ぶつけるように唇を押しつけた。

とたんに、電話が鳴り出した。ひどく驚いて弾《はじ》かれたように身体《からだ》を起こすと、波多野は送受器に手を伸ばした。間違い電話だろうと思いながら、彼は送受器を耳に宛《あて》がった。

だが、間違いなどというものではなく、それは凶報を伝える早朝の電話だったのである。

「妹が昨夜、残虐魔に殺された」

電話の途中で、波多野が言葉をこぼした。

「そんな……！」

川本多美子が、波多野の膝に縋《すが》った。

刑事登場

1

波多野丈二の妹は初江《はつえ》という名前で、二十六歳であった。二人だけの兄妹で、両親のいないいま、波多野にとってはたったひとりの肉親だったわけである。二年前に結婚して大《おお》坪《つぼ》姓を名乗っていた。

子どもは、まだいなかった。初江はピーコという雑種の小型犬を飼っていて、それを子ども代わりに可愛《かわい》がっていた。夫はサラリーマンで、二日前から大阪へ出張していて留守だった。

「今度の出張は、五日間なんですってよ。退屈だし、寂しいわ」

昨日の午前中に、波多野の法律事務所へ電話をかけて来て、初江はそんなことを言っていた。

「二、三日中に、寄ってやろうか」

波多野は、冷やかし半分に笑った。初江としては珍しく、素直に寂しがっていると、思ったからである。だが、その日の夜になって、初江は死んでしまった。それも例の残虐魔に、暴行され殺されたのであった。

人間は死ぬ前に、親しい相手と会ったり話したりするという。まさか、そうしたムシの知らせみたいなものがあって、兄のところへ電話をかけて来たわけではないだろう。しかし、やはり因縁めいたものを、感じないではいられなかった。

何時間か前に、波多野は『残虐魔』のことを口にしている。川本多美子に、残虐魔に襲われては大変だと、言ったのである。そのために妹の初江が、残虐魔に殺されたわけではなかった。

時間的にも初江が殺されたほうが先であり、そのあとになって、波多野は残虐魔という言葉を口にしているのである。だが、残虐魔のことを無責任に口にしたりするものではないと、波多野は悔《く》いていたのだった。

それにしても、選《よ》りに選って自分の妹が、残虐魔に殺されるとは、思ってもみなかったことである。まったく無関係だと思っていた残虐魔に、自分の妹が殺されたということが、波多野にはまずショックだったのだ。

妹の初江は、練馬《ねりま》区の南大泉《みなみおおいずみ》町に住んでいた。都下の保谷《ほうや》市へ三百メートルと離れていないところで、すぐ近くを西武池袋《せいぶいけぶくろ》線の線路が走っている住宅地であった。夫婦二人きりで住んでいる小さな家だが、新しくて一戸建てだった。

昨夜、初江はピーコを連れて、すぐ近くの小さな公園へ行った。夜になってピーコをその公園へ連れて行くのは、初江の日課の一つになっていた。そして初江は、その公園の植込みの蔭《かげ》で、暴行された上に殺されたのである。

いまから一時間ほど前に、早朝の散歩を楽しんでいた老人が、初江の死体を見つけたのだという。

信じられなかった。

電話を切ってから波多野は、浮かない顔つきで何度も首をひねった。その波多野の肩を川本多美子が、背筋を伸ばすようにしてそっと抱いた。子どもを慰《なぐさ》める母親のように、やさしい抱き方であった。

「昨夜の何時に……」

川本多美子は、波多野の背中を撫《な》でさすった。

「死亡推定時間は、昨夜の十一時頃ということだ」

波多野も、多美子の背中へ手を回した。肌の滑《なめ》らかな感触と、火照《ほて》るような体温が心地よかった。

「じゃあ、お店で飲んでいた頃ね」

「まったく、人の運命なんてわからない。兄がクラブで飲んでいる時間に、妹は気がふれそうな恐怖感を味わった挙句《あげく》に殺されているんだ」

「お気の毒に……」

「おまけに二年前、女房が自殺したのとまったく同じ日に、妹が殺されたってことになる」

「命日が、重なってしまったのね」

「まったく、不思議だよ」

「でも、どうして残虐魔の犯行だって、わかったのかしら」

「赤い塗料だ。死体の乳房から腹にかけて、スプレーの赤い塗料が、吹き付けてあったそうだよ」

「まあ……」

「それに、異物挿入だ。妹の女の部分には、手近な植込みの葉っぱが何枚も押し込んであったらしい」

「恐ろしいわ」

「そして、絞殺だよ。凶器もこれまでのように、ビニールのロープみたいなものだってことさ」

「とにかく、これからすぐに練馬区のほうへ、行かなくちゃならないんでしょ」

「いや、これから迎えが来ることになっている」

「迎えが……」

「いま電話をくれた男が、ここに寄るんだそうだ」

「だって、いまの電話、警察からなんでしょ」

「個人的にも、親しい相手なのさ。警視庁の捜査一課にいて、残虐魔合同捜査本部の専従捜査員でもある」

「お友だちなのね」

「中学、高校と一緒でね。その頃からお互いに、親友同士のつもりでいた。年もおれと同じだし、独身だってところまでそっくりなんだよ」

「結婚の経験は……」

「その点も、おれと同じさ」

「結婚したことがあるのね」

「うん。但《ただ》し、彼の女房は、自殺したわけじゃない」

「離婚したの」

「そうだ。警部補になったばかりだけど、現場で頑張っている。執念の男、仕事の鬼だな」

「わたしまだ、ここにいてもいいのかしら」

川本多美子は、波多野の髪の毛を撫でつけた。

「いてくれ」

波多野は、多美子を抱きしめた。バス・タオルがはずれて、波多野の目の前に形のいい胸のふくらみが出現した。波多野は衝動的に、乳房のピンク色の蕾《つぼみ》に口を寄せて、軽く吸っていた。

「駄目よ、いまは……」

多美子は、上半身を硬直させた。

「どうしてだ」

湯上がりの女の肌の匂いが、波多野にはひどく刺激的であった。

「迎えが来るんでしょ」

「あと三十分は、かかるだろう」

「それに、こんなことをしている場合じゃないわ」

「おれは、どうかしちゃったのかもしれないけど、こういう場合だからこそきみが欲しいんだ」

「気持はわかるけど、所詮《しょせん》はこんなことで自分を誤魔化《ごまか》せるわけがないでしょ」

「きみを抱くって、約束じゃないか」

波多野は本格的に蕾を舌で転がしながら、やや荒っぽく川本多美子を押し倒した。

「やめて……」

口ではそう言ったが、多美子はまったく逆らわなかった。彫像のように見事な多美子の裸身を眺めやってから、波多野はその湯上がりの匂いがする肌に唇を這《は》わせた。多美子は全身を弛緩《しかん》させせただけで、反応らしきものは示さなかった。

確かに多美子の言う通り、このようなことをしている場合ではなかった。無意味な行為ということにもなる。普通ならむしろ、人間がセックスというものを、忘れるときでもあった。

しかし、波多野は事実、強い欲望を覚えていたのである。セックスの快楽によって、一瞬でも現実を忘れたいというのではなかった。自分を誤魔化したり、逃避したりするためのセックスではないのだ。

妻の自殺した命日に、妹が犯され殺される。この衝撃的な事件が、波多野を異常に興奮させたのである。頭の中だけの興奮であり、肉体的な性欲には結びつかないはずであった。

徹夜をして仕事に打ち込んだ朝、男は強烈に女が欲しくなることがある。肉体的には疲れ果てているのに、異常に興奮していて女を求めるのだ。いまの波多野が、それと同じであった。

興奮を鎮《しず》め、神経を休めたい。女体という安息の場で、みずからを慰めてやりたい。そういうことのための欲望であって、セックスそのものが目的ではないのである。だから相手は、女らしくて美しければ、誰でもよかった。

川本多美子とは、昨夜、知り合ったばかりだった。美人で魅力的な女ではあるが、多美子の中身については何もわかっていない。彼女には好感を持てるという程度で、恋とか愛とかにはまるで無縁であった。

それでも、いいのである。川本多美子という女であるかないかは、別問題であった。そこに女の美貌と肉感的な裸身があれば、どこの誰だろうと構わなかったのだ。

同時に、女を抱いているような場合ではないというときに、いやらしいくらいにしつこく女を求めることで、波多野は自虐的な快感を得ていたのであった。とことん自分を、情《なさ》けない、駄目な男にしたかったのである。

それもまた、一睡もしなかった朝に、衝撃的な出来事を知らされたためであった。

2

しばらく放心状態にあって、ようやく波多野は起き上がった。間もなく、山城《やましろ》士郎《しろう》が来るはずである。それまでに出かける用意を、整えておかなければならなかった。着替えをしながら、彼はベッドの上の多美子を見やった。

多美子は背を向けて、動かずにいた。腰のあたりに、バス・タオルをかけているだけだった。カーテンをあけたので、部屋の中は明るくなっていた。朝の日射しの中で、多美子の裸身は輝くように白かった。

髪の毛が、シーツの上に散っている。肌には一点の傷もシミもなく、身体の曲線に崩れは見られなかった。見るからに瑞々《みずみず》しく、汚れを知らない乙女のように、清潔感を強調している裸身であった。

それは決して、見かけだけではなかった。多美子の身体は、未開拓であった。処女ではないが、彼女の肉体はまだあまり男を経験していなかったのだ。そのことは予想外であり、波多野も驚かずにはいられなかった。

多美子は、クラブ数利夢では新人である。だが、それ以前にも二、三のバーやクラブに勤めたことがあると、彼女は言っていた。年も二十四歳だという。それだけでも、男の経験は豊富のはずという先入観を持ってしまう。

その上、多美子のほうから、泊まってゆくと言い出したのだ。妻の命日に自分を抱けるかどうか試してみようなどと、大胆なことを提案したのであった。相当な遊び人だと、誰もが受け取るだろう。

多美子ほどの容姿の女がホステスでいて、男の誘惑が熾烈《しれつ》を極めないはずはなかった。結局はその誘惑に負けるか、好きな男ができるかということになる。だから多美子に、パトロンなり愛人なりがいて、当然なのである。

そのような幾つかの先入観が働いていたので、波多野は驚いたのであった。確実な反応を示す性感帯は、多美子の身体にはまだほとんどないと言ってよかった。極めてオーソドックスな部分を刺激されて、幼い歓《よろこ》びを示すだけであった。一つになるときには、むしろ苦痛を覚えたようだった。それは、多美子の演技ではなかった。彼女のその部分がまだ熟しきっていないことは、波多野の受ける感覚や感触でも、はっきりとわかったのだ。

処女ではないということが、何とか救いになっている、しかし、誰でもいいからという気持で、排泄《はいせつ》行為の相手にしていい彼女ではなかったと、波多野は責任と後悔を感じていたのである。

「わたし、ここで留守番しているわ」

不意に、多美子が言った。

波多野は、黙っていた。何か口にするのが恐ろしいような気がしたし、無言でいるほかはなかったのだ。チャイムが鳴っている。山城士郎が、来たのであった。

「あなたの帰りを、待っているわ。今夜もまだ、あなたはわたしを必要とすると思うのよ」

多美子は背を向けたままで、顔を見せようとはしなかった。

「じゃあ、頼むよ」

波多野は部屋の鍵を、多美子の背後に置いた。

「行ってらっしゃい」

多美子が、背中で言った。

波多野は、寝室を出た。とたんに、彼は異質の緊張感に捉《とら》えられていた。妹が殺されたという実感が湧《わ》き、心臓を強くしめつけられるような気持になった。波多野は、部屋のドアをあけた。

目の前に、精悍な男の顔があった。眼光が強くて、血色のいい顔をしている。目も鼻も口も大きく、何となく怖いという感じがする。やや肥満型の大男で、声も大きかった。とにかく笑ったことのない顔には、一種の威圧感がある。

「あんたの車は……」

山城警部補が、いきなり訊《き》いた。

「昨夜は、飲むつもりだったんでね。赤坂《あかさか》の事務所に置いて来ちゃったよ」

波多野は、部屋の外へ出た。

「だったら、よかった。タクシーを、待たせてあるんだ」

山城士郎は先に、階段を駆けおりた。

「事件に、間違いはないのか」

山城の大きな後ろ姿を見おろしながら、波多野はそのあとを追った。

「残念ながら、すべて事実だ。近所の人たちが、初江さんだってことを確認しているしね」

「亭主は、大阪へ出張中だ」

「それも、隣の家の人が知っていたので、すぐにわかった。出張先にも連絡ずみだから、午後には帰って来るだろう」

「昨日は、女房の命日だったんだ。それだけに、ショックだよ」

マンションを出たところで、波多野は山城警部補と肩を並べた。

「そうか。いずれにしても、気の毒だったな」

山城警部補は、波多野の顔をチラッと一瞥《いちべつ》した。ひとりは三年前に妻と離婚し、もうひとりは二年前に妻が自殺し、そのあと互いに独身でいる三十七歳の男二人であった。そして二人とも、朝の陽光が痛そうな寝不足の目をしていた。

「初江が、五人目だろう」

「捜査本部は何をしているって、言いたいのか」

「警察を責めたって、仕方がないさ。それより、おれは犯人を憎むよ」

「必ず逮捕する」

「明るい材料があるのか」

「こんなことを言っては申し訳ないんだが、初江さんが犠牲者となった今度の事件で、犯人は初めて手がかりを残していった」

「どんな手がかりだ」

「犯人の体液だよ。これで犯人の血液型だけは、はっきりするわけだ」

「それだけか」

「それだけだ。しかし、犯人が残していった唯一の手がかりで、それが有力で重大だってことには間違いないんだぜ」

山城警部補は、白くなるほど強く唇を噛《か》んでいた。執念に燃える仕事の鬼の顔であり、実はそうした山城士郎の一面が、彼の妻との離婚の原因になっていたのである。だが、山城は依然として、変わっていなかった。

波多野の場合も、同じことが言える。山城と共通する波多野の一種の完璧主義が、彼の妻を自殺へ追いやったのであった。

通夜の客

1

妹の初江の通夜と告別式は、一日ずつずれることになった。司法解剖のために、初江の遺体が運び去られたためであった。遺体がないのに、お通夜というのもおかしな話であった。

初江の遺体は、翌日の午後に返されるという。それで、初江の通夜は死後三日目にやることになったのである。告別式はその翌日だから、死後四日目ということになる。その変則的な日程が、いかにも悲劇の突発を物語っているようだった。

通夜には、大勢の者が大坪家を訪れた。そのほとんどが、夫の大坪の勤務先の男女と、近所に住む人々であった。あとは初江の短大時代の友人と、彼女が勤めていた頃の同僚である。

大坪の肉親と親戚も、大勢来ていた。だが、故人の肉親は波多野丈二だけであり、親戚の人間もほんの数人しかいなかった。祭壇だけは豪華なものを頼んであったし、山積みにされた花の中で初江の遺影が嬉しそうに笑っていた。

階下の二間をぶち抜いても、すわりきれなかったので、廊下にも座蒲団《ざぶとん》を並べることにした。ダイニング・キッチンにも近所の主婦たちが集まっていたし、階下はもう大入り満員であった。

酒やビールを飲んでも、一向に騒がしくならなかった。そこが病死したり、寿命でこの世を去ったりした故人の通夜と、まったく違うところだった。強姦《ごうかん》された上で殺された若い人妻の死については、何とも触れたくないのである。

野次馬《やじうま》根性を発揮したくなるような猟奇的事件だが、それだけに口に出すのを遠慮しなければならないのだ。好奇心を表に出してはならないと、誰もが自制している。そのためにうっかり口はきけないし、浮かない顔つきにもなる。

「まさか、あの残虐魔が練馬区まで、遠征して来るとは思いませんでした」

「練馬区は、初めてでしょう」

「恐ろしいですわねえ」

「問答無用ですからね」

「本当に、憎らしい。八《や》つ裂《ざ》きにしてやりたいわ」

「もちろん逮捕されれば、死刑ってことでしょうな」

「こういうやつがいるから、わたしは死刑廃止に反対なんですよ」

「同感です」

「人間と思うから、死刑廃止なんてことになるんです。しかし、人間らしく見えるケダモノに、すぎないんですからね」

「極刑にすべきですよ」

「死刑廃止論者だって、自分の妻や娘がこういう目に遭《あ》わされれば、とたんに考えが変わるでしょう」

「警察も、オテアゲらしいですね」

「何しろ、この広い東京のどこで、いつ残虐魔が犯行を重ねるか、予知できないんですからね」

「防ぎようがありませんよ」

「最初が世田谷区、次が大田《おおた》区、中野《なかの》区、台東《たいとう》区、そして練馬区でしょう」

「悪知恵の働く犯人なんですよ。遠く近くにあちこち飛んでいれば、犯人の住んでいる土地だって見当がつきませんからね」

「警察にしたって、何一つ判断がつかないでしょう」

こうして残虐魔のことを、話題にしている人々が多かった。それが、いちばん無難《ぶなん》だからである。あとは、ほとんどの人が耳に口を寄せて、言葉を交わしている。そうでなければ、顔を伏せて泣いていた。

話題にもなっていたが、犯人像と生活区域さえ摑めないことで、警察は頭をかかえているのだった。警視庁は最初の事件があった世田谷の成城《せいじょう》警察署に捜査本部を置いていたが、三件目が発生して連続暴行殺人と判断すると同時に、改めて中野警察署に合同捜査本部を設置した。

捜査員を大量投入する必要があって、犯罪が広範囲にわたった場合、また刑事活動だけでは収拾が難しいと思われたときに、この合同捜査本部が設置される。

残虐魔合同捜査本部には、警視庁捜査一課を中心に関係各署の刑事が編入された。ほかに警ら、防犯、少年、交通の各部署が加わっている。

合同捜査本部は、幕僚、指揮班、関係警察署の三つの系統に分けられる。指揮班は更に、六つの任務に分かれて仕事を受け持つことになる。

1　庶務・資料記録（捜査）
2　現場捜査（捜査）
3　張り込み・密行（捜査・防犯・外勤）
4　情報聞き込み（捜査・防犯・外勤）
5　家庭防犯（防犯・少年）
6　職務質問（警ら・交通・外勤）

関係警察署は管轄内での活動として、四つの任務を分担していた。

1　張り込み・密行（捜査・防犯・少年）
2　情報聞き込み（捜査・防犯・外勤）
3　家庭防犯（防犯・少年）
4　職務質問（交通・外勤）

これだけ大がかりな合同捜査本部が設けられると、配車、給食、宿泊、輸送などを受け持つ庶務班も楽ではなかった。しかも、次の犯行を未然に防ぐというのは、ほとんど不可能に近いのである。もちろん、リスト・アップされている変質者、性犯罪者は残らず調査ずみであった。
　あとは運がよくて、職務質問に引っかかるか、別の事件で逮捕された犯人が自供するかであった。襲われた被害者が犯人の人相と年齢を確かめるという未遂事件でもあれば、これ以上の幸運はないと言ってもいいだろう。
　これまでの五人の被害者は、すべて住んでいるところ、年齢、職業、生活環境が違っていた。ただ三十七歳以上の被害者は、ひとりもいなかった。性犯罪であれば、それは当然ということになるかもしれない。
　世田谷区　主婦　二十八歳。
　大田区　ＯＬ　二十五歳。
　中野区　主婦　三十六歳。
　台東区　無職　二十三歳。
　練馬区　主婦　二十六歳。
　このようになっている。犯行時間も、一致していない。白昼、家の中で殺されたのがひとり、夜になってから家の中で殺されたのが二人、夜の屋外で殺されたのが二人というのが、これまでの犯行時間と場所の分類であった。
　波多野丈二は、山城士郎から聞かされたそうした話を、ぼんやりと思い出していた。通夜の客は増える一方であり、線香を立てたあとの新しい涙とすすり泣く声に接しなければならなかった。

初江の夫の大坪は、この二日間に痛々しいほど憔悴《しょうすい》していた。波多野よりも、はるかに激しいショックを受けたようである。昨夜は声を上げて泣いていたし、その後も涙の乾く暇がなかった。

波多野は何気なく、祭壇の前に目をやった。二十前後の若者が、祭壇の前にすわっていた。線香を立てたあと、若者はじっと初江の遺影を見上げていた。ただそれだけのことなら、ほかの通夜の客と少しも変わらなかった。

だが、波多野は妙な現象に、気づいたのであった。若者の手が、ひどく震えているのである。全身の震えが手に表われているのか、あるいは手だけが震えているのかは、見定めることができなかった。

しかし、その若者の両手が、震えていることは明らかであった。初江の写真を見上げる目つきにしても、普通の人とはいささか違っている。形式的に拝むのであれば、そんなに暗い目で遺影をじっと見つめてはいない。

特に儀礼として通夜に顔を出した若い男たちは、照れ臭さもあって、祭壇の前にはほんの短いあいだしかすわっていなかった。心から初江の死を悼《いた》んで通夜に来た者は、ひたすら合掌《がっしょう》するか涙ぐむかであった。

若者は、そのどちらでもなかった。怒ったような顔つきであり、眼差しも熱っぽい。食い入るように初江の写真を見つめながら、涙を流すわけでもなかった。故人と特別な関係になければ、そうした態度を示すはずがない。

若者は、合掌した。合わせた両手が、震えている。長い合掌と瞑目《めいもく》であった。若者はやがて一礼して立ち上がると、通夜の客たちをかきわけて廊下のほうへ向かった。飲み食いせずに、引き揚げるつもりらしい。

「すみません」

波多野は、近くにいた隣家の主婦に、顔を近づけた。

「何でしょう」

隣家の主婦は、泣き腫《は》らした目で波多野を見やった。

「あの若い人は、どなたでしょうね」

波多野は、廊下へ出た若者の後ろ姿に目を走らせた。

「倉沢《くらさわ》さんですね」

波多野の視線を追った隣家の主婦が、即座にそう答えた。

「倉沢さんですか」

「ここの玄関を出て、六軒目のお向かいが倉沢さんです」

「この近所の人ですか」

「お父さんの代わりに、息子さんが見えたんでしょう」

「学生さんですかね」

「それがもう、浪人三年目なんですって。お父さんと二人暮らしで、主婦の仕事をすべてあの息子さんがやっているんだそうですけどね」

「母親は、亡くなったんですか」

「お母さんは、八年前に離婚して、それっきりらしいですよ」

「そうですか」

「お父さんは映画関係のお仕事をしているとかで、毎晩帰りが遅いらしいんです」

「いつも、ひとりってわけですね」

「何かあったんですか」

隣家の主婦が、祭壇のほうを振り返った。

「いや、何でもありません」

波多野は、慌《あわ》てて首を振った。この近所に住む若者のことで、滅多な口はきけなかった。人にはそれぞれ、事情とか癖とか性格とかというものがある。初江の遺影を暗い目で見つめていた、手の震えがとまらなかったと、そのくらいのことで騒ぎ立てるわけにはいかないのだ。

2

翌日は午後一時から告別式で、波多野は昨日に引き続き、大坪と並んで頭を下げることを繰り返さなければならなかった。合同捜査本部からも、十人ほど固まって焼香《しょうこう》に来ていた。

その中に、山城士郎の顔もあった。波多野は昨夜の倉沢という青年が、姿を現わすのを心待ちにしていた。告別式ではどのような態度を示し、またしても両手が震えるかどうかを、目で確かめたかったのである。

だが、若者はついに、姿を見せなかった。父親の名代として、通夜だけに顔を出したらしい。告別式には、父親が参列したのかもしれない。しかし、どれが倉沢という青年の父親なのか、波多野にはわからなかった。

「血液型は、ＡＢ型だった」

出棺のときに、山城警部補が近づいて来て、波多野にそう告げた。波多野は、頷《うなず》いただけだった。犯人の血液型がわかっても、どうしようもないという気持があったからである。

それより、倉沢という青年のことを、山城警部補の耳に入れておこうかと思った。だが、波多野はやはり、それを思い留《とど》まった。何もやっていない若者を傷つける、という結果になることを恐れたのであった。

火葬場へ行き、午後五時には南大泉町の家に帰って来た。初江は夫に抱かれた骨壺《こつつぼ》の中に納まって、わが家へ戻ったのである。大坪には肉親や親戚の者がついているし、近所の人たちもまだ出入りしていた。

心配はなさそうだし、波多野は一旦、上野毛二丁目のマンションへ引き揚げることにした。着替えを用意して来てないし、さすがに疲れたのである。それに、川本多美子のことも、気になっていたのだ。

川本多美子は一昨日《おととい》から、ホワイト・マンションの波多野の部屋に泊まり込んでいるのである。川本多美子は、三軒茶屋《さんげんぢゃや》にあるアパートに住んでいるらしい。今朝のうちに三軒茶屋のアパートからホワイト・マンションへ、スーツ・ケースいっぱいの着替えを運んだはずである。

波多野は昨日から、ホワイト・マンションへ帰っていない。しかし、川本多美子は昨夜もひとりで、ホワイト・マンションの波多野の部屋に泊まったらしい。多美子は一週間ほど、波多野と一緒に暮らすと言っている。

どういうつもりか知らないが、多美子という女には変わっているところがある。いずれにしても、この一週間は家政婦を頼む必要がなさそうであった。それに処女と変わらない多美子を抱いたことで、波多野には彼女の申し出を断われない弱みができたのだ。

マンションへ帰ると、多美子はまだ部屋にいた。Tシャツにジーパンをはき、頭にスカーフをかぶって多美子は窓のガラス拭きをやっていた。部屋の中が、磨かれたように綺麗になっている。

「店へ出勤する時間が、とっくにすぎているじゃないか」

ドアをあけたところに、波多野は突っ立ったままで言った。

「お休みするの」

塩の容器を持って、多美子が小走りに出て来た。

「ママが、休んでもいいって言ったのか」

自分の女房にしては若くて美しすぎると、多美子を見て波多野は思った。

「さっき、波多野先生の妹さんが大変なことになった、いま波多野先生のところでお手伝いをしているって、ママのところへ電話を入れたのよ」

波多野に塩を振りかけながら、多美子は照れ臭そうに笑った。

「そうしたら……」

「お店は休んでもいいから、先生のお役に立ちなさいって、ママのほうから言ってくれたの」

「要領がいいな」

「ゴールデン・ウイークが終わるまで、ずっとお休みしてもいいってわけよ」

「そうかい」

後ろ手にドアをしめて、波多野は靴をぬいだ。

「お食事、それともお飲みになるの」

歩き出して、多美子が背中で言った。

「飲みたいね」

「ねえ……」

多美子を追って、波多野は彼女の肩に腕を回した。

多美子は向き直って、波多野を見上げた。

「何だい」

「不安なんでしょ」

「不安とは……？」

「わたしのことがよ」

「どうしてきみのことが、不安になるというんだ」

「わたしがいったい、どういうつもりでいるのかって……。でも、心配なくね。わたしはあなたに、結婚してくれの、彼女にしてくれの、責任をとれのって、要求は一切しませんからね。絶対に、あなたの負担にはならないわ」

「それは、ありがたいことだ」

「ゴールデン・ウイークが終わったら、三軒茶屋のアパートへ引き揚げるしね。安心していて、大丈夫なのよ」

「きみが可愛い」

波多野は抱き寄せて、多美子と唇を重ねた。それならいったい何のために、多美子はここにいて波多野にサービスしてくれるのか。そう考えて、彼は改めて不安を感じ始めていた。

不安を感じたとたんに波多野は、通夜に来ていた倉沢という青年のことを思い出していた。

過去の傷

1

五月八日の日曜日まで、完全な飛び石連休であった。週休二日制の会社が多くなったから、人によっては必然的な連休にもなる。また、この際だからと休暇をとって、連休にしてしまう勤め人も少なくない。

飛び石が実質的には、ぶっ続けの連休になる。こうなると客商売の店も、休まざるを得なくなる。バーとかクラブとかは、その点で最もはっきりしている。少ない客から金をもらうより、ホステスに支払う給料を節約したほうが得である。

それで、ゴールデン・ウイークが終わるまでは休業、ということにしてしまう。クラブ数利夢も、そうしたのであった。その結果、川本多美子もゴールデン・ウイークが終わるまで、波多野丈二の部屋に住みつくということになったのだ。

波多野のほうも、同じようなことになった。法律事務所の女子事務員が、休暇をとってゴールデン・ウイークを全休にしたいと希望したのである。もちろん、その間には公判もないし、依頼人との打ち合わせや関係方面との折衝《せっしょう》の予定もなかった。

多分、新規の依頼人が、事務所を訪れることもないだろう。書類調べは、マンションにいてもできる。ゴールデン・ウイーク中は法律事務所を休みにしようと、波多野も世間に同調することにしたのだった。

一つには、川本多美子との短い同棲《どうせい》期間を楽しもう、という助平根性《すけべいこんじょう》もあってのことであった。すでに情熱というものを失っているはずの波多野が、なぜか多美子には強い執着を覚えたのである。

夫婦という雰囲気ではなかったが、多美子は主婦の仕事に専念した。食事、掃除、洗濯と、ひたむきな感じで働き続ける。お蔭で波多野は、依頼人全員の書類調べと検討に没頭することができた。

夜になれば、飲むムードであった。多美子は若い女らしい服に着替えて化粧をし、クラブのホステスに早変わりする。飲むほどに酔うほどに恋人同士の気分になり、やがて淫蕩《いんとう》な男と女の世界を作り上げる。

夜も遅くなって風呂にはいり、二人の語らいの場は寝室のベッドへ移る。波多野も多美子も、パジャマやネグリジェを着たことがなかった。ベッドの上で身につけているものは、常にバス・タオルだけであった。

飲みながら繰り返し唇を重ねているし、愛撫《あいぶ》を一種の遊びとして酒の肴《さかな》にしている。それに、風呂も一緒にはいるようになった。十分すぎるほどの前戯《ぜんぎ》によって、気分的に最高潮に達したところで二人はベッドに身を横たえるのである。

そこで男と女が何もしないというほうが、むしろ不自然であった。だが、波多野は待っていたとばかりに、多美子の裸身に触れるという気にはなれなかった。一旦は自制するし、躊躇《ちゆうちよ》せずにはいられないのだ。

処女と変わらないほど未開拓の身体とわかって、初めて多美子を抱いたあと、波多野は後悔と責任を感じた。それとまた同じことを繰り返すのに、抵抗感を覚えるのであった。男女の肉体関係は回を重ねれば、それだけ深間《ふかま》にはまることになる。

何らかの形で責任をとらざるを得なくなり、波多野に多美子が大きな負担になるかもしれない。抜きさしならぬ仲となって、波多野の今後に影響を及ぼすという恐れもある。波多野には、二度と結婚するつもりがない。

多美子は、負担になったり責任を押しつけたりはしないし、ゴールデン・ウイークが終わったら元の生活の軌道に戻ると言っている。しかし、多美子がその通りにする、という保証はないのである。

女は観念的な判断や、結論を下すことが多い。嘘をついているわけではなく、本気でそう思っているのだが、頭の中だけの判断はいつ変わるかわからない。多美子はまだ、性的に未熟なのだ。

肉体関係を繰り返しているうちに、女は身体を通じて男に情を持つようになる。肉体が開拓されれば、この世でただひとりの男というように感じ始める。頭だけではなく、子宮が実感として捉えるようになる。

そこで、女の最初の言葉は否定され、もう離れないというふうに一変する。女の男に対する要求が多くなり、いわゆる責任問題に発展する。男には女が、大きな負担になる。これが一般的な情事のパターン、というものであった。

そうなることを恐れて、波多野は自戒せずにいられないのである。

だが、そうなるべくプロセスを経て、多美子と一つベッドに身を横たえている。心身ともに、気分的な頂点に置かれている。しかも多美子の容姿は魅力の塊《かたま》りであり、男の欲望を強烈に刺激する。

すでに一度、抱いている多美子である。その多美子が抱かれるつもりで、目の前に裸身を投げ出している。むしろ何もしないでいれば彼女を侮辱《ぶじょく》することになるのではないかと、波多野は自分に弁解する。

彼の自制も自戒も、すぐに崩れ始める。たった一度の人生ではないか、先のことは考えまい、明日には死ぬかもしれない、いまを大切にすべきだと、波多野は躊躇と迷いを払いのける。

未開拓のままにしておいたほうが無難だと思いながらも、波多野は時間をかけて技巧的な愛撫を多美子のすべての性感帯にほどこす。未開拓の女体に性感を植えつけ、最高の陶酔感を教え込みたい、という男の本能的な征服欲であった。

多美子は丹念な前戯に対しては、次第にはっきりとした反応を示すようになった。息を荒々しく弾《はず》ませるし、声を洩らすことも多かった。腰や脚をふんばるように硬直させたり、身をよじったりした。

肌がしっとりと湿りがちになり、その部分も十分な潤《うる》みを内包するようになった。だが、波多野を受け入れてからの多美子は、依然として人形に近かった。苦痛を訴えなくなっただけだった。

こうした毎日が続き、波多野と多美子は一歩も外へ出なかった。初江の初七日である五月四日に、波多野が練馬の大坪家を訪れただけであった。あとは多美子が、近くの商店街へ買物に行く程度である。

五月八日になった。この日でゴールデン・ウイークは、終わることになる。明日から世間の歯車が一斉に回転を始めて、人々は勤勉な現実の生活へ戻るのである。波多野と多美子の短い同棲生活にも、終止符が打たれるのであった。

夜十時に波多野と多美子は、浴室を出て寝室へはいった。それぞれバス・タオルだけを身につけて、ベッドの上に投げ出された裸像となった。波多野は多美子を抱きかかえたままで、タバコに火をつけた。

「亡くなった奥さまのことを、訊いてもいいかしら」

波多野の腕の中で、多美子が不意に言った。

「うん」

波多野は、立ちのぼるタバコの煙を、目で追っていた。

「どうして、自殺したの」

多美子は指先で、波多野の乳首をつっ突いた。

「おれが、許さなかったからだ」

波多野は、表情を変えなかった。

「何を、許さなかったの」

「おれはその頃、目黒《めぐろ》に住んでいた。女房と、二人きりだった。ある晩、十一時すぎに家へ帰った。そこでおれは、後頭部を一撃されたようなショックを受けた。目を被《おお》いたくなるような光景を、見せつけられたんだ。それは、台所だった」

「台所……」

「女房は台所のテーブルの下に、身体を投げ出すようにして泣いていた。ネグリジェの裾《すそ》がまくれて、お尻までまる出しだった。少し離れたところに、パンティが投げ捨ててあった。勝手口のドアが、半分あいている」

「じゃあ……」

「これだけ言えば、何があったかわかるだろう」

「相手の男は、誰だったの」

「女房は見たこともない男だった、の一点張りでね」

「通り魔みたいなものなのね」

「しかも女房は、強姦はされていないと言い張った」

「未遂というわけなのね」

「激しく抵抗しながら大声で助けを求めたので、男は途中で諦めて逃げて行ったというんだ。おれが医者へ行けと幾らすすめても、女房は男にはその部分に触れられてもいないからって、首を振り続けた」

「だったら、問題はなかったんじゃないの」

「そうかな」

「だって、そうでしょ」

「女房の言うことが、真実であればね」

「え……?」

「おれは、女房の言葉を信じなかった」

「じゃあ、嘘をついている、作り話だって受け取ったのね」

「当然だろう」

「そんな……」

「疑問や矛盾が、多すぎると思わないか」

波多野は、指先に熱さを感じた。それくらい、タバコが短くなっていたのだ。だが、波多野はタバコを灰皿へ、投げ込もうとはしなかった。彼は、天井を見つめていた。無表情であっても、それは過去の傷に触れている男の顔だった。

2

通り魔が、家の中まではいり込んで来ることはない。この家には夫婦二人だけで住んでいて、今夜は夫の帰りが遅くなると、通り魔にそこまで確かめられるはずはない。しかも強盗ではなく、強姦だけを目的に侵入したということになるのだ。従って、男は波多野家の内情について詳しく、今夜はまだ夫が帰って来ていないということも承知していたわけである。

そうなると通り魔とか、たまたま波多野家に侵入した男とかではなく、近所に住んでいる顔見知りとしか考えられない。ところが妻のマチ子は、見たこともない男だったと言い張ったのである。

勝手口のドアには当然、鍵がかかっていた。夜も遅い時間だし、マチ子はネグリジェだけの姿だった。ドアをあける前に、誰であるかを確かめるだろう。見知らぬ男だから、声も初めて聞くことになる。

それなのになぜ、マチ子は簡単にドアをあけたのか。どうして夜遅く、見知らぬ男の目の前に、ネグリジェだけの姿を晒《さら》したのか。とても常識では、考えられないことであった。

それについてマチ子は、警察ですが悪い知らせがあって、という男の言葉を真に受けたと弁解した。夫の身に何かあったのではないかと思ったマチ子は、慌ててドアをあけたというわけである。

しかし、そうしたマチ子の弁解も、なるほどと信ずる気にはなれなかった。警官であれば、裏に回ったりはしない。玄関から訪れるし、まずインターホンのブザーを鳴らすだろう。それくらいの常識は、マチ子も弁《わきま》えているはずだった。

更に、強姦未遂に終わったというマチ子の主張にもまた、釈然としないものが感じられた。パンティも完全に剝《は》ぎ取られているし、マチ子は尻までまる出しであった。そこまで事を運んでおきながら、果たして欲望の鬼が目的遂行を断念するだろうか。

激しく抵抗し大声を張り上げて、男を退散させることができるのは、パンティを剝ぎ取られる以前の段階だろう。裸にされてしまってからでは、むしろ諦めるのは女のほうで、男は目的を遂げることしか考えない。

それに、男を拒《こば》みきれたのであれば、何も泣くことはないだろう。泣くほどのショックを受けるのは、十代の処女ということになる。三十をすぎている人妻なら、敵を追い払って一段と強気になっているのではないだろうか。

どう考えても、強姦されたとしか判断が下せない。それも相手は、知っている男なのである。だが、強姦されたことを、マチ子は夫に隠したいのだ。夫婦仲がまずくなるだろうし、ネグリジェ姿で夜遅く男を家の中に入れたということで、マチ子の立場が悪くなるからであった。

ところが夫が帰って来てしまって、その光景を確認された。もはや、何事もなかったふうに見せるには、手遅れであった。それでマチ子は、強姦もされなかったし、肝心な部分には手も触れられなかったということで、押し通そうと思いついたのに違いない。

そのためには、相手の男が誰であったかを知られてはならない。男のものを受け入れたことを、立証させてはならない。そこでマチ子は見も知らない男だったということにしたし、暴行されていないからと医者へ行くのを拒んだのではないか。

「結局は奥さまの言い分を信じようとしなかったのね」

多美子は深刻な面持《おもも》ちで、波多野の顔を見守った。

「信じたくても、信じられないことじゃないか」

波多野は、自嘲《じちょう》的に苦笑した。

「でも、奥さまの話だって、真実だったかもしれないでしょ」

「真実であることを、証明しようがないだろう」

「警察へは、届けなかったのね」

「相手が誰だかわからないのだからどうしようもないと、女房は警察に届け出ることもまた拒んだのさ」

「それで、夫婦仲は完全に破綻《はたん》を来たしたってことね」

「おれは、騙《だま》されていたくないと思った。それで、離婚を希望した」

「奥さまは……」

「離婚だけはしたくないって必死になって抵抗したけど、おれのほうも一切の妥協を拒否した。そして、話は協議離婚へと、まとまりかけたんだがね。二年前の四月二十八日、女房はビルの屋上から飛び降りて自殺した」

「遺書は……？」

「なかった」

「じゃあ、真実もわからずじまいのままで、終わったというわけね」

「そうだ」

「死ぬくらいなら、本当のことを言うはずよ。だから、奥さまの主張は、真実だったのかもしれない」

「真実を明らかにできないから、自殺したというふうにも考えられる。いずれにしても、後味が悪い」

「それで奥さまの命日には、何となく割りきれない気持に苦しめられるのね」

「そうかもしれない」

「三回忌の法要を、やればよかったのに……」

「自殺したんだからな。それに、女房が自殺したときにはもう事実上、夫婦ではなくなっていたんだ」

「でも、その奥さまの命日に今度は妹さんが、暴行され殺されたんでしょ。奥さまの恨みかもしれないわ」

「いやなことを、言わないでくれ」

「まあ、いいわ。もう、この話はやめましょう」

と、多美子はうっすらと目を閉じた。もちろん眠るわけではなく、波多野の愛撫を促《うなが》す意味もあったのだ。波多野は上体を起こすと、多美子の滑らかな肌に唇を這わせた。首筋、胸のふくらみ、脇腹、腰骨のあたり、内腿《うちもも》と波多野の唇は移動する。

この前奏曲に、多美子は溜《た》め息をつき、喘《あえ》ぎ始める。まったく同じ時間に、都下武蔵野《むさしの》市の市営運動場の一隅の闇の中で、喘いでいる女がいた。だが、こちらは同じ喘ぎでも、性的興奮によるものではなかった。

女はまだ若く、十八、九に見えた。女は恐怖の余り口もきけなかったし、大きく目を見はって苦しそうに喘いでいるのだった。

『影』の乱舞

1

都下ということになるが、位置的には二十三区と変わりなかった。武蔵野市は三鷹《みたか》市とともに、二十三区と都下の接点にある。武蔵野市は杉並《すぎなみ》区、練馬区、田無《たなし》市、保谷市、小《こ》金井《がねい》市、そして三鷹市と接している。

だが、東京の郊外であることに、間違いはなかった。武蔵野の面影《おもかげ》こそ薄れたが、ビルが林立するほど都会化はされていない。また新興のベッド・タウンと違って、土地柄と雰囲気に伝統的なものが感じられる。

まだ緑も空間も残っているし、文教地区とか郊外の住宅地とか呼ばれるのに相応《ふさわ》しい。吉祥寺《きちじようじ》という繁華街、盛《さか》り場《ば》はあっても、それは極《ご》く一部の地域だし、歓楽の場といった印象にはほど遠かった。

夜が更ければ、闇が濃くなる一帯も少なくはなかった。そこも、暗くて人気のない場所であった。夕方に雨が降ったせいか、人目をしのぶ男女の姿もなかった。空も地上も、広大な闇に閉ざされていた。

武蔵野市の緑町《みどりちよう》で、隣の吉祥寺北町とともに、市のいちばん北にある。この二つの町には市営住宅、都営住宅、公団団地などが多かった。成蹊《せいけい》学園グラウンド、市営グラウンド、市営運動場と、広い土地が点在している。

市営運動場の一隅に、若い女の姿があった。女は息を乱し、肩で喘いでいる。しかし、女は叫び声をあげたり、逃げ出したりはしなかった。恐怖に立ちすくみ、声も出なくなっているのである。

女は何も、手にしていなかった。ブラウスにスカート、そしてサンダルばきであった。つまり、この近くに住んでいて、普段着のまま市営運動場まで出向いて来たということになる。

では、なぜこうした時間に、ひとりで人気《ひとけ》のない運動場へ出て来たりしたのだろうか。若い女が目的もないのに、夜歩きをする時間でも場所でもなかった。女は犬に散歩をさせるために、出かけて来たわけでもないのである。

女の名前は、柏木良子《かしわぎよしこ》であった。年齢は十九歳、短大生だった。市営運動場から一キロほど離れた西久保《にしくぼ》町に、柏木良子の寄宿先がある。叔父の家であり、彼女はその寄宿先から短大に通っていたのだ。

家族は、ほかにいなかった。子どもがいない叔父夫婦は、柏木良子のことを実の娘のように可愛がっていた。柏木良子を養女にして婿《むこ》を迎えたいと、叔父夫婦は本気になって考えていたのである。

叔父は昨日から二泊の予定で、伊豆《いず》の温泉へ行っていた。叔父は洋服屋であり、業者の団体の寄合があって、伊豆の温泉地へ出かけたのであった。柏木良子は叔父の妻と、二人で留守番ということになった。

義理の叔母は朝から熱っぽく、夕食のあと我慢できなくなって横になった。柏木良子だけが風呂にはいり、一旦はネグリジェ姿になったのである。当然、柏木良子は寝るつもりでいたのだ。

「急に、綺麗になったみたいね」

叔父の妻が、夜具の中から柏木良子を見上げて言った。

「だって、年頃ですもの」

立ったままで、女性週刊誌をぺらぺらやりながら、柏木良子は舌を出した。

「いまどき、ボーイ・フレンドのいない女の子なんていやしないわよ」

「恋人、いるの」

「ボーイ・フレンドじゃなくて、本物の恋人よ」

「ボーイ・フレンドと本物の恋人って、どこで区別するのかしら」

「本物の恋人だったら、結婚を考えるだろうね」

「じゃあ、本物の恋人なんていないわ」

「結婚したいと思うような人、ひとりもいないの」

「早すぎるわよ。結婚なんて、まだピンと来ないもの」

「ボーイ・フレンドって、何人ぐらいいるのよ」

「二十人ぐらいかな」

「それ、真面目《まじめ》な話なのね」

「大真面目だわ」

「その人たちみんなと、キスしたってことになるの」

「いやだあ」

「良子ちゃん、キスの経験は……?」

「残念ながら、経験なしよ」

「それこそ、信じられないわ。大して意味もないキスなら、高校生のときに一度ぐらい経験しているでしょ」

「マスコミに毒されているわ。まだこの日本には、純情な乙女だっているんでございますからね」

他愛ないやりとりであった。二時間後には何が起こるか、予測できない人間にとっては当然のことだった。二人ともこのまま、いつに変わらない平和な明朝というものを迎えるだろうと、決め込んでいたのである。

「おやすみなさい」

そう言って、柏木良子は部屋を出て行った。義理の叔母は高熱のせいもあって、間もなく浅い眠りに落ちた。目を覚ましたのは、肩を揺すぶられたからである。目をあけると、ブラウスを着てスカートをはいた良子が、両膝を突いていた。

「どうかしたの」

義理の叔母は、驚いて上体を起こしていた。

「何でもないわ。無理に起こしちゃって、ごめんなさい」

柏木良子が、微笑した顔で言った。

「着替えたりして、どうしたのよ」

「眠れないの」

「だから……？」

「散歩してくるわ」

「だって、いま何時よ」

「十一時よ」

「そんな時間になってから、散歩なんておよしなさい」

「大丈夫よ」

「遠くまでは、駄目だからね」

「サンダルばきですもの。裏の鍵を持って行こうと思って、それで起こしちゃったんですけどね」

「裏の鍵なら、台所の棚にぶら下がっているでしょ」

「じゃあね」

「早く帰って来てよ」

「起きていてくれなくても、結構ですから……」

柏木良子は手を振って、再び奥の和室を出て行ったのである。

柏木良子は勝手口のドアに、外から鍵をかけている。その足で一キロほど北東にある市営運動場へ、柏木良子が向かっていることは間違いなかった。彼女はどこにも、寄り道をしていないのだ。

柏木良子の顔を知っている近所の住人がひとり、市営運動場より二百メートル南の路上で彼女を見かけていた。時間は十一時をすぎたばかりであり、柏木良子はたったひとりで北へ向かっていたという。

柏木良子はひとりで、市営運動場を目ざしていたということになる。連れはいなかった。従って、どこかで誰かと落ち合って、それから市営運動場へ向かったということにはならないのである。

市営運動場のその一隅は、樹木に囲まれていた。もともと緑が豊富な一帯で、公団の団地とか電気通信研究所の建物とかが、森の中にあるようだった。特に初夏の新緑が鮮やかだと、大きな公園にも見えるくらいであった。

桜の古木の根もとに、誰が持ち込んだのかコンクリート・ブロックが、幾つか転がっていた。夕方の雨に濡《ぬ》れた地面が、闇の中で光っている。深夜の静寂が、無人の世界だということを強調していた。

そこの近くまで来て、柏木良子はあたりを窺《うかが》うようにした。同時に彼女は、目を見はっていた。思いも寄らない人間の顔を、そこに見出《みいだ》したようだった。柏木良子はいきなり、妙なものを目の前につきつけられたのである。

それは、スプレーであった。

「何なの、それ……」

柏木良子がそう口走ったとき、スプレーが無気味な音を立てて中身を噴射した。

「はっ！」

柏木良子は息を呑み、そのまま口がきけなくなっていた。普通の水よりも冷たく、その液体には重みがあった。それが霧のように飛び散って、柏木良子の胸と腹一面に降りかかったのである。

柏木良子は、ブラウスに目をやって、更に全身を硬直させていた。白いブラウスを染めたものが、夜目にも赤い色とわかったからだった。反射的に柏木良子は、血——だと感じ取っていたのだ。

柏木良子は、口を動かそうとした。だが、唇は激しく震えているし、舌がもつれて口の中がまるで麻痺してしまっていた。喉《のど》は渇ききって、粘膜の部分がなくなったようにカサカサしている。

声も出ないし、口もきけない。しかも、足が動かない。それでいて、立っていられる状態にもなかった。膝の震えが次第に激しくなって、腰の安定を保てなくなりつつあった。

柏木良子は、泣き出しそうな顔になっていた。

哀願するように、十九歳の短大生は弱々しく首を振った。

2

五月九日、月曜日。

午前六時に、散歩で通りかかった近所の住民が、柏木良子の他殺死体を発見した。ブラウスが赤ペンキで汚されている、局部に小石の異物挿入が見られると、この二点から武蔵野警察署では残虐魔の犯行と断定して、警視庁に応援を求めた。

柏木良子は、絞殺されたのであった。凶器はこれまでと同じで、繊維索の跡がはっきりと残らないロープ、つまりビニールのようなもので包まれたヒモということになる。ペンキも、同色で同質のものだった。

もちろん、暴行されていた。そのあとで柏木良子を絞殺し、異物挿入という変態的な行為に及んだものと思われる。そして、この六人目の犠牲者は彫刻のように美しい身体の持主で、しかも処女だったのである。

山城士郎警部補が、波多野丈二の法律事務所に電話をかけて来たのは、五月十一日の正午であった。特別な用件もないのに、山城警部補のほうから電話をかけて来るのは、珍しいことであった。

「何かあったのか」

波多野は、大した期待もなく、そう訊いた。

山城警部補のほうも、機嫌のいい声ではなかった。

「血液型が一致した」

「AB型か」

「ただ、同型というだけじゃない。もっと細かいデータに基づいても、同一人の体液であることには間違いないんだ」

「すると柏木良子という短大生と妹を、暴行殺害したのは同じ男ってことになるんだろう」

「つまり、同じ残虐魔の犯行ってことなのさ」

「どうしてだ」

「今度の事件で、ついに残虐魔はシッポを出すと思ったんだがな」

「通りすがりの犯行とは、どうしても思えないからだよ」

「十九歳の娘がどうして夜遅く、目的もないのにあんなところへ出かけて行ったのか」

「しかも、被害者は処女だったんだろう。処女の本能として、もっと用心深くするはずだ」

「考えられることは一つだけ、被害者は犯人に呼び出されたんだ」

「電話でね」

「被害者は午後九時に風呂からあがって、ネグリジェに着替えている」

「それに雑談のあと、おやすみなさいって挨拶《あいさつ》をして、自分の部屋へ引き揚げているんだろう」

「そのあと義理の叔母というのが眠ってしまって、午後十一時頃になって不意に起こされている」

「義理の叔母さんってのは、何も知らずに眠っていたんだろう」

「そうだ」

「高熱のために、すぐ眠りに引き込まれた。そういうときは、電話が鳴ったって聞こえない」

「多分ね」

「その間に、男から電話がかかった。呼び出しの電話さ。それで柏木良子は出かける気になって、裏口の鍵がどこにあるかを尋ねるために義理の叔母さんを起こした」

「その通りだ。そうとしか、判断のしようもない」

「だったら何も、考え込むことはないだろう」

「そうかな」

「道は開けているじゃないか」

「処女が呼び出し電話一本だけで、夜の十一時に人気のないところへ、いそいそと出向いて行く。しかも男はちゃんと、彼女が身を寄せている親戚の電話番号を知っていた。そうなると彼女と犯人の間柄は、どういうことになるだろう」

「恋人同士じゃないのか」

「柏木良子には恋人も、恋人らしい男もいないんだ」

「断言できるのか」

「二日間における聞き込み捜査の成果だし、特に同じ短大の女子学生たちの情報は確実だよ」

「まあ、恋人だったら彼女を暴行して殺すなんてことを、する必要もないだろうけどね。じゃあ、ボーイ・フレンドというのは、どうなるんだ」

「当の柏木良子はいつも、ボーイ・フレンドの二十人や三十人はいるって豪語していたらしいけど、実はひとりもいなかったということだ」

「嘘をついていたのか」

「罪のない嘘だがね。つまりは一種の夢、願望の表われってやつだろう」

「そんなに、この柏木良子って娘は、モテなかったのかね」

「いまどき珍しい、若い娘であんなにモテないって例がほかにあるだろうかと、短大の友人たちが口を揃えて言っていたよ」

「すると、彼女を呼び出したって男は、いったい何者なんだろう」

「合同捜査本部では、たった一つの想定しか成り立たないという見方をしている」

「どんな見方だ」

「極めて最近に、その男と柏木良子は知り合ったという見方さ」

「極めて、最近に……」

「そうだとすれば、柏木良子に恋人がいるということや、その恋人の存在自体をまだ誰も知らなかったとしても不思議ではない。そして、残虐魔であるその男は最初から、柏木良子を次の犠牲者にするつもりで、彼女に接近したものと考えれば矛盾はない」

「いずれにしても、何とか捜査に目鼻をつけないと、七人目の犠牲者が出るってことになるぞ」

波多野は何も、悪い冗談を口にしたわけではない。また冷やかし半分に、思いつきを言葉にしたのでもない。彼としては心底から、これ以上の犠牲者を出してはならないと、思っていたのである。

すでに、残虐魔の血液型までわかっている。それだけに、生々しいものを感ずるのであった。その血液型の男に、女が犯される。それを波多野は、繰り返し妹の初江が犯されているというように、受け止めずにはいられないのである。

しかし、このときの波多野の言葉は、的確な予言になってしまったのだ。残虐魔がまたしても犯行を重ねて、立て続けに第七、第八の犠牲者が出たのであった。まさに、『影』の乱舞だった。

共通点

1

　波多野法律事務所は、赤坂四丁目にあった。六階建ての古くて細長いビルの三階にあって、青山《あおやま》通りを見おろすことになる。斜め向かいの豊川稲荷《とよかわいなり》と、同じ並びの赤坂警察署が恰好の目じるしになっている。

　三階の事務所は天井も低いし、頑丈な造りだが古いビルという雰囲気がしみついていた。窓が小さいせいか、薄暗かった。昼間でも、蛍光灯《けいこうとう》の光線が必要であった。資料棚に囲まれていて書類が床にも山積みになっている。

　その中に、波多野丈二と二人の女子事務員の席があった。二人の女子事務員のうち、ひとりは三十四歳で独身だった。法律事務所に十二年も勤務しているというベテランを、波多野が引き抜いて来たのである。

　民事訴訟に関しては、弁護士並みに詳しかった。法廷とはどういうものかを、知り尽くしている。訴訟のあらゆる手続き、テクニックというものを承知していた。波多野丈二にとっては、最高の助手であった。

もう一方の女子事務員はまだ若くて、経験にも乏《とぼ》しかった。彼女は記録係であり、あとは依頼人の接待役と電話番を引き受けている。何かと要求も多いが、それなりに働き者だった。

事務室のほかに、小さな応接間があった。白いカバーをかぶせたソファと、アーム・チェアが置いてある。依頼人が訪れる部屋であり、壁の額絵が不相応に立派だった。テレビも、据《す》えてある。

波多野はその応接間のソファにすわって、一昨日の夕刊をテーブルの上に広げた。山城警部補との電話を切ったあとで、急に三日前の事件について改めて知識を仕入れようという気になったのだ。

一通り、新聞の記事を読んでみた。柏木良子という十九歳の短大生が、武蔵野市の市営運動場で暴行殺害されたという事件が、簡潔に報じられていた。いまさら目新しい記事を、見出すことはできなかった。

むしろ、それ以上の詳しいことを波多野は、山城警部補から聞かされて知っている。柏木良子ほど若い娘のくせに、男にモテない女というのは珍しかった。そのせいか、柏木良子は処女だった。彼女を犯した残虐魔の血液型は、妹の初江の場合と同じくAB型である。

もう一度、新聞の記事に目を走らせた。やがて、波多野の目が動かなくなった。何度か繰り返して読んでいるのに、完全に見逃していた活字があったことに気づいたのである。被害者の名前に続いて年齢、そして――光琳《こうりん》女子短大二年生――とあるので、何となく目に触れにくかったのかもしれない。

光琳女子短大なら、よく知られている。短大のハシリとして伝統も古いし、金取り主義などと批判されながらも、設備が整っているということで有名だった。短大としては、名門とされている。

光琳とは蒔絵《まきえ》に金属や青貝などをはめ込んだもので、尾形《おがた》光琳が始めたという光琳蒔絵のことである。その光琳蒔絵のように女は美しく華やかで、知性があって神秘的でありたいというのが、光琳女子短大の教育モットーだと言われている。

しかし、波多野はそうした一般的な知識としてだけで、光琳女子短大のことに詳しいわけではない。波多野の身近に、光琳女子短大の卒業生が二人いたのである。それで光琳女子短大については、よく知っていたのである。

ひとりは自殺した妻のマチ子。

もうひとりは、妹の初江。

この二人が、光琳女子短大の卒業生だったのだ。生前のマチ子のことを、初江はよく先輩と呼んでいた。マチ子は初江より、七年ほど先輩なのである。初江の通夜や告別式のときに、光琳女子短大の同窓生たちが何人か来ていた。

マチ子の告別式のときにも、やはり光琳女子短大の同窓生たちが何人か参列していた。彼女たちは泣いてばかりいたし、マチ子の自殺の原因は夫にあると言いたげに、憎しみの目を波多野へ向けていた。

光琳女子短大——。

これが、被害者の共通点になっているのではないかと、波多野は思った。通り魔のような男の犯行なのに、被害者たちに一定した共通点などあろうはずはない。だが、もし犯人が無差別に女を襲っているのではないとしたら、被害者に一定の共通点があったとしても、不思議ではないのである。

ちょっとした思いつきではないかと、波多野は俄《にわ》かに意欲的になっていた。通り魔と変わらない無差別な犯行と決め込んでいれば、合同捜査本部もまだそのような見方をしていないのに違いない。

波多野は中野署の合同捜査本部に電話を入れて、山城警部補に連絡をとるよう女子事務員に命じた。合同捜査本部に山城はいなかったが、連絡はとれるという返事だった。一時間後に、山城警部補から電話があった。

話したいことがあると伝えると、山城はいま渋谷《しぶや》にいるので、すぐ赤坂の事務所へ向かうという。一刻も早く耳に入れたいという波多野の真剣な口調に、山城も事の重大性を嗅ぎ取ったらしい。

三十分後にやや肥満型の大男が、押し入るように事務所へはいって来た。相変わらず笑いのない顔で、山城警部補は応接間のソファに腰を落とした。ソファが潰《つぶ》れないかと思いたくなるほど、重量感を加えてのすわり方であった。

「何かあったのか」

ギョロリとした目を波多野に向けて、山城警部補は汗をかいた顔にハンカチを押し当てた。

「いや、ちょっと気がついたことがあるんだ」

波多野は、タバコをくわえた。

「どんなことだ」

山城警部補の精悍な顔が、見るからに不機嫌そうであった。

「合同捜査本部では残虐魔を、通り魔として見ているんだろう」

波多野は、タバコに火をつけた。

「どういう意味だ」

「つまり、計画性はゼロの犯行と、判断しているんだろうということさ」

「計画性……?」

「通りすがりの女性を誰だろうと、無差別に襲っている。そのように、見ているんじゃないのか」

「いや一応、目星をつけてからの犯行と、判断しているんだがね」

「そりゃまあ、そうだろうよ。妹の場合だって、犯人は前もって初江が犬を夜の公園へ連れて行くってことを知っていた。それに柏木良子という短大生の場合は、彼女を市営運動場へ連れ出しているんだからな」

「うん」

「目星をつけるといった程度ではなく、おれが言いたいのはそれ以上の計画性ってことなんだ」

「それ以上の計画性とは……？」

「犯して殺す相手には、より具体的な狙《ねら》いをつけている。無差別にセックス・アピールのある女に欲望を覚えるのではなくて、ちゃんと選ぶべき対象を選んでいるってことなんだよ」

「これまでの犠牲者のすべてが、そうだというのか」

「うん。従って被害者の全員には、一定した共通点があるってことになる」

「共通点ね」

「合同捜査本部では、被害者の共通点ってものに着目したことがあるのか」

「当然だ」

山城警部補は、事もなげに言った。

「あるのかい」

波多野は、失望を感じていた。合同捜査本部でもまだ気づいてはいないだろうと意気込んでいたのを、いともあっさりと否定されたからである。

「連続殺人事件の場合は、被害者の過去の経歴、対人関係、境遇などに共通点を見出そうとするのが捜査の常道だ」

面白くもないといった顔つきで、山城警部補は初歩的な捜査技術について説明した。

「それで、共通点は見つかったのか」

何となく弱気になって、波多野は声を小さくしていた。

「聞かせるから、メモをしろよ」

山城警部補は、黒い手帳を取り出した。

2

山城警部補は黒い手帳にある六人の被害者の名前、年齢、住所、出身地、学歴、職業などを読み上げた。波多野はそれを、紙に書き取った。その結果、次のような被害者一覧表ができあがった。

〈犯行日・三月三十一日〉

小川《おがわ》てる代《よ》　二十八歳。世田谷区の主婦。出身地・小田原《おだわら》市。学歴・高校卒。
〈犯行日・四月十日〉
山野辺《やまのべ》ミキ　二十五歳。大田区のＯＬ。出身地・札幌《さっぽろ》市。学歴・高校卒。
〈犯行日・四月十六日〉
細川佐知子《ほそかわさちこ》　三十六歳。中野区の主婦。出身地・東京。学歴・高校卒。
〈犯行日・四月二十六日〉
仲本真由美《なかもとまゆみ》　二十三歳。台東区の無職。出身地・東京。学歴・大学卒。
〈犯行日・四月二十八日〉
大坪初江　二十六歳。練馬区の主婦。出身地・東京。学歴・短大卒。
〈犯行日・五月八日〉
柏木良子　十九歳。都下武蔵野市の学生。出身地・福岡市。学歴・短大在学中。

波多野は被害者一覧表を改めて眺めやり、彼の気づいたことがまるで共通点になっていない事実を、確認させられたのである。六人の被害者のうち三人が高校卒、ひとりが大学卒、そして妹の初江が短大卒で、柏木良子が短大在学中ということになる。

「何か共通点があるってことに、気がついたのかね」

山城警部補が、胸高《むなだか》に腕を組んだ。そうすると山城の体格は、相手を圧倒するほどに立派に見える。

「いや、単なる思いつきだ。結果的には共通点にはならないってことが、はっきりしたわけさ」

照れ臭さに、波多野は苦笑を浮かべていた。

「しかし、何かおやっと思うようなことが、あったんじゃないのか。その単なる思いつきってやつを、聞かせてもらえないか」

「この仲本真由美は、大学卒になっているな」

「卒業したとたんに、殺されてしまったようなものだ。就職先も決まっていて、五月から講習を受けることになっていた」

「もちろん、短大じゃない」

「有名私大を、卒業している。短大ってことで、何かあるらしいな」

「もしかすると被害者の全員が、同じ短大を出ているんじゃないかって、おれは考えてみたんだ」

「だったら、とっくに捜査本部で、そのことに気づいているだろう」

「そういうことらしいな」

「しかし、何だってまた同じ短大を出ているんじゃないかって、考えてみたりしたんだね」

「柏木良子という被害者は、光琳女子短大に在学中だった」

「うん」

「きみは妹の初江の出身校を、記憶していないか」

「妹さんの出身校は、どこだったっけな。忘れちゃったよ」

「この一覧表にこうして、短大卒って書いてあるのにか」

「それは学歴が短大卒と言われたのを、そのままメモしただけなんでね」

「光琳女子短大だよ」

「ほう」

「それで被害者全員が、光琳女子短大を卒業しているってことにはならないだろうかと、考えてみたんだよ」

「なるほどね」

「しかし、光琳女子短大を卒業または在学中ってのは、妹とこの柏木良子の二人きりだった」

「二人だけじゃあ、共通点ってことにはならんな。偶然だろう」

「光琳女子短大の卒業生ってのは、かなり数も多いだろうしな。現にもうひとり、光琳女子短大の卒業生というのを、おれはよく知っているんだよ」

「誰だい」

「死んだ女房だ」

「そうそう、マチ子さんも光琳女子短大を出ていたんだっけな」

「彼女は広島県から上京して来て、光琳女子短大の寮にいたんだよ」

「光琳女子短大の寮ってのは、マンションまがいの豪勢さって一時、評判になったじゃないか」

「いまでも、豪勢な学生寮らしい。妹なんて東京の人間なのに、寮生活がしたいって騒いでいたからね」

「懐かしいな、むかしが……」

ふと山城警部補は、遠くを見やるような目つきになっていた。

「実は女房もまた光琳女子短大の卒業生だってことが、気になっていたんだよ」

波多野が言った。

「まさかマチ子さんも残虐魔の毒牙《どくが》にかかったのではないかなんて、想像しているわけじゃないんだろうな」

山城が冷ややかな目で、波多野を一瞥した。

「いや、そう考えてみたんだ」

波多野は、正直に答えた。

「よせよ。二年前に、残虐魔はいなかったんだぜ」

「かつての味を思い出した男が、二年後に連続暴行殺人の残虐魔となって、復活したのかもしれない」

「マチ子さんが暴行されたのかどうかも、はっきりしていない事件だろう」

「女房は、暴行されたのさ」

「当人が未遂だったと、言っているんじゃないか」

「いや、強姦されてしまったからこそ女房は、医者のところへも行きたがらなかったし、警察にも届けようとしなかった。また相手の男が誰であるかも、隠し通したんじゃないか」

「奥さんの言葉を、未だに信じてはいないんだな」

「強姦されたことを隠し通す苦しさに耐えきれなくなって、女房は自殺したんだ。そんなことは、わかりきっている」

「やめようじゃないか。互いに過去の女房を、傷つけるようなことは……」

山城警部補は憮然《ぶぜん》たる面持ちになると、大きな音を立てて冷めたお茶をすすった。山城にも、古い傷がある。波多野の妻が自殺する一年前に、山城は妻と離婚しているのだ。波多野が自殺した妻を責めれば、山城も離婚した妻のことを思い出さずにはいられない。

それが山城には、不愉快なことなのである。いまさら、妻を非難しても無意味であった。人間のいかなる行動も、正当化するための理屈づけができる。相手を責めるより、まずはいやな過去を忘れることだった。

山城の仕事に熱中する性格が、彼の妻を不倫な関係へと追いやったのだろう。妻は三つ年下の弟と、深い仲になってしまった。つまり山城は妻を、弟に寝取られたということになるのである。

山城は妻と離婚し、弟とも絶縁したのだった。二人はその後、結婚して大阪で生活しているという。だが、具体的な消息について山城は、まったく知らずにいる。二人ともも う、無縁の他人なのであった。

「光琳女子短大が、どうしても気になる」

やがて波多野が、未練げにそう言った。

悪夢の一夜

1

山下静香《やましたしずか》の家は、目黒区の柿《かき》の木坂《きざか》一丁目にある。

東横《とうよこ》線の都立大学駅から、歩いて五、六分ほどであった。邸宅とまではいかないが、一応の広さを確保している庭付きの家が多かった。いかにも中流家庭らしい雰囲気で、その一角には門構えの家が並んでいる。

山下静香の家も、そこにあった。古い住宅地で、どの家の庭にも樹木の茂みが見られた。高い塀などはなくて、フェンスとか低い石積みの上の生垣《いけがき》とかによって囲まれている。山下静香の家は、和洋折衷《わようせっちゅう》の二階家だった。

家族は、七人である。祖母と両親、それに子どもが四人であった。次女の静香がいちばん上で、弟が二人に妹がひとりいた。長女は二年前に結婚して、もう家にはいない。山下静香は、二十六歳であった。

父親は、商社に勤めている。十指のうちに数えられる大手の商社ではないが、将来の成長を見込まれている会社だった。課長のポストについている父親と同じ商社に、山下静香も勤務していた。

静香は華やかな顔がチャーミングで、なかなか魅力的であった。だが、お高い、お澄まし屋さんだと、周囲の若い連中の評判はあまりよくなかった。結婚するつもりで三年間も交際が続いていた恋人と、去年の夏に別れている。

恋人の母親と衝突したのが、別れる原因となったのだ。恋人の母親というのも、同じようにお高い女であった。気位と気位がぶつかり合って、喧嘩《けんか》になったのである。自信家の静香は、相手が誰だろうと負けてはいなかった。

それが原因で二年前から肉体関係が続いていた恋人に、静香のほうからあっさりと別れを告げたのである。それから三カ月後に、静香は見合いをしている。そして、結婚を承知したのであった。

恋人へのツラアテというより、静香はまるで心に傷を受けていないことを、家族や友人たちに示したかったのだろう。いずれにしても静香は、今年の十一月に結婚することになっているのだ。

弟妹たちは、午後十一時には自分たちの部屋へ引き揚げた。祖母は、とっくに寝てしまっている。父親も晩酌がすぎたのか、十一時前に寝室へ姿を消した。居間に残ったのは、静香と母親だけだった。

静香はテレビを見ながら、ワインを飲み始めた。このところ、静香はよくワインを飲むようになった。酔うまで飲む。そうすると、すぐに眠れるからであった。眠れずに悶々《もんもん》とする夜が、多くなったのだ。

「間もなく結婚するという娘が、困るじゃないの」

母親が、呆《あき》れ顔で言う。

「大丈夫よ。眠れるようになれば、いつでもやめられるお酒なんですもの」

ピンク色に染まった顔で、静香は嬉しそうに笑う。

「何が原因で、不眠症なんかになるのかしらねえ」

母親は、首をかしげる。

「わからないわ」

静香は一瞬、笑いのない顔になる。

なぜ眠れないのか、静香には見当がついているのだ。欲求不満なのである。眠れないときは決まって、火照るような身体のどこかにイライラしたものを感ずる。その上、いやでも別れた恋人とのセックスが、頭に浮かぶのであった。

二年間、常時セックスを経験したことで、静香はその深い感覚を知らされていた。二十六歳の女の肉体は、完全に熟《う》れている。ここ九カ月ほど、性行為が中断されたままになっていて、エクスタシーによる解放感を味わっていない。

生理的に、不満が蓄積されている。それが、不眠症の原因になっているのだ。眠りに落ちるまで、セックスを想像しながら自己嫌悪と戦い、悶《もだ》え続けなければならない。だが、アルコールの力を借りると、簡単に眠ることができるのである。

毎度のことだが、午前一時まで静香はワインを飲んでいた。母親ももう、寝室へ立ち去った。午前一時になると、再放送のテレビ映画が終わる。ワインも瓶の半分以上を、飲んでしまっている。

静香はテレビと電気を消して、居間を出た。台所へ向かう。勝手口のドアをあけ、サンダルをはいて外へ出る。勝手口のドアに外から鍵をかけて、静香は庭へ回ることになるのだった。

庭の一隅に樹木や灌木《かんぼく》に囲まれて、プレハブの建物がある。別棟の離れには違いないが、本建築の家ほど立派なものではない。高校生の息子の勉強部屋にと、一時流行した庭の簡易住宅であった。

庭園灯の明かりを頼りに、静香はドアの鍵をあけた。小さな踏み込みがあって、その奥に八畳の部屋があるだけだった。窓も壁も、天井から床までの華やかなカーテンによって、遮蔽《しゃへい》されている。

衣裳《いしょう》戸棚、テーブルと椅子、それにベッドだけが配置されている。結婚した姉が、自分の小遣《こづか》いで建てたプレハブの小住宅だった。結婚して姉がいなくなったあと、静香が寝るだけの部屋として使っていたのである。

静香は洋服を脱ぎ、パンティだけの姿になった。化粧を落とした顔を鏡に映してみたあと、彼女は白いネグリジェを着た。いい酔い心地だし、ベッドにはいったとたんに眠れそうだった。

入口のすぐ脇に、小さなトイレが付いている。静香はそのトイレに、はいろうとした。同時に、入口のドアがノックされたのである。手の届くところにドアがあったので、静香は反射的に鍵をはずしていた。

母親だろうと、静香は決め込んでいたのだ。母屋《おもや》からの連絡用のブザーが、故障したままになっている。そのためにいちばん困るのは、電話がかかった場合である。これまでに何度か、夜中の電話に叩《たた》き起こされた母親が、静香を呼びに来ているのだった。

「電話……？」

と、ドアをあけながら、静香は小さく舌打ちをしていた。静香は当然、目の前に母親の顔を見出す気でいたのだった。だが、静香が認めたのは、光る刃物であった。登山用のナイフである。

「きゃっ！」

悲鳴を上げて、静香は部屋の奥へ逃げた。静香は『影』が、後ろ手にドアをしめるのを見た。近づいて来る。静香は壁のカーテンに背中を押しつけて、顔に恐怖の表情を広げた。声が出ない。

距離が、縮まった。静香は横へ逃げたが、その拍子にベッドに尻餅をついていた。『影』は左手にナイフを移し、右手にはスプレーを持っていた。静香はベッドの上に、すわり込んでしまった。

「お願い、殺さないで……」

静香のかすれた声が、震えているのでよく聞きとれなかった。彼女は哀願する目つきになり、イヤイヤをするように力なく首を振った。もう、動けなくなっている。

その静香の顔へ、スプレーの中身が噴射された。静香の顔が、真っ赤に染まった。切り刻まれて血まみれになった顔と、まったく変わりなかった。

静香は、のけぞっていた。目、鼻、口の中へ、赤いペンキが流れ込んだのである。白いネグリジェが、音を立てて裂けた。『影』がナイフと手で、静香のネグリジェを引き裂いたのだった。

静香は、ベッドの上に転がった。目は見えないし、次は何をされるのかという恐怖感のために、抵抗する気力も失っていた。パンティを剝ぎ取られたあと、俯《うつぶ》せになるのが精々《せいぜい》であった。

だが次の瞬間、静香は下腹部に異物感を覚えて、身体を反転させていた。挿入される痛みと感覚から静香は一瞬、テーブルの上にあった彼女自身のサン・グラスを連想していた。

苦痛を訴えて声を発しようとした静香の口の中へ、丸めた彼女のパンティが押し込まれた。『影』の手が、胸のふくらみに触れた。『影』はしばらく感触を楽しむように触れていたが、そのあとスプレーの噴射によって静香の両方の乳房を真っ赤に彩《いろど》った。

静香は死にもの狂いになって、上体を起こしにかかった。すると『影』は慌てて、縄跳び用のビニールのロープを取り出した。『影』はロープを二重に、静香の首へ巻きつけた。

「やめて……！」

それが、山下静香の最後の絶叫となった。

「わっ！」

2

約二時間後——。

林田千枝子《はやしだちえこ》は、世田谷区下馬《しもうま》五丁目の足毛橋の近くで、タクシーを降りた。そこから一方通行の道を、百五十メートルほど歩かなければならなかった。

一方通行の道にはいれば、家の前でタクシーを降りることができる。だが、それにはかなり、遠回りをしなければならない。そういうことがあって、タクシーで帰って来たときは足毛橋の近くで降りる、というのが習慣になっていたのだ。

あとは一方通行の道を逆にはいって、家までの百五十メートルを歩くことになる。たとえ午前三時すぎという時間でも、林田千枝子の習慣に変わりはなかった。別に怖いとも恐ろしいとも、思わないのである。

長年、住み馴れている家の近所だし、一方通行の道の両側には住宅が軒を並べていた。それに、怖いもの知らずの若い女の気の強さ、というものがあった。午前三時すぎという時間も、気にとめてはいなかった。

タクシーが、走り去った。そのあとへ、一台の乗用車が来た。無意識のうちにそう感じ取っていたが、林田千枝子は気にもかけなかった。深夜だろうと、乗用車を見かけることは珍しくない。

林田千枝子は、二十一歳である。今年の春に、光琳女子短大を卒業した。一カ月後には、渡欧することになっていた。兄夫婦が、パリにいるのだ。

兄は新聞社のヨーロッパ総局の、駐在員としてパリに派遣されているのであった。兄には同僚と妹を、結婚させようという魂胆《こんたん》があるらしい。その同僚の青年とは日本で何度か会っているが、林田千枝子も悪い印象は受けていない。それで千枝子は、喜んでパリへ行く気になったのだ。

林田千枝子の父親は、外務省の高級公務員である。下馬五丁目の家にはほかに母親と姉、弟と妹、それに二人の同居人が住んでいる。同居人とは古くからお手伝い代わりをしている遠縁のおばさんと、その息子であった。

今夜、林田千枝子は文京区《ぶんきよう》にある光琳女子短大の学生寮へ遊びに行ったのだった。光琳女子短大の学生寮は贅沢《ぜいたく》なことで有名であり、一般には学生アパートというふうに呼ばれていた。

その学生アパートに、仲のいい後輩が入居していた。その後輩の部屋を、訪れたのである。パリへ行く前に会うチャンスがないかもしれないというので、別れを告げに行ったのであった。

後輩や同室者と話し込んでいるうちに、ほかの部屋からも知っている顔が集まって来た。五、六人も集まるともうパーティという雰囲気で、飲んだり食べたりしながらのお喋《しゃべ》り大会になった。

喋り疲れて帰る気になったときには、もう午前二時をすぎていた。林田千枝子は、驚いて家に電話を入れた。電話には母親が、眠そうな声で出た。行く先を言って出て来ているから、怒られることはなかった。

「寝ないで待っているんだから、早く帰って来てちょうだい」

母親が言った。

「みんなが、泊まってゆけってすすめてくれているのよ」

林田千枝子は一応、母親の意向を探ってみた。

「駄目ですよ」

「どうしてなの」

「わかっているでしょ。お父さんが外泊を、許してくれますか」

「パリへ行っているって、思ってくれればいいのにな」

「いけません。すぐ、帰っていらっしゃい」

「わかったわ」

「お母さんが起きているから、ブザーを鳴らしてね」

「はい」

素直に言うことを聞いた千枝子は、十五分後に学生アパートの前からタクシーに乗ったのである。

千枝子は、足早に歩いた。後ろから、誰かが追って来るような気がしたからだった。林田家の庭の樹木と、白っぽい塀が見えた。その手前に、広い空地《あきち》があった。古い家を取り壊した跡に、二階家を新築中である。

千枝子は、背後を振り返らなかった、近づいて来た足音が当然、千枝子を追い抜いて行くだろうと思っていたのだ。不意に足音が速くなって、人の気配が千枝子の真後ろへ迫った。

そう感じたときは、もう遅かったのである。千枝子は革手袋をはめた手で、口を塞《ふさ》がれていた。背後から抱きすくめられた千枝子は、首に腕を引っかけられた恰好で持って行かれた。

道路から空地の中へ、千枝子は強引に運び込まれた。引きずられる千枝子には、抵抗することができなかった。男の腕が喉に食い込むし、口が塞がれているので、とにかく息苦しかったのだ。

建築資材が山積みになっているその蔭へ、『影』は千枝子を引っ張り込んだ。建築資材と、棟上《むねあ》げをすませたばかりの家に、囲まれたあたりである。午前三時三十分の戸外には、人の気配すらなかった。

千枝子は、地面に引き倒された。革手袋をはめた手が、ナイフを握っている。もう口は塞がれていないが、千枝子は声も言葉も出せなかった。むしり取ったスーツの上着とバッグを、『影』は離れたところへ投げ出した。

千枝子のスカートの前を、ナイフが垂直に切り裂いた。『影』は千枝子のブラウスを、引きちぎるように押し広げた。ブラジャーをつけていなかったので、白い隆起が二つ躍り出た。

『影』はスプレーの中身を、千枝子の胸へ噴射させた。白い乳房が、真っ赤に変色した。その異様な行為と感触が、千枝子の恐怖感を倍加させた。頭の中が空っぽになった処女は、全身を硬直させたまま身動き一つできずにいた。

「許して……」

千枝子はそう言ったが、息を吐いただけのようで声にはならなかった。

『影』は容赦なく、パンティ・ストッキングとパンティと靴を、一度に剝ぎ取った。さすがに千枝子も、抵抗を試みずにはいられなくなっていた。千枝子は両足で、宙を蹴るようにして暴れた。

しかし、頰《ほお》にナイフを押しつけられたとたんに、千枝子の四肢《しし》は再び凍りついたように動かなくなっていた。千枝子の紙のように白くなった顔を、キラキラ光りながら涙が流れた。

「やめて、お願い……」

千枝子が、呟《つぶや》くように言った。震える声には、力も抑揚もなかった。

『影』はスプレーと、取り出した縄跳び用のロープを地面に置いた。左手にナイフを持ったまま、『影』は千枝子の下肢を無理に開かせた。何もつけていない下半身をかかえ込んで、『影』は千枝子の上にのしかかった。

「いや、いや、いや……」

千枝子は、泣き出していた。その口の中へ『影』は、彼女自身のパンティを丸めて詰め込んだ。『影』が動いて、千枝子がのけぞりながら全身を突っ張らせた。

悲鳴とも呻《うめ》きともつかない声を洩らしたが、それがものを言う林田千枝子の最後だった。

女子短大寮

1

五月十四日の午後になって、波多野丈二は赤坂の事務所から、多美子のアパートへ電話をかけた。三軒茶屋にある川本多美子のアパートの電話番号はとっくに知らされていたが、実際にかけるのはこのときが初めてであった。

多美子にも波多野は、ホワイト・マンションと赤坂の事務所の電話番号を教えてある。だが、多美子はまだマンションにも事務所にも、一度として電話をかけて来ていない。互いに電話番号を教えておきながら、連絡をとり合ったことがなかったのだ。

もっとも多忙な波多野には、多美子と電話で喋るという気持の余裕がなかった。多美子のほうから電話をして来るだろうと、波多野は決め込んでもいたのである。男と違って若い女は、電話が好きであった。

しかし、多美子からの電話は一度もなかったし、彼女はホワイト・マンションを訪れようともしない。九日に別れてそれっきり、音信不通になっている。

三軒茶屋から上野毛まですぐだったし、多美子の場合は当然という顔で、ホワイト・マンションを訪れてもよかったのだ。波多野とは短期間でも同棲して、肉体関係を繰り返した仲なのである。

若い女として、むしろ知らん顔でいるほうがおかしかった。波多野が嫌いなはずはないし、セックスを通じての情というものも湧いているだろう。

それでもなお、多美子は知らん顔でいる。そこがいかにも多美子らしく、普通の女とは違うところなのだ。意地を張って、痩せ我慢をしている。波多野のほうから電話がかかるのを、彼女は待っているのに違いない。

「もしもし……」

まだ起きたばかりなのか、多美子の声は暗く沈んでいた。

「寝ていたのか」

波多野は、冷やかすように言った。

「あら……」

と、多美子は絶句して、溜め息をついていた。

「あれから、五日以上のご無沙汰《ぶさた》だな。どうして、電話をかけて来ないんだ」

「だって、声を聞いちゃったら、会いたくなるでしょ」

「会えば、いいじゃないか」

「会えば、情が深まる一方よ」

「それが、男女の仲ってもんだろう」

「わたし、あなたの負担や重荷になりたくないって、言ったでしょ」

「それは、ありがたいことだけどね。じゃあ、このままおれたちは絶縁して、二度と会わないってことにするのか」

「いやよ」

「だったら、素直に会おうじゃないか」

「でも、怖いの」

「何がだ」

「本気になってしまうのが……」

「こうやって、おれのほうから誘っているんだから、もう意地を張らずに、もっと素直になったらどうだ」

「わかったわ」

「明日は、日曜日だ。正午に山城が、マンションへ来ることになっている。一緒に昼飯を、食べようじゃないか」

「じゃあ、わたしは午前中に、行きますから……」

「待っているよ」

波多野は、電話を切った。

明日の正午に、山城士郎が来るというのは事実だった。捜査本部には、日曜も祭日もなかった。だが、日曜日は会いたい相手のほうが休んだり、遊びに出かけたりしてしまう。それで、どうしても捜査活動に、制約を受けることになる。

だから日曜日は一、二時間の私的な寄り道も、可能になるのであった。それで一緒に昼飯を食べながら、残虐魔について語ろうという約束がまとまったのである。波多野はもう一度、残虐魔と光琳女子短大との関連について、強く主張したかったのだ。

五月十二日の未明に起こった連続二件の残虐魔事件に関する報道は、これまでになく、大々的で、センセイショナルに扱われていた。事件に鈍感で、他人事《ひとごと》だと無関心だった世間も、さすがにショックを受けたようである。

一夜のうちに二人の若い女が、辱《はずか》しめを受けた上で殺された。それも、二時間だけあいだを置いての、連続犯行であった。異物挿入も、ひとりは被害者自身のサン・グラス、もうひとりも被害者自身の口紅と、異常を極めている。

最初の犯行現場は、目黒区柿の木坂一丁目である。被害者の山下静香は、自宅の別棟のプレハブ家屋にいて襲われた。第二の犯行現場は世田谷区下馬五丁目で、被害者の林田千枝子は自宅近くの空地で襲われている。

第一現場は、目黒区。

第二現場は、世田谷区。

区が違うから、二つの現場にはかなりの距離があるものと、受け取りがちであった。しかし、目黒区の柿の木坂と、世田谷区の下馬は、あまり離れていないのである。つまり二つの地点は、目黒区と世田谷区との境に寄っているのだった。

柿の木坂一丁目の北に二丁目があり、柿の木坂二丁目の北端は世田谷区に隣接している。接している世田谷区の町は下馬六丁目で、その北にあるのが下馬五丁目であった。柿の木坂一丁目と下馬五丁目のあいだには、二つの町しかないのだ。

第一現場と第二現場を直線で結ぶと、その間の距離は二キロにすぎない。車を使えば、あっという間に移動できる。二時間後に、第二の犯行にとりかかるのは容易であった。

犯人は最初の犯行を終えてから、次の獲物を求めて歩き回った。あるいは、あちこちへ車を走らせた。その次の獲物を見つけるまでに二時間を費《ついや》したのだろうと、新聞に報じられていた。

いずれにしても、一夜のうちに二人を襲うとは大胆不敵な犯行であった。キリキリ舞いさせられている合同捜査本部に、更に追い討ちをかけたようなものだった。世間と警察当局に対する犯人の挑戦と、書き立てた新聞もある。

この新たな事件で、波多野が特に注目したのは、またしても光琳女子短大の名前が登場したことだった。二人目の被害者の林田千枝子は、今年の春に光琳女子短大を卒業したばかりの二十一歳の処女であった。

これで、残虐魔の手にかかった八人の被害者のうち、三人までが光琳女子短大を卒業あるいは在学中ということになったのである。死んだマチ子も数に入れれば、四人であった。波多野にはやはり、光琳女子短大という共通点を、無視することができなかったのだ。

翌日、午前十時に多美子が、ホワイト・マンションの部屋に姿を現わした。少しも変わっていない神秘的な美貌と、均整のとれた肢体に、淡いブルーのスーツがよく似合っていた。

照れ臭いのか、多美子はとり澄ました顔でいた。抱き合うことも、避けているようだった。波多野はやや強引に、多美子を抱き寄せた。唇を重ねるとすぐ素直になって、多美子は積極的に応じた。

食事といっても、何かを作るわけではない。近くに、評判のいい鰻《うなぎ》屋がある。そこに特上のウナ重の出前を、頼むだけであった。それだけでは寂しいからと、多美子が野菜サラダを作った。

十一時四十分に、山城士郎が訪れた。無愛想な大男は、ただ黙々とウナ重と野菜サラダを平《たい》らげた。笑うこともなく、冗談の一つも口にしなかった。恐らく事件のことしか、頭の中にないのだろう。

「血液型は、やっぱりAB型だったんだろう」

食後の熱いお茶をすすりながら、波多野が訊いた。

「いや……」

目をギョロリとさせて、警部補は首を振った。

「違うのか」

波多野は、眉《まゆ》をひそめた。

「男の分泌物は、まったく検出されなかったんだ」

山城は、乱暴にお茶を飲んだ。

「二人の被害者ともかい」

「うん」

「じゃあ、行為そのものは、途中でやめてしまったのかな」

「いや、セックスが可能な状態になった限りは、たとえ途中でやめても、男のものを挿入した証拠として、何らかの分泌物が残るんだそうだ」

「まったく、それらしいものが検出されなかったのか」

「うん」

「すると、行為にまでは及ばなかった、ということになる」

「そんなことは、あり得ない。これまでだってずっと、被害者から犯人の分泌物は検出されなかったんだ」

「完璧に体液が検出されたのは、妹と光琳女子短大に在学中の柏木良子の場合だけだった」

「そうだ。犯人は体液から足がつくことを恐れて、ゴム製品を使っていた。しかし、そのうちに図に乗ったのか油断したのか、それともゴム製品を用いられない何らかの理由があったのか、犯人は妹さんに柏木良子と続けて体液を残してしまった。ところが、そのことから残虐魔の血液型が判明したと大きく報道されたので、犯人はまた用心深くコンドームを使うようになった。捜査本部では、そう見ているんだがね」

一気に説明したあと、山城警部補は気まずそうな顔になった。多美子が恥じらいの顔を伏せて、何となくもじもじしていたからだった。

2

若い女のいる前では、表現が露骨すぎたということにもなるだろう。多美子が目のやり場に困るのは、当然のことでもあった。だが、猥談《わいだん》を楽しんでいるわけではない。そうした言葉を使わなければ、真剣に話し合えないのである。

「だったら、なおさら計画的な犯行ってことだろう。コンドームを用意しての強姦魔とか、連続婦女暴行犯人とかいうのは、あまり聞いたことがないぜ」

表現が露骨になっても、多美子に遠慮することはないと思いながら、波多野はそう言った。

「前例はあるんだ。証拠としての血液型が決め手になるのを恐れて、コンドームを使ったという強姦事件の犯人がいたんだよ。要するに、通りすがりの娘を見て急にその気になったのではなく、今夜はどうしても目的を遂げようと獲物を捜し求める犯人ならば、コンドームも用意するだろうし、それなりに計画的な犯行ということになる」

山城警部補の声は、話しながら次第に大きくなっていた。

「そりゃあ残虐魔は、そのつもりで赤ペンキのスプレーや、凶器を持って出かけるんだから、コンドームだって用意できるだろうよ。しかし、おれが言っている計画性とは、そういうことじゃないんだ」

「わかっている。あんたの言う計画性とは、犯人が前もって誰を襲うか目標を決めているってことなんだろう」

「そうなんだよ。残虐魔は柿の木坂一丁目で第一の犯行を働いたあと、次の獲物を求めてあちこちと移動し、下馬五丁目でそれを見つけるまでに二時間を費していると、新聞には出ていたがね。そうした見方は、明らかに間違っている」

「残虐魔は最初から、第一に山下静香、第二に林田千枝子と、狙う相手を定めていたというんだろう」

「山下静香はほとんど毎晩、夜中の一時になってから庭のプレハブで寝るってことを、残虐魔は承知していたんだ。つまり犯人は山下静香の私生活に詳しい人間か、計画的に山下静香の日常を観察していたかなんだろう」

「うん」

「林田千枝子の場合だって、同じことが言える。残虐魔は林田千枝子がどこへ出かけて、帰りがいつ頃になるかを、前もって知っていたんだ」

「前もってか」

「そうさ」

「違うな。林田千枝子が光琳女子短大の学生寮へ行くことを思いついたのは、その日になってからだった。急に学生寮にいる朝日奈《あさひな》レイさんのところへ行くと言い出したって、林田千枝子の母親が証言しているんだ」

「朝日奈レイというのが、学生アパートにいるって後輩か」

「そうだ。だから前もって知っていたのは母親と、林田千枝子から電話で連絡を受けた朝日奈レイの二人だけだったということになる」

「その朝日奈レイから今夜、林田千枝子が学生アパートに来るってことを、聞かされた人間がいるかもしれない」

「そうだとしたら、残虐魔は光琳女子短大と関係が深い男ってことになるぞ」

「おれはこの前から、そう言っているよ。それを裏付けるように、またしても光琳女子短大の卒業生が被害者になっているじゃないか」

「おれも実は、八人目の被害者が光琳女子短大卒だと知って、驚かずにはいられなかった。もちろん、あんたの共通点についての主張も、その場ですぐに思い出したよ」

「残虐魔の毒牙にかかった八人の被害者のうち、三人までが光琳女子短大の学生と卒業生なんだぜ」

「しかし、もうひとりの山下静香は、普通の私大を卒業している」

「捜査本部では、まだ単なる偶然だと見ているのか」

「まあ、偶然だろうな。おれも、そう思っているがね」

「いいよ、警察には頼まない。おれ個人で、光琳女子短大と結びつく男を捜し出してやるさ」

「あまり、熱くならんでくれ」

「部外者が、勝手な行動をとるな。そう言いたいのか」

「そうじゃない。熱くなるのは、合同捜査本部の刑事《デカ》たちだけでたくさんだって、言いたいんだ」

「とにかく、捜査本部の判断には飛躍がないよ。実際的、現実的すぎるんだ」

「どんなふうに、飛躍した考え方をしろというんだ」

「たとえば、おれなんかは果たしてこの一連の事件が、異常性欲に駆られた変質者による犯行だろうかと、疑問を持ち始めている」

「残虐魔が、当たり前の男だというのか」

「そうかもしれない」

「しかし、犯人は実際に婦女暴行と、残虐な殺しという犯行を重ねているんだ」

「男ならセックスが可能な限り、婦女暴行はできるだろう。だが、それが目的じゃない。実は変質者の無差別な婦女暴行と殺害の連続事件を装《よそお》い、警察と世間を欺《あざむ》きながら、犯人は殺意の対象を殺すことを目的としているのではないか」

「そのために、八人も殺したのか」

「いや、無差別に殺しておいて動機を混乱させているが、犯人の狙いはそのうちのひとりだけにあった、ということなのかもしれない」

「推理小説、映画、サスペンス・ドラマだ」

「最近は、小説も及ばないような異常な殺人事件が、現実に起こっているじゃないか」

「まあいい、何もおれたちが言い争うことはない」

「とにかく、おれは明日にでも、光琳女子短大の学生寮へ行ってみる」

波多野はそう言いながら、本当にその気になっていた。女子学生の寮だから、多美子を連れて行けば何かと便利だろう。波多野の直感かもしれないが、短大そのものよりもなぜか、学生寮の存在のほうが気になったのだ。

意外な接点

1

光琳女子短大の学生寮は、文京区の白山《はくさん》四丁目にあった。

光琳女子短大そのものは、同じ文京区の小石川《こいしかわ》二丁目にある。白山通りを行けば、千五百メートルほどで学生寮だった。通学にも、便利であった。

だが、便利すぎてつまらないからと、学生寮を敬遠する者もいた。ただ行って帰るだけの通学になってしまって、単調すぎるというわけである。便利であってなお、通学の気分を味わうことができる、というのが理想的らしい。

学生寮は、十二階建てである。外見は、マンションと変わりなかった。寮内の設備は、マンション以上であった。十年前に、完成した学生寮だった。その当時は話題となって、マスコミを賑わせたものである。

贅沢すぎる。

分不相応だ。

快適で、豪華な寮生活。

金とり主義。

過保護のお嬢さん学生寮。

と、そのような意味の批判が、多く寄せられたのであった。いまではもう、その存在が当たり前のこととなっている。未だに古さを感じさせない外見だし、十年間の時代のズレというものがなかった。

地階の駐車場、一階の大ロビー、二基のエレベーターなどが、十年前にすでに設備されていたのである。プライベート・ルームは百六十室で、一室に二名が入居する。定員は三百二十人、ということになる。

た。ほかに娯楽室、食堂、喫茶室、会議室、体育センターなどがある。冷暖房完備であった。定員二名の各個室は、寝室と勉学室に分かれている。浴室、トイレ、電話付きであった。

この学生アパートは、常に定員すれすれの入居者を受け入れている。入居希望者を抽選で決めるといったことは、まだ一度もなかった。入居希望者が殺到するということが、ないからである。

何しろ、費用がかかる。これだけの贅沢な学生アパートだから当然、マンション生活と変わらない寮費を納めなければならない。それで結果的に、地方の高所得者の娘と入居者が限定される。

あとは、空室があることを知って、入居を希望する学生だった。一年ごとにそうしたことから、うまい工合《ぐあい》に定員すれすれの線で、寮生を確保している。それも一つには、学生アパートの事務長の経営手腕に負うところが大きいと、されているようだった。

事務長というのは、学生アパートの経営、管理などすべての最高責任者であった。光琳女子短大では理事長、学長に次いでこの学生アパートの事務長が、ナンバー3の実力者とさえ言われている。

波多野はまず、その事務長に面会を申し込まなければならなかった。

波多野が多美子を連れて、白山四丁目の学生アパートを訪れたのは、月曜日の午後三時であった。一階の広いロビーの入口に、受付と警備員室がある。事務所の中を覗くと、女子事務員のほかに制服を着たガードマンの姿が見えた。

「事務長に、お会いしたいんです」

波多野は受付の窓口の奥へ、弁護士の肩書がある名刺を差し入れた。

「ご用件は……？」

女子事務員の声が、冷ややかに訊いた。

「事務長に、お尋ねしたいことがあるんですがね」

波多野は言った。

「少々、お待ち下さい」

女子事務員は、電話機へ手を伸ばしたようだった。こうした場合には、弁護士という肩書が役に立つ。前もっての約束がなければ取次げないなどと、追い返される心配はまったくなかった。

弁護士の訪問には、何事かと思わせるものがある。重大で深刻な事態かと、錯覚《さっかく》させるのに効果的なのだ。面会を申し込まれた当人にしても、会うことを拒むのが何となく不安になるのであった。

「事務長室へ、お通り下さい。一階の廊下を右へ行っての突き当たりが、事務長室になっています」

果たして、期待通りの返事があった。だが、女子事務員は名刺を、返してはくれなかった。

波多野と多美子は、ロビーを突っ切った。廊下に出て、右へ折れる。一階に学生たちのプライベート・ルームはなかったが、決して静かとは言えない雰囲気であった。人の気配がありすぎるくらいだし、若い女の話し声や笑いが絶え間なく聞こえている。

食堂と喫茶室に、かなりの数の学生たちがいた。朝から学校に顔を出さなかったのか、それとも午後になって帰って来たのか、とにかく大勢の学生たちがこの建物の中にいるようである。

「朝日奈レイの部屋を、捜してみてくれないか」

廊下を歩きながら、波多野は多美子に言った。

「どうやって、捜したらいいのかしら」

多美子はあたりを、キョロキョロ見回した。

「学生たちに訊けば、教えてくれるさ」

「三百人以上も、いるっていうのに……?」

「何人かの学生に訊けば、朝日奈レイを知っている相手にぶつかるだろう」

「それで、部屋がわかったら、そのあとどうするの」

「朝日奈レイがいるかどうかを、確かめるんだよ」

「何とかうまくやってくれ」

多美子は立ちどまって、喫茶室のほうへ引き返して行った。波多野だけがそのまま、事務長室へ向かった。事務長の許可なしに、男子が二階から上へ踏み込むことは厳禁とされている。

「わかったわ」

「林田千枝子とか初江とかの名前を持ち出して、何とかうまくやってくれ」

「口実がないわ」

「ロビーまで、連れ出すんだ」

「いたら……？」


その許可をもらうために、波多野は事務長と会うつもりなのである。しかし、事務長が許可しても、当の朝日奈レイが面会を拒めばどうすることもできない。学生アパートの外で、朝日奈レイが通りかかるのを待ち受けるほかはない。

それだけに、多美子が朝日奈レイをロビーへ連れ出してくれたら、一切の面倒が省略されるのである。こういうときに役立たなければ、多美子を連れて来た意味がなかった。あとは朝日奈レイが現在、この建物の中にいるかどうかであった。

「朝日奈レイは事件に関して、マスコミを嫌っている。寮の外へは出ないようにしているし、面会にも応じないそうだ」

昨日、山城警部補の口から、そのように聞かされていたのである。

事務長室の前に立って、波多野はドアをノックした。男の声で応答があった。波多野はドアをあけた。広い部屋に書類が山積したデスクと、応接用のセットだけがあって、ほかに調度品らしきものは見当たらなかった。

中肉中背の男が、ドアのほうへ近づいて来た。派手な三つ揃いの背広を着込んでいて、ネクタイの色柄もなかなか凝《こ》っている。一目で、オシャレとわかる男だった。だが、決して柔和《にゅうわ》な感じではなかった。

知的なインテリの顔だが、鋭さと厳しさがある。精悍であり、見るからに頭の回転が速そうだった。やり手、切れ者という表現がぴったりなのだ。神経質そうな男に見えるのは、カミソリという印象のせいだろう。

「お邪魔します」

「事務長です」

二人は挨拶を交わして、互いに相手の名刺を受け取った。波多野は、事務長の名刺に目を落とした。そこには、『筑波《つくば》朗』という名前が印刷されていた。変わった名前だと、波多野は思った。

「珍しいお名前ですね」

すすめられたソファに、腰を沈めながら波多野は言った。

「そうですか。まあ名前の朗のほうは、幾らでもあると思いますがね」

向かいの椅子にすわって、筑波事務長は苦笑を浮かべた。

「そうですね。しかし、筑波さんというのは芸名などを除いて、珍しいんじゃないんでしょうか」

「電話帳を調べたこともないので、わたしにはよくわかりません。ただ先祖が茨城県の出ですので、やはり筑波山から取った名前かもしれませんね」

「出世されるのも、高い山から取った名前のご利益《りやく》じゃないんですか」

「何が、出世なもんですか。十年前にこの寮ができてから、ずっと事務長に留任したままなんですよ。いまではもう妻と二人の子どもをかかえた四十七歳のサラリーマン、出直しも利《き》きません」

「いや、光琳女子短大の若き実力者として、大した評判じゃありませんか」

「とんでもない。女子寮の管理人って何となくエッチな感じだなんて、学生たちに冷やかされるだけでしてね」

筑波事務長は笑いながら、指先でレンズが淡紅色《たんこうしょく》のメガネを押し上げた。

2

なまじ裏面工作を多美子に頼んだために、朝日奈レイとの面会について事務長に相談するという正攻法がとりにくくなった。そうなると、用件というものがない。何を目的に、事務長に面会を申し入れたのかと、怪《あや》しまれることになる。

仕方なく波多野は、咄嗟《とっさ》の思いつきで、用件らしいものを作りあげた。断わられるような依頼を、持ち出せばよかったのである。波多野は、ここの寮生たちを対象に法律意識のアンケート調査を行いたいので協力してもらえないかと、もっともらしい用件を述べた。

果たして、事務長は可としなかった。寮生を対象とする必然性がないし、むしろ短大そのものに依頼すべきことだというのである。当然であった。筑波事務長の弁舌は、実に爽《さわ》やかだった。

もちろん、波多野のほうもあっさりと引き下がった。

そのあと、十分間ほど雑談を交わした。筑波事務長は、残虐魔に寮生の知人が殺されたということについては、一言も触れなかった。それもまた、当然のことであった。波多野にしても、余計なことは口にしなかった。

たとえば死んだ妻がかつてここの寮生だったこと、光琳女子短大の卒業生である妹が残虐魔に殺されたことなどは、意識的に黙っていたのである。やがて波多野は、事務長室を辞した。

賭《か》けの結果を見るような気持で、波多野はロビーへ急いだ。広いロビーに、人影は疎《まば》らであった。彼はロビーを見渡して、賭けに勝ったことを確認した。ロビーの片隅に、二人の若い女の姿を見出したのだ。

ひとりは、多美子である。もう一方は、白いブラウスに赤いスカートの若い女で、身体つきにまだ幼さが残っている。可愛らしい顔が少女っぽくて、繊細なお嬢さんタイプだった。

「朝日奈レイです」

波多野を迎えて、若い女は立ち上がっていた。礼儀を弁えているだけではなく、朝日奈レイは波多野に対するある種の親しみを示したのである。

「どうも……」

戸惑いながら、波多野は頭を下げた。

「大坪初江さんのお兄さんなんですってね」

朝日奈レイが、いきなり言った。

「あなた、妹を知っているんですか」

波多野は、多美子へ目を走らせた。

「いま、話しているうちに、そういうことになったのよ。朝日奈レイさんは妹さんに、二度ばかり会ったことがあるんですって」

多美子が、説明を加えた。

「どこで、いつ初江に会ったんです」

化粧っ気のないレイの顔に、波多野は視線を戻していた。

「最初は去年の秋で、この寮の食堂で光琳会のパーティが開かれたときでした」

朝日奈レイは、椅子に腰を戻して言った。

「光琳会って、あの……」

「ええ、光琳女子短大の卒業生と在学生の親睦《しんぼく》会ですけど、去年のパーティでは大坪初江さんもわたくしも幹事だったので、そこで紹介されて知り合いました」

「二度目は、いつでしたか」

「それが、あの事件の一週間ぐらい前のことだったんです」

「ほう」

「近くまで来たからって、ここに寄られたんです。夕方の四時頃だったかしら。受付からわたくしに連絡を下さって、この寮のコーヒーがおいしいから飲ませてなんておっしゃって……」

「つまり初江は、コーヒーを飲みにここに寄ったんですね」

「そういうことになります。それで、わたくしが喫茶室へご案内しました。三人でコーヒーを飲みながら、三十分ぐらいお喋りしたかしら。それだけで初江さんは、お帰りになったんですけどね」

「三人でコーヒーを飲んだって、ほかに誰がいたんです」

「初江さんが、若い男性を連れてらしたんです」

「若い男を、連れていた……」

「近所の学生さんとかで、たまたま初江さんがタクシーに乗っていて見つけたらしいんです。それで、どうせ帰りは一緒だしコーヒーをご馳走《ちそう》するからって、ここに寄ったのよ、なんて初江さんはおっしゃってました」

「間違いなく、大学生でしたか」

「さあ、年のとり工合では、間違いなく大学生でしたけど」

「予備校生じゃなかったんですか」

「そう、そうでした。確か、浪人三年目だって、言ってましたから……」

朝日奈レイは、左右の手をパチンと合わせた。赤ン坊が手を打ち鳴らすみたいで、可愛らしい仕種《しぐさ》であった。

「倉沢だ」

波多野は、そうつぶやいていた。初江の通夜のときに、異様な目つきで焼香し合掌を続けていた若者の姿が、波多野の脳裡《のうり》に浮かびあがった。それが倉沢という近所に住む青年で、浪人三年目の予備校生だったのだ。

その倉沢を連れて初江は、殺される一週間前にこの学生寮に立ち寄っているのである。出先で偶然にも近所の若い人と出会えば、コーヒーの一杯もご馳走することになるだろう。

だから、初江が倉沢と一緒だったことに、不自然さは感じられない。しかし、光琳女子短大の学生寮という寄った先が、どうにも気になるのである。それに、初江の死に対して倉沢が示したあの異常な態度は、いったい何を意味するのだろうか。

「それから、これも朝日奈さんから伺《うかが》ったことなんだけど、武蔵野市で殺された柏木良子さんね」

と、多美子が波多野の袖《そで》を、引くようにした。

「うん。光琳女子短大に在学中の学生で、武蔵野市の叔父夫婦の家にいた彼女ね」

波多野は、多美子を見おろした。彼はまだ、立ったままでいたのである。

「その柏木良子さんも、叔父さんの家に移ることが決まるまでの三カ月間、ここで寮生活を送っていたんだそうよ」

多美子が、厳しい顔つきで言った。

「じゃあ……」

波多野はそこで、絶句していた。妹の初江、柏木良子、林田千枝子の三人はただ単に光琳女子短大の関係者であるだけではなく、いずれもこの学生寮と接触していたという共通点を持っているのだ。妻のマチ子も、ここの寮生だったのである。

予告

1

　もはや、単なる偶然では、片付けられない。

　八人の被害者のうち三人までが、光琳女子短大の卒業生あるいは在学生、ということだけではなくなったのだ。その三人はいずれも、光琳女子短大の学生寮に出入りしたという経験の持ち主なのである。

　柏木良子は三カ月ほど、学生寮で生活したことがある。

　初江は会合に出席したり、遊びに寄ったりで、何回か白山四丁目にある学生寮に出入りしている。

　林田千枝子もまた、同じであった。

　二年前に強姦されたと思われる妻のマチ子も、入学から卒業まで学生寮の寮生だった。

　これほど明確な共通点が、ほかにあるだろうか。犯人は白山四丁目の学生寮に出入りする被害者たちの顔や姿を、前もって確認している。つまり、ガンをつけておいて、犯行に及んでいるのである。

だが、女子短大の学生寮に出入りする娘や若い人妻は、かなりの数になるだろう。その多数の中から選んで白羽の矢を立てるからには、犯人の好みというものが作用しているはずだった。

「柏木良子さんというのは、どんな印象の娘さんですか」

波多野は、椅子にすわって訊いた。

「どんな印象って……」

一瞬、戸惑ったように、朝日奈レイはロビーを見渡した。

「不思議なくらいに、男にモテなかったそうですね」

波多野は、遠慮のない言い方をした。

「そういう噂《うわさ》でしたわ」

朝日奈レイは、同情するような顔つきになっていた。

「それでいて、モテない理由ははっきりしないということなんでしょう」

「そうですね」

「顔は十人並みですか」

「十人並み以下ということは、言えないと思います」

「スタイルも、悪くなかったんでしょう」

「まあ、普通でしょうね」

「それなのに、どうして……」

「地味すぎるというか、堅すぎるというか、真面目な学生って感じだったからだと思います」

「男から見て隙《すき》がない、幼いという印象が強いってわけですか」

「そういうことに、なるんじゃないでしょうか」

「何か特徴は、ありませんでしたか」

「特徴……」

「ニューヨークでは〝サムの息子〟と呼ばれる連続殺人犯が、評判になっているとか聞きましたがね」

「〝サムの息子〟ですか」

「そうなんです。この殺人魔は、いきなり若い女性を射殺してしまうんだそうです。それに新聞社や警察に、殺人予告をするらしいんですよ」

「まあ……」

「この〝サムの息子〟の場合は、狙う女性にはっきりした特徴があるとかでしてね。つまり、犯人の好みってことでしょう」

「どういう特徴を、好みにしているんでしょう」

「黒い髪の毛を長くのばしている女性ばかりを、狙って射殺するんだそうです」

「どうして、黒くて長い髪の毛をした女性を、殺したくなるのかしら」

「それは〝サムの息子〟が逮捕されない限り、謎のままってことでしょうね」

「でも、それが犯人の好みであることには、違いないってわけですわね」

「そうなんです。だから日本の残虐魔の場合にしても、そういう意味での好みってものがあると思いましてね」

「柏木さんの特徴、柏木さんを見て誰もが感ずることで、いいんでしょうか」

「それで、結構です」

「だったら、色が白いことだわ」

「肌が綺麗なんですか」

「ええ。真っ白で、キメが細かいんです。あの色の白さ、肌の美しさは、確かに特徴と言えるわ」

「林田千枝子さんも、色が白かったんですか」

「そうでした。彼女も透きとおるように色が白くて、磨きあげたみたいに光沢《こうたく》のある肌をしていました」

「それだ」

波多野は、指を鳴らしていた。

「それって……」

朝日奈レイは、身を乗り出した。

「あなたにはまだ、わたしの妹の初江について記憶が残っていますか」

「もちろん、忘れてはいませんわ」

「初江の印象としていちばん強いのは、どういう点でしょうかね」

「そうですね」

「色は、どうです」

「そう、そうだわ。初江さんは、色が真っ白……!」

「色が白くて、一点の傷もない滑らかな肌。そのことを初江は、唯一の自慢にしていましたよ」

「そうなると……」

「残虐魔の好みは、特に色が白くて美しい肌をしている女ということになります」

波多野はいささか、興奮気味であった。箱からタバコを抜き取るのに、なかなか指先が思うように働かなかった。この新しい発見には重大な意味があると、波多野は自信を持ったのだった。

死んだ妻のマチ子も、肌の美しさだけは特別と言ってもよかった。色が真っ白で、餅肌《もちはだ》であった。マチ子が全裸になったときは、倦怠《けんたい》期にあることも忘れさせられる。胸や太腿に、唇を押しつけないではいられなくなるのだ。

妹の初江も、同じように色白の餅肌を自慢にしていた。林田千枝子、柏木良子にしても、同年配の同性が褒《ほ》めるのだから、その色白の美しい肌は本物ということになる。

これが、新しい共通点である。

犯人は光琳女子短大の学生寮に出入りする色白で肌の美しい女を見つけると、それを獲物としてつけ狙うのだ。犯人の好みというより、肌の美しい女を見ると、欲望を抑制できなくなるのではないか。

柏木良子は地味で幼い印象を与えるので魅力に乏しく、ボーイ・フレンドのひとりさえできなかったらしい。しかし、犯人にとっては柏木良子の色白の餅肌が、何よりの好物だったわけである。

「われわれとこうして話し合ったことは、誰にも打ち明けないで下さい」

朝日奈レイにそう告げて、波多野は席を立った。

光琳女子短大の学生寮を出たその足で、波多野は練馬区の南大泉町へ向かうことにした。波多野が運転する車の助手席に、川本多美子が乗り込んだ。緊張感がひとまず解けたせいか、波多野も多美子も疲れたような顔になっていた。

「倉沢って予備校生に、会いに行くのね」

ようやく、多美子が口をきいた。車はもう、国道二五四号線へはいっていた。

「そうだ」

間もなくラッシュ時間になることを予告するように、車の往来が忙《せわ》しくなった道路を、波多野は苦々しく眺めやった。

「倉沢って予備校生を、疑っているみたいね」

「まだ、疑うところまでは、いっていないな」

「気になるの」

「そうだ」

「その根拠は……？」

「根拠なんてない。おれの直感だ」

「あまり、アテにはならないわね」

「さあ、どうかな」

「お通夜のときの態度が、気に入らないというんでしょ」

「それもある」

「事件の直前に、妹さんと二人で学生寮を訪れている」

「うん」

「それから……？」

「あの若者の、異様な雰囲気だ」

「陰気なんでしょ」

「陰湿な感じがする。ほかの人たちの仲間にもはいらないし、近所の主婦と挨拶も交わさない。無表情のまま、逃げるように立ち去った」

「ずいぶん、主観がはいっているわ」

「異常な孤独感が、あの若者を押し包んでいる。両親が離婚して、八年前から母親のいない家にいる。父親とは、顔を合わせることも少ないらしい。彼はいつもひとりでいて、勉強のほかに主婦の仕事をすべて引き受けている」

「しかも、浪人三年目ね」

「あの若者が陰湿で孤独で、内向的になるのは当然だ。その抑圧されたもの、鬱積《うつせき》したものが爆発したとき、若者が異常な行動に走るのもまた当然ということになるだろうよ」

「そうかしらね」

やや不満そうな顔で、多美子が言った。何もかもが当然だという見方は、甘やかすことであり過保護だと、多美子は言いたかったのかもしれない。

2

夏に向かって、日が長くなりつつある。時間はやがて六時になろうとしていたが、まだ夜の訪れは近くまでしか来ていなかった。だが、初夏の夕景がいかにも、郊外の住宅地らしい雰囲気にしていた。

波多野は、小さな公園の前で車を停めた。西武池袋線の電車が、少し離れたところにある踏切を通過した。子どもたちも家に帰ったらしく、公園の中や路上に人影はなかった。殺人事件が発生した現場の静寂が、いまもなお残っている。

波多野と多美子は、住宅地の道路へはいった。初江夫婦が住んでいた家の前を、通りすぎた。家の窓が残らずしめきってあるし、ピーコという犬もここにはいなかった。

初江の夫の大坪は初七日をすませたあと、肉親たちが住む家へ引き移ったのである。独身となったからには、もうここで生活することが無意味だったのだ。やがてこの空家は、売りに出されることになるだろう。

倉沢家は六軒目のお向かいにあると、通夜のときに聞かされている。波多野は、家を数えながら歩いた。六軒目の向かい側に、同じようなタイプの建売り住宅があった。小さな二階家である。

『倉沢信夫《のぶお》
　友和《ともかず》』

と、表札に書かれている。信夫が父親で、予備校生の息子は友和という名前なのだ。家は静まり返っているが、門灯がつけてあるし、階下の窓からも明かりが洩れていた。波多野が門の中へはいって、玄関のドアの脇にあるボタンを押した。

家の中で、ブザーが鳴っている。それは聞こえるのだが、誰かが玄関へ出て来る気配はなかった。波多野は、ドアのノブを引っ張ってみた。しかし、鍵がかかっていて、ドアは開かなかった。

「何ですか」

不意に、背後から声がかかった。

波多野と多美子は、慌てて向き直った。ジーンズ姿の若者が、門の前に立っていた。通夜の席で見かけた青年に、間違いはなかった。青年は紙袋を、提《さ》げていた。袋の中には野菜や、食料品の包みがはいっている。

「倉沢友和さんですね」

波多野が言った。

青年は、返事をしなかった。険《けわ》しい表情になっていたし、警戒する目つきである。それだけでも、一種の反応になる。明らかに、不安を感じている人間の顔であった。

「わたしを、お忘れですか」

「知りませんね」

波多野は、微笑を浮かべた。

倉沢友和は、冷ややかに答えた。

「初江のお通夜の席で、お目にかかっているんですがね」

「お通夜……？」

「もっとも、あなたは長いあいだ祭壇の前にすわっていて、そのあと周囲に目を配ることもなく、さっさと出て行ってしまわれたけどね」

「だから、どうだというんです」

「あなたは祭壇の前で、ずっと震えていましたね」

「忘れましたよ」

「そうですか」

「そんなこと、どうだっていいじゃないですか」

「そうは、いかないんです」

「あんた、いったい誰なんだ。何の権利があって、そんなことを訊きたがるんですか」

「初江は、わたしの妹でしてね」

「それが、どうしたというんだ。おれには、関係ないことだろう」

「しかし、あなただって初江とは、見知らぬ他人ってわけじゃないでしょう。まったく、無関係だってことにはなりませんよ」

「見知らぬ他人も、変わりないね。近所に住んでいる主婦、ただそれだけのことじゃないか」

「あなたは、お通夜に来てくれた」

「近所付き合いってものがあるだろう。義理で、顔を出したんだ」

「すると、あなたは初江と口をきいたこともない、と言いたいわけですね」

「当たり前だ、挨拶だってロクにしたことがない！」

「どうして、怒らなくちゃならないんですかね」

「不愉快だったら、怒るのが当然だろう」

「だったら、どうして嘘をつくんです」

「嘘……？」

「初江と口をきいたこともない、挨拶もロクに交わさない。これは、まるで嘘じゃないですか」

「おれは、嘘なんかついていない」

逆上したのか倉沢友和は、近所に聞こえそうな大声を張りあげた。

「光琳女子短大の学生寮に寄って、きみは初江と一緒にコーヒーを飲んでいる。帰りも、きみと初江は一緒だった。それでも、見知らぬ他人なのか」

波多野も言葉遣いを、一変させていた。その波多野の眼光に射すくめられたように、倉沢友和は口もきけずに凝然と動かずにいた。不安と警戒の色が、狼狽《ろうばい》と恐怖の表情に変わっている。

次の瞬間、倉沢友和は弾かれたように歩き出していた。家の中へ駆け込むことができなければ、そうするほかはなかったのだろう。若者は買物の袋を、手にしたままであった。

そのまま逃走するつもりはなく、ただこの場にはいられなかっただけなのである。

波多野は、あとを追わなかった。

倉沢友和が、当の残虐魔であるのかどうかは、判断できないことだった。しかし、予想外に確かな手応えを得られたことに、間違いはなかった。あとのことは、警察に任せるべきであった。

翌朝の新聞には大きく、残虐魔からのメッセージが報じられていた。そのメッセージは週刊誌の活字を切り取って並べたものであり、まったく同じ内容の文章で合同捜査本部と新聞社へ郵送されて来たのである。

『この一連の事件は、現代風俗における乱れた性道徳に対しての警告である。然《しか》しながら、思い上がった人間たちは、単なる異常者の行為として受けとめ、いたずらに騒ぎ立てるのみである。

従って、近々のうちにもう一度、警告を繰り返すことになるだろう。なお、残虐魔なる呼び名を直ちに解消せよ。——歪《ゆが》んだ真珠——』

残虐魔が『歪んだ真珠』と名乗りを挙げて、次の暴行殺人事件を予告したのであった。

色白のママ

1

残虐魔のメッセージが新聞に公表されたその日の夜八時すぎに、ようやく波多野は山城警部補と連絡をとり合うことができた。山城は会議と打ち合わせに忙殺されて、私用電話に応ずる暇がなかったのである。

残虐魔がメッセージを、合同捜査本部と新聞社へ送って来た。メッセージそのものからは、何の手がかりも得られなかった。残虐魔もそれなりに用心して、細かいところにまで気を配っている。

レターペーパーも封筒も、極《ご》くありふれている安物であった。

指紋も、検出されなかった。

切手を貼るのに、唾液《だえき》を使っていない。

手紙の内容は、週刊誌の活字を利用している。

封筒の文字はボールペンで活字のような書き方をしていて、筆跡鑑定の対象にならなかった。

消印は二日前の土曜日の午前中で、東京中央郵便局の扱いである。

以上のようなことで、手がかりを与えないために細心の注意を払っている。だが、残虐魔が次の犯行を予告して来たことに、重大な意味があるのだった。同時に残虐魔は、みずからの存在を誇示した。

これはただ単に世間への挑戦とか、警察当局のメンツとかに、こだわっていられることではなかった。このままにしておけば犯罪者を増長させ、殺人を無限に許す結果となるだろう。

それを防ぐためには、殺人予告を実行に移させないことであった。というより、次の犯行を重ねる前に、残虐魔を逮捕するのである。そのことに全力を投入しようと、合同捜査本部では会議と打ち合わせに一日を費《つい》やしたのだ。

残虐魔は、得意になっている。世間を騒がせて得意がるという異常性も、持っているようであった。残虐な手段で女を殺す変質者の一面もあるのだから、いよいよ本物の異常者ということになる。

『残虐魔』という俗称を解消せよと、要求している。勝手に下品な俗称を押しつけるなと、言いたいのだろう。そして自分から『歪《ゆが》んだ真珠』と名乗り、それを正式な呼び名とするように求めている。

脅迫状や警告文に、こうした異名《いみょう》を用いるのが、現代の流行になっている。正体を秘めた犯罪者が、脅迫状の終わりに異名を書いたりするのは、かつて小説の中に見られたことである。

外国ではスパイの異名として、変わった俗称を用いたことも多かった。しかし、日本において現実に、異名を使ったりした例は少ない。それが現代では外国の真似事《まねごと》でありながら、日本の流行の一つになっている。

それも、かなり詩的な表現を、好むようである。ニューヨークの連続殺人犯が『サムの息子』と称しているのを意識してのことか、残虐魔も『歪んだ真珠』というユニークな異名を自分につけている。

「まったく、ふざけている。〝歪んだ真珠〟だなんて、恰好《かっこう》つけやがって」

波多野の顔を見るなり、山城警部補は吐き出すように言った。

合同捜査本部がある中野署の前で、波多野と山城は落ち合ったのだった。時間は、九時をすぎていた。

「どうせ、飲んでいる暇なんて、ないんだろうな」

波多野は、赤坂の法律事務所から運転して来た自分の乗用車の運転席を、山城に譲るようにして助手席へ移った。

「三十六時間、一睡もしていないんだ。家へ帰って、まずは眠るさ」

当然というような顔つきで、山城警部補は運転席に乗り込んだ。

「じゃあ、新宿までだ」

波多野は言った。

「数利夢とかいうクラブか」

大男の山城は、窮屈《きゆうくつ》そうな感じでハンドルを握った。だが、山城の運転は、波多野よりも巧《たく》みであった。自分の車を所有していないだけで、彼は経験も技術も一級のドライバーなのである。

波多野だけがクラブやバーに寄るときは、車の始末を山城に任せてしまう。山城は波多野の車を運転して自宅に帰り、二、三日中に返してよこす。そうしたことが、もう何度も繰り返されているのだった。

「日本人もヨーロッパ人並みに、詩的な感覚を持つようになったんだろう」

助手席から、波多野が言った。

「歪んだ真珠か」

前方に据《す》えた目を、山城はしょぼしょぼさせていた。眠いというよりも、寝不足の目が痛いのだろう。

「もっとも、日本人で詩がわかるってのは、まだまだ少ないようだがね」

「日本じゃまだ、詩人が生活できないんだしな。だいたい国民性として、詩が理解できないんだろう」

「むしろ逆で、最近の日本人は情操教育が欠けているし、情感にも乏《とぼ》しくなっているのかな」

「詩は言葉の芸術だし、現代の日本人は日本語の情感というものが、わからなくなる一方だろう」

「横文字が氾濫《はんらん》していて、自国語の読み書きも怪しくなっている。そんな日本人に、言葉の芸術が理解できるはずはないか」

「最近の言葉を、幾つか拾ってみろ。女を女性、同棲《どうせい》を同居、共稼ぎを共働きと変えている」

「稼ぎや同棲の棲の字が漢字制限を受けていることも、使われなくなった理由の一つなんだろうがね」

「だったら、仮名で書けばいいだろう。現に、仮名と漢字をまぜて使っていることもあるんだし、生きものである言葉を簡単に変えていいものじゃない」

「女、同棲、共稼ぎといった言葉の微妙な情感を、汲《く》み取れなくなっていることは事実だ」

「女性、同居、共働きという即物的な表現とは違うんだ。言葉の情感や感覚的なニュアンスが違えば、正確な意味が通じなくなるだろう。だから、〝歪んだ真珠〟にしたって、単なる思いつきとしか受け取れないな」

「相当、頭に来ているな」

「当たり前だ。何人も人を殺しておいて、恰好をつける馬鹿がどこにいる。何が〝歪んだ真珠〟だって、腹も立つだろう。この異常者め」

「歪んだ真珠か」

「素敵ぶっているだけで、どうせ意味なんかないんだろうけどさ」

「しかし、意味もなく作った言葉だとしたら、残虐魔はかなり詩心がある男ってことになる」

「詩心がある……？」

「歪んだ真珠って読めば、確かにどうってことのない言葉だ。だけど、創造する言葉としては、なかなかのものだ」

「誰にでも考えつける言葉ではないと、そんな気がしないでもないがね」

「いや、この言葉はいつかどこかで、見たか聞いたかしたことがあるぞ」

「まさか……」

「本当だよ。記憶のどこかに、残っているような気がするんだ」

「歪んだ真珠なんて、意味も何もない造語に決まっている」

「そう言われると、自信がなくなるんだが……」

「おれは聞いたこともないし、読んだこともないぞ」

「しかし、歪んだ真珠ってものは、実在するんじゃないのか」

「つまり完全に丸くはなくて、歪んだ形の真珠が、この世に存在しているかって意味かい」

「そうだ」

「そりゃあ、あるかもしれないな。三角形の真珠とか四角い真珠とかは、実在しないだろうけどな」

「だから、三角形の真珠、あるいは四角い真珠だったら、意味もない思いつきだと言えるだろうよ。しかし、この世に実在するものなら〝歪んだ真珠〟という言葉がすでにどこかで使われていたとしても、不思議じゃないんだ」

「それにしても、一般的な言葉じゃないだろう」

「もちろん、何かの専門用語だ。どうもおれは以前に、その専門用語に接したことがあるような気がするんだ」

「まあ、いいさ。そんなことで、頭を使うなよ」

「どうしてだい」

「〝歪んだ真珠〟という何かの専門用語があったとしても、その言葉から犯人が割れるはずはないだろう」

「そうか」

「そんなことよりも、何かおれに話があったんじゃないのか」

山城士郎が、前方の華やかな夜景を、顎《あご》でしゃくった。派手な色彩の照明は、地上よりも夜空のほうへ広がっている。新宿の歌舞伎町の飲食街は、飽くこともなくまた夜の笑顔を見せていた。

山城は、車のスピードを落としていた。酔客の多い夜の路上は歩行者優先であり、その間隙《かんげき》を縫う車で埋まっているのだった。

2

肝心な用件があと回しになり、波多野は口早に説明しなければならなかった。徐行しながらも車は、クラブ数利夢があるビルに近づきつつあった。そのビルの前には、一、二分だろうと車を停めておけないのだ。

波多野の用件とは、倉沢友和に関することであった。波多野は主観をまじえないようにして、事実だけを山城警部補に伝えた。

倉沢友和の境遇と家庭環境。

初江の通夜の席で示した異常な態度。

倉沢友和が初江と二人で、光琳女子短大の学生寮に立ち寄ったこと。

そして昨日の波多野とのやりとりで示した倉沢の反応、嘘《うそ》、逃走。

それだけのことを手短に、波多野は山城に話して聞かせた。山城は終始、沈黙を守っていた。しかし、かなり緊張した顔つきだったし、重要な情報という受けとめ方をしたようである。

「あともう一つ、新しい共通点に気がついたんだ」

波多野は、前方の左側のビルに目を走らせた。クラブ数利夢の電飾が、すでに見えている。そのビルの前まで、あと二十メートルとなかった。

「また、共通点か」

山城は急に、気のない顔になった。

「柏木良子、林田千枝子、初江、そしてマチ子には女としての共通点がある」

構わずに、波多野は言葉を続けた。

「女としての……？」

「まず、色が白いことだ。印象に残るほど色が白くて、肌もまた自慢していいくらいに綺《き》麗《れい》なんだよ」

「雪のように白い餅肌《もちはだ》か」

「そうだ。それで、ほかの五人の被害者にも共通しているかどうかを、確かめたくなってね」

「なるほど、いい着眼だ」

「ニューヨークの殺人魔から、ヒントを得たんだ」

「サムの息子か」

「海の向こうの事件でも、やっぱり関心はあるんだな」

「動機もなく女ばかりを連続して殺すという事件には、被害者に外見上の共通点があることが多い。特に欧米では、そうした例が少なくないそうだ」

「それで、残虐魔に殺された被害者たちは、いったいどうなっているんだ」

「当然、外見上の共通点についても、徹底して検討してみたさ」

「その結果は……？」

「残念ながら、大半が共通している点というのは、まるで見つからなかった。柏木良子、林田千枝子、それに初江さんは、確かに雪のように白い餅肌をしていた。しかし、ほかの五人のうち二人が、まあ色が白いほうで、あとの三人はむしろ黒かったと言っていいだろう」

山城はそこで、ブレーキを踏んだ。

残念ではあったが、更に食い下がってはいられなかった。一旦は話を、打ち切らなければならない。早くも後方で二、三台の車が、クラクションを鳴らしていた。波多野は、車から飛び出した。

「じゃあ、頼む」

「明日、おれのほうから連絡する」

別れの言葉を交わすのも忙しく、走り出した車を波多野は見送った。

背後で、華やかな声が聞こえた。ビルの入口まで、客を送って出て来た女の声である。

その甲高《かんだか》い声を聞いただけで、波多野にはクラブ数利夢のママだとわかった。波多野は、ニヤリとしながら向き直った。

「あら、波多野先生」

和服姿のママが、小娘のような驚き方をした。

「しばらく……」

波多野はさっさと、ビルの中へ足を運んだ。

「本当に、とんだことでしたわねえ。妹さんのこと、お悔《くや》み申しあげます」

エレベーターの前で、ママが神妙な顔つきで言った。

「その話は、やめよう。今夜は、飲みに来たんだからな」

「でも、奥さまに続いての不幸でしょう。波多野さんが、お気の毒で……」

「ママにそう言われると、皮肉に聞こえるな」

「あら、どうしてかしら」

「知っているんだろう」

「サトミちゃんのこと？」

「多美子のほうがいいね」

「ごめんなさい。じゃあ多美子ちゃんとのことですけど、それはそれでまた別じゃないの」

「いや、別じゃなくなるかもしれない。今夜はその話もあって、ママに会いに来たんだよ」

「多美子ちゃんのことで、お話があるんですか」

「彼女と一緒に、住もうかと思っているんだ。そうなれば当然、勤めをやめてもらうことになるしね」

「波多野さん、多美子ちゃんと結婚するってことになるんですか」

ママが、目を見はった。

「双方の気持が固まれば、そういうことになるかもしれない」

波多野は、ママの背中を押しやった。エレベーターの扉が、開いたのである。ゴンドラの中には二人だけしかいなかった。

「素敵だわ！　多美子ちゃんが、憎らしいほど羨《うらや》ましい」

ママは寄り添って、波多野の腕をかかえ込んだ。

「ママだって、いるんだろう」

「とんでもございません。目下《もっか》のところお店一筋で、完全な空家でございます」

「砂川春奈《すなかわはるな》、二十八歳、和服がよく似合う美人。空家なんて、とても信じられないね」

「それが、本当なのよ。マンションはひとり住まい、電話をかけて来る男性だって最近は、あの男ぐらいのものかな」

「あの男って、誰なんだ」

「よく、わからないの。先方は何年か前の知り合いで、是非お話がしたいって、しつこく電話をかけて来るんだけど……」

ママは、肩をすくめて笑った。場合が場合だけに、波多野には気になるママの言葉であった。そう言えばと波多野は、改めてママの顔と腕に目を走らせていた。クラブ数利夢のママ、砂川春奈もまた色が白くて餅肌だと、客のあいだで評判だったのである。

まさか——と、波多野は自分の思いつきを否定していた。

実行の夜

1

波多野はカンバンまで、クラブ数利夢にいた。ホステスの欠勤が多い夜に限って、皮肉にも客がいつになく押しかける。この夜のクラブ数利夢が、その通りの状態だったのである。

カウンターで待っている客が、常に三、四人はいた。席があくと、大急ぎでカウンターの客を、そこへ案内する。そうした忙しさに加えて、人手不足であった。ホステスが五人も、欠勤しているのだった。

そうした場合に、波多野のようなひとりだけの客は、どうしても遠慮することになる。たとえひとりのホステスでも、独占してはいられないのだ。波多野のほうで多美子を、席から追い払ったくらいである。

ママも波多野の席には、ついに一度も来なかった。満員の客が一斉に帰り始めたときには、もうカンバンの時間になっていた。あっという間に、客もホステスも姿を消して、席には波多野だけが残った。

これでは何のために、クラブ数利夢へ来たのかわからない。ママや多美子と、まだ何も話し合っていないのである。波多野は多美子に、二人のことでママと話をするために来たと、伝えるのがやっとだったのだ。

「波多野先生、多美子と一緒にわたしのマンションへ行きましょうよ」

ママが、そう言った。

「ママがいいんなら、そうさせてもらおうか」

波多野は、サン・グラスをかけた。酔ったせいか、目がチカチカするのである。ひとりでいると飲むしかないので、かえって酔ってしまうのである。

「ボロ家だけど、マンションのほうが落着くでしょ」

ママはもう、帰り支度《じたく》を始めていた。

これで砂川春奈のマンションへ押しかけることに、話は決まった。波多野と多美子、それに砂川春奈の三人は、クラブ数利夢があるビルを出た。ビルの前で、個人タクシーが待っていた。

砂川春奈が帰りに利用するために、特約してある個人タクシーであった。三人は、そのタクシーに乗り込んだ。砂川春奈がすぐに、多美子を冷やかしながら祝福の言葉を口にした。

「ママったら、いやだわ。まだ結婚するって、決まったわけじゃないんですよ」

多美子は照れ臭いのか、ツンとした顔になって言った。

「じゃあ、あなたにはその気がないってことなの」

砂川春奈のほうが、むしろ嬉《うれ》しそうに笑っていた。

「さあ、どうかしら」

「どうかしらだって……。まあ、もったいないことを言うのね」

「一緒に住むってことは、いやじゃないんですけど……」

「まるで、逆じゃないの。結婚はいいけど、それまで一緒に住むってのがどうも、というのが女として普通よ」

「でも、これまで結婚なんて、真剣になって考えたことがないんですもの。実感が、湧《わ》かないんです」

「だったら、ずばり訊《き》くわ。波多野先生のこと、好きなんでしょ」

「そりゃあ……」

「嫌いだったら、そもそも波多野先生と深い仲になったりしないもんね」

「ええ」

「はい、これで話は決まりよ」

「ママ、そんな……」

「いいのよ、好きならそれで問題ないの。多美子ちゃん、お店はクビだわ。波多野先生のマンションへ引っ越したその日から、もうお店へは出て来なくたっていいのよ」

「そんなの、困ります」

「何も困ることなんか、ないじゃないの」

「わたし一度、長崎へ帰ります。母からも帰って来るようにって電話があったし、すべてそのあとってことにしたいんです」

「それだったら一日も早く、長崎へ行ってらっしゃいな。明日にでも、長崎へ帰ったらどうなの」

「明日ですか」

「大事なことは、できるだけ早く決めたほうがいいのよ。中途半端が、いちばんいけないの」

「はい」

「あなたはもう、好きなときにお店を休んでもいいんだしね。とにかく急いで、長崎へ行ってらっしゃいな」

そう言ってから砂川春奈は、波多野のほうを見てニッと笑った。波多野も、苦笑した。春奈を真中にして、両側に波多野と多美子がすわっているのである。波多野は、沈黙を守っていた。

知らん顔はしているが、運転手の耳にも話が聞こえているはずだった。女同士のやりとりならともかく、波多野がその仲間にはいれば話が深刻になる。それが運転手に対して、照れ臭かったのである。

それにしても、ママというのはしっかりしているものだ。同じ二十代で年がそう離れてもいないのに、まるで長女と末っ子か母と娘みたいであった。説教できるだけの貫禄もあるし、理屈も心得ている。

また春奈は自分のことのように、多美子の将来というものを考えてやっている。それで春奈は、波多野と多美子が建設的な結ばれ方をすることに、大いに協力しているのである。

そのために、いつ店をやめてもいい、明日にでも郷里へ帰るようにと、誠意を尽くしている。やはり、そうした器《うつわ》でなければ、本物のママにはなれないのだろうと、波多野は妙に感心していた。

それに比べると波多野などは、無責任でいいかげんなものだった。多美子の郷里が長崎だということを、波多野はいま初めて知ったのである。それに、多美子の家族についても、まるで考えていなかったのだ。

タクシーは、代々木八幡《よよぎはちまん》の東側にあるマンションの前で停まった。多美子と春奈が先に降りて、料金を払った波多野がそのあとを追った。『グリーン・ハウス』という買い取りマンションで、建物はあまり新しくなかった。

自動エレベーターに乗って、七階まで行った。夜も遅い時間だし、部屋の外には人影がなかった。誰も住んでいないみたいに、静まり返っている。春奈が鍵を取り出して、廊下の突き当たりのドアをあけた。

部屋の中は、大して広くなかった。３ＤＫだが、一つ一つの部屋が狭いのである。しかし、家具調度品に安物はないし、装飾も凝《こ》っていた。ゆったりとした雰囲気はないが、豪華な女の城であった。

「もう、ここに住んで四年になるの」

春奈は着替えをしないで、波多野と一つソファに腰を沈めた。

「紅茶でも、いれましょうか」

多美子が言った。

「そうね、お願い」

春奈が、笑いながら頷《うなず》いた。

多美子は、ダイニング・キッチンへ姿を消した。これまでにも何度か、多美子はここを訪れているのだろう。勝手に何でもやれる、という感じであった。多美子は春奈に、何がどこにあるのか尋ねもしなかった。

「よく、ごらん下さい。男性の匂《にお》いなんて、まるでしないでしょ」

春奈は室内を見渡して、嬉しそうに笑った。特別な存在となる男がいないことを、春奈は得意がっているみたいだった。

「認めるよ」

波多野は言った。

「ねえ、多美子ちゃんのこと、よろしくお願いしますね」

急に真剣な顔つきになって、春奈は波多野の手を握りしめた。

「彼女の家族は、長崎にいるんだね」

波多野も、真面目《まじめ》に質問した。

「家族って言っても、お母さんひとりだけなの」

「母ひとり子ひとりか」

「お父さんは、小学校の先生だったんですって。でも、そのお父さんとお姉さんが亡くなって、お母さんと彼女だけが残ったのね」

「ほかに、肉親はいないのかね」

「いないみたい」

「すると彼女は、お母さんのところへ生活費を送っているんじゃないのかな」

「もちろん、そうでしょう」

「じゃあ、お母さんを引き取ったほうがいいな」

「でも、東京へは、出て来ないんじゃないかしら。年をとると長年、住み馴《な》れたところを、離れたがらないもの」

「生活費を、送ったほうがいいかね」

「これまで多美子ちゃんが仕送りしていた分ぐらいは、先生のほうで面倒を見てあげて欲しい」

「わかった」

波多野は軽く、春奈の肩を叩《たた》いた。そのとき、電話のベルが鳴り出した。春奈が一瞬、ハッとなって腰を浮かせた。電話機は入口の近くにあるので、驚くほどベルの音は大きく聞こえなかった。

だが、夜中にかかる電話には、ドキッとさせられるものだった。

「出ましょうか」

ダイニング・キッチンから、多美子の声が飛んで来た。

「お願い」

顔をしかめながら、春奈がそう応じた。

2

電話のベルがやんだ。

多美子が、電話に出たのである。多美子はそのまま応対しているらしく、春奈を呼びには来なかった。春奈の知り合いからの当たり前な電話であれば、多美子がすぐに取次ぐはずであった。

「また、あの男からだわ」

不快そうな顔で、春奈が言った。

「あの男って、店のエレベーターの中で言っていた正体不明の男のことかい」

波多野が、そう訊いた。

「そうなの」

春奈は、肩をすくめた。

「いつも、こんな時間に電話をかけて来るのかね」

「いつもって言っても、今夜が四度目だけどね」

「どうして、ここの電話番号を知っているんだろう」

「さあ、わたしだってもうここに四年も住んでいるし、いろいろな人が電話番号を知っていて当然って気がするのよ。それに電話の男は何年か前に、わたしと会ったことがあるって言っているんですもの」

「それで、ママのほうには心当たりがないのかい」

「声だけじゃわからないわ。親しい人でなければ……」

「こういう人間だとか、どこでママを知ったとか、自分から言おうとしないのかね」

「会えばわかるって、名前も教えないの。わたしも気味が悪いから、すぐに電話を切っちゃうしね」

「用事は、どういうことなんだ」

「お目にかかって、是非お話したいことがあるって、それだけのことらしいの」

憮然《ぶぜん》たる面持《おもも》ちで、春奈は言った。

そこへ、多美子がはいって来た。三人分の紅茶を、運んで来たのである。多美子は春奈の横に、大きなクッションに凭《もた》れかかる恰好で腰をおろした。絨毯《じゅうたん》の上に、すわったのであった。

「ママ、おっしゃる通りにさせてもらって、明日の早い時間に長崎へ向かいます」

多美子が笑いのない顔を、春奈に向けた。

「いいことだわ、そうしなさい。でも、切符が手にはいるかしらね」

春奈はつぼめた口へ、紅茶のカップを近づけた。

「飛行機は無理でしょうけど、列車だったらいつでも大丈夫です」

「あら、列車で行くの」

「だってママ、わたし飛行機だけは駄目なんですもの。だから、航空券が買えなくって、丁度《ちょうど》いいんです」

「まあ、どっちでもいいけどね。ところで、いまの電話どうなったの」

「そうそう、変な男からの電話でした。わたしのことをママだと思っているらしく、是非お話したいことがあるんです、これからお邪魔したいんですがって、しつこく言うのよ」

「やっぱりね」

「変質者かしら」

「でも、これから本当に押しかけて来たりしたら、わたし困るわ」

「その点だったら、大丈夫です。いまお客さんが五人ばかりいて、ドンチャン騒ぎをしているところなので、お会いできませんって電話を切ったから……」

「そう言ってくれたの」

「ええ」

「だったら、安心だわね」

ようやく春奈は、彼女らしい笑顔になった。それから三十分ほど話し込んで、波多野と多美子は引き揚げることにした。時間は、午前二時に近かった。波多野と多美子は、タクシーに乗るのに山手《やまて》通りまで歩かなければならなかった。

夜中の暗い道を歩きながら、何度も唇を触れ合わせた。唇を重ねたまま歩くということを、波多野は久しぶりに経験した。彼は青春を取り戻したようだと、若やいだ気持になっていた。

「今夜のこと、とても嬉しかったわ。もう本気になって、愛しちゃってもいいのね」

多美子は、震えを帯びた声で言った。

波多野はこのまま多美子を、マンションへ連れて帰りたいと思った。そうでなければ、今日一緒に長崎へ行きたかった。だが、そのどちらも、許されないことであった。今日の早い時間に東京を離れる多美子には、郷里へ帰るための支度というものがある。

その多美子を、波多野のマンションへ連れ帰るわけにはいかなかった。長崎へ行くとなると、何日か前のそれなりのスケジュールの調整が必要であった。弁護士には所詮《しょせん》、気ままな旅立ちなど無理な話なのである。

「いつ、帰って来るんだ」

「母のところに三日間はいなくちゃならないから、五日後には帰って来られるわ」

「電話をくれるだろう」

「もちろんよ」

「近いうちに、二人で長崎へ行こう」

「わあ素敵、きっとよ」

タクシーの中でのそうしたやりとりだけで、波多野は満足しなければならなかったのだ。途中、三軒茶屋で多美子をおろして午前二時三十分に、波多野は上野毛のホワイト・マンションに帰りついた。

波多野はすぐ、ベッドにはいった。今夜は有意義に過ごせたし、何となく充実感を覚えると、ベッドの中でビールを飲みながら彼は思った。心身ともに新しい人生へ、スタートできるような気がした。

しかし、こんなふうに文句のつけようがない満足感はその裏側に、不幸を引きずっているということがよくあるものだと、眠りに落ちながら波多野は考えていた。しかも、そうした悲観的な予感は往々にして、その通りの結果を招くものだった。

午前九時三十分に、波多野は電話のベルによって叩き起こされた。電話の相手が山城だとわかったとき、波多野は早くも頭をガーンとやられたような衝撃を受けていた。当たり前な電話を、朝のうちにかけてよこすような山城警部補ではなかったのだ。

「おい、〝歪んだ真珠〟が予告を実行したよ」

果たして、山城は最初にそう報告した。

「それにしても、あんたには不思議に縁がある。妹さんに次いで、被害者はあんたの知り合いだ。歪んだ真珠が予告を実行するのに選んだのは、クラブ数利夢のママだぜ」

山城警部補は、息も継がずに言った。

死の家

1

午前六時に、新聞の配達に来た高校三年の少年が、発見者となったのである。

代々木八幡の東側にあるグリーン・ハウス七階のA号室のドアが、開放されたままになっていた。ドアを大きくあけておくような時間ではないし、これまでついぞなかったことだった。

少年は新聞を投げ込みながら、ドアの内側を覗《のぞ》いてみた。人の気配は、まるで感じられなかった。それでいて、激しい水音が聞こえている。左手にある浴室の中で、水が出しっぱなしになっているらしい。

浴室のドアも、半分あいていた。タイルの床を流れている水とともに、人間の足の裏が見えている。少年は靴をぬぐのが面倒だったし、浴室まで這《は》いずっていってドアを押し開いたのであった。

水道から浴槽へ、水が太く落ち込んでいる。浴槽はいっぱいで、溢《あふ》れた水がタイルの床に流れていた。そして、そのタイルの床に女が四肢《しし》を投げ出して、転がっていた。白いネグリジェが引き裂かれ、パンティが女の口の中に押し込んであった。

少年が、一一〇番に通報した。

パトカーが急行して、殺人事件であることを確認した。

現場に駆けつけた所轄署の捜査一係のメンバーが、残虐魔の犯行と断定した。合同捜査本部の係官が、出動することになった。

被害者は、クラブ数利夢のママだった。砂川春奈、二十八歳である。犯行時間は、午前三時から三時三十分と推定された。表面が滑《なめ》らかなロープで絞殺し、胸から下腹部にかけて赤いペンキがスプレーによって噴射されていた。

異物挿入は被害者の指輪と、ヘア・ブラシの柄《え》であった。体液は、検出されなかった。遺留品もなく、指紋もまた同じだった。被害者の住まいに、出入りしている人間の指紋しか、採取できなかったのである。

波多野はみずから、参考人として捜査本部に出頭することを、山城警部補に伝えた。殺される直前まで被害者と一緒にいた人間として、参考人になる資格はありすぎるくらいだったのだ。

午後になって、波多野はタクシーで中野警察署へ向かった。中野警察署の二階の広い会議室と、その隣の応接室が合同捜査本部に提供されていた。捜査員たちは出払っていて、五、六人しか残っていなかった。

その五、六人は、電話の応対に忙しかった。山城警部補の案内で、波多野は応接室へ通された。山城が波多野に、捜査主任を紹介した。捜査主任と山城のほかに、筆記用具を準備して若い刑事がひとり同席した。

「昨夜、被害者のマンションの部屋に、寄ったそうですね」

個人的な心安い言葉遣《づか》いを避けて、山城警部補が質問を始めた。

「ええ、クラブ数利夢のホステスのひとりと一緒に、店の帰りにママの住まいに寄ったわけです」

波多野も真面目な顔で、参考人らしい口のきき方をした。

「時間は……？」

「十二時五十分ぐらいでした」

「それからどのくらい、被害者のところにいたんですか」

「丁度、一時間です」

「すると、被害者の住まいを出たのは、午前一時五十分頃だったんですね」

「そうです」

「間違いありませんか」

「正確です」

「そのあと、どこへ行かれたんです」

「自宅です」

「一緒だったホステスは、どうしたんですか」

「同じタクシーに、乗りました。彼女を三軒茶屋まで送ってから、上野毛の自宅へ帰ったんです」

「自宅についたのは、何時だったか覚えていますか」

「午前二時三十分でした」

「それで何かあなたには、容疑者について思い当たることがあるんだそうですね」

「犯人だろうと思われる男が、電話をかけて来たんです」

「一つ、主観は抜きにして、事実だけを話して下さい」

「とにかく、男が電話をかけて来たんです。しかし、その男が何者であるのかは、一切わかりません」

「具体的に、聞かせてもらいましょう」

「その電話はママの部屋に落着いて二十分後、午前一時十分頃にかかって来たんですがね」

波多野はそこで、例の気味の悪い男からの電話について、詳しく説明した。

その正体不明の男に関しては、すでにママから聞かされていたこと。ママにはまったく、心当たりがない男だということ。男はママの自宅の電話番号を知っていて、以前に一面識あったと主張していること。

是非とも会って話がしたいとだけ電話で要求し、昨夜のが四度目の電話であったこと。

昨夜も男はママに代わって電話に出たホステスに、これからお邪魔したいがと執拗《しつよう》に食い下がったこと。

ホステスが咄嗟《とっさ》の機転で、五人ほど集まってドンチャン騒ぎの最中だからと断わって、電話を切ったこと。会えばわかると、名前も教えようとしないこと。変質者ではないかと、ママが不安を感じていたこと。

以上のような点について、波多野は詳しく説明したのである。説明を終えて、波多野はタバコに火をつけた。その電話の男こそ残虐魔に違いないと、確信を示しながら波多野は煙を吐いたのであった。

「犯行時間を午前三時とすると、あなたたちがグリーン・ハウスを出て一時間十分後ということになりますね」

　山城警部補が鋭い目で、親しい友人の顔を見据えた。

「つまり、電話の男が言葉通り、ママのマンションへ出向いて来たんですよ」

　波多野は言った。

「しかし、ホステスがいま五人ほど集まって、ドンチャン騒ぎの最中だと、断わったんでしょう」

「その言葉を信じたら当然、グリーン・ハウスには近づこうともしなかったでしょうね」

「電話の男は、ホステスの言うことを本気にしなかったんですか」

「嘘だと、見抜かれたんですよ。ちょっと、言い方がオーバーすぎたんだと、思いますがね」

「オーバーとは……？」

「いまお客さんが来ていて、大事な用件で話し込んでいるからと言えば、それで十分だったんです」

「まあね」

「ところが、五人も集まってドンチャン騒ぎをしているなんて、大袈裟《おおげさ》な言い方をした。マンションの一室で五人がドンチャン騒ぎをしていれば、もちろん電話を通じてそれなりの声や雰囲気が耳に達するものです。しかし、電話に出ているホステスの声の背景は静まり返っていて、バック・ノイズなどまるで聞こえない。それだけで嘘だと、見抜けるはずです」

「なるほど」

「なぜ、そうしたオーバーな口実を、嘘をついてまで必要とするのか。それはママがひとりでいて恐ろしがっているためだろうと、残虐魔は察したんじゃないんですか」

「それで残虐魔は午前三時近くに、グリーン・ハウス七階のA号室を訪れた」

「当然、部屋の戸締まりは、厳重にしてあったと思います」

「しかも電話の男を気味悪がっていた砂川春奈が、またどうして簡単にドアをあけたりしたんでしょうね」

「知っている男だったからですよ」

「すると、砂川春奈と以前に会ったことがあるという男の言い分は、事実その通りだったわけですか」

「そういうことになります。つまり声ではわからなかったけど、顔を見たら思い出したという程度の知り合いでしょう」

「その程度の知り合いを、夜中に部屋の中へ入れたりしますか」

「招じ入れる意志はなかったけど、ドアをほんの少しあけたあとは強引に、押し入られたってことでしょうね」

「砂川春奈は大声で、助けを求めていないようですよ」

「ドアの隙間から、いきなり凶器を突きつけられたりしたら、声も出ないんじゃないですか」

「どうも、ご協力ありがとうございました」

山城警部補は一方的に、波多野とのやりとりを打ち切った。参考事情の聴取ではなく、意見の交換になってしまったからだろう。電話の男が残虐魔だと決め込んで、主観的な言い方をする波多野に、山城は辟易《へきえき》したのかもしれない。

その山城に送られて、波多野は中野警察署を出た。二人は、中野署の裏手にある駐車場へ向かった。駐車場の一隅で、紺色の乗用車が午後の日射しを浴びていた。昨夜、山城に預けた波多野の車だった。

「今朝、目黒を抜けて代々木八幡まで、この車を飛ばしたんだがね。下目黒三丁目のあのあたりが、何となく懐かしかったな」

山城が、憮然とした面持ちで言った。この大男が少女趣味の言葉を口にすると、憮然とした顔つきに見えるのであった。

「そうかい」

運転席に乗り込みながら、波多野は苦笑していた。波多野は二年前まで、目黒区の下目黒三丁目に住んでいたのである。久しぶりにそこを通ったら、過去が懐かしく感じられたと、山城は言っているのだった。

「とにかく、〝歪んだ真珠〟に予告通りの実行を許してしまったんだ。合同捜査本部の立場は、苦しくなる一方さ」

山城が、溜《た》め息をついた。

「砂川春奈は色が真っ白で、餅肌だったんだぜ」

ハンドルに手をかけて、波多野は運転席の窓から言った。

「それから倉沢友和のところへは、明日にでも足を向けてみようと思っている」

山城警部補は二本の指だけで、敬礼するような仕種《しぐさ》をしてみせた。

「じゃあ……」

波多野は、車をスタートさせた。

2

人間は心理的に、ちょっとした刺激を受けて、妙なことを思いつくものである。下目黒三丁目を通ったらひどく懐かしかった、という山城の何でもないような言葉に刺激されて、波多野もそこに寄り道してみようと思い立ったのだ。

山城は、品川《しながわ》区荏原《えばら》三丁目に住んでいる。それで今朝、代々木八幡へ急ぐのに彼は、波多野の車を運転して山手通りへ出ようとしたのだろう。荏原三丁目から山手通りへ北上する途中、下目黒三丁目を抜けたというだけのことにすぎない。

　だが、山城からそうした話を聞かされて、波多野も過去に触れてみようという気になったのだ。もちろん、目的などありはしない。いまさら下目黒三丁目を走り抜けても、無意味ということになる。

　二年前まで、下目黒三丁目の借家に住んでいた。目黒不動の西、不動公園の南のあたりだった。場所はいいし、古い家だからと家賃も安かった。確かに古い家で、老朽家屋という外見であった。

　しかし、階下に四間と台所や浴室、二階に二間というのは広すぎるほどだった。住んでいたのは、波多野とマチ子の夫婦だけであった。庭もあって樹木や植込みが見られ、波多野もマチ子も快適な住み心地だと気に入っていたのである。

　だが、終わりが悪かった。

　例の奇妙な暴行事件が、快適な生活を破壊したのであった。パンティまで剝《は》ぎ取られてマチ子は泣いていたのだから、間違いなく強姦《ごうかん》されたはずなのである。ところが当のマチ子はそれを、頑強に否定したのだ。

　未遂だと、マチ子は言い張った。

　そのことが夫婦間に、大きく深い亀裂を作ったのである。夫婦は離婚することになり、マチ子が自殺へ走るという結果を招いた。マチ子は五反田《ごたんだ》のビルの屋上から、身を投げたのであった。

その借家で、自殺したわけではない。

しかし、その借家で死の原因が生じた、ということになる。夫婦の歴史もマチ子も、そこで死んでしまった。消え去った過去との接点がそこにあるだけで、いわば死の家というべきだろう。

下目黒三丁目にはいった。目黒不動の西からその住宅地の道路へ、波多野は車を乗り入れた。道路が狭くなるのにつれて、人影が見当たらなくなった。閑散として静かな、日暮れ前の住宅地だった。

道、四つ角、石垣、赤い屋根と記憶している光景は、やはり懐かしい。夫婦が住んでいた老朽家屋はすでに取り壊されていて、庭の樹木の一本、植込みの一株も残っていなかった。

そこでは、新しい家を建てるための基礎工事が進められていた。やはり、過去も遠くなっただけのことはある。車を徐行させながら、波多野はそう思った。

「パンティも、はいていない！　そうやって、泣いている！　その上、医者へも行きたがらない！　それで何もされていないなんて嘘が、通ると思っているのか！」

逆上して怒声を発する自分の姿と声を、波多野は頭の中に甦《よみがえ》らせていた。

「でも、本当なのよ！」

マチ子も身を揉《も》んで、泣き叫んでいた。

「嘘だ！」

「本当よ！」

「素直に認めれば、狂犬に咬《か》まれたということですぎるんだぞ」

「だから、素直に事実を言っているんじゃないの」

「違う。お前は相手の男を、庇《かば》っているんじゃないか」

「そんな……」

「そうなれば、狂犬に咬まれたってことじゃなくなる。お前は、不貞を働いたってことになるんだ」

「ひどいわ！」

「相手の男を、お前は知っている」

「知らない顔だったのよ」

「知っている相手だから、お前は裏口から男を台所の中へ入れたんだ」

「違うわ」

「お前はまさか、その相手が妙なことをするとは思っていなかった。ところが、男はお前を犯した。お前は抵抗しきれなくなって、その男に犯されたんだよ」

「そんなことを言うんだったら、わたしを殺してちょうだい！」

「そのお前が未遂に終わった、だから医者にも警察にも行く必要はないって、頑張っている。それはお前が、男を庇おうとしているからじゃないか！」

「殺して、殺してよ！」

悲惨な夫婦のやりとりであり、いま振り返ってもゾッとするくらいだった。やはり、いやな思い出しか残っていない。懐かしくはあっても、それは悲劇的な過去の汚点を通じてのことだった。

波多野の車は下目黒四丁目へ抜けて、十字路を目黒通りのほうへ右折した。その瞬間に、十字路に門を向けている邸宅の表札が、波多野の目に飛び込んで来た。波多野は反射的に、ブレーキを踏んでいた。

この十字路を通るのは、初めてのことだった。従って、十字路の周辺にある古い邸宅やそこの表札を見るのも、今日が最初であった。波多野は初めて見る表札に、気になる二文字を認めたのである。

その表札の二文字には、『筑波』とあったのだ。

事務長の存在

1

筑波——。

波多野にとって、これほど印象的な名前はなかった。いやでも、光琳女子短大の実力者ナンバー3、白山の学生寮の事務長を連想してしまう。光琳女子短大の学生寮の事務長は筑波朗、表札の『筑波』と同姓であった。

筑波という姓は、それほど多くない。事務長に会ったときも、まずそのことが話題になった。芸名などを除くと、珍しいのではないかと、波多野も感想を述べた。

その後、波多野は気になって、電話帳を調べてみた。

彼が調べた東京二十三区の電話帳には、十七人の筑波姓しかなかった。まあ一般的な名前、ということにはならないだろう。

波多野は車を走らせて、目黒通りへ出る手前で停めた。左側の角に、交番があったのだ。波多野は、交番の中へはいった。書類に何やら書き込んでいた三十前後の警官が、波多野を見上げた。

「お尋ねします」

波多野は言った。

「何でしょう」

警官の目が、波多野の衿《えり》のバッジへ走った。それで波多野の身分について、察しがついたようである。

「筑波さんというお宅を、捜しているんですがね」

波多野は意識的に、壁の地図に視線を向けたりした。

「筑波さんね」

警官は、立ち上がった。

「番地は、下目黒四丁目としかわかっていないんです」

「だったら、間違いないでしょう。この横丁をはいって、二つ目の十字路の右手前の角の家が筑波さんです」

「光琳女子短大の学生寮の事務長さんなんですがね」

「そうです。お父さんが光琳女子短大の、初代理事長だった人でしてね」

「筑波朗という名前にも、間違いはありませんか」

「現在の世帯主が筑波朗さんで、奥さんと息子さんが二人います。この土地の旧家でね」

「ほかには……」

「同居人がひとり、お手伝いですよ。奥さんはかなり前から心臓が悪くて半病人、息子さんは二人とも高校生です」

近所に住む名士のせいか、警官は筑波家に関して記憶が確かであった。

「どうも、お世話さまでした」

波多野は笑顔を見せようとしたが、頬《ほお》のあたりが引き攣《つ》っただけであった。あまりにも手応えが的確すぎて、会心の笑みを浮かべることができなかったのだ。波多野は逃げるようにして交番を出た。

警官は、筑波朗の父親のことまで知っていた。この土地の旧家だそうであり当然、古くから住んでいるのだ。筑波邸の敷地はかなり広く、お屋敷と言ってもおかしくなかった。もちろん二年前にも、筑波朗はここに住んでいたのである。

筑波朗は、白山の光琳女子短大の学生寮にいる。最高責任者の事務長だから、学生寮内をわがもの顔に歩き回ることができる。それに光琳女子短大の実力者として、学校にも自由に出入りしていたはずだった。

そうなれば短大の学生、あるいは学生寮に出入りする者、寮生などが、筑波の目にとまるという可能性はありすぎるくらいではないか。換言すれば、筑波は自分が病的に好む女を、短大や学生寮にいる学生たちの中に見出すことが、容易にできたのである。

色が雪のように白い。

餅肌。

そして、むっちり型。

この三条件が揃《そろ》っている女を、筑波は病的に好んだのではないか。容貌《ようぼう》は、二の次であった。三つの条件さえ具《そな》えていれば満足であり、その女を犯したいという欲望に駆られる病的な異常性を筑波は持っているのではないだろうか。

筑波は異常な欲望の対象を、自分の身内と変わらない光琳女子短大の学生の中から選んだ。現役の学生ばかりではなく、卒業生でもいいわけである。彼はそれらの犠牲者を、学生寮において見つけたのに違いない。

三つの条件を具えた犠牲者たち――。

妹の初江と林田千枝子は、いずれも光琳女子短大の卒業生で、学生寮に出入りしたことがある。

柏木良子は光琳女子短大に在学中で、三カ月間ではあったが寮生活を送っている。

そして、自殺した妻のマチ子も光琳女子短大の卒業生で、在学中は寮にいたのである。

そのマチ子が在学中、つまり寮生活を送っていた頃から、筑波は特別な関心を抱いていた。

しかし、その頃の筑波にはまだ、願望を実行に移す勇気もチャンスもなかったのだろう。そのうちに、マチ子も光琳女子短大を卒業し、白山の寮から姿を消した。マチ子は、別の世界へ去ったのである。

歳月が流れた。

ある日、偶然にも自宅の近くで、筑波はマチ子を見かけた。マチ子は成熟した女として、ますます筑波の好みのタイプになっていた。筑波は、マチ子を尾行した。

その結果、マチ子が近くの借家に住んでいることがわかった。マチ子は結婚して波多野姓となり、夫婦二人だけで広い借家に住んでいた。夫の帰宅時間は一定しておらず、かなり遅くなることもある。

そうなるとマチ子の存在は、筑波の意識を大きく占めることになる。筑波の自宅から、四百メートルと離れていないところに、マチ子は住んでいるのだ。

筑波の病的な欲望は、日増しに膨脹《ぼうちょう》する。マチ子を犯したいという衝動に駆られ、それを抑制する理性が次第に埋没する。ついに耐えきれなくなって、彼は異常者となったのである。

その夜、筑波は夫婦の住む借家に接近した。様子を窺《うかが》い、夫が帰宅していないことを確認すると、彼は裏口へ回った。裏口のブザーを鳴らすと、マチ子が台所へはいって来た。夜も遅いことだし、マチ子も不用心にドアをあけたりはしない。

「どなた……」

マチ子は、声をかける。

「覚えていますか、筑波ですよ。光琳女子短大の筑波です」

ドアの向こうから、そのように返事があった。

「筑波先生、事務長さんですか！」

「そうです」

「あの、どうぞ、玄関へお回り下さい」

「いや、ここで結構です」

「でも……」

「わたしの家も、この近くなんですよ。それで、あなたを見かけたもんですからね。そのことを思い出して、ちょっと寄ってみたんです」

こうしたやりとりがあって、マチ子は勝手口のドアをあけたのだ。

同時に、筑波はマチ子に襲いかかり、その場に押し倒した。マチ子は驚いて抵抗したが、徹底して逆らうことはできなかった。筑波は台所で、目的を遂げたのである。

筑波はそのあと、すぐに立ち去った。

彼は何となく、ものたりなさを感じていた。

マチ子を犯したには違いないが、筑波の欲望は完全に満たされていなかった。それは、本物の強姦にならなかったからである。

死にもの狂いになって抵抗し、苦悶《くもん》する女を犯すことが、筑波の病的な願望だったのだ。

ところがマチ子は、そこまで徹底して抵抗しなかった。諦《あきら》めたあとは、和姦に近くなった。殺されるときみたいな苦悶も、マチ子には見られない。そこに中途半端なものが、感じられたのである。

マチ子はなぜ、死にもの狂いの抵抗を試みなかったのか。

相手がよく知っている男だったので、恐怖感が強烈ではなかったこと。

マチ子は短大在学中に、筑波に好ましい男を感じていたこと。

母校の実力者であり、社会的地位や信用にいささかの遠慮があったこと。

自宅の台所という場所であり、夫が帰る前に筑波を退散させなければならないと、計算が働いたこと。

以上のような理由から、マチ子はいつまでも激しい抵抗を続けなかったものと思われる。そして、それが同時に、波多野に嘘をつく理由にもなったのだ。

もちろん、夫以外の男の身体を受け入れたことを、認めたくなかったのが最大の理由である。だが、ほかにも筑波を庇うため、という理由があった。

よく知っている男。

嫌いではない男。

その男の社会的地位と名誉を、傷つけたくない。

だから、マチ子は筑波を庇ったのだろう。そのためには、見たこともない男が侵入して来て犯されそうになったが何とか撃退したし、未遂なのだから警察にも医者にも行く必要はない、という主張を押し通さなければならなかった。

だが、その主張を波多野は、頑として信じなかった。

マチ子は引っ込みがつかなくなり、自殺した——。

2

その夜、八時すぎになってホワイト・マンションの部屋を、山城警部補が訪れた。原田《はらだ》という若い刑事が一緒だった。刑事たちは波多野のところへ、クラブ数利夢の常連の客について聞き込みに来たのである。

しかし、波多野はその聞き込みに対して、まるで役立たずであった。彼はクラブ数利夢の客と、口をきいたこともなかったのだ。常連の顔は記憶しているが、名前も職業も知らないのである。

「それより、重大な手がかりになることがあるんだ」

波多野は刑事たちにジュースをすすめながら、筑波事務長の自宅発見の件を持ち出した。波多野は筑波事務長の存在、自宅の所在地の重要性、そしてマチ子が最初の犠牲者だったことについて、詳しく説明した。

「匂うけど、ただそれだけのことだな」

気乗りのしない顔で、山城が波多野説に対する感想を述べた。

「証拠がないというのか」

どうして自分の考えをすべて否定するのだろうかと、波多野は山城という友人が腹立たしくなっていた。

「要するに、お話だろう」

山城は充血した目で、波多野を睨《にら》みつけるようにした。

「証拠や裏付けは、捜査をしなければ得られない」

波多野は不快そうな顔で、吐き捨てるように言った。

「しかし、相手は社会的な地位も信用もある人間だし、軽率な真似はできないよ」

「それと同じ遠慮が、マチ子にもあったんだ」

「ほかの被害者との結びつきは、どうなるんだね。色白、餅肌といった条件も具えていないし、光琳女子短大にもまったく無関係な被害者が、ほかに六人もいるんだぜ」

「無差別に対象を選ぶってことも、あるんだろうよ」

「九人目の砂川春奈と、筑波事務長にはまるで接点がない」

「クラブ数利夢の客の中に、筑波らしい男は見当たらないって、言いたいんだろうがね」

「その通りだ」

「クラブ数利夢のママの出身校は、どこだったんだい」

「九州の熊本で、高校卒だよ。数利夢の客だけではなく彼女の交友関係、それに過去の知り合いの中にも、光琳女子短大の関係者なんてひとりもいなかったね」

「そうかい」

「あんたの話によると、電話をかけて来た犯人に違いない男というのは、ママと面識があったんだろう」

「そういうことらしい」

「つまり、知り合いだ。そうだとすると、筑波事務長はママの知り合いでなければならない」

「ところがママの周囲からは、光琳女子短大の関係者なんて、まるで浮かんで来ないってわけか」

「あんたはマチ子さんを、何とか残虐魔の事件に結びつけようとする。そのために、想像やお話の世界にはいり込んでしまう」

山城警部補は、不機嫌な顔つきになっていた。

「おれにだって、客観的にものを見る目がある。こう見えても、法律家のはしくれなんだ」

憤然となって、波多野は言った。

そのとき、電話が鳴った。波多野は荒々しく、送受器を手にした。川本多美子からの電話であった。いまは来客中なので、あとでこちらからかけると番号だけを訊き、波多野は電話を切った。

「身近な人間が絡んで来ると、客観的な目も曇るものさ」

山城が話題を変えずに、批判的な言葉を続けた。

「そんなはずはない」

波多野は怒る代わりに、嘲笑《ちょうしょう》するような鼻の鳴らし方をした。

「どうしても、感情が作用して主観的になる」

「それは、その人その人の性格によるんだよ」

「警官の場合も、個人的な結びつきの強い者が関係している事件だと、捜査陣からはずされることになる」

「まあ、いいさ。感情を抜きにして、筑波事務長をおれの手で追いつめてやる」

波多野は不満を感じながらも、その話を早々に打ち切ることにした。このままだと、喧《けん》嘩《か》になりそうだったからである。山城警部補も疲労と焦燥感に気が立っているのだろうし、波多野は身近な人間の連続した死に興奮気味なのだ。

三十分ほどして、二人の刑事は帰って行った。

波多野はすぐに、電話をかけることにした。メモしてある電話番号の最初は、長崎局番の0958から始まる。コールが一回鳴っただけで、待っていたように多美子が電話に出た。

　東京と長崎の距離感がまるでなかった。

「大変なことがあったんだ」

　多美子は長崎にいてまだその大事件を知らずにいるということが、距離感と言えるかもしれないと波多野は思った。

「何があったの」

　不安そうに、多美子の声が曇った。

「ママが、殺されたんだよ」

「ママって……？」

「砂川春奈、数利夢のママに決まっているだろう」

「いやねえ」

「何が、いやなんだ」

「嘘なんでしょ」

「馬鹿だな。本当なんだよ。今日の明け方、おれたちが帰ったあと、グリーン・ハウスの部屋で殺されたんだ」

「まさか……」

「本気で、言っていることなんだぞ。いままでだって、山城たちがそのことで来ていたんだ。残虐魔に、殺されたんだよ」

「本当にママが、歪んだ真珠に……？」

小声で言ってそのあと、多美子は絶句してしまった。

歪んだ真珠——。

そう多美子の言葉を耳にした瞬間、波多野は『歪んだ真珠』の意味を思い出していた。

歪んだ真珠

1

何かの本で読んだことがある、という記憶は確かだったのだ。

それもただ『歪んだ真珠』という言葉の上を目が素通りしただけではなく、その瞬間に、なるほどそうした意味の用語なのかと興味を覚えたのである。そのために、波多野の記憶にやや深く刻まれていたのであった。

用語——。

用語の一種である。専門的な用語だった。学術語、あるいは芸術様式用語というべきだろうか。多美子の何気ない『歪んだ真珠』という言葉を耳にしたときに、波多野はひょいと思い出したのだ。

波多野は書棚から、『近代建築美学』という本を抜き取った。その本の中で、『歪んだ真珠』を読み取ったことに間違いはなかった。だが、どのあたりのページに載っているかまでは、とても覚えていなかった。

一年以上も前に、通読した本だったのである。

波多野は最初からページを繰《く》って、ざっと目を走らせることにした。見覚えのある字は、そうしただけで目の中に飛び込んで来るはずであった。本の三分の二に達するまでに、十五分ほどかかった。

「あった！」

波多野は、大声で叫んだ。

項目としてある『歪んだ真珠』という大きな活字が、目についたのだった。波多野はソファにすわると、その部分のあまり長くない文章を読んでみた。

――歪んだ真珠――

この不可解な意味の言葉は、十七世紀の初頭から十八世紀の半ばにかけて、全ヨーロッパを風靡《ふうび》した芸術様式である。芸術には建築、彫刻、音楽、及び文学が含まれる。

フランス語で、『バロック』という。『バロック』そのものに、『歪んだ真珠』という意味はない。だが、語源が『歪んだ真珠』という意味のポルトガル語である。

それで『バロック』すなわち『歪んだ真珠』という児戯《じぎ》的な表現も、試みたくなるのだろう。

この様式の特徴は第一に、文芸復興期の古典主義に対して有機的な流動感が強い。

第二にマニエリスムに対しては、現実感が強い。

第三に、ロココよりも雄大荘重《ゆうだいそうちょう》である。

このように、記されてあった。

波多野は本を投げ出すと、タバコに火をつけた。歓声をあげるほどの新発見はなかった。フランス語の『バロック』の語源が『歪んだ真珠』という意味のポルトガル語、とただそれだけのことなのである。

筑波はフランス語とかポルトガル語とかに関係なく、単なる思いつきから『歪んだ真珠』という異名を作ったのだろうか。『黒いキツネ』や『悪魔の息子』といった異名を、意気がって考え出したのだろうか。

筑波の教養の程度から判断して『近代建築美学』ぐらいの本は読んでいるはずである。彼はフランス文学が専攻で、三十代の後半までは光琳女子短大で学生に教えていたと聞いている。

しかし、もともと経営者としての素質があり、理事長だった父親の病死を機会に、彼は光琳女子短大の経営に参画することになったのである。筑波は腕のいい商売人であるとともに、大変なインテリだったのだ。

フランス文学を専攻。

『バロック』は、フランス語。

その語源が『歪んだ真珠』という意味のポルトガル語。

このような見方をすれば、筑波朗と『歪んだ真珠』は結びつく。何の意味もなく、またバロックという芸術様式も知らずに、筑波が『歪んだ真珠』を創作したのだとは、どうしても思えない。

筑波は『バロック』についての知識を持っている。

その語源であるポルトガル語の意味も知っている。

それで筑波は残虐魔の異名として、『歪んだ真珠』を拝借したのに違いない。

筑波のような切れ者で傲慢《ごうまん》なインテリは、いかなることにも意味を持たせたがる。自分の存在を、主張したがる。他人を小馬鹿にして、世間を嘲笑したがる。学のあるところを、誇示したがる。

そう考えれば、何らかの形で筑波と『歪んだ真珠』とが結びつくと、判断せざるを得ないのだった。筑波は自分というものの何かをパロディ化して、『歪んだ真珠』の中に織り込んでいるのに違いない。

だが、それは何か。

何もない。

歪んだ真珠――バロック。

「これだ、これだよ！」

ひとりしかいないのに、波多野は大きな声で喋《しゃべ》っていた。

気がついてみると、馬鹿馬鹿しいようなことであった。『歪んだ真珠』とか『バロック』とか、ひねった言葉を用いながら、そこに織り込んであることは単純そのものだったのだ。

歪んだ真珠のほうではなく、バロックに字が隠されていたのである。隠すというより、当てはめたのであった。バロックをばらばらにして、新たに組み立てると筑波の名前になる。

バロックの三字目を最初に、四字目をその次に、一字目を三番目に、二字目を最後に持っていくと、そっくり筑波朗の名前が出現する。

バロック。

ツクバロ。

筑波朗。

これが、偶然と言えるだろうか。こじつけようと苦心しても、こううまくは当てはまらないはずだった。字余りにもならないし、筑波という姓だけが隠されているのでもない。朗という名前までが、組み込まれている。

明らかに、意識的な工作であった。

筑波朗というフル・ネームをツクバロと片仮名にする。ツクバロの順序を入れ替えると、バロックというフランス語ができる。しかし、バロックをそのまま使ったのでは、ツクバロ——筑波朗と読み取られてしまう恐れがある。

それで、バロックの語源となるポルトガル語の意味を、日本語にして用いたのだ。それが、『歪んだ真珠』であった。

『歪んだ真珠』から『バロック』を引き出し、更に、それをツクバロと置き換えて、筑波朗の名前を発見できる人間などいるはずもない。筑波は恐らくそんな気持で、『歪んだ真珠』という思いつきに酔ったことだろう。

しかし、ここに被害者と光琳女子短大との結びつきに注目し、筑波邸の所在地に疑問を持った波多野という男がいたことが、筑波朗にとっては不運だった。

それに加えて、波多野が『歪んだ真珠』という言葉を記憶していたことも、筑波には致命的であった。更に、こうした挑戦的な筑波の小細工が、みずからの墓穴を掘るスコップの役目を果たしたのである。

勝った——。

波多野は、そう思った。

残虐魔そして歪んだ真珠の正体は、筑波朗に間違いないのだ。今度こそ山城警部補も、その気になるはずである。犯罪史上に残るはずの殺人鬼を、自分が捕捉したと思うと、波多野はじっとしていられないような興奮を覚えた。

2

翌日は法廷があったし、依頼人と示談についての打ち合わせもあって、波多野は夕方まで身体を拘束《こうそく》されていた。

山城士郎に電話を入れてから、波多野が中野署の合同捜査本部へ向かったのは、午後五時をすぎてからだった。駐車場に車を置いて警察の建物の中へはいったとたんに、波多野は山城警部補の姿を見かけた。

三人が、一緒に歩いて来る。山城と原田という若い刑事、それにもうひとりは倉沢友和である。妙なところで倉沢友和に会ったものだと、波多野は瞬間的に驚いていた。だが、それは当然のことなのだと、波多野はすぐに気づいた。

倉沢友和の不可解な言動について、山城警部補に告げたのは波多野自身だったのだ。それに対して山城警部補は昨日、明日あたり倉沢友和のところへ行ってみると言っていた。山城はその約束を、実行に移したというだけなのである。

倉沢友和も、波多野に気がついた。だが、チラッと、一瞥《いちべつ》しただけであった。強張《こわば》った顔が、青白かった。泣き出すのを堪《こら》えている、というように深刻な表情であった。倉沢は、波多野の前を通りすぎた。

「ご苦労さん」

原田という若い刑事が、後ろから倉沢に声をかけた。

だが、倉沢友和は知らん顔で、足早に警察を出て行った。その後ろ姿は、すぐに見えなくなった。山城と波多野は、奥の廊下のほうへ足を運んだ。原田という刑事が、二人のあとに従った。

「倉沢青年を、捜査本部へ呼んだのか」

歩きながら、波多野は訊いた。

「今朝、自宅へ会いにいったんだが、何となく様子がおかしい。それで参考人として、任意同行を求めたんだ」

山城は今日また、機嫌が悪そうだった。それほど暑くないのに、大男は首筋に汗をかいていた。

「それで、成果はあったのかい」

波多野は妹にも関係があることなので、好奇心を向けずにはいられなかった。

「ゼロだ」

山城は参ったというように、弱々しく首を振った。

「つまり、事件には無関係ってことなのかね」

「いや、むしろその逆さ。心証はクロ、但《ただ》し口を割らない」

「何もしていない、何も知らないというわけか」

「知らぬ存ぜぬの一点張りで、こっちが具体的に突っ込むと黙秘なんだよ」

「黙秘ね」

「参考人なのに、頑強な黙秘だ。当人には、被疑者だという自覚があるのかもしれないな」

「自分が不利になることで黙秘するというのは、シロじゃないって証拠だ」

「何かあるってことは確かなんだが、いまのところはどうしようもない」

「また、参考人として呼ぶのか」

「明日もまた、来てもらうさ」

「しかし、倉沢友和はいったい、何をやったんだろう」

「おいおい、倉沢を告発したのは、あんたなんだぜ」

「ところが、どうも妙なことになっちゃってね」

「何があったんだ」

「残虐魔つまり歪んだ真珠の正体は、やっぱり筑波朗だった。それを立証する手がかりを、持って来たんだがね」

「確かな話なのか」

「まず、間違いない。だが、そうなると倉沢友和は、事件に何ら関係がないってことになってしまう」

「捜査本部もようやく、活気づいて来たじゃないか」

山城警部補は、苦笑していた。

合同捜査本部の会議室には、大勢の本部員たちが集まっていた。三、四人のグループに分かれて、書類を見たり話し込んだりしている。壁の大きな地図の前に、立っている数人もいた。

電話がひっきりなしに鳴っているし、数人の刑事が怒鳴《どな》るような声で応対していた。奥の応接室も、満員であった。三カ所で参考人や情報提供者を何人かの刑事が囲み、話を聞いている最中だった。

山城と波多野は、窓際の席にすわった。波多野がまず山城に、『近代建築美学』を手渡した。『歪んだ真珠』について記されているページが折ってあったので、山城はすぐにそこを開いた。

それを参考に波多野は、歪んだ真珠、バロック、ツクバロ、筑波朗という解明の経緯を話して聞かせた。今日の山城の表情は厳しく、眼差《まなざ》しも熱っぽかった。山城は波多野の説明に、いちいち反応を示した。

「この本を、借りるぞ」

話し終えた波多野の肩を叩いて、山城は『近代建築美学』を高く差し上げるようにした。真剣な目つきであった。

「どうするんだ」

波多野は、ホッとしながら訊いた。

「今夜の捜査会議で、参考資料として回覧するのさ」

「それで、どう思う?」

「あんたに対して、シャッポをぬぐほかはないだろう」

「じゃあ、プロの捜査官として、評価してくれるんだな」

「価値のある手がかりだ。本命と言っても、いいんじゃないのか」

「おれも、筑波が残虐魔に違いないと、固く信じている」

「あんたの執念に対して、敬意を表明するよ」

「そこで、首をひねりたくなるのは、倉沢友和のクロという心証を与えるような態度なんだ。筑波が残虐魔なら、倉沢はもちろんシロだ。その倉沢がどうして、参考人の段階で黙秘したりするんだろう」

「ほかに何か、まずいことをやっているんじゃないのか」

山城がそう言ったとき、若い刑事が大股《おおまた》に近づいて来た。原田という刑事は、山城と波多野のあいだに割り込むようにして、テーブルの上に両手を突いた。

「残虐魔事件に関連があるんではないかって、神奈川県警から連絡がはいったそうですよ。あっちの部屋では俄然《がぜん》、勢いづいているみたいですね」

原田刑事は会議室のほうを指さしながら、山城警部補の顔を覗《のぞ》き込んだ。

「神奈川県警から……？」

山城は、眉《まゆ》をひそめた。

「横浜《よこはま》で黒崎《くろさき》という男が、マンションの部屋から飛び降りて自殺したそうなんですがね。その男が残虐魔事件に、関係しているのではないかというわけです」

「その男は、いつ自殺したんだ」

「昨日の明け方、午前四時三十分頃ということです」

「昨日の午前四時三十分というと、砂川春奈が殺されて一時間から一時間三十分後ってことじゃないか」

「黒崎という男が自殺したマンションは、横浜市と川崎《かわさき》市の境に近くて、東名川崎インターチェンジから五キロのところにあるんだそうです。それで代々木八幡でクラブ数利夢のママを殺したあと、一時間もあれば十分マンションまで帰りつけるってことなんですよ」

「人殺しをして帰宅して、すぐに自殺したというわけかね」

「まあ、そういうことになりますね。とにかく、砂川春奈を殺した残虐魔に関連があると、神奈川県警は判断しているんですし、いま連絡を受けて隣の部屋ではみんなその気になっています」

「どうして、黒崎という男と砂川春奈や残虐魔が、結びついたんだ」

「黒崎の手帳に、砂川春奈という名前と、自宅の電話番号が書き込んであったんだそうです。それに、部屋の中から残虐魔事件の被害者のうち、小川てる代、山野辺ミキ、細川佐知子、仲本真由美、山下静香の五人の名前を書いたメモ用紙が、発見されたということです」

原田刑事は、緊張した面持ちで言った。

またしても、容疑者が出現した。筑波朗と倉沢友和に黒崎という男で、三人になった。

三人の容疑者

1

合同捜査本部は、にわかに活気づき、色めき立った。

当然である。

これまで何一つ有力な手がかりが得られなかったのに、突如として残虐魔の容疑者が三人も現われたのであった。それも同じ日に、立て続けに捜査本部の視界にはいって来たのだった。

まず、倉沢友和である。この青年の言動には、不審な点が多かった。刑事の顔を見て血相を変えたり、裏口から逃げ出そうとしたりした。それで任意同行を求めると、倉沢友和はがっくりと肩を落とした。

捜査本部では終始、落着きを失っていた。顔色も悪いし、脅《おび》えている感じだった。参考事情の聴取なのに、いかなる質問に対しても知らないと答える。何を訊かれているのかも、理解していないようだった。

「大坪初江さんを、知っていますね」

「知りません」

「すぐ近くに住んでいる奥さんを、知らないはずはないでしょう」

「いいえ、知りません」

「殺されたことなら、知っているでしょうね」

「知りません」

「近所であった殺人事件を、あんたは知らないんですか」

「知りません」

「しかし、あんた大坪初江さんのお通夜のときに、お線香を上げに行っているじゃないですか」

「いや、知りません」

こういう調子で、最後まで通したのである。それ以上に具体的な質問になると、今度は返事をしなくなる。何度、質問を繰り返しても、沈黙を続けている。黙秘のつもりなのだろうが、必死になって口を結んでいるのであった。

何かを、隠している。残虐魔に関連することで、重大な秘密を持っているのだ。それは、容疑者としての要素になる。

心証は、クロである。

次に、筑波朗であった。この男についても、捜査会議で全員がクロ票を投じた。倉沢友和よりも、むしろ有力な容疑者である。

九人の被害者のうち三人までが、光琳女子短大の卒業生または在学生であり、筑波朗との接点を見出せるということも重大であった。更に、歪んだ真珠、バロック、ツクバロ、筑波朗という解明の仕方も無視できなかった。

三人目は、黒崎という男である。

これはすでに死亡している人間だが、容疑者となる条件を十分に具えていた。まず、被害者たちの名前を書いた紙を、持っていたということである。その紙は、手帳の一枚を破り取ったものだった。

黒崎は、横浜市港北《こうほく》区大棚町《おおだなちょう》の『田園ハイツ』というマンションに住んでいた。東名高速の東名川崎インターチェンジを出て五キロの距離だから、川崎市に近いということになる。

北へ二キロで、川崎市であった。東名高速と第三京浜《けいひん》にはさまれていて、丁度その真中あたりに位置している。直線距離だと大棚町からは、東名高速へも第三京浜へも、それぞれ二・五キロずつだった。

近くに、団地もあった。

田園ハイツは十階建てで、二人か三人の家族向きに造られていた。各室とも2DKであった。それで住人のほとんどが、結婚して間もないサラリーマンだった。半分が共稼ぎの夫婦、四分の一に赤ン坊がいて、残りの四分の一が独身者か四人家族ということになる。

黒崎は、九階の九〇一号室に住んでいた。ひとり暮らしであり、入居したのは今年の四月であった。職業はバーテンということで、川崎市の鷺沼《さぎぬま》にある喫茶店に勤めていた。年齢は三十歳で、目立たない男だった。

友人、知り合い、恋人もいなくて、付き合いが極端に悪かった。同じ喫茶店の従業員たちとも、用事以外には口をきかなかった。田園ハイツの住人にも、挨拶《あいさつ》を交わす相手すらいなかった。

九階に住む人々も、ほとんど黒崎の顔を知らないという。黒崎の部屋を訪れる客を見かけたこともないし、その生活の内容や実態を知るはずがなかった。とにかく黒崎は人目を忍ぶように、ひっそりと暮らしていたのである。

その黒崎が、自殺したのだった。いや、黒崎が自殺するところを、目撃した者がいたわけではない。横浜市の郊外であり、早朝から車が往来するという場所ではなかった。午前四時三十分頃といえば深夜も同じで、その地はまだ眠りの中にあったのだ。

五月十八日の午前六時に、田園ハイツの一階一〇一号室の若い主婦がテラスに出てみた。テラスの向こうには、幅三メートルぐらいの地面があって、田園ハイツの南側のフェンスに接している。

その幅三メートルの地面には、若干《じゃっかん》の庭木や花が植えてあった。あとは、子どもが通り抜ける道と、雑草だけである。若い主婦はテラスに出て、まずは深呼吸をしようとしたのである。

とたんに、主婦は棒立ちになっていた。眼前の雑草の上に、ランニングにズボンという身装《みな》りの男が、俯《うつぶ》せに倒れていたからだった。こちらへ向けている顔は、死んだ人間の肌の色をしていた。

主婦は悲鳴を上げて、部屋の中へ駆け込んだ。話を聞いた夫は、男の姿を確認してから、一一〇番に通報した。パトカーが到着したことから、マンション中が大騒ぎになった。一〇一号室の若い主婦が、ドスンという音を聞いたと証言した。

明け方近くだろうと思うが、その音で目を覚ましたのだが、あまり気にはしなかった。そのまま眠りの中に戻り、朝になって起き出したときにはもう、そんなことはすっかり忘れてしまっていた。

しかし、こうなってから考えてみると、その物音と男の死に関係があるのかもしれない。一〇一号室の若い主婦は、パトカーの警官にそう告げた。それで初めて、墜落死という判断がついたのである。

そこへ駆けつけたマンションの管理責任者が、死体の顔を見て九〇一号室に住む黒崎太《た》郎《ろう》だと認めたのであった。

九〇一号室は、一〇一号室の真上にある。九〇一号室のテラスの柵を越えて落下すれば、一〇一号室のテラスの外側で死体になるはずだった。警官たちは、九階まで行って九〇一号室を調べることにした。

部屋のドアには、鍵がかかっていなかった。室内は乱れてもいないし、変わった様子は見受けられず、テラスにはスリッパが一足分だけ散らばっていた。

自殺か事故か、それとも突き落とされたのか、見分けがつかなかった。パトカーの警官からのそうした報告によって、所轄署の刑事課捜査一係と鑑識が現場へ急行した。

その結果、次のようなことが明らかになった。

一、部屋の鍵は、洋室のテーブルの上にあった。

一、接待のための飲食物の容器、灰皿のタバコの吸殻《すいがら》などは見当たらず、来客があったという形跡はない。

一、黒崎太郎の所有物以外の遺留品、当人以外の新しい指紋は発見されなかった。

一、和室に夜具が一組だけのべてあったが、寝た形跡はまるでない。

一、電灯は和室、ダイニング・キッチン、出入口と三カ所だけにつけてあった。

一、遺書らしいものはなかった。

一、電話機のそばにあった当人の手帳に、砂川春奈という名前、住所、電話番号が記入してあった。

一、同じ手帳の一枚を破り取ったものが手帳のあいだにはさんであり、それには小川てる代、山野辺ミキ、細川佐知子、仲本真由美、山下静香、Y・M、H・Sと列記してあった。
一、五つの銀行預金通帳に合計で一千四百万円の預金残高があり、いずれも黒崎太郎の名義になっている。

最後の三点に、問題があった。

手帳に書いてある女の名前がすべて、東京で『サムの息子』の日本版として評判になっている殺人鬼の犠牲者たちのものと一致する。

それに、五つの銀行に分散して、一千四百万円も預金しているというのを、簡単に見逃すことはできなかった。

所轄署は、神奈川県警の捜査一課に応援を求めた。

黒崎太郎の死体も、解剖することになった。

翌十九日の午後に、解剖結果が出た。毒物反応なし、首の骨を折り全身打撲で即死、死亡推定時間は十八日の午前四時三十分頃、ということであった。

神奈川県警捜査一課では、十八日の未明に新たに殺された砂川春奈が、黒崎の手帳にあった名前、住所、電話番号と一致していることを重視して、東京での連続殺人事件と黒崎に何らかの関係ありと断定を下した。

神奈川県警はそのことを十九日の夕方になって、警視庁を通じ、残虐魔合同捜査本部に連絡した。丁度そのとき合同捜査本部にいて波多野は、『歪んだ真珠』の正体を見破ったことについて、山城警部補と話し合っていたのである。

2

翌日の五月二十日の午前八時に、合同捜査本部の刑事二名が、目黒区下目黒四丁目の筑波邸を訪れた。

筑波朗に、任意同行を求めるためである。光琳女子短大に関係する被害者たちについて事情を訊きたいので、捜査本部に出頭して欲しいと伝えると、筑波朗は気軽に応じた。参考人という名目に、疑いを持っていないようだった。

着替えをすませた筑波朗は、捜査本部が用意した車に乗り込んだ。左右に刑事がすわっていることからも、威圧感はまったく受けていないようである。落着いているし、彼なりの貫禄を示していた。

中野署につくと、筑波朗はすぐに取調室へ連れ込まれた。そこで筑波は一瞬、表情を強《こわ》張《ば》らせたようだった。単なる参考人をどうして取調室へ送り込むのかと、思ったのに違いない。

事情聴取をする係官の数も、多すぎるようであった。テーブルをはさんで、筑波と向かい合いの席についた大男は、山城警部補である。ほかに二人の刑事がいて、壁際に並んで立っていた。

テーブルの上には、茶器と灰皿があるだけだった。もちろん、調書をとるような気配はない。三人の刑事は厳しい目つきで、筑波に視線を集めている。筑波のほうも、笑いのない顔になっていた。

「筑波先生……」

山城警部補はあえて、『先生』という呼び方をした。インテリには、それが効果的なのである。『先生』を尊称と受け取って、インテリは気を許し油断して、話に乗って来るのだった。

「何でしょう?」

果たして筑波は、ホッとしたように作り笑いを浮かべた。

「先生は、波多野マチ子という人を、ご存じではありませんか」

山城は、残虐魔事件に直接には関係していないことから、まず侵入を始めた。これも相手を油断させるとともに、意表をつくというテクニックであった。からめ手から核心に迫る、というやり方だった。

「波多野マチ子、女性ですな」

筑波は、考え込む目つきになった。

「いかがでしょう」

「記憶にありませんね」

「まるで、覚えていらっしゃらない」

「思い出せません」

「光琳女子短大の卒業生でしてね」

「うちの短大の卒業生は、無数にいると言ってもいいくらいでしてね」

「白山の学生アパートの寮生でもありました」

「寮生にしても、数は多いですからな」

「彼女は結婚して、先生のお宅の近くに住んでいたんですよ」

「ほう」

「下目黒三丁目です」

「でしたら、確かに近所ってことになります」

「思い出して頂けませんか」

「そんな……。覚えがないんだから、とても無理ですよ」

「この人は、二年前に自殺しました」

「自殺……？」

「五反田のビルの屋上から、飛びおりたんですがね。当時の新聞に、小さな記事ですが載りましたよ」

「そうですか」

「それでも、記憶にないとおっしゃるんですか」

「当然でしょう。その新聞の記事を読んだとしても、関係のない人間のことならすぐに忘れてしまいますよ」

筑波は、苦笑を浮かべた。まだ顔色も普通だし、落着き払っている。だが、汗をかき始めていた。

「この波多野マチ子さんのご主人、波多野丈二という法律家なんです」

山城のほうは、まったくの無表情であった。

「法律家……?」

筑波が、眉をひそめた。

刑事たちは内心、しめたと思った。筑波が初めて、反応らしきものを示したと、受け取ったのである。筑波は、法律家という言葉に、拒絶反応を示したのだ。

「弁護士です」

山城が言った。

「その弁護士さんが、どうかしたんですか」

「奥さんが自殺した原因について、法律家としての立場から執念を燃やして徹底究明を続けておりましてね」

「夫として、当然のことでしょうな」

「その波多野弁護士が、どうやら結論らしきものを見出したというわけなんです。つまり、波多野弁護士が目をつけたのは、先生、あなたなんですよ」

「冗談じゃありませんよ。そんな、いいかげんな話がありますか」

「しかし、波多野弁護士は、真剣でしてね。その証拠に先日、波多野弁護士は白山の学生アパートへ出向いて、先生と会っているでしょう」

「わたしと、会った……？」

筑波は、天井を睨みつけた。その目つきに、落着きがなくなった。白山の学生寮の事務長室を弁護士が訪れて、名刺も交換したということを、筑波は思い出したのである。

「しかし、波多野弁護士が先生に会いたかったのは、自殺した奥さんのことでという理由だけではなかったんです」

山城はテーブルの上に乗り出して、筑波の顔を正面から見据えた。

「まったく、迷惑な話ですな」

目を伏せて、筑波は言った。

「この波多野弁護士は、まったく不運な人でしてね。奥さんが自殺しただけに終わらず、今度は妹さんを亡くすということになった。この妹さんもまた、光琳女子短大の卒業生なんですよ」

「妹さんも、自殺したんですか」

「いや、暴行された上で殺害されたんです。残虐魔にね」

「波多野なんて、被害者がいましたかね」

「結婚すれば、波多野は旧姓になる。大坪初江という被害者なら、先生もご存じでしょう」

山城警部補は、刺すような口調で言った。とたんに筑波朗の顔から血の気が引いて、どっと噴き出した汗を彼は慌《あわ》てて拭き取った。

自供

1

一方、倉沢友和も昨日に引き続き、参考人として合同捜査本部へ呼ばれていた。

今日は第三取調室で、事情聴取が行われた。昨日は応接室の雰囲気で、いわば雑談の感じの事情聴取であった。その昨日の雰囲気とは、まるで違う取調室である。相手もベテランの警部を中心に、四人と増えていた。

倉沢友和も、昨日のようにはいかないと、覚悟しているらしかった。最初から顔面蒼白《そうはく》だし、係官たちをまともに見ようとはしなかった。それでも若者は頑《かたく》なに口を閉じていて、事情聴取に素直に応じようとはしない。

しかし、ベテラン警部は間もなく陥落して、何かを喋るに違いないと見抜いていた。倉沢友和は最後の抵抗を試みているのであって、キッカケさえあれば口を開くという判断だったのだ。

根競《こんくら》べであった。

倉沢友和と向かい合っている五十一歳のベテラン警部は、タバコを吹かしながら沈黙を続けている。煙の中から倉沢の顔を、じっと見ているだけだった。ほかの三人の刑事も、無言のままで突っ立っている。

倉沢友和は顔を伏せているが、目が絶えずキョロキョロと動いていた。手で鼻をこすったり、腕で額《ひたい》をごしごしやったりで、まったく落着けずにいるようだった。苛立《いらだ》たしさに、耐えきれなくなっているのだ。

三十分がすぎた。

「飯にするか」

警部が、沈黙を破った。

その声を聞いただけで、倉沢はギクリとなった。

「腹はすかないかね」

警部が、倉沢に訊いた。間もなく、正午であった。

「いいえ……」

倉沢が、首を振った。

犯罪常習者や大物はこういう場合、ホッとなって食事を要求するものだった。食べているあいだは追及がストップするし、その間に心の余裕を取り戻して作戦を練ることもできるからである。

だが、そうでない者は必ずと言っていいくらいに、何も食べたがらない。緊張のあまり食欲が湧かないし、早く解放されたい一心から食事の時間も惜しむのである。倉沢はお茶にも、口をつけていなかった。

「ここを出てから、食べるってわけかね」

警部が、笑いを浮かべた。

「ええ」

倉沢は、警部の顔を見ようともしなかった。

「あんたは参考人なんだし、任意でここへ来てもらっている。だから、あんたが帰るって言えば、われわれも引きとめたりはしない。しかし、一言も喋らずに帰るんでは、あんただって何となく気分が悪いんじゃないのかな」

警部はまた、タバコに火をつけた。

倉沢は、黙っている。

「喋らないうちは何日だって、ここへ来てもらうことになる。だから早く話をしてくれたほうが、あんただってさっぱりするんじゃないのかね」

警部は言った。

倉沢は、無言であった。

また、沈黙が続くことになった。無言の行《ぎょう》は更に三十分続いて、十二時二十五分になった。警部は大きくノビをして、三人の若い刑事を見やった。若い刑事たちも、イライラしているようだった。

「筑波のほうは、どうなったかな」

警部は、刑事のひとりに訊いた。

とたんに、倉沢がハッとなって顔を上げた。彼は慌てて目を伏せたが、警部がその反応を見逃すはずはなかった。

「筑波を、知っているんだな」

警部はすわり直して、倉沢友和を見据えた。

「知りません」

倉沢友和は、激しく首を振った。

「光琳女子短大の学生寮の事務長、筑波朗なんだよ」

「知りません」

「筑波朗もいま、ここへ来ているんだがね。斜《なな》め向かいの取調室で、調べを受けている。筑波も参考人として呼んだんだが、いまではもう容疑者だ」

「そうですか」

「筑波という容疑者がほかにいるのに、あんたは何を頑張っているのかね」

「ぼくは、何も知りません」

「だったら一つ、筑波とご対面してみるかい」

「ご対面って……」

「斜め向かいの取調室へ、あんたを連れて行こうかと言っているんだ」

「まさか……」

「まさかじゃないよ。わたしは、本気で言っているんだ」

「そんなの、いやですよ」

「どうして、いやなんだね」

「どうしてって……」

「あんた、筑波を知っているんだろう」

「いいえ……」

「嘘をつくと、あんたが損をするんだよ」

警部は鋭い視線を、倉沢友和の顔に突き刺した。警部はもう、笑っていなかった。チャンスだ、一気に攻略できると、警部は思ったのである。

その警部の顔をチラッと見て、倉沢友和はがっくりと肩を落とした。その肩が、小刻みに震えていた。倉沢は溜め息をついたあと、何度も深呼吸を繰り返した。

「筑波朗を、知っているね」

厳しい口調で、警部が言った。

倉沢は、返事をしなかった。

だが、やや間を置いてから、倉沢友和はコクンと頷いた。

三人の刑事が、緊張した顔になった。警部だけが逆に、穏やかな表情になってニヤリとした。

「会ったことがあるのかね」

警部はもう、タバコに火をつけなかった。

「一方的にです」

倉沢が答えた。

「あんたのほうで、一方的に見かけたという意味かな」

「ええ。それも、二度ばかり……」

「一方的に見かけただけで、どうして筑波朗だとわかるんだね」

「一度目のときに、あれが学生寮の事務長の筑波先生だと教えられたんです」

「誰が教えたんだね」

「大坪初江さんです」

「場所は……？」

「光琳女子短大の学生寮に、大坪初江さんと一緒に寄ったときです」

「あんたは大坪初江と一緒に、光琳女子短大の学生寮に寄った。大坪初江が殺される少し前のことだが、そのときの話なんだな」

「そうです。通りかかった男を見て、あれが学生寮の事務長の筑波先生だ、大した切れ者で光琳女子短大の初代理事長の息子で実力者だって、大坪初江さんが説明してくれたんです」

「筑波のほうは、あんたたちに気がつかなかったのかな」

「いいえ、大坪初江さんだけが近づいて行って挨拶したあと、筑波と何やら話し合っていました」

「そうか。それで二度目に見かけたというのは……？」

「それは……」

倉沢は俯《うつむ》いて、唇を嚙《か》むようにした。どうやらその辺に、これまで倉沢が頑強に抵抗を続けなければならなかった理由が、存在しているらしい。

「いつのことなんだ」

警部は頓着《とんちゃく》せずに、質問を続けた。

「事件のときです」

倉沢は、小さな声で答えた。

「事件って、大坪初江が殺されたときのことかね」

「そうです」

「どこで、筑波を見かけたんだ」

「あの公園でです」

「事件のあった公園だね」

「あのとき、ぼくも公園へ頭を冷やしに、ふらふらっと行ったんです。そうしたら妙な声が聞こえるので、ぼくは足音を忍ばせて近づいてみたんです。それで、そっと植込みの蔭を覗いたら……」

「うん」

「男が夢中になって、女を犯しているところだったんです」

「男と女の顔を、見たんだね」

「女は大坪初江さんとすぐわかったし、男のほうもやがて筑波という人だって……。でも、ぼくは声も出さなかったし、人を呼びに行ったりもしませんでした！」

倉沢は、急に怒鳴るような声になっていた。

「どうしてだ」

警部は、同情するような目つきで言った。

「興味があったからなんです！　ぼくはいつも頭の中で、大坪初江さんを真っ裸にして、性的興味の対象にしていたんだ。その大坪初江さんがいま目の前で、あられもない姿で男に犯されている。ぼくは凄《すご》く興奮して、夢中になって最後まで見ちゃったんです！　そのあと男が女を縄跳《なわと》びのロープで首をしめて殺しにかかったんで、ぼくは恐ろしくなって逃げ出しました！　今日までどうしても、そのことが人に言えなくって……！」

叫ぶような声を出して、倉沢友和は頭をかかえ込んだ。そのあと、若者は気がふれたように泣き出した。

2

廊下を隔《へだ》てた第一取調室では、筑波朗に対する山城警部補の尋問が続行中であった。

昼飯に天丼が一つだけ、第一取調室へ運ばれた。天丼は、筑波の分であった。筑波は余裕のあるところを示そうとしてか、天丼を無理に口に押し込むようにして食べた。だが、三分の一ほど食べるのが、やっとのことだった。

筑波はお茶を、何杯もお代わりした。相変わらず汗をかいている。外国タバコを取り出したが、火をつける指先が震えていた。顔色は平常に戻ったが、かなり苦しそうな表情をしている。

尋問の再開であった。

「ところで、先生みたいにお忙しいと、毎日の行動をきちんとメモしておくことになるんでしょうな」

山城警部補は言った。

「アリバイを立証できるかって、言いたいんでしょうな」

筑波は、薄ら笑いを浮かべた。もちろん、作り笑いであった。

「メモしてありますか」

表情を動かさずに、山城は念を押した。

「それはもう、克明に手帳にメモしてありますよ」

筑波は、左の胸のあたりを叩いた。

「そこに、手帳を持っているんですね」

山城は、筑波の左胸を指さした。

「ええ」

筑波は左の内ポケットから、黒表紙の大型の手帳を抜き出した。

「だったら一つ、見て頂きましょうか」

「いつの行動ですか」

「四月二十八日の夜は、どこで誰と何をしておられましたか」

「先月の二十八日の夜ですね」

「そうです」

「うん……」

筑波は手帳を開いて、四月二十八日のページを見つけると、それに目を近づけた。その日は、じっと動かずにいる。何かを読み取っている目ではなかった。四月二十八日の夜の行動については、何も記されていないのに違いない。

「どうなっていますか」

山城が訊いた。

「午後六時三十分までは、人と会っていますが、そのあとのことについては……。恐らく自宅へ帰って、私的な時間を過ごしたということなんでしょう」

そう答えて、筑波は手帳を背広の内ポケットに戻した。

そのとき取調室の中へ、小柄な五十男がはいって来た。第三取調室で、倉沢友和からの事情聴取を行っていた警部だった。警部は腰を屈《かが》めると、山城警部補の耳に口を寄せた。

警部は短い言葉を吹き込み、山城警部補が何度も頷いた。

筑波が不安そうな顔で、それを見守っていた。その筑波にニヤリと笑いかけて、警部は第一取調室を出て行った。老練な警部の不気味な笑いは効果的であり、筑波は落着きを失っていた。

「先生、その手帳に書いてないことが、はっきりわかりましたよ」

山城は大きな目を、ギョロリとさせた。

「手帳に書いてないこと……?」

筑波はもう、笑顔を作ることも忘れているようだった。

「四月二十八日の夜の先生の行動が、はっきりしたんです」

「そんな馬鹿な……」

「事実です」

「当人が知らないことが、どうして第三者にわかるんですかね」

「四月二十八日の夜、大坪初江が暴行殺害されました。先生は、その大坪初江と一緒にいたんですよ」

「何を言うんだね、きみは……」

一瞬にして、筑波の顔が真っ赤になった。

「近所の青年が、見ていたんです。先生が大坪初江を強姦して、そのあと縄跳びのロープで絞殺するまでをね」

　山城警部補は大きな手を広げて、バンと音がするほどテーブルを激しく叩いた。

「その青年がわたしのことを、知っていたとでも言うのかね！」

　筑波の顔が今度は、真っ青になっていた。

「その通りなんです。事件前に大坪初江は、光琳女子短大の学生寮に、外出したついでに立ち寄っている。そのとき、大坪初江はあなたと言葉を交わした。大坪初江には連れがいた。それが、その青年でね」

「嘘だ！　デタラメだ！」

「青年は、向こうの取調室にいる。対決してみるか」

「わたしは、何も知らん！」

「あんたは、残虐魔だ」

「このわたしが残虐魔だなんて、こいつは社会問題になるぞ！　わたしは各界の名士と対等に付き合い、大臣や代議士にも知人が多いという人間なんだ！」

「だったらどうして、大勢の女を暴行殺害したりしたんだ。なぜ、みずから〝歪んだ真珠〟と名乗って、残虐魔の声明文を送ったりしたんだね」

　山城は尻の後ろにはさんでおいた本を抜き取ると、筑波の前にそれを投げ出すようにした。『近代建築美学』であった。

ツクバロになる。つまり、筑波朗ってこと

「歪んだ真珠……」

筑波の表情が、強張ったまま動かなくなった。

「その本に、はっきり出ている。歪んだ真珠とは、バロックの語源のポルトガル語の意味だってな。バロックの片仮名を置き換えれば、ツクバロになる。つまり、筑波朗ってことだろう」

山城警部補の言葉遣いが、一変していた。

「こんなことってあるか！　こんなことって……」

そう言って、筑波は絶句した。紙のような顔色になり、熱病にかかったみたいに筑波の全身の震えがとまらなくなっていた。間もなく筑波は、テーブルの上に両手を突いた。彼は腕のあいだに、ガクンと頭《こうべ》を垂れた。

「さあ、何もかもそっくり吐き出して、早いところさっぱりするんだ」

山城警部補が手を伸ばして、筑波の肩を揺すぶった。

筑波は、口もきけないようだった。二十分ほど、彼は震え続けていた。そのあと、筑波朗は放心したような顔つきで、自供を始めた。

犯人のアリバイ

1

波多野丈二の推測通りだった。

筑波朗は二年前に、波多野の妻マチ子を犯したのである。その初めての体験によって、筑波は味をしめたということになるのであった。しかし、健全な精神の持ち主が、たまたま陰湿な歓《よろこ》びを知ったというわけではなかった。

変質者とまではいかないが、筑波には変質者的要素があったのだ。男には強姦願望が、女には被強姦願望というものがある。これはサドとマゾの傾向が、男と女にあるのと同じであった。

また、男には完全に女を征服したいという欲望、女には強い男に征服されたいという欲望があって、それは本能的なものなのだ。その原始人的な本能の名残が、現代の男と女にもあるわけだった。

だが、現代ではそうした行為は許されないし、実生活にとってマイナスになるということを、男も女も十分に承知している。それで、倫理観、法律、打算といったものが理性に働きかけて、本能を完全に制圧してしまっている。

従って、男の強姦願望も、女の被強姦願望も表面化せずに、あるとき瞬間的に意識のなかに浮かび上がるだけにすぎない。それが一般の良識ある人間、健全な精神の持ち主ということになる。

しかし、少数ながら理性によって、本能を制圧できない男もいる。そうした男は強姦願望を常に意識し、そのことばかりに考えを集中しているうちに実行しないではいられなくなる。

それが変質者、あるいは変質者的要素の強い男である。

筑波朗は少年時代から、真っ白な餅肌の女に強い憧憬《しょうけい》を感ずる傾向にあった。それは若くして死んだ彼の母親が、磨き上げたように美しい真っ白な餅肌の女だったということも、大きく影響していた。

更に筑波は十八歳のときに姉の嫁《とつ》ぎ先へ遊びに行って一泊し、そこで目撃した光景によって変質者的要素を刺激されたのであった。彼の姉も母親に似て、雪のように白い餅肌をしていた。

その姉の真っ白な餅肌が、夫の身体の下で妖《あや》しく躍動するのを、十八歳の筑波は見てしまったのだ。そのときの白い女体の魅惑的な美しさと、狂わんばかりの興奮を筑波は忘れることができなかった。

二十二歳のときに、家に預けられていた従妹《いとこ》を筑波は犯している。この従妹も真っ白な美しい肌をしていて、彼はそれを征服したいという欲望に負けたのだった。だが、これは強姦事件にならなかった。

相手が世話になっている家のひとり息子であることから、従妹は泣き寝入りして他言しないまま、半年後に急性肺炎で死亡したためであった。そのことが逆にショックとなり、筑波はそれから八年間、必死になって欲望を抑制し続けた。

しかし、三十歳になったとき、彼の欲望は爆発する。筑波家に出入りしていた近所の娘に、色が白くて肌が美しいと評判の光代《みつよ》という美容師がいた。その光代を筑波は、自宅の応接間で犯したのである。

このときも、強姦事件にはならなかった。筑波が光代という娘を、妻に迎えたからであった。光代の白い肌には、筑波を夢中にさせる魔力のようなものがあったらしい。筑波は光代との夫婦生活に満足して、浮気心さえ起こさなかった。

ところが十四年後に、この夫婦生活に破綻《はたん》が生じた。光代が、健康を害したのである。肺結核に子宮筋腫《きんしゅ》と、二つの病気が重なったのだ。光代は前々から房事過多《ぼうじかた》という医師の警告を受けていたし、病人としてセックスを厳禁された。

以来、光代は健康体に復することなく、寝たり起きたりの生活を続けている。筑波は絶好の鎮静剤を、失ったことになる。彼の変質者的要素は強まり、異常な妄想に苦悩するようになった。真っ白な餅肌の女を抱きたいと、四十男の欲望は熱くなる一方だった。

商売女には、欲望を感じなかった。真っ白な餅肌には、清潔感がなければならない。それに、抵抗する女を、強引に征服したいのである。筑波の周囲には、欲望の対象になり得る娘たちが多すぎるほどいる。

光琳女子短大の学生、寮生、それに卒業生が何千人もいて、その中にいる白い餅肌の好みのタイプも少なくはなかった。筑波は目で観賞し、ますます妄想と劣情に苛《さいな》まれるという日々を過ごした。

だが、筑波の名誉ある地位、プライド、知性、体面が何とか彼の理性と意志を支えていた。それに、筑波にとっての唯一の救いとして、多忙ということがあった。閑居することがないから、不善をなさないわけである。

しかし、変質者的要素と異常性がなくならない限り、いつかは理性も意志も失うということになる。自宅の近くで光琳女子短大の卒業生を見かけたことが、筑波の命取りになったのだ。

彼女は、白山の学生寮にいた。真っ白で輝くようになめらかな肌をしているし、筑波の好みのタイプでもあった。それで筑波の印象にも強く残っていたし、久しぶりで見る卒業生なのに彼は記憶していたのである。

筑波は彼女のあとをつけて、近くの家に住んでいることを確認した。彼女は結婚したらしく、その家の表札には『波多野』とあった。筑波は、迷いに迷った。だが、五日後の夜遅く自宅の門の前で車をおりたとき、筑波の理性は欲望によって黒く被《おお》われていた。

筑波はその足で、波多野家へ向かった。マチ子に会って家族構成や夫の職業を訊き出し、後日にチャンスを求めるつもりだったのだ。人妻を凌辱《りょうじょく》するのだから、そのときは顔を隠さなければならない。

そう思いながら訪れた波多野家には、マチ子ひとりしかいなかった。目の前に好みの顔と身体つき、ますます美しくなった真っ白な餅肌がある。しかも二人だけで、マチ子は警戒もしていない。

次の瞬間、筑波は欲望に狂わされていた。あと先のことなど、考えていられなかった。相手は自分のことをよく知っているし、顔も隠していない。人妻を犯して告訴されたら、身の破滅である。と、そうしたことも、彼の念頭にはなかった。

筑波は躍《おど》りかかると、靴をぬぐことも忘れて、台所の板の間にマチ子を押し倒した。マチ子は愕然《がくぜん》となって抵抗したが、間もなく諦めたように筑波の力に屈した。筑波は目的を達してから、急に冷静になって絶望感に襲われた。

「申し訳ないことをした。どうか、許して下さい。要求通りに慰謝料でも何でも出して、誠意を尽くしますから示談ということにしてくれませんか。お願いします。警察だけは勘弁して下さい」

筑波は両手を突いて、板の間に頭を打ちつけた。

「もう、いいんです」

泣きながら、マチ子が言った。

「許して下さるんですか」

「学生の頃、先生に憧《あこが》れていました。母校に対する遠慮もあります。それに、わたしも夫には、このことを知られたくありません」

「じゃあ……」

「何もなかったことにして、お互いに忘れましょう」

「ありがとうございます」

「その代わり、二度とわたしの前に姿を現わさないで下さい」

「わかりました」

筑波は逃げ出すように、波多野家をあとにしたのだった。

それから間もなく新聞で、波多野マチ子が飛び降り自殺したことを、筑波は知った。自殺の原因は例のことだと判断して、筑波はこのときも強いショックを受けた。従妹が病死したとき以上のショックであり、筑波は自責の念に眠ることもできなかった。

二度と愚行は繰り返すまいと、筑波は神仏に誓いを立てた。以来、二年ほどは禁欲を続けたのであった。しかし、やはり欲望がなくなったわけではなく、筑波は自分の異常性と戦わなければならなかった。

波多野マチ子を犯したときの快感を、忘れることができなかったのである。二年ほどの禁欲生活にも、無理があったのだろう。その分だけ異常性の爆発が、凄《すさ》まじかったということになる。

筑波はマチ子のときの経験で、自分が誰であるかを絶対に知られてはならないという教訓を得た。顔を完全に隠して、襲いかかることが絶対条件である。それに万が一のときを考えて、示談に持ち込みやすい光琳女子短大の在校生か卒業生に的《まと》を絞ることにした。

「嘘をつくな」

山城警部補が、一喝《いっかつ》した。

「嘘なんてついていません！」

筑波はメガネがはずれて落ちるほど、激しく左右に首を振った。

「顔なんか、隠していなかったんだろう。あんたは完全に口を封ずるためと、異常性を満足させるために、被害者を残らず絞殺しているじゃないか。それに、光琳女子短大に関係のない被害者だって、六人もいるってことを忘れるな！」

山城警部補は容赦《ようしゃ》なく、筑波に怒声を浴びせかけた。

2

筑波朗はもはや、任意に出頭した参考人ではなかった。逮捕状の執行を受けた婦女暴行と殺人の犯人であり、東京の『サムの息子』と騒がれた犯罪史に残る残虐魔なのである。残虐魔逮捕のニュースはテレビに速報として流れ、新聞の社会面を埋め尽くすだろう。その正体が光琳女子短大の初代理事長の息子であり、現在は学園経営に腕を振るう実力者、学生寮の事務長ということで、一大センセイションを巻き起こすに違いない。

その筑波はいま血の気を失った顔で、山城警部補の厳しい追及を受けている。もう傲慢な紳士ではいられなかった。哀願する目つきでいる人生の敗北者、後悔することしかない犯罪者であった。

「わたしは、異常者かもしれない。しかし、女性を殺して快感を覚えるような、そこまで徹底した変質者ではありません」

声を震わせて、筑波は言った。

「だったら、異物挿入とか赤いペンキを吹き付けるとかいう行為は、どう解釈したらいいんだ」

山城警部補は、大きな目でじっと筑波の顔を見守っていた。

「それは、そのように装《よそお》っただけなんです」

「わたしは白くて滑らかな肌をした女性を犯したくなるだけで、それ以外に特別な欲望はありません」

「装った……？」

「そんな理屈が成り立つか！　現にあんたは、それ以外のことをやっているんだ」

「だから、それは見せかけです」

「何のための見せかけだ」

「つまり、そっくり真似たんです」

「何を真似たのか、はっきり言ってみろ」

「残虐魔のやり方を、そっくり真似たんです」

「自分のやり方を真似たってのは、どういう意味なんだ。あんたが、当の残虐魔じゃないか」

「違います！」

「ふざけるんじゃない！」

「本当です！　わたしは、残虐魔じゃありません」

「声明文を郵送した〝歪んだ真珠〟は、あんたに間違いないんだ」

「はい」

「その点は、認めるんだな」

「認めます」

「あの声明文の中には、残虐魔と呼ぶのはやめろとあった。あんたは自分から、残虐魔だってことを認めているじゃないか」

「あれは、わたしのイタズラでした。世間を騒がせる興味と、すっかり調子に乗ってしまって……。ニューヨークの〝サムの息子〟が警察と新聞社に手紙を送るってことを新聞で読んだ上に、〝歪んだ真珠〟という言葉を考えついたので、その真似もしてやろうと思い立ったんです」

「あんたが残虐魔じゃないってのは、とても信じられないな」

「本当なんです。残虐魔のことが世間で騒がれるようになって、わたしはふと思いつきました。残虐魔の犯行と見せかければ、自分は絶対に安全だ。同じ手口、同じやり方で女性を犯して殺せば、誰だって残虐魔の犯行だと思うだろう。殺してしまえば、顔を隠す必要もない。そう考えたんです」

「それで何から何まで、残虐魔の真似をしたというのか」

「はい」

「何回、真似したんだ」

「三回です」

「すると、暴行殺害したのは、三人だけってことか」

「はい。ですから、わたしの選ぶ相手の条件として色が真っ白な餅肌であること、光琳女子短大の在校生か卒業生であることと、この二点があるわけです」

「あんたが襲った三人の被害者には、その二つの共通点があるわけだな」

「はい」

「その三人の名前を、はっきり言ってみるんだ」

「大坪初江さん、柏木良子さん、林田千枝子さんです」

「そうだとすると、大坪初江の場合が初めての犯行ってことか」

「そうです」

「大坪初江と柏木良子のときは体液を残し、林田千枝子の場合にはそれがなかった。その違いは、どういうわけなんだ」

「大坪初江さんのときには初めてだったし、そこまで考えが及ばなかったんです。ところが、柏木良子さんのあと、ニュースで残虐魔の血液型がわかったと騒ぎ立てているのを見て、これは危険だと気がつきました。それで三人目の林田千枝子さんのときには、予防具を使いました」

「その辺のことは、よくわかったがね。あんたが残虐魔じゃない、という証拠にはならんよ」

「この三人を除いたほかの事件について、わたしのアリバイを調べて下さい」

筑波の必死の面持ちには、どうも嘘がないようであった。

それにしても、話がおかしくなって来た。残虐魔逮捕のニュースは、お流れになるかもしれなかった。もし筑波の犯行は三回という主張が真実であれば、あとの六人の被害者が宙に浮いてしまうのだ。

取調べの途中で、筑波の供述の裏付けを得るために、刑事たちが八方に散った。

まず筑波の主治医から、彼の血液型の確認をもらった。筑波の血液型は、大坪初江の遺体から検出された体液と完全に一致した。

光琳女子短大の学生寮の事務長室の大きな金庫の中からは、スプレー式の赤いペンキ三本と、直径八ミリの太さのビニロン製の縄跳び用具、それに革手袋が発見された。

筑波のアリバイに関しては、最初の事件があった三月三十一日、三件目の四月十六日が不明だった。しかし、二件目の四月十日、四件目の四月二十六日のアリバイは完全に成立したのである。

四月十日は前日から四国の松山《まつやま》の奥道後《おくどうご》温泉へ行っていて、帰京したのは二日後であった。学生寮の備品関係の業者の招待で、筑波には副社長など五人が同行していた。四月二十六日は、大学時代の友人十数人とともに、伊豆の長岡《ながおか》温泉に一泊している。

このアリバイは、いずれも完璧であった。これで、犯人のアリバイ調べという奇妙なことにもケリがついた。たとえ二件だけでもアリバイが成立すれば、筑波朗を残虐魔と断定することは難しくなるのだった。

自殺した男

1

筑波朗の逮捕と自供のニュースは、やはり大変な反響を呼んだ。テレビと新聞は、そのニュースを追って報道に全精力を注ぎ込んだ。それ以外のマスコミ・報道関係者もカメラマンとともに八方に散った。

世間を、あっと言わせるニュースだったのだ。これほど通俗的にセンセイショナルで、意外性にも富んだ事件は、近来になかったということになる。芸能界のスターが引き起こす刑事事件よりも、世間一般が関心を寄せることになるからであった。

この事件について興味を示さなかった者、まったく話題にしなかった人間は、都民の半数以下と見ていいだろう。光琳女子短大の関係者の談話は、どれも「信じられないことだ」に決まっていた。

だが、筑波朗が『サムの息子』東京版の残虐魔だとは、まったく報じられていなかった。残虐魔の犯行と思われていた婦女暴行と殺人事件の九件のうち、三件に限って筑波朗の犯行であったと、ニュースは明確に告げていた。

筑波朗は残虐魔の一連の犯行に便乗して、三人の婦女を暴行、殺害したのである。従って、本物の残虐魔は未逮捕なのだと、ニュースは強調していた。これは合同捜査本部が、筑波朗と残虐魔は別個であることを、認めたからであった。

「世にいう愉快犯ほど単純ではないが、本質的には変わらないと思います」

「爆破予告を電話一本でやって逃げてしまう愉快犯のマネゴトに比べると、殺人罪まで犯すのだから問題は深刻だ。面白がってということではなくて、残虐魔を隠れミノに自分の欲望を満たそうとしたのだから、悪質な異常者というべきだろう」

「残虐魔を利用しておきながら、残虐魔と名乗って声明文を郵送する。しかも、歪んだ真珠と自分の名前をもじって、世間や警察に挑戦する。また、それもサムの息子の真似だという。自分というものを見失っているような、異常性が感じられます」

「普段は信頼にたる優秀な人物、そしてまるで別人のように幼児性を発揮する低俗な犯罪者にもなり得る。一種の二重人格ではないだろうか」

識者たちはそのように、筑波朗のことを分析していた。

しかし、合同捜査本部にとっては、そうした逮捕ずみの犯人の分析など、どうでもよかったのである。捜査本部では三人の被害者に対する婦女暴行、殺人の容疑のみで、筑波朗を送検したのであった。

筑波の供述と主張を検討してみて、そのように結論が出たのである。筑波の供述は一貫しているし、その主張にも矛盾がなかった。まず、犯行の動機になる被害者の特徴が、非常にはっきりしている。

筑波は、色が白くて滑らかないわゆる餅肌の女に、異常な欲望を覚える。同時に中肉中背で、肉感的な女の肢体《したい》に、われを忘れるほどの魅力を感ずる。容貌とか印象とかムードとかについては、どうしてもという好みがない。

次に、万が一の場合、示談で解決しやすいという見方から光琳女子短大の在校生と卒業生に的を絞り、そのうちから好みにぴったりの肌と身体つきの女を選び、白羽の矢を立てたと筑波は自供している。

大坪初江。

柏木良子。

林田千枝子。

と、筑波が自分の犯行だと認めたこの三人の被害者は、確かに光琳女子短大に在学しているか卒業したかであった。大坪初江は卒業生で、もう結婚もしている。柏木良子は在学中で、林田千枝子は今年になって卒業したばかりだった。

ほかの六人の被害者は、いずれも光琳女子短大には無関係である。姉妹、親戚の娘、親しい友人などで、光琳女子短大の在校生あるいは卒業生もいないくらいだった。六人の被害者は、筑波朗との接点を持っていないのだ。

次に大坪初江、柏木良子、林田千枝子の三人は誰が見ても褒《ほ》めずにはいないような綺麗な肌をしていた。色が真っ白でキメが細かく、磨いたように滑らかな餅肌であった。いまは美しさの特徴とされなくなった色の白さだが、三人が三人とも肌だけは自慢にしてもいいと言われていたほどだった。

それに、この三人は中肉中背であった。大柄でも小柄でもなく、しかも痩《や》せてはいない。胸や腰の曲線が目立っていたし、肉づきがむっちりしていて均整がとれている。間違いなく、均整がとれている。

しかし、あとの六人の被害者には、筑波が好みとする条件が揃っていないのだ。色が真っ白な餅肌となると、九人目の被害者となったクラブ数利夢のママが当てはまるだけであった。

小川てる代、色は浅黒く長身で痩せている。

山野辺ミキ、色は黒くて長身であり大柄。

細川佐知子、色は白くもなく黒くもなく小柄。

仲本真由美、色は浅黒く大柄で肥満型。

山下静香、色は黒くはないが特に目立って白くもなく小柄で肉感的。

砂川春奈、色が白くて餅肌だが痩せていてやや小柄。

以上のように、あとの六人の被害者は性的魅力にも共通しているところがなく、筑波が好む条件がむしろ欠けているタイプなのである。

更にもう一つ、逆に犯行手口の違いというものがあったのだ。それは、犯行現場であった。筑波が犯行を自供した三件については、いずれも夜遅くの屋外が犯行現場になっている。

筑波は自分が運転する乗用車を、犯行のときに使っている。その自供によると、大坪初江の場合は彼女自身の口から、夜の十時三十分に近くの小公園へ犬を散歩に連れて行くのが日課だと聞かされて、それを待ち伏せて襲うことに決めたという。

柏木良子の場合は、彼女が再び入寮を希望していることを知り、それを口実に近くの市営運動場へ電話で誘い出した。入寮希望者は大勢いるし、事務長が公然と便宜を与えるわけにはいかないので秘密裡《り》にという筑波の言葉を簡単に信じて、柏木良子は夜の十一時すぎの市営運動場へ向かったのである。

林田千枝子の場合は、たまたま彼女が学生寮へ遊びに来ていることを知り、筑波は狙《ねら》いを定めたのだった。林田千枝子が学生寮に泊まるようであれば、諦めなければならないと筑波は夜中まで待ち続けた。

運悪く林田千枝子は帰宅するようにと促《うなが》されて、学生寮を出たところでタクシーに乗った。筑波は車を運転して、そのあとを追うことになる。そして、深夜の三時という時間に、林田千枝子の自宅の近くで、筑波は彼女に襲いかかったのである。

それに比較すると、あとの六人の犯行現場は、いささか違っているのだ。まず、犯行時間が夜遅くと、一定していないのである。しかも、屋外における犯行というのが、一件しかなかったのだ。

小川てる代、白昼の屋内。
山野辺ミキ、夜の屋内。
細川佐知子、夜の屋内。
仲本真由美、夜の屋外。
山下静香、夜の屋内。
砂川春奈、夜の屋内。

このように、白昼に殺された被害者もいる。同じ夜でも三人は、十二時前に殺された。夜中は山下静香と砂川春奈の二人だけだが、ともに屋内が犯行現場になっている。六人のうち五人までが屋内、それも自宅において殺されているのだ。

ひとりだけ仲本真由美が屋外で殺されているが、犯行現場は父親が所有するマンションの屋上であった。屋外には違いないが、自宅と変わらない特定の場所である。このように筑波が自供した三件とあとの六件には、犯行現場が屋外に屋内と明白な違いがあるのだった。

そしてもう一つ、筑波朗のアリバイを無視できなかった。その後の調べによって、大坪初江、柏木良子、林田千枝子が被害者の三件に限り、筑波のアリバイはまったく成立しないのである。

これは当の筑波が犯行を認めているので、当然ということになるだろう。しかし、同時にまた筑波のアリバイは、ほかの六件の犯行についてだと、何とか認められることになるのだった。

山野辺ミキ殺害容疑に対しては、四国の奥道後温泉に、仲本真由美の同じ容疑に対しては伊豆長岡温泉に、それぞれいたという絶対的なアリバイがある。また肉親の証言では完璧とは言えないが、あと二件の犯行時間に筑波は自宅にいたということを、家族たちが強く主張している。

その二件とは、細川佐知子と砂川春奈が殺された事件である。それから小川てる代が白昼の自宅で殺されたとき、筑波は光琳女子短大の理事会に出席していたという裏付けがとれた。

筑波のアリバイが曖昧《あいまい》なのは、山下静香殺しの場合だけであった。だが、これは無理もなかった。山下静香が殺された同じ夜、わずか二時間の違いで筑波は林田千枝子を襲っているからである。

2

合同捜査本部では、筑波朗の自供を真実と判断した。

九人の被害者を出した残虐魔事件のうち、三件までが筑波朗の犯行だった。残り六件は、筑波のほかに存在する本物の残虐魔の犯行である。その上、本物の残虐魔もすでに死亡しているものと思われると、合同捜査本部では九分通りの断定を下したのであった。

そうした連絡を波多野丈二が、山城士郎から受けたのは、筑波朗が送検されて二日後のことである。赤坂の事務所でその電話に出たとき、意外には思ったが波多野の胸中は晴れ渡っていた。

一つには、この事件の解決のキッカケを作ったのは、波多野だという自負があったからである。筑波朗の存在を告発し、『歪んだ真珠』の謎を解き、倉沢友和に何かあると情報を提供したのも、すべて波多野だったのだ。

その三つの糸口を見つけなければ、未だに事件は未解決のままだったろう。この大事件を解決した蔭の立役者は自分であり、山城警部補もその点を認めている。それにマチ子の秘密も二年ぶりに、明らかにされたのであった。

満足感を覚えるのは、当然ということになるだろう。

「残虐魔はすでに死亡しているって、例の自殺した男のことか」

わかりきっていることだったが、波多野はそう念を押した。

「そうだ」

山城警部補が答えた。

例の男とは、横浜市港北区の田園ハイツの九階にある自分の部屋から飛び降りて、即死した黒崎太郎であった。黒崎太郎が自殺したのは、クラブ数利夢のママ、砂川春奈を殺害して、一時間から一時間三十分後と推定されていた。

「あの黒崎太郎が、やはり残虐魔だと断定されたのか」

「そうとしか、判断のしようがない。黒崎太郎とは、実は偽名だったんだよ。指紋を照合した結果、指名手配中の犯人とわかったんだ」

「指名手配って、何をやらかした男だったんだ」

「今年の正月早々に、勤め先の金を持って逃げた男だ」

「横領じゃなくて、窃盗《せっとう》ってところか」

「単なる持ち逃げだが、そのあと完璧に消えてしまっていたらしい。君原新太郎《きみはらしんたろう》、三十二歳だ。被害金額は、一千四百八十万円となっている」

「そのうちの一千四百万円を、五つの銀行に分散預金して、八十万円しか使わなかったというわけか」

「田園ハイツに入居するまでの三カ月間の逃走資金、それに田園ハイツに入居する際の費用などに、八十万円だけを使ったってことになる」

「地味すぎるし、ずいぶんまたケチな男なんだな」

「もともと、そういうタイプの男だったらしい」

「その黒崎太郎こと君原新太郎が、残虐魔でもあったのかねえ」

「三十二歳になるまで結婚の経験もなく、恋人やガール・フレンドさえいなかったという話だ。恋人がいないんじゃなくて、できないというやつなんだな。職業は決して地味じゃないんだが、どうも異性に対するコンプレックスが強かったらしい」

「職業って、その一千四百八十万円を持ち逃げした勤め先は、どういう会社なんだ」

「旅行会社だよ。インターナショナル進航旅行社という大手じゃないけど、海外旅行には実績がある会社だそうだ」

「その旅行社である勤務先から、一千四百八十万円を持ち逃げして指名手配を受けていた男が、残虐魔とはねえ。それに犯行を重ねて六件目に、マンションへ飛ぶように帰るといきなり自殺したのかい」

「君原新太郎は、砂川春奈の住所と電話番号をメモしていたし、残虐魔事件の被害者の名前を列記して一覧表を作っていた。この一覧表は、野次馬《やじうま》の気分で作ったものじゃない。その証拠に被害者たちの名前から、大坪初江、柏木良子、林田千枝子の三人だけが抜けている」

「その三人に限り筑波の犯行であり、残虐魔の知ったことではない。それで君原新太郎はその三人の名前を、一覧表に書き込まなかった」

「そうだ。それに砂川春奈が殺される以前に、君原新太郎は彼女の住所や電話番号を調べていたし、その名前も一覧表に書き込んでいる。このことが、君原こそ残虐魔だという何よりの証拠じゃないか」

「ママの名前も、一覧表の中に記入してあったかな」

「一覧表には、こう書いてある。小川てる代、山野辺ミキ、細川佐知子、仲本真由美、山下静香、Y・M、H・Sの以上だ。最後のH・Sというイニシャルが、砂川春奈に該当する」

「もう一つのイニシャル、Y・Mというのは誰なんだ」

「そいつは、わかっていないよ」

「筑波の餌食《えじき》になった三人には、もちろん当てはまらないだろう」

「大坪初江、柏木良子、林田千枝子と、いずれもY・Mとは結びつけようがない」

「それがもし被害者の一覧表だとしたら、残虐魔に殺される女は七人ってことになる。しかし、現時点では、被害者が六人しかいない。あとのひとり、Y・Mという女性はどうなったんだ」

「すでに殺害されているのに、死体が見つかっていない。そういうふうにも、考えられるだろう」

「これまで残虐魔は一度も、死体を隠したりしていない。なぜY・Mという被害者に限り、死体が発見されていないんだ」

「しかし、これから殺されるという心配はないわけだ。残虐魔はすでに死亡しているし、二度と犯行を繰り返すことができないんだからな」

「もし、残虐魔が君原新太郎でないとしたら、いったいどういうことになるんだ。どこの誰かは知らないが、Y・Mという女性が殺されるかもしれない」

「そんなことは、絶対にあり得ない」

自信があるのか山城は、落着き払っていた。

射撃の影

1

三カ月がすぎた。

その後、婦女暴行殺人事件は、一度も発生していなかった。暴行、赤ペンキの噴射、異物挿入、そして殺害という特徴を持つ残虐魔の犯行は、これで完全にやんだということになる。

残虐魔が三カ月間も鳴りをひそめているというのは、二度と犯行を繰り返さないことを意味する。そのように解釈して、よさそうであった。これまでの犯行の間隔からいっても、三カ月というのは長すぎるのである。

九件のうち三件は、残虐魔に便乗した筑波朗の犯行であり、『歪んだ真珠』と名乗っての声明文も、また彼の仕業《しわざ》だということが確定した。筑波朗は起訴されて、異例のスピード審理による公判が重ねられ、間もなく一審判決が下ることになっていた。

異常に世間を騒がせた事件として、判決を急ぐことになったのだろう。しかし、筑波逮捕のときの大騒ぎが嘘のように、三カ月後の世間は無関心であった。残虐魔のその後についてさえ、もう人々は興味を向けようとしなかった。

残虐魔はなぜ、三カ月も鳴りをひそめているのか。筑波に便乗されて騒ぎが大きくなり、残虐魔は慌てて首を引っ込めてしまったのか。しばらくは犯行を手控えて、ほとぼりが冷めるまで冬眠するつもりなのか。

いや、冬眠しているのではない。残虐魔は、すでに死亡しているのだ。死亡した人間が、二度と犯行を繰り返さないのは当然である。つまり、自殺した黒崎太郎こと君原新太郎が残虐魔だったということが、明確に裏付けられたのだ。

この二通りの見方があったわけだが、いずれにしても次の犯行を待って延々と、合同捜査本部を存続させておくわけにはいかなかった。九月二十六日に一応、合同捜査本部は解散した。

迷宮入りではない。

また、九分通り間違いないと推定はされるが、君原新太郎が残虐魔だという確証もないのである。

そこで、少人数で専従班を編成して捜査を続けるというＦＢＩ方式をとり、合同捜査本部は解散したのであった。

山城士郎警部補は、その小型専従班からはずされた。そして、半年間にわたり専従捜査員を勤めた係員たちと交替で、一週間の休暇を与えられたのであった。山城警部補の場合は、十月一日から一週間の休養ということになった。

　だが、一日ぐっすり眠れば、もうじっとしてはいられない山城警部補だった。妻子がいないので、家に落着くという気にもなれないのだ。どこか行くところはないかと、山城は外出先を捜すことになる。

　十月二日の午後になって、山城警部補は赤坂の波多野丈二の法律事務所を訪れた。仕事を離れると山城には、気楽に話し合える相手として、波多野しかいないのである。私生活では、孤独な警部補であった。

「身のおきどころがない」

　山城警部補は、事務所の応接室の椅子に、窮屈そうにすわった。睡眠がたりた大男の目は、珍しく充血していなかった。今日はネクタイもしめずにラフな恰好でいるが、何となく不満そうな顔つきであった。

「そうだろうな」

　波多野は、ニヤニヤした。何もしないでいることに耐えられない山城の性格を、よく承知していたからだった。

「おれは、自転車なんだね」

「走り続けている限りは倒れないが、停止すれば自転車は倒れるってことか」

「休養したら、おれは病気になる」

「仕方がないだろう」

「何か、仕事はないか」

「警視庁の捜査官が、民事の弁護士の仕事を手伝うというのか」

「どんなことでもいい。あと五日をあっという間に過ごしてしまうために、目の回るような忙しさってものが欲しいんだ」

「だったら、おれと一緒に動いてみるか」

「動くって、何をするんだ」

「私的な調査だよ」

「私的とは……?」

「おれの趣味というか執念というか、要するに依頼者も報酬もないことで、調査をするんだがね」

「報酬なんかどうでもいいが、調査の目的はどういうことなんだ」

「残虐魔さ」

波多野は、ニヤリとした。

「よしてくれ」

山城のほうは、逆に渋い顔になった。無理もない。合同捜査本部が解散して、ようやく残虐魔から解放されたばかりの山城の前に、またしても残虐魔の件を持ち出したのである。嫌味な蒸し返しと、受け取りたくもなるだろう。

「一件落着して、そのための休暇をもらったあんたには気の毒だが、どうしてもこのまま忘れてしまう気にはなれないんだよ」

波多野は笑いを消して、表情を厳しくしていた。

「四カ月もたったというのに、まだそんなことを言っているのか」

呆れたというふうに肩をすくめてから、山城警部補はうんざりした顔になって首を振った。

「おれは生まれつき、執念深いんでね」

「もう、いいかげんにしてくれって、言いたいよ」

「建前はともかく、あんたたちは残虐魔が死んだものと断定している。つまり、自殺した君原新太郎が残虐魔の正体だと、判断しているわけだ」

「確証はないが、そう判断せざるを得ない。事実、君原新太郎の死後、つまりクラブ数利夢のママを最後に四カ月間も、残虐魔は出現していない」

「だから、それは公式見解としてこっちへ置いといて、あんた個人ということでおれと一緒に動いてみないかって、持ちかけているんだがね」

「あんたは、残虐魔冬眠説をとるのかね。冬眠説は一時的に犯行を休んで、騒ぎが下火になったらまた、残虐魔が活動を再開するという見方だ」

「違うね」

「違う……？」

「おれは残虐魔死亡説でも、冬眠説でもないんだ」

「おかしいじゃないか。残虐魔は死んだ、あるいはしばらく鳴りをひそめていてやがて犯行を再開すると、このどっちかしかないはずだ」

「そんなことはない」

「ほかに、どういう説が成り立つというんだね」

「犯行完了説だ」

「犯行が、完了したという意味か」

「そうだよ。残虐魔が一般的な異常者であれば、四カ月間も鳴りをひそめているはずはない。すでに六件の残虐行為で味をしめているし、世間が騒げば騒ぐほど犯行を繰り返したくなる。異常者はむしろ、世間の関心を失うことを嫌うはずだ」

「確かに、ニューヨークの〝サムの息子〟も、警察や市民がいきり立つことを問題にしないで、犯行を重ねたがね」

「ところが、残虐魔は四カ月がすぎても、鳴りを静めている」

「だから、残虐魔はすでに死亡しているってことになるんじゃないか」

「いや、おれは君原新太郎が残虐魔だったとは、思っていない。残虐魔はいまでも、ちゃんと生きている。健在でありながら、残虐魔はもう犯行を繰り返そうとしない。従って、残虐魔は犯行を完了した、という結論になるんだよ」

「六件の犯行を重ねたが、もうこれ以上はやらないという意味なのか」

「そうだ。これで当初の目的を遂げたというか、十分に満足したというか、要するに残虐魔はもう犯行を続ける必要性ってものを感じなくなった。それで、犯行完了説ってわけさ」

「そうなると残虐魔は、一般的な異常者とは違って来る。犯行を思い留《とど》まることができる意志と、それに分別を持ち合わせているんだからな」

「まあ、そうだろうね」

「あんたがそう判断した根拠は、どこにあるんだ」

「根拠は、二つある。一つは、君原新太郎が残虐魔だったとは思えないこと。もう一つは、またかと思うかもしれないが、六件の犯行に一種の共通点があるってことだ」

「共通点か」

果たして山城は、眉をひそめて不快そうな顔になった。だが、それ以上には『共通点』を拒絶する言動を、示すことがなかった。波多野が得意とする『共通点』がすでに、事件解決の糸口になるという実績を作っているからである。

亡妻《ぼうさい》のマチ子、妹の初江、柏木良子、林田千枝子に光琳女子短大の在学あるいは卒業生、更に色が真っ白な餅肌という二つの共通点があることに波多野は気づき、そこから筑波朗の存在が浮かび上がったのだ。

それだけに、波多野が目をつける『共通点』には、山城も一応の敬意を表さずにはいられないのであった。

2

ひとりの加害者と複数の被害者との接点が、その共通点として表われる場合がある。筑波朗と三人の被害者には、光琳女子短大という接点があった。その接点が同時に、三人の被害者の共通点にもなったのだ。

そのことから自信を得た波多野は、改めてほかの六人の被害者についても共通点を求めてみたのである。筑波朗と接点があった三人の被害者には、それなりの共通点を見出すことができた。

今度は、筑波朗と三人の被害者を除外する。残り六人の被害者に共通点があれば、それはそのまま六人と残虐魔の接点になるはずである。少なくとも理論的には、そうなるのであった。

そう思って波多野は、六人の被害者の共通点というものを捜してみた。だが、波多野の手許《てもと》にある資料からは、共通点らしきものを見出すことができなかった。ただ、六人の被害者が殺された場所に、共通するところがあった。

「もちろん、捜査本部も承知していたことだろう。筑波の三件の犯行はすべて屋外、それと対照的にあとの六件は屋内か準屋内。従って、筑波の三件だけという主張には信憑性《しんぴょうせい》があるって、捜査本部では判断したくらいなんだからね」

波多野は、説明口調で話を続けた。

「当然だ」

山城は、深く頷いた。

「そうなると、残虐魔の犯行と看做《みな》される六件の現場の共通性というものに、興味を抱かずにはいられないんだ」

「どうしてだね」

「見知らぬ女性を襲って暴行殺害する場合は、ほとんど屋外ってことになるんじゃないか」

「通りすがりの婦女を無差別に襲うんだとしたら、屋外ということになるだろう」

「暴行殺害が目的なら、夜遅くなってからの屋外を選ばざるを得ない。筑波にとって三人の被害者は、顔見知りの女性たちだった。しかし、暴行殺害だけが目的だった筑波は、三人をそれぞれ夜の遅い時間に、人気《ひとけ》のない屋外で襲っている」

「そうだ」

「そういう筑波のやり方のほうが、いかにも異常者らしいとは思わないか」

「それは、通り魔とか強姦魔とかの犯行は、暗い夜道のひとり歩きの女を対象にするというのが、一般常識になっているからだろうな」

「一般常識というより、被害者のほとんどは夜道のひとり歩き、昼間でも人気のない野外で襲われているんだろう」

「例外もあるけどね」

「ところが、残虐魔の場合はどうだろう。完全なる屋外というのが、一件もないんだぜ。六件のうち五件までが屋内で、しかも自宅じゃないか。残る一件も父親が所有するマンションの屋上で、自宅そして屋内に準ずるわけだ」

「うん」

「あんたは、いまこう言った。通りすがりの婦女を無差別に襲うんだとしたら、屋外ということになるだろう……」

「うん」

「残虐魔の犯行は、すべて被害者の自宅であり屋内だ。あんたの言葉に従えば、残虐魔は通りすがりの婦女を無差別に襲ったのではないということになる」

「例外もあると、言ったはずだ」

「じゃあ、例外ということにしておこうじゃないか。しかし、六人の被害者が自宅の屋内で、襲われたということは事実だ。被害者のほとんどは、ひとり暮らしではなく、家族が一緒だった。そうなるとまず残虐魔は、被害者がひとりきりになるのが何時で、その時間に家の中のどの部屋にいるかを、前もって調べておかなければならない」

「多分、下調べはしたんだと思うよ。しかし、だからと言って、計画的な犯行ってことにはならないんだ」

「そうかね。六人の被害者のうちの山下静香なんかは、夜中に母屋から庭のプレハブの別棟へ寝に行ったところを襲われている。これは明らかに、山下静香の日常について知識がなければ、やれないことじゃないか」

「あの女を餌食にしてやろうと、目をつける。その女のあとをつけて自宅まで行き、何となく様子を窺い、あとはチャンスを待って数時間その辺に身を隠している。それだけで目的を達することができる嗅覚《きゆうかく》、カン、習性みたいなものを身につけている連中だっているんだ」

「残虐魔は目をつけた女のあとをつけて自宅まで行き、家の中で乱暴して殺すという習性を持っていた異常者だと言いたいのか」

「そうなんだ。同じ異常者でも、それぞれ違った性癖や趣味を持っていて、犯行の形態が変わるわけなんだよ」

「強情なようだが、おれは個人的に六人の被害者について調べてみたいんだ。それにもうひとり、君原新太郎に関してもだ」

「いいだろう。どうせ何かをしていなければいられないんだから、おれも協力するよ。但しあんたの趣味に付き合ってという意味でだ」

「意味なんか、構わんさ。こっちも、あんたの働いていなければいられないという貧乏性に、付き合うつもりなんだからな」

「ところで、君原新太郎が残虐魔ではないという根拠を、ついでに聞かせてもらいたいね」

「一つは、残虐魔と自殺が結びつかないということだ。それに加えて、君原新太郎の自殺が明らかにされていないということがある。それから、被害者の一覧表だってことにされてしまっている名前の列記だがね。小川てる代、山野辺ミキ、細川佐知子、仲本真由美、山下静香とそこまでの五人の名前を明記しておきながら、なぜ六人目の砂川春奈だけをH・Sとイニシャルで書き込んだのか。また、もうひとりのY・Mとは何者か。この謎が解けないうちは、残虐魔と君原新太郎を同一人と見ることはできない。おれは君原新太郎も何者かに襲われて殺されたんだと思う」

波多野は言った。もちろん他人事《ひとごと》として、推論をのべたのである。その夜、波多野自身が正体不明の影によって、射撃の的にされるとは、考えてもみなかったのだ。

狙撃の意味

1

波多野と山城はその夜、十一時すぎまで赤坂の事務所に居残っていた。明日から開始する行動についての打ち合わせに、二人はすっかり熱中してしまったのである。女子事務員たちが帰ったあとは、洗面所の水を飲んで頑張った。

夕食には、鮨《すし》の出前を頼んだ。熱いお茶が、あるわけではない。湯を沸かすという算段も、二人にはなかった。水を飲みながら鮨を食べるのでは、一向にうまくない。だが、波多野も山城も、気にはしなかった。

明日からの調査の対象とするのは、筑波朗の餌食になった三人を除いての、残り六人であった。民事の弁護士と現職の刑事というのは、友人同士である関係を抜きにすると、まったく奇妙な取り合わせだった。

特に山城警部補は休暇中の身とはいえ、残虐魔事件合同捜査本部の中心的な存在だったのである。その山城警部補が一個人として、改めて解決ずみの事件にタッチするというのも、また例のない珍事と言える。

山城はこの半年間、綿密な捜査活動に従事した。警視庁捜査一課と合同捜査本部の機動力、技術、科学的データー、人海作戦などに支えられた捜査活動に手落ちや抜かりはなく、完璧だったと断言できる。

被害者に関する情報も、耳にはいっていないことはないくらいである。恐らく被害者については、肉親や家族以上によく知っているはずだった。人間の能力の限界はあるが、もうほかに調べようがないというくらいであった。

それを二人だけで個人的に調べてみて、いったいどのような成果を得られるというのか。徒労に終わるだけだと、山城警部補にはどうしても、そういう気持が働いてしまう。

その点が最初のうち、二人のあいだで論議の的となったのだ。

「おれの場合はまず出発点から違うんだし、そういう意味では調べをやり直すってことになる」

波多野は、そう主張した。

「事件に対する見方が根本的に違っていても、犯罪捜査の過程と結果には変わりないんだよ」

山城が、反論した。

「そんなはずはない。犯罪に対する見方が根本的に違っていれば、捜査方針も変わるだろう」

「いったい事件に対する見方が根本的に違うって、どういうふうに違っているんだ」

「合同捜査本部も世間も、今度の一連の事件を、残虐な変質者の犯行と決めてかかっている。しかし、おれはそうじゃなくて、残虐な変質者の犯行と見せかけた事件ではないかって判断した」

「あんたは妹さんが被害者になったときから、そんなようなことを言っていた」

「世の中には、便乗とか見せかけとかいうものが多い。筑波朗の場合が、そのいい例じゃないか、筑波は残虐魔事件に便乗し、残虐魔の犯行と見せかけて、三件の婦女暴行と殺人を働いている。そのことで、おれも自信が持てたんだよ」

「筑波の犯行に関する限り、あんたの見方は正しかった。その点は、認めるがね。しかし、だからと言って残り六件の犯行も、見せかけということにはならない」

「あんたは、おれが残虐な変質者の犯行と見せかけた計画犯罪じゃないのかと指摘したとき、何と言ったか覚えているか。それではまるで映画か小説だって、あんたは言ったんだぜ」

「しかし、合同捜査本部でもそういう見方を、まったくしなかったわけじゃない。計画的な犯行と、一応は想定してみた。それで被害者同士の関連性も、共通点も一通り調べているんだ」

「ところが一連の犯行の中には、筑波という便乗者による不純物がまざっていた。そのために捜査本部の見方や判断が、かなり狂ったり攪乱《かくらん》されたりしたはずだ」

「犯人が二人だったわけだから、確かに被害者同士の関連性や共通点を抽出するのに混乱が生じたよ」

「だからこそ、再度調査が必要だとは思わないか。筑波の犯行という不純物も混乱の原因も取り除かれて、いまは残虐魔による正真正銘の事件だけが残っている。そこで、その六件の犯行のみを対象に、改めて調べ直すんだよ」

「すると、あんたの再調査の基本的姿勢はまず、残虐魔を変質者と見ないということなんだな」

「そうだ。通り魔が無差別に女性を選び、衝動的に犯行を重ねたという見方は、完全に捨ててしまうのさ」

「特定の相手だけを選んで、計画的に殺した。暴行や異物挿入、赤ペンキの噴射は、犯人の本来の目的ではなく、通り魔事件と見せかけるための手段だった」

「女が次々に暴行され、残虐で変質的な方法で辱《はずか》しめた上で殺す。そうなれば世間も警察も、変態性欲者の通り魔事件と決め込んでしまう。その結果、犯人の身は安全となる。それが、犯人の狙いじゃないか」

「犯人は最初から、六人の女を殺すことが目的だった。そして犯人は一応、目的を達した。目的を達したのだから、犯人は当然、それ以上に犯行は重ねない。五月十八日の砂川春奈殺しを最後に、残虐魔が出現しなくなったのはそのせいである」

「そうだ」

「しかし、そうなるとなおさら、君原新太郎こそ残虐魔だったという可能性が強くなるんじゃないのか。君原新太郎は、六人の被害者の一覧表を持っていた。そのことも、あんたの計画犯罪説を裏付けているだろう」

「そこまで、君原イコール残虐魔ってことに固執するんなら、おれのほうで百歩譲ろうじゃないか。君原が通り魔的な犯行に見せかけて、計画的に六人を殺したということで話を進めよう。しかし、そうだとするとまず第一に、君原新太郎の死は自殺じゃなかったということになる」

「君原も、殺されたんだというんだろう」

「当然だよ。君原は六人の女性を殺すという計画犯罪に成功し、自分が疑われる心配もまったくなかった。それなのに、目的を達した直後に自殺するというのはおかしい」

「初めから、目的を果たしたら自分も死ぬという気でいたのかもしれない。つまり、六人の女を道連れに死んでやることが目的で、ほかには生き甲斐《がい》がなかったんじゃないのかね。あるいは、六回にわたる殺人という目的を遂げたとたんに、空《むな》しさを覚えて衝動的に自殺に走ったということも考えられる」

「あんたに似合わず、文学的な受けとめ方だ。しかしその解釈には、矛盾がある。目的を果たしたら死ぬつもりでいた、あるいは目的を達したことに空しさを覚えて自殺する、といった人間ならもっと堂々と計画を実行に移すだろう。少なくとも、通り魔の犯行に見せかけるという恥知らずなやり方をプライドが許さないだろうね」

「だったら誰が、君原新太郎を殺すことになるんだ。君原を背後で操《あやつ》っていた人間がいて、六人を殺してご用ずみになった君原の口を封ずるために消した、ということになるのか」

「それこそ、映画かテレビ・ドラマだ。君原を殺したのは、次の犠牲者となるはずの人間だった、というほうがまだ現実的だと思うよ」

「次の犠牲者となるはずの人間……」

「君原は、七人の女を計画的に殺すつもりだった。そして、その七人の名前をイニシャルで表わし、殺した相手だけをちゃんとした姓名に書き替えることにしていた。それが、例の被害者の一覧表だった」

「小川てる代、山野辺ミキ、細川佐知子、仲本真由美、山下静香の五人は、すでに殺しに成功しているので、ちゃんとした姓名になっていた。しかし、Y・MとH・Sのイニシャルは、これから殺す予定の二人ということになる」

「その二人のうち、H・Sの砂川春奈のほうも、君原はすでに殺してしまっていた。しかし、君原にはH・Sを、砂川春奈と書き替える暇がなかった。なぜなら、砂川春奈を殺して帰宅したとたんに、君原も殺されてしまったからだよ」

「本来ならば、H・Sも砂川春奈と書き替えられるはずだった。すると、イニシャルとして残されるのは、Y・Mだけだ」

「君原が殺す計画でいたのは七人で、Y・Mもそのうちのひとりだった。ところが、Y・Mのほうでも被害者たちの顔触れを見ているうちに、自分も殺されるんだということに気づく。そこでY・Mは逆襲に出て、君原を殺してしまった」

「なるほど、興味ある推論だな。そうだとすればY・Mも宙に浮かなくなるし、君原の自殺という不可解な問題も片付く」

「あくまで、推論だぞ」

「しかし、面白くなって来たし、何となくじっとしていられなくなったよ」

「それは、大いに結構なことだ」

「まずは六人の被害者の関連性と共通点だが、徹底的に洗った結果がゼロだったんだからね」

「いや、洗ってない一面だってあるはずだ。たとえば、被害者たちには夫や恋人に対しての秘密がなかったか。被害者たちが過去、同じ電車かバスに乗り合わせたことはなかったか。と、そこまでは、洗ってないいんじゃないのか」

「うん、まあ……。そうなると、最初の難関は動機だな。変質者の通り魔的な犯行ではなくて、六件の計画殺人であるならば、それなりの動機がなければならない。犯人はまったく、盗みを働いていないんだ。変態性欲を満足させることが、目的でもなかった。それでいて、六人も殺す」

「金銭のもつれか、自己保全のために秘密を握っている人間たちの口を封じたか、そうでなければ怨恨《えんこん》と、動機はこの三つに絞られるだろう」

「一家みな殺しならとにかく、あちこちに散っている他人を怨恨が動機で六人も殺すなんて、例がないんじゃないのかな」

「馬鹿にされたからって、人を殺すことが珍しくない世の中だぜ。何人かの女に恥をかかされた、笑いものにされたからって、その全員を凌辱して惨殺《ざんさつ》してやろうって計画する男だっているかもしれない」

「まあ、いいだろう。とにかく、六人の被害者には共通して、ひとりの男に命を狙われる動機があったと想定して、考えてみようじゃないか」

「一見してまるで関係がないように思える六人だが、必ずどこかに何かの形で接点があるのに違いない」

波多野は、山城の背中をどやしつけた。この大男の胸板みたいに厚い壁が、眼前にそそり立っていると言えるだろう。だが、その壁を何とか打ち破れるという自信と期待が、波多野はあったのだ。それだけの信念と執念に、支えられているのかもしれなかった。

山城士郎も、熱っぽい目つきになっていた。行動することの目的と意味を見出すと、とたんに意欲的な情熱家に一変する男なのである。捜査官としてのメンツにもこだわらず、山城警部補はやる気十分になっている。

但し、今回の行動については、二人だけの秘密ということになるのだった。

2

赤坂の法律事務所を出たのは、午後十一時二十分であった。

山城士郎とは、その場で別れた。山城はすぐに、タクシーを停めることができた。彼が乗ったタクシーが青山方面へ走り去るのを待って、波多野はビルの裏にある駐車場へ向かった。

波多野は、彼の乗用車に乗り込んだ。上野毛のマンションへ、急がなければならないと波多野は思った。マンションの部屋では、川本多美子が彼の帰りを待っている。

多美子は波多野が帰るまで、食事に手をつけようとしないのだ。風呂にもはいらないし、着替えもせずに待っている。そういうところが、妙に律義な多美子である。彼女にしてみれば、波多野に世話になっているという気持が作用しているのかもしれない。

十二時の帰宅時間というのは、珍しいほうであった。多美子と一緒に生活するようになってからは、外で飲むことがほとんどなくなった。それで、帰宅時間が午後十時以降になることも、自然に減少したわけである。

十二時まで何も食べずにいるのでは、多美子に気の毒であった。自分は鮨を食べているしと、気にかけずにはいられない。急いで帰ってやらなければと、焦《あせ》ることにもなるのだった。

そうした一種の遠慮は、夫婦ではない証拠でもある。将来、結婚することにもなってない若い女と、夫婦同然の暮らしをしている。そんなところに男としての負い目があって、波多野は余計な神経を使ってしまうのかもしれない。

波多野の意志は変わっていないし、多美子さえ承知すれば、いつでも結婚するつもりでいる。しかし、多美子のほうに大きな障害があって、結婚の見込みはいまのところ立っていないのだ。

多美子自身の問題ではなくて、彼女の母親が障害になっているのである。多美子の父親と姉が死亡して、母親しかいないということは、生前の砂川春奈から聞かされていた。

それで多美子と結婚すれば当然、長崎にいる母親を引き取ることになる。ところが、その母親が頑として、東京で生活することを承知しないのであった。死ぬまで長崎を離れないと、拒絶を続けているのである。

母親も病身であり、長崎へ仕送りしていれば、それですむという状態ではなかった。多美子には長崎で働いてもらって、一緒に暮らしたいというのが、母親の希望であった。当然の注文だった。

砂川春奈の告別式に参列するために、多美子は長崎から東京へ帰って来た。だが、一週間ほど東京にいて、彼女はまた長崎へ引き返さなければならなかった。母親に、呼び戻されたのである。

六月に二度、七月に一度、多美子は東京・長崎間を往復した。母親を説得することは、ついにできなかった。話し合いはつかず、結論の出しようがない。多美子は母親に年内には長崎へ引き揚げると約束した上で、八月の初旬に上京して来た。

多美子は、東京で勤めを持つ必要がない。三軒茶屋のアパートも、無用の存在だった。多美子は家具の大半と中古車を処分して、上野毛のホワイト・マンションへ引き移った。それ以来、波多野と多美子は、二カ月間の同棲生活を続けているわけである。

波多野は、ホワイト・マンションの前の通りにはいった。間もなく、十二時になろうとしている。街灯だけの道路に、いかにも秋らしい寂しさが感じられた。気温に関係なく、秋は視界に訪れるものだった。

事件が続発して、砂川春奈までが殺されたあの頃は、まだ五月であった。それがいまはもう、十月になっている。儚《はかな》い人間の運命を過去へ押し流す季節の音が、さらさらと聞こえて来るような気がする。

マンションの前で、波多野はブレーキを踏んだ。とたんに、ズーンという爆発音が聞こえた。車体に軽い衝撃があって、ガラスが砕け散る音が波多野の耳を襲った。何かが爆発したのだと思い、波多野は運転席から飛び出すと路上に身を伏せた。

だが、それっきり爆発音は鳴らず、代わりに車の後方から走り去る足音が聞こえた。波多野にはまだ、何が起こったのかわからなかった。彼は眠っていた街が何となく騒がしくなり、マンションから多美子が飛び出して来るのを、ぼんやりと眺めやっていた。

一時間後に波多野は所轄署の刑事から、自動五連、単身と推定される口径十二番の散弾銃によって狙撃されたのだと、告げられた。しかし、波多野を狙撃する意味がわからない限り、彼には到底、信じられないことだった。

平凡な女

1

翌日の正午まで、波多野は所轄署の取調べに応じなければならなかった。波多野の場合は被害者であると同時に、参考人でもあったからだった。命を狙《ねら》われる心当たりがあるかどうかを、波多野はしつこく訊《き》かれたのであった。

ホワイト・マンションの前の通りを、北へ二十メートルほど行ったところに、小さな四つ角がある。その四つ角の電柱の根もとに、実包散弾一発が落ちていたのだ。その実包散弾から、使われたのは口径十二番、自動五連、単身の散弾銃ではないかと推定されたのであった。

犯人は明らかに、波多野を狙って散弾銃を発射したのである。車は波多野のものであり、乗っているのは彼ひとりだけだったのだ。的《まと》はあくまで、波多野であった。しかも、目的は波多野を射殺することだった。

当然、波多野のほうにも、命を狙われる理由がなければならない。その点で、所轄署の調べを受けたのであった。しかし、波多野には命を狙われる理由など、まるで心当たりがなかった。

もちろん、個人的にはそれほどまでに、恨みを買っているという覚えがない。仕事の上でも民事の弁護士として、恨まれたり邪魔な存在になったりすることはなかった。波多野を消して得をするという人間は、ひとりもいないのである。

波多野は正午まで同じ主張を続けて、ようやく放免されたのであった。山城士郎も所轄署に姿を見せて、波多野の調べが終わるのを待っていた。今日から波多野と山城は、残虐魔の被害者たちについて新たな調査を始めることになっている。

それを思うと、波多野は気が気ではなかった。時間が惜しい。散弾銃を発砲した犯人のことなど、もうどうでもよかった。何かの間違いだろうし、二度と命を狙われることはないと、波多野には自信があったのだ。

所轄署では、波多野を射殺しようとした、人違い、悪質なイタズラ、と三段構えで捜査を始めることになったようである。

波多野と山城は、揃《そろ》って所轄署を出た。波多野の車は散弾を浴びて損傷した上に、証拠物件として所轄署の管理下に置かれている。行動を起こすには、タクシーを利用するほかはなかった。

「災難だったな」

タクシーに乗り込むとすぐ、山城警部補が大きな目を波多野に向けた。

「まったく、物騒な世の中さ」

波多野はホッとしたように、軽く目を閉じた。昨夜からほとんど寝ていないという睡眠不足も、波多野の瞼《まぶた》を重くしているのであった。

「人違いだろうか」

山城は、友人の身を案じてか、怒ったような顔になっていた。

「そうでなければ、暴発ってところだろう。暴力団の幹部じゃあるまいし、おれを散弾銃で殺そうなんてやつが、いるはずはないだろう」

波多野は、目をつぶったままで苦笑していた。

「一応、念のために今後も、身辺の警戒を厳重にしたほうがいい」

「あんたまでが、そんなことを言い出すのか」

「何者かがあんたを狙って発砲したことは確かなんだから、それに失敗したという事実は重視しなければならん」

「間違いは、二度と続かないもんだ。おれにとって大事なのは、昨夜の恐怖を一刻も早く忘れることだろう」

「まあ、おれが一緒にいる限りは、あんたが狙われるって心配もない」

ようやく山城は、口もとを綻《ほころ》ばせた。

「そんなことより、調査のほうが大切だ。最初は、誰なんだね」

波多野は、話題を変えた。

「襲われた順に、追ってみたほうがいいだろう。最初は、小川てる代だ」

山城が答えた。

「小川てる代、二十八歳。色が浅黒く長身で痩《や》せている主婦だったたっけな」

波多野は目をあけると、上着の内ポケットから手帳を抜き取った。

「次は、山野辺ミキってことになる」

「山野辺ミキ、二十五歳のＯＬ。色は黒く、長身で大柄……」

「三番目が、細川佐知子だ。中野区に住んでいた三十六歳の主婦で、被害者の中では最年長ってことになる」

「今日は、この三人までだろう」

「この三人の自宅と近所へは、もう二十回ぐらい足を運んでいるね」

「聞き込みの結果を総合すると、どんなふうな女性像ができあがるんだ」

「一口に言って、どこにでもいるような平凡な女ってことになる」

「異常な事件などに関係するとは思えないような、普通で当たり前な女性ってわけだな」

「まず最初の小川てる代だけど、結婚して四年、子どもなし、亭主は六つ違いの三十四歳でサラリーマン、夫婦仲は普通、団地に住んでいる。平凡であることを、絵に描いたような主婦でね」

山城は何もかもわかりきっている、というような顔つきで言った。

この小川てる代という二十八歳の人妻が、残虐魔の手にかかった第一番目の犠牲者であった。夫は製薬会社に勤務する真面目《まじめ》なサラリーマンで、子どもがいないから昼間は妻ひとりだけになる。

そのひとりでいた室内で、小川てる代は全裸にされて殺されたのである。異物挿入と赤ペンキの噴射がもの凄《すご》く、まさに惨殺《ざんさつ》死体であった。時間は午後三時、白昼の惨劇だった。

小川てる代は、買物から帰って来た直後に襲われたものとわかった。一緒に買物から帰って来た同じ団地の主婦の証言で、時間的にそうなることがはっきりしたのである。犯人は小川てる代がドアの鍵をあけているその背後に迫り、刃物で脅《おど》して一緒に室内へはいり込んだものと推定されている。

タクシーは、世田谷区の祖師谷《そしがや》にある団地についた。タクシーを待たせておいて、山城と波多野はA号棟へ向かった。小川てる代が殺されたのはA号棟の六階三号室で、いまでも夫がひとりでそこに住んでいる。

山城が波多野を案内したのは、A号棟の五階の十号室であった。この十号室の主婦が事件の直前に、小川てる代と一緒に近くのスーパー・マーケットから帰って来たのであった。

階段の途中で別れて、小川てる代は六階へ、一緒だった主婦は五階の十号室にと、それぞれ向かったのである。そのときすでに犯人は、六階の廊下でうろうろしていたのに違いない。

山城がチャイムを鳴らすと、ドアの向こう側で女の声が応じた。声の主は素早くドアの覗《のぞ》き穴から、訪問者を確かめたらしい。躊躇《ちゆうちよ》することなく、三十半ばの女がドアを大きくあけた。

「また、来ましたよ」

「どうも、ご苦労さまです。お久しぶりなんて、言ってはおかしいんですけど……」

「例によって、二、三の質問にお答え願いたいんですがね」

「あら、あの事件はもう、解決したんじゃなかったんですか」

「いや、まだ捜査は続行中です」

「そうですか」

三十半ばの主婦は、波多野のほうへ目を転じた。

この主婦にとって山城は、すでに顔馴染《なじ》みの刑事である。しかし、波多野のほうは、初めて見る顔なのだ。波多野は衿《えり》のバッジをはずしているし、山城と一緒なので当然、刑事に見られるはずであった。主婦は新顔の刑事として、波多野に好奇の目を向けたのに違いない。

「妙なことを、お尋ねするようなんですが……」

山城より前へ出て、波多野は言った。質問は、波多野がすることになっていたのだ。

「はい」

主婦は、緊張した面持《おもも》ちで頷《うなず》いた。山城が質問を同僚に任せていると、主婦は解釈しているのだろう。

「小川てる代さんの趣味について、お尋ねしたいんです」

波多野は、主婦の顔を見守った。

「趣味ですか」

怪訝《けげん》そうに、主婦は眉《まゆ》をひそめた。

「映画、音楽、釣り、旅行、読書、パチンコ、ショッピングといろいろあると思うんですがね」

「さあ……」

「何か、思い当たりませんか」

「別にこれと言って、なかったんじゃないでしょうか。特別これというものに、熱中しているってお話を伺《うかが》ったこともないしねえ。せいぜい、女性週刊誌の読者だったりするだけで……」

「小川さんは、どんな女性週刊誌を読んでいたんです」

「あの奥さんは、『女性ウイークリー』を必ず毎週、買ってらしたわね」

「小川てる代さんの性格については、どういう見方をされていましたか」

「性格……?」

主婦は困惑して、助け舟を求めるように山城へ視線を移した。

2

戸惑うのは、無理もなかった。婦女暴行・殺人事件となると、刑事の聞き込みは事実関係に集中する。怪しい男を目撃しなかったか、これまで六階三号室にどんな男が出入りしていたか、団地内をうろつく男について聞いたり見たりしたことはないか、被害者の男関係で妙な噂《うわさ》を耳にしたことはないか、といった質問が多いはずである。

情報を集めるにしても、犯人に関することが中心になる。被害者についても、やはり現実的な事柄や実際面の出来事ばかりを聞き込むのであった。五階十号室の主婦も、そうした質問には馴《な》れているのだろう。

それだけに主婦は、意表をつかれたということになるのだ。被害者についての質問であり、それも趣味とか性格とか事件に関係があるとは思えないような一面を指摘する。本来が、答えにくいことばかりであった。

「小川てる代さんは、性格的に派手だったでしょうか」

主婦の思惑《おもわく》など頓着《とんちゃく》せずに、波多野は質問を続けた。

「いいえ……」

主婦は、首を振った。

「すると、地味だったということになるんですね」

「まあ、地味のほうでしたねえ。決して、派手じゃありません」

「口数は、少ないほうですか」

「普段は、口数が多いほうではなかったですけど、調子に乗るとっていうんでしょうか、その場の雰囲気次第で、お喋《しゃべ》りに夢中になることもありました」

「性格は、明るかったんですね」

「そうですね」

「タバコは、喫《す》いましたか」

「いいえ」

「アルコールは、どうでした」

「ワインが、お好みでした。でも二、三杯で、真っ赤になってしまって……」

「外出が、好きでしたか」

「好きなほうじゃなかったみたい。とにかく、おとなしい奥さんでしたものね」

「おとなしい性格なんですね」

「でも、芯《しん》は強かったんだと思います」

「夫婦仲は、普通だったそうですが……」

「はい」

「悪くはなかったんですか」

「結婚して四年後の夫婦というのは、みんな同じだと思うんですよ。甘くもなく、冷たくもなくってね」

「団地内で、話題になったりしたことはありませんか」

「小川さんのことがですか」

「ええ」

「そんなことは、一度だってありませんでしたね。話題になるようなことはなさらないし、あの奥さんの噂が流れるなんて、そんな……」

「つまり、平穏無事な毎日を過ごしていたってわけですね」

「平凡だし退屈だけど、これでいいんだと思っているわって、いつもおっしゃっていましたからね」

「そうですか」

「それから何度か、いまの自分は不幸じゃないし特に幸福だとも思わないって、奥さんの口から聞いたことがありました」

「ほう」

「お子さんがいらっしゃらないから、そんな愚痴《ぐち》をこぼしたくなるときも、あったんでしょうね」

「旅行に出るなんてことも、なかったんでしょうか」

「さあ……。去年でしたか、岡山県の実家へ帰られたってことがありましたけどねえ。そんな程度の旅行ってことに、なるんじゃないんでしょうか」

「いや、どうもすみませんでした」

会釈《えしゃく》をしてから、波多野はチラッと山城を見やった。これで質問を打ち切ることを、山城に伝えたのである。なるほど、平凡なひとりの人妻の輪郭が、描き出されたのにすぎなかった。

世田谷区祖師谷の団地をあとにして、タクシーは大田区の南千束《みなみせんぞく》二丁目へ向かった。第二の被害者は山野辺ミキ、二十五歳のＯＬであった。南千束二丁目の小さな和菓子屋の娘で、家族は両親のほかに弟と妹がいた。

「山野辺ミキも、自宅で殺されたんだっけな」

波多野が、タバコに火をつけながら言った。

「そうだ」

あまり思い出したくない話だというように、山城士郎は憮然《ぶぜん》たる表情で腕を組んでいた。

「時間は、夜の……」

「九時前後と推定されている」

「そのとき、彼女は家の中にひとりでいたのか」

「留守番をしていたってことになる。両親は弟と妹を連れて、横浜の親戚のところへ行ったんだ」

「泊まりがけで……？」

「いや、夜の十二時近くになって帰宅した。そして、両親が長女の死体を、見つけたってわけだ」

「家の中のどこで、殺されたんだ」

「台所の奥に、二畳の部屋があった。神棚がある部屋で、ほかに使い道はなかったらしい」

「その二畳の部屋で、殺されたのか」

「裏口から、至近距離にある。裏口には、鍵がかかっていなかった。犯人はそこから侵入して、台所にいた被害者に襲いかかったものと断定されている」

「山野辺ミキも、また平凡な娘ってことになるんだろう」

「その通りだ」

「恋人は、いたんだろうな」

「ボーイ・フレンドは、何人かいたようだ。しかし、去年の春に見合いをして、今年の秋の結婚が決まっていたんだそうだ」

「見合いか」

「勤め先も銀行だし、見合いで結婚を決める。それだけだって、山野辺ミキの地味な性格ってものがわかるよ」

「地味な性格、即《すなわ》ち平凡な女ってことになるのかい」

その平凡すぎるということが、どうにも気に入らないと、波多野は思った。いまは平凡であることが、嫌われる時代であった。それだけに、平凡な女ということを強調されると、裏に何かあると考えたくもなるのだった。

週刊誌の読者

1

山野辺ミキの家には、吉野《よしの》屋という和菓子屋としての屋号があった。小綺麗《こぎれい》な店はかなり広くて、三分の一ぐらいの空間にテーブルと椅子《いす》が並べてある。そこで和菓子を、食べられるようになっているのだ。

山野辺ミキの両親だけでやっている店で、使用人はひとりもいないという。白い上っ張りを着て、ミキの両親が店にいた。山城警部補の顔に気づくと、父親はさりげないふうを装《よそお》って、奥へ姿を消してしまった。

「また、逃げられた」

そう言って、山城は苦笑した。

「おやじさんのほうは、いつもああするのかい」

波多野が訊いた。

「おれが聞き込みに行くと、おやじさんのほうは必ず奥へ引っ込んでしまう」

「一度もまだ、相手になってくれていないのか」

「最初のときだけは、興奮していたせいもあって、こっちの質問に余計なことまで答えていたがね」

「あとは、駄目なのか」

「うん」

「いやな思い出を早く忘れたいために、そのことに関して話をしたがらないんだろう」

「そうじゃない。ひどく無口で、口下手なんだそうだ。それで誰が相手だろうと延々と話をし続けるのを嫌って、逃げちゃうんだそうだよ」

「照れ性《しょう》で、職人気質《かたぎ》なんだ」

波多野は言った。

山野辺ミキは、札幌の祖母の家で生まれた。祖母はミキが大のお気に入りで、手放すのをいやがった。ミキは中学を卒業するまで、北海道を往復するという恰好《かっこう》で、札幌の祖母の家にいた。

その後、東京の高校を受験して、ミキは札幌に別れを告げた。東京で両親や弟妹たちと一緒に暮らすようになって間もなく、札幌で祖母が病死した。そうした事情があって、山野辺ミキは一応、札幌出身ということになっているのである。

山城と波多野は、吉野屋の店内へはいった。ミキの母親が笑いながら、山城に会釈した。いやな顔もしないし、目も笑っている。娘を惨殺されたショックから、すでに立ち直っている母親であった。

山城と波多野は、ガラス・ケースをはさんで向かい合った。ここでも、質問者は波多野だった。波多野はまた、ミキの趣味と性格について、母親の意見を聞くことにした。父親と違って母親は、よく喋るほうであった。

その母親の判断によると、ミキの趣味は音楽鑑賞とスポーツだったという。特にテニスが好きで、高校時代からずっと続けていたらしい。ほかに趣味らしい趣味はなく、家にいるときはテレビを見ていることが多かったと母親は説明した。

「婚約者が、おられたそうですね」

波多野は、店の前を通りすぎる女子高校生の列を目にした。女子高校生たちは一様《いちよう》に、和菓子屋の店内へ視線を向けて行く。

「はい、生きていれば、来月の初旬に結婚したはずです」

ミキの母親は初めて、悲しげに目を伏せていた。

「見合いだそうですが、婚約者とはもう親密な間柄だったんでしょうね」

「一年のお付き合いが続いていたから、もう恋人同士みたいなものだったんじゃないんでしょうか」

「婚約者の職業は、どういう関係の仕事で……？」

「商業デザインの仕事を、されている方なんですよ。いまどきの若い人には珍しく、堅物《かたぶつ》って言われるくらいに生真面目《きまじめ》で、わたしどもも安心して娘を任せられるって思っていたんですけどねえ」

「恋愛の経験は、一度もなかったんでしょうか」

「ミキですか」

「ええ」

「一度だけありました。三年ほど前でしたか、テニスで知り合った人という話でしたけどね」

「長くは、続かなかったんですか」

「父親もわたしも、その人との交際に大反対したし、ミキも相手の欠点に気づいたからなんでしょうね」

「どうして、ご両親は、その男との交際に、反対されたんです」

「信用できない人だって、思ったからなんです」

「なぜ、信用できなかったんでしょう」

「いいところのお坊っちゃんだという話でしたけど、すぐ近くまで来ていながらこの家に寄ろうとしないんです。娘の親に会うのをいやがる青年は信用できないって、主人がまず怒っちゃいましてね」

「よく、わかります」

「それから、その人と一緒にってことなんでしょうが、ミキが何度か無断で外泊したもんで、主人がかなり厳しく交際を禁じましてねえ」

「そうですか」

「ミキもどちらかと言えば、世間知らずのほうでしたから……」

「小説なんかも、あまり読まなかったんでしょう」

「およそ本ってものを、読まない子でした。読むとすれば、週刊誌ぐらいなものでした……」

「女性週刊誌ですか」

「はい」

「女性週刊誌となると、『週刊婦人』か『女性ウイークリー』ですね」

「あの子がよく読んでいたのは、『女性ウイークリー』のほうでした」

「性格としては、地味なほうでしたか」

「地味でしたねえ。目立たなすぎるくらいで、着るものも、清潔感第一を心掛けていたようですよ」

「内気だったんですかね」

「内気というよりも、おとなしかったんでしょう」

「そうですか」

波多野は、質問を打ち切る気になっていた。一度に二人の客が、店内へはいってきたからである。それに波多野は、もっと話を聞きたいという興味を失っていたのだ。母親の意見もまた、平凡すぎたのであった。

波多野と山城は、吉野屋を出た。

次は、細川佐知子である。細川佐知子は、被害者のうちで最年長の三十六歳だった。東京の出身で学歴は高校卒、色が黒くも白くもない小柄な身体《からだ》つきの主婦ということになっている。

この細川佐知子も、屋内で襲われている。犯行時間は、夜の十一時三十分頃と推定されていた。子どもはなく、夫と二人暮らしであった。夫は中野と新宿で、二軒の美容院を経営していた。

中野の美容院からさして遠くないところに、夫婦で住んでいたマンションがある。賃貸しではなく、買い取りマンションであった。細川佐知子の夫は、外で飲むことが多かった。

新宿の店に顔を出したときは、必ず飲んで来ることになっていた。帰宅時間は、いつも十二時近くであった。事件当夜も夫が帰って来たものと決め込んで、不用意にドアをあけたらしい。

「ところが、ドアの外に立っていたのは、残虐魔だったというわけだ」

タクシーの中で、山城が推論を披露した。

「残虐魔は刃物を突きつけて、そのまま室内へ押し入った」

波多野はまた、目を閉じていた。

「そういうことだろう」

「リビング・ルームだった」

「亭主が帰って来たのは、何時頃だったんだね」

「いつもの通り十二時近く、正確には十一時五十分頃ってことになる」

「犯人が逃走して間もなく、亭主は帰って来たってわけだな」

「残虐魔は十一時十五分頃に侵入して目的を遂げ、十一時三十分頃に細川佐知子を殺害、その直後に逃走したと推定されている」

「その細川佐知子もまた、平凡な主婦ってことになるのか」

「いまは、退屈を持て余しているというのも、平凡な主婦ってことになるんだろう」

山城が、大真面目な顔で言った。

細川佐知子自身は、美容師でも経営者でもない。子どもがいないひとりの主婦であり、四十歳の美容師をかねた経営者の妻なのである。生活が単調で退屈なのを平凡とするならば、間違いなく平凡な主婦であった。

中野区新井《あらい》一丁目の通りに面して、『ビューティサロン細川』の看板があった。細川佐知子の死は、美容院に影響を与えなかった。美容院は何事もなかったように、営業を続けているのである。

山城と波多野は、『ビューティサロン細川』の前でタクシーを降りた。どこの町でも見かけるような、小さな美容院であった。店内には客が二人と、三人の男女の従業員がいた。

波多野は、客のために用意されているブック・ケースの雑誌へ、目を走らせていた。そこには月刊と週刊のあらゆる女性誌が、並べてあった。もちろん、その中にはほかの雑誌よりもはるかに傷《いた》み方がひどい『女性ウイークリー』も、含まれていた。

2

細川佐知子の夫は、新宿店のほうにいるという。それはそれで、構わなかった。主観がはいる夫の話よりも、むしろ赤の他人の意見を聞きたかったのである。

三人の男女が、山城に笑顔で挨拶《あいさつ》した。ここでも山城は、顔馴染みになっているのだ。若い男の美容師は、客のそばを離れることができなかった。まだ一人前の技術者にはなっていないらしい若い女子従業員も、シャンプーにとりかかっている。

手があいているのは、やや年長の女の美容師だけであった。好都合なことに、その美容師がいちばん長くこの店にいる先輩だったのだ。その美容師を店の入口へ呼んで、低い声で話し合うことにした。

「あそこにある女性誌ですけど、毎号ちゃんと買っているんですね」

波多野は美容師の顔を見て、なかなかの美人だと思った。

「はい、全誌を定期購読で、取り寄せているんです。お客さまに人気のある週刊誌やファッション雑誌は、同じものを二冊から三冊ずつ取り寄せています」

美容師は明るくて美人というだけではなく、ものの言い方がハキハキしていて頭もよさそうであった。

「経営者の奥さんも、この店に来ていたんでしょう」

「お住まいが近くですから、二日に一度はお見えになりました。お店の中の整理を、手伝って下さるんです」

「すると奥さんも、あそこにある女性誌を読むことになりますね」

「はい、もちろん……」

「あの『女性ウイークリー』なんかも、細川佐知子さんは読んでいましたか」

「週刊誌でしたら、必ず読まれたはずですわ」

「そう」

一安心したというように、波多野は溜《た》め息をついていた。

「いい奥さまでした」

明るい顔に微笑を浮かべて、美人の美容師が言った。

「どういう意味で、いい奥さんだったんです」

すかさず、波多野は訊いた。

「お子さんがいらっしゃらないせいもあるんでしょうけど、わたしたちにとっても親切でやさしくして下さいました」

美容師は、故人を懐かしむような目つきになっていた。

「性格は、派手なほうでしたか」

「そうですね、明るくて陽気でしたけど、遊び歩くといった性格の派手さはありませんでした」

「常識家だったんですね」

「ご自分でも考え方が古いって、よくおっしゃってましたからね」

「外出することなんかも、少なかったんですか」

「このお店にいらっしゃるくらいで、長い時間を留守にするってことはなかったみたい。それに先生が、奥さまの外出を嫌っていましたから……」

「先生というのは、細川佐知子さんのご主人のことですね」

「そうです」

「夫婦仲は、どうでしたか」

「以前はとても、仲がよかったんですけどね」

「以前は仲がよかったけど、その後うまくいかなくなったという意味ですか」

「まあ、そういうことになります」

「いつ頃から、夫婦のどっちに不満が生じたんでしょうね」

「多分、去年の夏ぐらいからだと思いますが、先生のほうに不満が生じたみたいです」

「その理由については、わかりませんか」

「わかりません」

「しかし、何かがあったんでしょう」

「わたしが覚えているのは、去年のその頃に奥さまが十日以上も、このお店にも姿を見せなかったということだけです」

そう言って美容師は、屈託《くったく》なく笑った。この美容師は間もなく店をやめる気でいるのだと、波多野は直感していた。あまりにも、サバサバしすぎている。それに答えることに、まったく躊躇しないという感じだった。

人間は自分の立場を考えるから、言いたいことも言えないのである。しかし、関係がないということになれば、何であろうと平気で喋れる。この美容師は細川佐知子の死を、自分には無関係な過去のことにしているのであった。

『ビューティサロン細川』を出たとき、山城と波多野は空に秋の夕暮れを見た。秋海棠《しゅうかいどう》や野菊の花を捜したくなるような秋の夕暮れだが、視界には土に被《おお》われた地面すらなかった。

「今日の収穫は、どうだったんだ」

山城が言った。皮肉にも聞こえるような、質問であった。

「ゼロだな」

波多野は、首を振った。

「そうかね。大分あんたは、『女性ウイークリー』にこだわっていたみたいじゃないか。そこに共通点を、見出《みいだ》そうとしているんじゃないのか」

「共通点にはならないし、被害者たちを結ぶ接点にもならんね」

「まあ、そうかもしれない。いずれにしても、おれにも耳新しいって話はまったく出なかったようだ」

「そうかな」

「そうさ」

「まあ、いいだろう」

波多野は空に向かって、弱々しく笑いかけていた。

小川てる代、山野辺ミキ、細川佐知子の三人がいずれも、『女性ウイークリー』を愛読していたことは事実である。しかし、それを彼女たちの共通点として、重視することはできないのであった。

何十万部も発行されている同じ週刊誌を読んでいるからと言って、それが読者たちの共通点ということにはならないのだ。発行部数が最も多い女性週刊誌を、大勢の女が読んでいるというのは、むしろ当然なことなのである。

「それより、おれには一つだけ気づいたことがあった。それはまあ、収穫とまではいかないがね」

波多野は言った。

山城が期待と不安が入りまじったような顔つきで、波多野へ目を走らせていた。

価値ある遺言

1

翌日も、波多野と山城は朝からタクシーを、乗り回ることになった。成果の有無はともかく、波多野流による調査を一通り、すまさなければならない。すでに昨日、三人についての調べを終えている。

残るは仲本真由美、山下静香、砂川春奈の三人であった。このうち『クラブ数利夢』のママだった砂川春奈に関しては、改めて聞き込みを行うという必要はなさそうである。砂川春奈の日常をよく知っている同居者も肉親もいないし、数利夢のマスターやホステスが承知している程度のことなら、波多野にもわかっているのだ。

今日は仲本真由美と山下静香の肉親に会ってみて、それで一応の調査を終了することになるだろう。

タクシーはまず、台東区へ向かった。台東区の松《まつ》ガ谷《や》二丁目に、『仲本建設』という会社がある。古くは『仲本商店』という土建業であったが、真由美の父親が一代にして個人商店から企業へ発展させたのだ。

昭和通り、言問《こととい》通り、国際通り、浅草《あさくさ》通りに囲まれた四角い地域の中心点に、仲本建設と仲本マンション、それに自宅が、集まっている。自宅とマンションは、同じ敷地内にあって隣接していた。

仲本真由美が殺されたのは、そのマンションの屋上であった。マンションの所有者は、彼女の父親である。それに真由美も、そのマンションの七階の一室を、自分の部屋として使っていたのだ。

それで、たとえ屋上であろうと実質的には、自宅の屋内で襲われたという見方も成り立つのであった。事実、夜遅くに真由美がマンションの屋上へ出ることは、珍しくなかったという。

「マンションとなると当然、深夜だろうと出入りは自由だったわけだな」

高速道路の渋滞でタクシーが停まったときに、波多野が山城に質問した。

「管理人なりガードマンなりがいて、人の出入りを見守っているということもない」

山城が、表情を動かさずに答えた。つまらない質問だ、と思ったのに違いない。

「明らかに外部の人間と見える男に気づいた住人も、ひとりとしていなかったというんだろう」

「マンションの住人は、大半が世帯持ちだ。従って、マンションの夜が早い」

「仲本真由美が殺されたのは、十一時すぎと推定されている」

「夜の十一時すぎに、マンションの廊下を歩いているような住人はいなかった」

「屋上の出入りも、自由だったんだろうか」

「いや、立入禁止だ」

「鍵を持っている人間でないと、屋上には出入りできなかったんだな」

「だが、仲本真由美はマンションの所有者の娘ということで特別に、屋上に出入りするドアの鍵を与えられていた」

「そのために真由美は毎晩のように、屋上へ出ることを習慣としていた」

「近くに高いビルが少ないので、華やかな夜景を楽しむことができる。それに涼《すず》みに出たり、一息入れて歩き回ったりするには、持って来いの場所なんでね」

「そこを、襲われた」

「夜の屋上は密室と変わりないので、加害者としては落着いて目的を遂げることができたはずさ」

「仲本真由美は、大学を卒業したばかりだったな」

「二十三歳だ。色は黒いほうで大柄、肥満型ってことになる。まあ、美人とは言えないだろう」

「恋人は……」

「いなかったようだ」

「もちろん、婚約者なんてものは、いなかったんだろうな」

「縁談もなかったみたいだよ。作らなかったのか、作れなかったのかは不明だが、異性を意識するようなボーイ・フレンドも、ゼロだったそうだ」

「男嫌いか」

「自分はおよそ美人ではない、男からも好かれない、というコンプレックスがかなり働いていたようだな」

「いまどき、珍しい娘ってことになるじゃないか」

「彼女は身持ちがいい、むかしの娘みたいに堅いって、近所では評判だったよ。下町での評判というのは、正確だからね。特に古くからの住人の世界には、世間の目と口という監視態勢がゆき届いている。それだけに近所の評判というのは、信じてもいいんじゃないのかって、おれも思ったんだ。ところが、おかしなことがあってね」

「どんなことだい」

「解剖の結果、処女ではないってことになったのさ」

「ほう」

「しかもだ、妊娠の経験があるようだ、つまり妊娠中絶をしているらしい、という所見が出た」

「処女とは、違いがありすぎるな」

「一方では肉親をはじめ真由美を知る人たちは、ひとり残らず男関係などがあろうはずはないと言い張る」

「肉親も友人も世間も、まったく気づかなかった男関係か」

「個人的な問題だし、シロかクロかの決着をつけるまで追及するってことではないがね」

「いや、おれには興味がある。そうした謎が事件の本質に、結びつくってことだってあるんじゃないのか」

「あんたの好きなように、判断すればいいだろう」

山城は窓の外へ、視線を走らせた。素っ気なくて、冷ややかであった。犯罪捜査の基本について、対等に議論はしたくないというところなのだろう。アマチュアはアマチュアなりに勝手に考えろと、プロの意地が言わせているのだ。

山城もそろそろ、通り魔的な犯行ではなく、計画犯罪だということを認めざるを得なくなっている。つまり、山城は波多野の推理と主張を少しずつだが、受け入れ始めている。

性犯罪と見せかけて六人の女を殺すことを実は目的としていた、といった非現実的な犯罪を現役の捜査官として認めたくはないだろう。

警視庁捜査一課の刑事から見れば、まさに荒唐無稽《こうとうむけい》な犯罪観ということになる。完全犯罪を可能にしてしまう小説と同じで、空想の世界の出来事であった。だから最初のうちは、山城も問題にはしなかった。

あくまでも残虐魔による性犯罪で、ほかに目的や計画性があっての犯行などではないと、山城は波多野の主張を否定した。しかし、改めて調べて回ったり、新しい見方をしたりしているうちに、山城にも波多野の判断を肯定せずにはいられない一面が生じたのであった。

たとえば、被害者を殺すための状況設定である。通り魔がその場の思いつきで、犯行に及ぶということでは、とても不可能な状況設定なのだ。犯人は被害者の日常、習慣、周囲の動きなどを観察して、的確にそのチャンスを捉《とら》えている。

そうだとしたら、それは計画犯罪でなければならない。

最初の小川てる代の場合、犯人は彼女が買物から帰るのを待ち受けていた。犯人は小川てる代の夫がサラリーマンで、子どももいないから昼間はひとりでいるということを、承知していなければならなかった。

次の山野辺ミキだが、犯人は彼女がひとりで留守番をしているということを、偵察して知っていたはずである。また、裏へ回って偶然に、侵入口を見つけたわけではないだろう。前もって、侵入するには裏口が適していると、犯人は知っていたのだ。

更に細川佐知子の場合は、夫の帰宅時間について犯人は予備知識がなければならない。仲本真由美に関しては、夜遅くマンションの屋上に出るという彼女の習慣を知っていたはずである。

また山下静香の場合は、彼女がひとりで庭のプレハブの離れを寝室として使っているということを、犯人は調べて知っていたのだろう。これでは通り魔による連続犯行と、言えなくなるのであった。

山城もう半ば、波多野の考えに同調しているのである。ただ、そのことをはっきりとは、認めたくないのに違いない。プロとして意地とプライドがあり、そのために山城は不機嫌になっているのだった。

2

仲本真由美の母親と弟に会って話を聞いたが、やはり収穫らしきものは得られなかった。母親と弟の口から聞き出せたことは、ここでもまた同じであった。

平凡な娘だった。

真面目で、親の言い付けをよく守った。

外泊したことなど、一度もなかった。

趣味は読書で、小説が好きだった。

『女性ウイークリー』という週刊誌は、まったく手にしたことがないとは言えないが、その程度の接し方だったと思う。

近所の評判はよく、悪い噂など立ったこともない。

三十分ぐらいの話し合いで、波多野は引き揚げることにした。進展はないものと、判断したからである。波多野と山城は、最後の山下静香の肉親に会うために、タクシーを目黒へ走らせた。

「昨日、一つだけ気づいたことがあるって言ったきり、そのままになっているんだけどね」

山城が忘れ物を思い出したみたいに、いきなり波多野の肩を叩《たた》いた。

「大したことじゃないよ」

波多野は、ニヤリとした。

「思わせぶりをするな。どんなことでもいいから、聞かせろよ」

「つまらないことさ。六人の被害者に共通しているんだが、母親がひとりもいないってことなんだ」

「独身だったら、子どもがいなくて当然だろう」

「しかし、六人の三分の一、つまり人妻が二人いる。三十六歳と二十八歳の人妻なら、子どもがいて当然じゃないか」

「その二人の人妻も、揃って子どもをかかえてはいない」

「そうなんだ。六人の成年女子がいて、ひとりも子どもがいないというのは、やはり見逃せないことだと思ったのさ」

「おれも実はいまになって、妙なことにこだわりたくなってね」

「どんなことだ」

「六人の被害者に、処女はひとりもいないってことなんだよ」

「ずいぶんまた、艶《つや》っぽい点に目をつけたじゃないか」

「二人の人妻はまあ、処女であるはずがない。それに砂川春奈も年齢的にいって、処女だったら不潔って言われる口だろう。しかし、あとの三人は二十五歳、二十三歳、二十六歳の娘なんだからね。ひとりぐらい、まだ未経験というのがいてもいいと思うんだ」

「処女が稀少《きしょう》価値を誇るという世の中なんだから、それが当たり前なんじゃないのか」

「いや、そういう判断は一部のマスコミによって、作られたものだろう。ちゃんとした家庭の娘で親がしっかりしていれば、まだまだそこまでは堕落していないそうだぞ」

「山野辺ミキも仲本真由美も、平凡で真面目な娘ということで通っている」

「処女よりも処女でないほうが、発展的で行動性に富んでいるってことにはならないかね」

「飛躍しすぎる。それに、子どもがいない、処女ではない、同じ女性週刊誌を読んでいるってようなことは、小さな共通点にこそなり得るけど、六人の被害者を結ぶ接点にはならないだろう」

「うん」

顔をしかめ、眉をひそめて、山城警部補は考え込んだ。

「六人の被害者を結ぶ接点がなければ、どうにもならないんだ」

波多野は、焦燥感に似たものを覚えていた。出かかっているクシャミが、出ないときのような気持なのだ。六人の被害者には、ひとりの男によって殺されるような動機がある。従って、六人には彼女たちを結んでいる接点がなければならない。

その接点があるとわかっているのに、どうしても見つからないのであった。どこかで何らかの形により、六人は接触を持っているのだ。だが、六人は出身地、職業、学歴、家庭、環境、趣味、年齢といずれもまちまちであり、まったく異質の人生コースを歩んでいるのである。

口惜しいと思う。

目黒区柿の木坂一丁目にある山下家を訪れたときにも、波多野の胸のうちには期待感というものがなかった。また山下静香の母親から、亡き娘を弁護する話を聞かされるのに決まっている。

波多野は最初から、自分を失望させないように心掛けていたのだった。

玄関先で山下静香の母親と、言葉を交わすことになった。山下静香の母親は暗い顔で、悄然《しょうぜん》とした感じであった。これまでに会った被害者の肉親の中では、山下静香の母親の顔がいちばん沈んでいる。

「気の強い娘でしたけど、根はやさしい子でしたわ」

そう言っただけでもう、山下静香の母親は涙ぐんでいた。

「どういうふうに、気が強かったんですか。たとえば……」

波多野が訊いた。

「たとえば、静香は去年の夏に結婚するつもりでいた恋人と別れたんですけど、そのことだってあの子の口から聞かされませんでした」

「つまり親兄弟に、暗い顔は見せたくない。苦悩する姿を見せて、家族たちに心配させてはならない、我慢してしまうというわけですか」

「あの子なりの家族たちへの思いやりだったんだろうって、わたしはいまでも思っております」

「どうやって失恋の痛手に、耐えたんでしょうね」

「去年の夏、ひとりで北海道を歩いて来るわって言って、半月ほどふらっと旅行に出たんです。帰って来たときには、笑顔でしたけどね。当人は黙っていましたけど、そのときの旅行で静香はちゃんと心の清算をすませて来たんですわ」

「去年の夏、半月ぐらい北海道にねえ」

「事件の夜、静香とわたしは遅くまで、居間におりまして、静香はワインを飲んでいました。わたしのほうが先に眠くなってしまい、寝室へ引き揚げようとしたんです。そのとき、静香が妙なことを申しましてねえ」

「妙なことですか」

「はあ。それがまたいかにも、静香らしい言葉でしてね」

「どんなことを、言われたんです」

「残虐魔に狙われるなんて、こんなの偶然よね。わたしは絶対に狙われたりしませんから、お母さんどうぞご心配なくって……」

「静香さんが、そう言ったんですか」

「はあ」

「間違いありませんね」

「間違えようがございません。それが静香のこの世での最後の言葉、大事な遺言になったようなものじゃございませんか」

心外だというように山下静香の母親は、涙が溜《た》まっている目で波多野をにらみつけた。

波多野と山城は、顔を見合わせていた。母親に言わせると、それが娘の遺言だという。その遺言には、大した価値があったのだ。これで単なる通り魔事件ではなく、計画犯罪だったということが明確になった。

山下静香は次々に残虐魔事件の被害者として新聞に載る顔や名前を見ているうちに、その関連性と心当たりのある人間だということに気がついたのだろう。

最後の壁

1

波多野と山城警部補は、都立大学駅前の喫茶店へはいった。山下静香の母親と会って、今日の調査は一応、終了したことになる。しかも、今日になってようやく、収穫らしい収穫を得たのであった。

山下静香の価値ある遺言だった。

一服しようという気持に、ならないほうが不思議である。波多野と山城は、二階への階段をのぼった。一階が喫茶室、二階がスナックとフルーツ・パーラを兼ねている。広くて、明るい店内だった。

二人は二階の奥まった席を選び、向かい合いにすわった。午後三時という中途半端な時間のせいか、二階には数人の客しかいなかった。どれもひとりだけの客で、人待ち顔であった。

ゆったりとした雰囲気に、解放感を味わった。二人はカレーライスと、チョコレートサンデーを注文した。すぐに、カレーライスが運ばれて来た。香りも味も悪くなく、二人は黙々とカレーライスを食べ続けた。

残すは最後の壁が一枚だと、波多野は思った。

六人の被害者が関連性を持ち、それぞれ顔や名前を記憶している仲だったということは、間違いないのである。山下静香が、母親に聞かせたこの世で最後の言葉がその事実を、はっきりと裏付けている。

「残虐魔に狙われるなんて、こんなの偶然よね。わたしは絶対に狙われたりしませんから、お母さんどうぞご心配なく……」

これが、その山下静香の言葉だったという。

母親には何のことやら、さっぱりわからないそうである。ワインを飲んで酔っていた娘の言葉だったので、母親は相手にならなかったらしい。母親は意味もわからないままに、聞き流してしまったのだ。

だが、山下静香のその言葉は、次のようなことを物語っているのである。

三月三十一日に、小川てる代が殺された。最初の事件であり今後、同じような暴行殺人が連続して起こることを、予測した者はいなかった。だから、新聞でその事件を知ったとき、山下静香も大したショックは受けなかっただろう。

新聞に載った被害者の名前と顔写真を、山下静香は特に興味もなく見た。どこかで見たような顔、どこかで聞いたような名前だと静香は思う。

「ああ、あの人だわ」

静香は思い出して、驚いたのに違いない。だが、それだけのことである。ちょっとした知り合いが、暴行殺人事件の被害者として新聞に載っている。へーッと感心して、それでおしまいであった。

「お気の毒にね」

そうつぶやいただけで、すぐに忘れたことだろう。

それから十日ほどして、四月十日に山野辺ミキが殺された。同じ犯人による連続暴行殺人ということで、ニュースの扱いもようやくセンセイショナルなものになる。静香は新聞に載った名前と顔写真を見て、今度はギクリとなった。

「この人もだわ。どうして、あのときの人たちの中から、二人も続けて殺されたのかしら」

静香はそのように、疑問を抱いたはずである。

更に六日後の四月十六日に、まったく同じ手口の暴行殺人事件が発生する。このときに初めて『残虐魔』というマスコミ用語が生まれて、その後は誰もがそう呼ぶようになったのだ。

「あ……！」

新聞に載った被害者、細川佐知子の名前と顔写真を見たとき、静香は驚きの声を発したのに違いない。またしても『あのとき』に知り合った女たちのひとりが、同じ犯人に殺されたのである。

「まただわ」

「これで、三人目……」

「これが、偶然って言えるかしら」

「でも、わたしには関係ない」

「あの人たちのあいだで、何かあったのかもしれない」

静香は、そのように自問自答する。

何も『あのとき』の連中が全員、殺されるわけではないだろう。殺されるような覚えはないし、自分には関係ないことだと、気が強いだけに静香は思い直す。

十日がすぎて四月二十六日に、仲本真由美が残虐魔の犠牲者となった。報道関係も世間も、もう大騒ぎであった。しかし、それ以上に愕然《がくぜん》となったのは、静香だったのに違いない。

「この名前、顔写真、やっぱりあのときの人たちのひとりだわ」

「もう、四人……」

「絶対に、偶然じゃない。あのときの人たちが、次々に殺されていくんだわ」

「あるいは、わたしもそのうちに……」

「でも、なぜなの」

「こんな馬鹿なことが、あるもんですか。偶然の符合というものじゃないかしら」

静香はそんなふうに恐れたり、否定したり、迷ったりしたことだろう。

ところが二日後の四月二十八日に起こった残虐魔による暴行殺人事件が、静香をホッとさせたのであった。被害者の大坪初江が、まるで知らない人間だったからである。『あのとき』の連中とは、無関係な大坪初江だったのだ。

「こんな関係のない人だって、襲われるんじゃないの」

「やっぱり、偶然よ」

「たまたま、あのときの人たちばかり四人が、続いて殺されたってことなんだわ」

「そうよ。あのときの人たちばかりが殺されるなんて、そんなはずないもの」

「何も、心配することなんてないわ」

静香は、勇気と自信を得た。

そして更に十日後の五月八日、静香のまるで知らない柏木良子という短大生が、残虐魔によって殺された。これによって静香はなおも、『あのとき』の人だけが狙われるわけではないという自信を強めた。

大坪初江と柏木良子を襲ったのは、残虐魔の犯行を真似《まね》た筑波朗だということを、静香は知らなかった。それで静香は六人の被害者のうち四人が、偶然『あのとき』の人たちだったのだろうと思うことにした。

強《し》いて、そう思いたかったのに違いない。だが、まだ不安も残っていた。偶然だと断定したいし、偶然ではないような気もする。恐ろしくもあるし、自分に限っては大丈夫だと強気にもなる。

そうした静香の気持が、酔ったときの言葉になったのである。ふと静香は母親に甘えて不安を訴え、同時に自分を勇気づけたいと思ったのだろう。それが、母親への最後の言葉になったのだ。

「残虐魔に狙われるなんて、こんなの偶然よね。わたしは絶対に狙われたりしませんから、お母さんどうぞご心配なく……」

この静香の言葉の重大な意味は、『あのとき』の人たちなのである。静香は『あのとき』の人たちとして、小川てる代、山野辺ミキ、細川佐知子、仲本真由美の名前と顔を記憶していたのだ。

『あのとき』とは、いったい何だろうか。『あのとき』とは、どういう集まりだったのか。それは、いつなのか。どこで、何をしたのか。

静香だけが一方的に、四人の名前と顔を知っていたわけではないだろう。五人が、いや砂川春奈を含めて六人が、それぞれ互いに名前や顔を知っていたのだ。だとすれば、静香と同じことに気づいた者が、ほかにもいたはずである。

最初の小川てる代は、もちろん何も気づかずに殺された。

二番目の山野辺ミキも、小川てる代が殺されたことを知って、あらまあと思った程度だろう。

三番目の細川佐知子あたりから、『あのとき』の人たちのうちの二人が殺されたということに、気づいたはずである。まだ二人だけなので偶然というふうに見たかもしれないが、何となく不安を感じたのではないだろうか。

だが、細川佐知子はそのことについて、夫にも話していないのである。

四人目の仲本真由美となると、これはもう静香と同じくらいの不安と疑問を抱いただろう。『あのとき』の人たちばかりが三人も、残虐魔に殺されている。これが偶然と言えるだろうかと、恐ろしくなったのに違いないのだ。

しかし、仲本真由美もまた、両親や兄弟にそのことで相談すらしていないのであった。

この点もまた、不可解である。

六人目の砂川春奈などは、恐怖に戦《おのの》いたとしてもおかしくなかった。『あのとき』の人たちが、五人も殺されているのだった。明日はわが身かと、考えないはずはないのである。

五人のほかに見知らぬ三人が、被害者としてまじっている。八人の被害者がすべて、残虐魔の犯行によるものと思って、砂川春奈は特に『あのとき』の人たちという意識を持たなかったのかもしれない。

いずれにしても数利夢のママが脅《おび》えているのを見たことがないし、波多野にはママの口から残虐魔についての話を聞かされた覚えが、まったくないのである。砂川春奈が気にしていたのは、妙な男から電話がかかるということだけだったのだ。

2

波多野と山城はカレーライスを平《たい》らげると、チョコレートサンデーにとりかかった。依然として、沈黙を守っている。山城も波多野と同じようなことを、考えているのに違いなかった。

ふと、目が合った。山城のその目が、キラッと光った。何か、言いたそうである。波多野は、スプーンを手放した。山城の発言を待っているということを、波多野は姿勢で示したのであった。

「山下静香はなぜ、詳しいことをおふくろさんに打ち明けなかったんだろう」

誘われたように、山城は言葉を口にした。果たして山城も、波多野と同じ疑問に捉われていたのである。

「山下静香だけじゃない。仲本真由美も砂川春奈も、知っている女ばかりが残虐魔に狙われるってことに、気づいたはずだ。しかし、仲本真由美も砂川春奈もやっぱり、そのことを誰にも喋ってはいない」

波多野は、コップに手を伸ばした。

「不安だったろうに、誰にも相談しなかったという点が、どうにもうなずけないな」

山城も言い合わせたように、水のはいったコップを引き寄せた。二人はほとんど同時に、コップの水に口をつけた。

「まあ、誰かに相談すると知られたくない秘密まで、打ち明けざるを得なくなる。だから黙っていたと、解釈するほかはないだろうね」

波多野はコップの水を一気に飲み干してから言った。

「山下静香、仲本真由美、山野辺ミキと、三人が三人とも親にも知られたくないような秘密を持っていたのか」

山城は口のまわりに、ハンカチを押し当てた。

「彼女たちはあるとき、あるところで接触を持ったんだ。だから互いに、名前と顔を記憶していた。ところが、その接触については誰にも知られたくなかった。だとすれば、残虐魔の犯行に脅えながらも、口を噤《つぐ》んでいるんじゃないのか」

「うん。そう考えるより、仕方がないだろうな」

「問題は、彼女たちがどういう形で、人に知られたくないような接触を持ったかだ」

「まさか、秘密パーティーといったようなことで、接触を持ったわけじゃないだろう」

「彼女たちの顔ぶれから判断して、特殊な組織に加わったとは考えられない」

「もっと、平凡な集団か」

「縁もゆかりもなかった彼女たちがある日、突然に一堂に会することになった。そういうケースとして、どんなことが考えられるかね」

「ちょっと、思いつかないな」

「仲本真由美の場合だけどね。たとえば、その機会に彼女は初めて男を経験した。そして妊娠したっていうのは、どんなもんだろうか」

「悪くない思いつきだ。そうなると、仲本真由美の家族や周囲の人間たちは彼女がバージンだと決めてかかっているのに、実は妊娠の経験があったということも、不思議ではなくなるよ」

「それに男を経験して妊娠し、どこかの産婦人科医院で中絶したという秘密を知られたくないがために、仲本真由美は残虐魔について親にも相談しなかったってことも、納得がいくじゃないか」

「誰にも知られずに男を経験したってことになると、それは旅先での出来事だろうな」

「旅先か」

「旅先だけでの恋ってやつさ。旅先で男と関係を持ち、そこで終わらせてしまうというアバンチュールだ。帰京してからは、まったく尾を引かないという関係なら、家族だって気づかないだろう」

「しばらくして、妊娠していることがわかった。仲本真由美は、どこか遠くの産婦人科医院を訪れて、そこで中絶した」

「あとは知らん顔でいれば、秘密を保つことができる」

「その秘密を守るために、知っている女ばかり三人も殺されたというのに、仲本真由美はそのことを誰にも話せなかった」

「間違いなく、旅先で男と関係を持ったんだよ」

「すると彼女たちが接触を持ったのは、旅行先ってことになる」

「きっと、そうだ。見も知らない同士の女たちが一堂に会し、接触を持つということは、旅先なら十分にあり得るんじゃないか」

「旅行か……！」

波多野は思わず、店中に聞こえるような声を出していた。目が覚めたような気持とは、これをいうのだろう。答えが出れば、実に簡単なことだった。それまでまったく無縁の人生コースを歩んでいた六人の人間が、あるとき突然に一点に集中する。

つまり、接点を持つ。その接点が旅行先にあったというのは、むしろありすぎるぐらいのことではないか。旅先で知り合ったというのは、よく耳にする言葉である。六人が一堂に会する、という何らかのチャンスがあったのに違いない。

「山下静香は去年の夏、半月ばかり北海道へ行っていたそうじゃないか」

山城が言った。

「小川てる代は去年、岡山県の実家へ帰るという程度の旅行ならしているって、団地の主婦が言っていた」

波多野は二本の指で、テーブルの端を叩いていた。

「それから、細川佐知子だ。彼女は去年の夏、中野の美容室に十日ほど姿を見せなかったことがある。そして、それ以来どうも、夫婦仲がうまくいかなくなったみたいだって、店の美容師が言っていただろう。その十日間に細川佐知子は、旅行に出ていたんじゃないのか」

山城の大きな目が、ギラギラと輝いていた。顔が上気したように、赤くなっている。

「その旅行が原因で、女房の外出を嫌う亭主との仲が、おかしくなったんだ」

波多野は、胸のうちが熱くなるのを覚えていた。妙に感動していたのである。これで最後の壁を、突き破ることができた。その崩れ落ちた壁の向こうに、真面目で平凡だという女たちの、どのような正体を見出すことになるのか。

これで大きく前進したと、波多野は思った。

五つの旅行先

1

まだ午後三時三十分、時間はたっぷりと残っている。波多野と山城はもう一度、五人の被害者の家を回ってみることにした。

二人は一段と、意欲的になっていた。もう道なき荒野をさまようような調査ではなく、目的地がはっきり決まっているのである。しかも、ゴール間近であった。二人が張り切るのは、当然ということになる。

最初に訪れたのは、山下静香の家であった。質問することは、二つだけである。去年の夏の旅行とは何月何日から、何日までであったか。目的地について、どう言って出かけたか。

この二つの質問と、それに付随する事柄を聞かせてもらえばよかった。話は簡単だった。ただ、去年のことを正確に思い出させるのだから、それなりの時間はかかるに違いない。

山下静香の家では、十五分ほど待たされた。そのあとで彼女の母親から聞かされたことは、次の三点であった。

1 目的地は北海道としか聞かされていない。
2 女ひとりだけの旅行に両親が強く反対したが、ふらっと旅に出るだけのことだと耳を貸さなかった。
3 出発は去年の八月二日、帰宅は八月十八日。

次に訪れたのは、山野辺ミキの家である吉野屋という和菓子屋であった。ここでも、十分以上は待たされた。やがて山野辺ミキの母親が奥から姿を現わして、正確な答えを波多野と山城に伝えた。

1　目的地は東北地方で、下北《しもきた》半島に長く滞在するということだった。
2　郷里が下北半島にある友人を中心にした女だけのグループで、全員が高校時代の同級生だと言っていた。
3　両親は反対したが耳を貸さず、山野辺ミキは婚約者にはうまく誤魔化《ごまか》しておいてくれと、頼んで出かけた。
4　出発は去年の八月二日、帰宅は八月十五日。

更に波多野と山城は台東区へタクシーを飛ばし、仲本建設の社屋の裏にある仲本真由美の自宅を訪れた。彼女の母親が去年の家計簿を持ち出して来て、メモ欄を調べた結果、五分たらずで答えが出た。

1　目的地は山陰地方で、日本海に沿って歩く旅を計画したということだった。

2　女子大時代の仲間三人と、三年前から話し合っていたことを、実行に移すと言っていた。

3　両親、特に父親の強い反対を振りきって、家をそっと抜け出すようにして出かけた。

4　出発は去年の八月二日、帰宅は八月十五日。

四人目は、小川てる代であった。

祖師谷の団地を訪れたときは、すでに夜の八時をすぎていた。A号棟の六階三号室には、小川てる代の夫が会社から帰って来ていて、妹とその友だちとマージャンをやっていた。

小川てる代の夫は妹と互いに記憶を照らし合って、去年の旅行期間についての正確な月日を割り出した。それまでに、七、八分はかかった。

1　目的地は、北陸の能登《のと》半島ということであった。

2　能登半島の輪島《わじま》に従姉《いとこ》の家があって、たまには夏の能登半島でのんびり過ごしなさいと招かれたという。

3　夫がそれに反対したために夫婦喧嘩《げんか》になり、結婚して初めてのわがままではないかと小川てる代は血相を変えて怒った。それから出発の日まで冷戦状態にあり、夫婦は口もきかなかった。

4　最初は一週間の予定と言っていたが、腹立ちまぎれのストライキ根性を発揮してか、二週間も帰って来なかった。

5　出発は去年の八月二日、帰宅は八月十六日。

6　同じ団地内の主婦たちに奥さんはどこへと訊かれて、夫は面倒臭かったから岡山の実家へ帰ったと答えておいた。

最後は、細川佐知子であった。波多野と山城は、中野のマンションを訪れた。九時すぎだったが、細川佐知子の夫はマンションの部屋にいた。新宿で遅くまで飲むという習慣をやめたのかと思ったが、実はそうではないようであった。

部屋の中にいたのは、細川佐知子の夫だけではなかったのである。『ビューティサロン細川』の中野店で会って話を聞いた美貌《びぼう》の美容師が、ネグリジェにガウンという姿でいたのだった。

会って話をしながら、この美容師は間もなく店をやめるつもりだと、波多野は直感した。だが、つまりはこういうことだったのかと、波多野の美貌の美容師に対する気持は冷ややかになっていた。

それにしても、最近の日本人はどうかしていると、波多野は痛感させられた。かつての日本人というのは死者に対して敬虔《けいけん》であり、物事にケジメをつける精神主義者であった。だが、近頃はアメリカ人以上に、妙に合理性を重んずる日本人が多くなった。

惨殺された妻の一周忌もまだ先だというのに、故人と親しかった女と平気で関係する。女のほうもまた躊躇することなく、第二の妻の座を目ざしている。それはまあ仕方がないにしても、なぜラブ・ホテルといった場所を選ばないのだろうか。

この部屋で、細川佐知子は殺されたのである。その悲劇の部屋で、すっかり夫婦気どりでいられるのだ。一緒に風呂にはいり、ベッドをともにする。妻がここで殺されて、まだ半年しかすぎていない。

死者は過去の存在として、割り切っているのに違いない。物事のケジメより、肉欲の快楽のほうが大切なのだ。なぜ日本人は、幽霊を恐れなくなったのだろう。幽霊を恐れないのは下等動物だということも、考えないのだろうか。

「わたしは、妻がひとりで行動するってことに、あまりいい顔をしなかったんですよ。職業柄、閑《ひま》を持て余している奥さま方がひとりで行動して、どういうことをやっているか十分に承知しているせいでしょうな」

二店の美容室を経営し、先生と呼ばれる四十男の美容家は、薄ら笑いを浮かべて言った。

「なるほど……」

　山城警部補が、調子を合わせるようにニヤリとした。

「ですからね。佐知子が高校時代の同窓会のメンバーと、沖縄へツアーで旅行をすると言い出したとき、わたしは反対しましたよ。ロクなことはないから、やめろって強く言ったんです」

「しかし、奥さんはどうしても行くんだで、押し通されたわけですな」

「わたしは最後まで、認めなかったつもりです。勝手にしろって、それ以上は言いませんでしたけどね」

「奥さんが出かけられたのは、去年の八月二日と違いますか」

「どうして、ご存じなんです。その通り、八月二日でした。帰って来たのは八月十六日と、この通り日記に書き込んであります よ。そして佐知子が帰って来た日に、大喧嘩になりましてね」

「ほう」

「真っ黒に日焼けして帰って来た佐知子は、もうまるで浮かれっぱなしなんですよ。あんなに楽しそうにしている女房を見たのは、初めてでしたね」

「旅行の余韻《よいん》が残っていて、はしゃいでいたってことでしょうな」

「こっちは、頭に来ますよ。半月間、働きながら生活に不自由なことが多かったんですからね」

「それで、大喧嘩になったんですか」

「そうなんです。いいかげん、こっちはイライラしていたでしょう。そこへ持って来て食事のテーブルについたとたん、女房が陽気に浮かれながら、食べるなって言ったんです。それで、わたしも爆発しましてね」

「食べるなって、言ったんですか」

「そうなんです。わたしはカッとなりまして、食べるなとはどういうことだ、それが半月も遊んで帰って来た女房の言うことかって、テーブルを引っくり返してやったんです。そのあとは、物の投げ合い、ぶつけ合いでした」

「派手にやったんですね」

「それ以来、夫婦仲がうまくいかなくなりました。夜の関係もなくなり、離婚の話が出ることもありましてね。女房は要求通りのお金を出してくれたら、独身に戻って自由に暮らしたいと言ってました。そんなとき、女房がああいうことになりましてね。わたしは驚いただけで、涙は出ませんでした」

細川佐知子の夫は、また薄ら笑いを浮かべた。この部屋に彼女といるのも当然だろうと、細川佐知子の夫は言いたそうであった。

2

『旅行』という山城警部補の判断が正しかったことが、これではっきりと立証されたのである。五人の被害者は全員が、去年の八月二日に旅行に出発している。そのことだけは、気味が悪いくらいにぴったりと符合していた。

それに加えて、五人に共通している点が三つあった。

五人が五人、両親あるいは夫から旅行を強く反対されている。

五人が五人、両親や夫に旅行するという話を急に持ちかけている。

五人の両親あるいは夫の中に、旅行先の娘や妻に電話連絡をとった者は、ただのひとりもいなかった。

この三点である。

まず第一点だが、両親や夫に猛烈に反対されながら、五人はそれを押しきって強引に出かけている。そのために二組の夫婦が険悪な仲になり、喧嘩別れのような状態で妻は旅行に出発しているのである。

また仲本真由美のように、そっと家を抜け出した者もいる。あるいは山野辺ミキのように婚約者には秘密にしておいてくれと頼んで出かけた者もいた。これは、婚約者から旅行について、あれこれと尋ねられるのを恐れてのことだろう。

いずれにしても五人が五人とも、何が何だろうと旅行に出たいという姿勢を示している。このチャンスを逃がしたくないという意気込みが感じられ、五人全員がいかに旅行に対して魅力を覚えていたかがわかる。

その旅行に参加したい一心から当然、嘘八百《うそ》を並べ立てることにもなるだろう。そこには、正直に言えないことがあったのだ。真実を打ち明ければ、単なる反対だけではすまされず、親や夫から不許可を宣告されることになったのだろう。

それで五人は、もっともらしい口実を設けた。

山下静香の、ひとりでふらっと旅に出る。

山野辺ミキの、高校時代の同級生のグループで出かける。

仲本真由美の、女子大時代の友人たちと三年来の計画を実現させる。

小川てる代の、従姉に招かれた。

細川佐知子の、高校時代の同窓会のメンバーのツアー旅行。

これらは、すべて嘘だったのである。小川てる代などは、一週間の旅行だと期間についても嘘をついている。これは最初から半月だというと、夫の反対が更に激しくなると考えたためだろう。

第二点の五人がいずれも旅行の話を急に持ち出しているということだが、この理由は簡単である。計画的に数カ月も前から準備されていたことではなく、旅行に出かける二十日から一ヵ月前になって、急に決まったのだろう。

第三点の旅行先の五人と連絡を取り合った親や夫がひとりもいないということだが、これも彼女たちが行く先などについて嘘をついている証拠であった。つまり、電話を入れられたりしたら、彼女たちのほうが困るのである。

何日はどこにいるとか、泊まる予定のホテルとかを、教えることはできなかった。それで五人とも、親や夫に連絡先も言わずに出かけてしまっているのだ。自分たちのほうから電話を入れると言って、五人が五人ともそれを実行しなかったのである。

出発の日は五人とも、八月二日と同じであった。一緒に出発するのだから、それは当然だろう。その代わり、帰宅した日はまちまちである。これは多分、帰京したその日にわが家へ直行したかしないかの差と思われる。

山野辺ミキと仲本真由美がいちばん早く、八月十五日に帰宅している。恐らくこの日に、全員が帰京しているのに違いない。山野辺ミキと仲本真由美はできるだけ早く帰宅しなければならないと、東京についたその足でわが家へ向かったのだろう。

次に二人の人妻、小川てる代と細川佐知子が、翌十六日に帰宅している。人妻にとって羽をのばせる機会は滅多にないので、ついでにもう一泊と帰京してからの自由を楽しんだのではないだろうか。

山下静香だけが、八月十八日に帰宅している。彼女はふらっと旅に出たことになっていて、いつまでに帰らなければならないという制約もない。それで夏休みのつもりもあって、どこかで恋人と別れた心の傷を癒《いや》していたのかもしれない。

波多野と山城は、中野から新宿へタクシーを飛ばした。余勢を駆って、六人目の砂川春奈のことも調べようという気になったのである。そのためには新宿の『クラブ数利夢』へ、行くほかはなかった。

雑踏とケバケバしい夜景の中で、波多野と山城はタクシーから降り立った。クラブ数利夢があるビルの前であり、波多野には馴染み深い場所であった。しかし、ママの砂川春奈が殺されてから、ここへ来るのは初めてである。

クラブ数利夢の店先にママの姿は見られないと思うと、波多野は妙に感傷的な気分にならずにはいられなかった。いまでは、経営者が代わっている。砂川春奈のただひとりの肉親だという彼女の姉が、新潟から上京して来た際に、クラブ数利夢の権利を売り払ったのである。

ホステスもボーイも新顔になったが、バーテンのチーフだけは砂川春奈の時代と代わっていないという。ママに信頼されていたチーフ・バーテンだから、砂川春奈の旅行について何か知っているかもしれない。

「彼女たちの旅行先は、バラバラになっている」

エレベーターの前に立って、山城警部補が言った。

「北海道、東北地方、山陰地方、能登半島、沖縄か。そのどいつも、口から出まかせだろう」

タバコをくわえて、波多野はそれに火をつけた。

「五人は揃って、八月二日に出発している。こうなると旅先で偶然、知り合ったということにはならない。五人は一緒に出発したんだし、目的地がどこかも前もって知らされていたはずだ。だったら五人が五人、バラバラに嘘をつくことはないだろう。五人とも正直に、沖縄なら沖縄って言えばいいじゃないか」

山城は大きな目を、ギョロリとさせた。

山城の言う通りだと、波多野も思った。独身娘と子どもがいない人妻という身軽な女たちは、いったい揃ってどこへ行ったのだろうか。旅行の目的地は、どこだったのか。

結ばれた線

1

五人の被害者は、それぞれ身軽に行動できる立場にあった。

山下静香は独身で、恋人と別れたばかりだったのだ。勤めを持っていたが、責任あるポストについていたわけではなく、好きなように休暇がとれたのだろう。親と一緒に住んでいて、独身貴族の財政は豊かである。

山野辺ミキにしても、まったく同じことが言える。親と一緒に暮らしていて、銀行に勤めていた。ただ彼女には、婚約者がいた。だが、婚約者なら家族の協力さえあれば、いくらでも誤魔化せる。

仲本真由美は無職だが、いわゆる成金のお嬢さんである。生活に追われたり、制約を受けたりすることはない。彼女には恋人もいなかったというから、その点でも干渉は受けないはずだった。

小川てる代と細川佐知子はともに人妻だが、無職であって子どもがいない。それに、夫と二人だけで生活していて、ほかに家族はいなかった。閑を持て余し、退屈しきっている人妻だったのだ。

しかし、身軽であると同時に、彼女たちは何日も家をあけて自由に行動することを、厳しく禁じられてもいたのであった。娘が気ままに何日も泊まり歩くことに、親が反対するのは当然であった。

だが、最近は七分三分で、反対しない親のほうが多くなったという。反対しても耳を貸さない、放任主義、無関心、甘やかし、と理由はいろいろとあるだろうが、要するにルーズでだらしがない親ということになる。

山下静香、山野辺ミキ、仲本真由美の親はいずれも、少ない三十パーセントのほうに属していた。ルーズでだらしのない親、ではなかったのである。日頃から娘たちの外泊とか、いいかげんな旅行とかいうものを、禁じていたのだろう。

小川てる代と細川佐知子は人妻なので当然、夫からの制約と干渉を受けることになる。妻の二週間の外泊や、目的も同行者もはっきりしない旅行を、夫が許すはずはない。特に小川てる代と細川佐知子の夫は、妻の外出に関して厳しかったようである。

そのために、最初から親や夫には、正直に打ち明けられなかったのだ。目的地はどこで日数がこのくらいでと本当のことを言ったら、絶対に許さないと反対されるに決まっているると、彼女たちにはわかりきっている旅行だったのだろう。

しかし、たったひとり砂川春奈に限り、それは当てはまらないことであった。砂川春奈には、親も夫も恋人もパトロンもいなかった。『クラブ数利夢』の経営者として、一国一城のあるじに納まっていられたのである。

砂川春奈は、誰からも制約や干渉を受けずにすんだ。彼女の意志だけで行動できるし、それを非難する者もいない。従って砂川春奈だけは、誤魔化したり嘘をついたりせずに、堂々と旅行に出られたはずである。

それにバーの経営者が二週間も東京を離れることになれば、店に対する責任上、行動先や旅行先を明らかにしておかなければならない。何かあったら連絡してくれと、留守を預かる責任者に言い置いていくだろう。

そのように判断できるので、波多野も山城もクラブ数利夢のチーフ・バーテンの話に、期待をかけていたのである。余勢を駆ってクラブ数利夢へ、聞き込みに向かったのもそのせいだったのだ。

砂川春奈の旅行先がわかれば、ほかの五人の行動についても明らかになる。六人は同じ時期に、同じ目的地へ向かったのであった。その行く先が間もなくわかるのだと思うと、波多野はいい意味での緊張感に捉われていた。

店内は、七分の入りであった。内装も地味に一変していたし、ホステスの数も少なかった。砂川春奈がやっていた頃のほうが、はるかに活気づいていたようである。あのママの実力だろうと、波多野は思った。

波多野と山城は、カウンターの席についた。四人のバーテンの中に、馴染みの顔があった。五十半ばで、白髪だった。赤い蝶《ちょう》ネクタイをつけて、チョッキを着ていた。外国帰りの紳士という感じである。

チーフ・バーテンは、店長も兼ねていた。ママの旅行について、知らないはずはなかった。砂川春奈は留守にするあいだ、チーフ・バーテンを店の責任者としたのに違いない。

そうなるとチーフ・バーテンだけには、本当のことを話さなければならない。

「いらっしゃいませ」

笑顔で、チーフ・バーテンが言った。顔で笑うだけで、余計なことは口にしない男である。

「ママのことで、ちょっと訊きたいと思ってね」

水割りを注文したあとに、波多野はそう付け加えた。

「わたしに、わかることでしょうか」

チーフ・バーテンは、顔から笑いを消さなかった。

「チーフじゃなければ、わからないことだろうな」

波多野は、真剣な目つきになっていた。

「どんなことですか」

「去年のことなんだ。正確に言うと去年の八月二日から半月ほど、ママは旅行に出なかったかな」

「出かけましたね。あとにも先にも一度しかなかったことなので、わたしもよく覚えております」

「留守中のことは、チーフが任されたんじゃないの」

「任されました」

「それで、行く先はどこだったんだろう」

「新潟でした」

「新潟というと、ママの郷里かな」

「ええ。姉さんが入院したので半月ほど新潟に帰って来ると、ママはわたしと主だったホステスたちに言いおいて、出かけたんですがね」

「その間、チーフが新潟のママのところへ電話をかけたり、ママのほうから連絡がはいったり、そういうことが一度でもあったのかね」

「いいえ……」

「一度も、連絡なしか」

「新潟のお姉さんの家や入院先の病院の、住所も電話番号も知らされてなかったんですよ」

「だったら、ママが新潟へ行ったというのは嘘だったかもしれない」

「はい」

「チーフは、どう思うかね」

「わたしも嘘、要するに口実だと思いました。出かけるときの見送りも、ママは断わりましたしね。あのときの旅行には、出かける前から帰って来たあとまで、秘密の匂いがしました。ママは嘘がうまくないし、わたしのような古ダヌキには通用しません」

「本当は、どこへ行ったんだろう」

「そこまでは、わたしにもわかりませんでした」

「しかし、おかしいのはママに嘘をついたり、秘密を持ったりする必要がないってことなんだ。ママがどこへ何をしに行こうと、遠慮する相手なんていないだろう」

「その辺には、ちょっとした事情があるんです」

「事情……？」

「ママは一昨年《おととし》の暮れに、わたしたちに約束をしてしまったんです。来年から二月にはスキー、八月には海へ、全従業員を旅行に連れて行く。費用は全部、ママが持つ。まあ、こういう約束だったんです。ところが去年の二月になっても、約束は実行されませんでした」

「それで八月の約束も実現させずに、ママひとりだけで旅行に出ることになった」

「そうなんです。約束はすべて無視、自分だけは旅行する。これではママも体裁《ていさい》が悪いでしょうし、従業員の中から不満の声も出ます」

「それに気兼ねして、嘘で固めた秘密の旅行に出たってわけか」

「お姉さんが病気で入院したということであれば、ママの旅行についてとやかく言う者はありません。それで、そうした口実を設けたんだと、わたしは思いました」

「すると、去年のそのときの旅行は、完全な遊びだったんだな」

「それでなくてもママは、私生活については徹底して秘密主義だったですからね」

「やっぱり、駄目か」

溜め息をついて、波多野は山城の横顔へ目をやった。

山城もまた、失望の色を隠さなかった。期待が大きかっただけに、背負い投げのショックも激しいのである。砂川春奈にそうした意味での気兼ねや遠慮があろうとは、夢にも思っていなかったのだ。

女には、裏と表というものがある。そのために、秘密の部分が多くなる。隠したい一心から、嘘も巧《たく》みであった。男のお粗末な嘘と違って、女の場合はなかなかシッポを出さない。

六人の女が親、夫、従業員に嘘をついて旅行に出かけた。帰って来てからも、その嘘は発覚しなかった。そして、六人の女は殺された。生前の彼女たちが、どこを旅行の目的地にしたのか、それは永遠の秘密となるのだろうか。

いや、そんなはずはない。誰かが、知っているはずだ——と、波多野は気をとり直していた。

2

クラブ数利夢を出た。

新宿の夜の顔は、これから一段と化粧を厚くするという時間であった。波多野と山城は一刻も早く雑踏を抜け出そうと、靖国《やすくに》通りへ向かった。二人はタクシーにも乗らずに、市《いち》ケ谷《や》の方向へ足を運んだ。

行くアテはなかった。ただ考えながら、歩くだけであった。このままでは、別れられなかったのだ。明日の目標を定めなければ、今日の収穫が無意味になるような気がする。じゃあどうもと、それぞれの家路につく気楽さに、欠けているのである。

「これから、どうするんだ」

三光町《さんこうちょう》をすぎて、人通りが疎《まば》らになったところで山城が言った。

「何としてでも、彼女たちの旅行先を知りたい」

歩きながら波多野は、タバコに火をつけた。

「それが短時間のうちには無理だということになったら、ほかの線をたどってみるほかはないだろう」

「ほかの線となると、君原新太郎しか残っていない」

「君原新太郎の線に、手をつけてみたらどうだ」

「折角《せっかく》ここまで追い上げて来て、方針を変えるのは惜しいような気がする」

「仕方がないさ」

「君原新太郎のことで、その後の情報はないのか」

「何も、進展はしていないらしい。君原新太郎は残虐魔事件の本ボシで、自殺したんだという結論は動かないんじゃないのかな」

「そうなるともう、君原新太郎については調べようがないだろう」

波多野は言った。

「まあね」

山城の声にも、張りがなくなっていた。山城はそれっきり、沈黙を続けるようになった。二人とも、無言であった。ただ、歩いている。その二人の靴音のように、空《むな》しい気分に襲われていた。

波多野は頭の中に、君原新太郎という男の輪郭を描き出した。

君原新太郎は三十二歳、独身であった。恋人はおろか、ガール・フレンドもいなかったという。地味で目立たず、陰気な男だった。異性に対するコンプレックスが強く、若い女には相手にもされない変わり者だったそうである。

その君原新太郎が突如として、今年の正月早々に会社の金を一千四百八十万円も持ち逃げするという派手なことをやってのけた。指名手配を受けた君原新太郎は、三カ月間の逃走期間を経て、横浜市郊外のマンションで潜伏生活を送るようになった。

君原は黒崎太郎と名乗り、一千四百万円を五つの銀行に分散預金していた。彼はまた川崎市の鷺沼にある喫茶店に、バーテンとして勤めていた。

更に君原新太郎は、小川てる代、山野辺ミキ、細川佐知子、仲本真由美、山下静香、Y・M、H・Sとメモした紙を持っていた。クラブ数利夢のママ、砂川春奈のところへ奇妙な電話をかけて来ていた男も、ほぼ君原新太郎に間違いないとされている。

そして君原新太郎は、砂川春奈が殺害された一時間から一時間三十分後に死亡した。マンションの九階の部屋から、墜落したのであった。過失ということは、あり得なかった。自殺するような理由も、殺されるという動機もない。

君原新太郎はそこの大金を持ち逃げするまで、旅行会社に勤めていた。『インターナショナル進航旅行社』という社名で、大手ではないが海外旅行に実績を持つ会社だそうである。

「おい！」

突然、山城が大声で、波多野を呼びとめた。

波多野は、振り返った。歩道の真中に、山城が仁王立ちになっていた。アベックが彼をよけて、通り抜けていった。もう住吉町《すみよしちょう》のところまで来ていた。眼前に外苑《がいえん》東通りの陸橋があった。

「こんなに簡単なことだっていうのに、いままでなぜ気がつかなかったんだろう」

山城は顔を輝かせているというか、恐ろしいみたいな形相《ぎょうそう》になっていた。

「どういうことだ」

戻って行って波多野は、山城と向かい合いになった。

「君原新太郎と、彼女たちの関係だよ。六人の女は、旅行に出かけている。君原新太郎は、旅行社に勤めていたんだ」

山城は大きな声を出すまいと、努めているようであった。

「そうか」

全身で頷いて、波多野はパチンと指を鳴らした。なるほど、これまで気づかなかったことが不思議みたいに、明白でわかりきっている事実であった。

「彼女たちの目的地は、日本国内じゃなかったんだよ」

「海外旅行か」

「インターナショナル進航旅行社というのは、海外旅行に実績を持つ会社だ」

「国内旅行だって女がひとりで行くとなれば、親や夫がなかなか承知しない。まして や海外を親とか夫とか恋人とかの同行者もなく、旅行するということになれば、これはもう許されるはずはない」

「だから北海道だ沖縄だって嘘で固めて、彼女たちは秘密裡《り》に日本を脱出した」

「海外旅行なら、半月も家をあけるのは当然だろうよ」

「出発したのが八月二日と一致しているのも、当たり前だってことになるだろう。海外旅行のツアーとなれば、出発がバラバラになるはずはない」

「海外旅行のツアーか」

「君原新太郎は英語がペラペラで、フランス語とスペイン語も話せたそうだ。そうなると、インターナショナル進航旅行社の社員として君原新太郎は、添乗員という役目も引き受けていたんじゃないだろうか」

「そのときのツアーに、君原新太郎も添乗員のひとりとして加わっていた。君原新太郎は殺された六人の被害者と、一緒に海外旅行をしているんじゃないか！」

波多野は子どものように、腕を振り回していた。勝利感に酔い、興奮していたのである。被害者の線と君原新太郎との線が、結ばれて一本になったのである。同時に、明日の目標というものを、見出したのであった。

男の周囲

1

翌日の午前十時に、波多野と山城は『インターナショナル進航旅行社』の東京本社の前で落ち合った。東京本社は、東京駅の八重洲《やえす》口を眼前にしたビルの一階から三階までを、占めていた。

一階が営業で、二階が業務となっていた。君原新太郎は、業務部サービス課に所属していたという。山城が、サービス課長に面会を申し入れた。警視庁の警部補として警察手帳を示し、名刺を渡したのであった。

突然の面会申し入れだったが、サービス課長は気軽に応じた。君原新太郎のことで何度も刑事の訪問を受けているので、サービス課長もそういう意味での協力には馴れているのだろう。

山城と波多野はサービス課の奥にある小さな応接室に通されて、まずはお茶の接待を受けた。同じような小さい応接室が、いくつも並んでいる。それがいかにも、サービス課らしい感じであった。

間もなく四十すぎの男と、三十前の青年がはいって来た。四十すぎの男が、サービス課長であった。三十前の青年は江夏《えなつ》と名乗り、かつて社内で孤立している君原新太郎がただひとり、心を許していた同僚であるという。その江夏という男を、サービス課長が気を利《き》かせて連れて来たのだ。

「君原について伺いますが……」

山城が、江夏という元同僚へ顔を向けた。

「はい」

江夏という青年は、もの怖《お》じしなかった。彼もまた刑事の質問に、馴れきっているようである。

「君原というのは、会社の金を持ち逃げするような男だったんですかね」

刑事らしい目つきになって、山城は身を乗り出すようにした。

「いいえ」

江夏という元同僚は、言下《げんか》に否定して首を振った。

「そんなことが、できるような男じゃなかった？」

「ぼくは、そう思っています」

「しかし、君原が金を持ち逃げしたことは、事実なんでしょう」

「信じられませんでした」

「心情的にじゃないんですか」

「はい」

「日常の君原というものを分析して、信じられないと思ったんですね」

「そうです」

「なぜですか」

「君原さんははっきり言って、気が小さいし臆病《おくびよう》な人でした」

「金を奪って逃げるなんて、そんな度胸も勇気もなかったというんですね」

「はい」

「そうですかね」

「犯罪者になる、法律を犯す、そういうことを君原さんは何よりも恐れていたんだと思います」

「異性に対するコンプレックスが強かったというのも、そのせいだったんでしょうか」

「結局は、気が小さかったためだと、ぼくは思っています」

「女性に声をかけられないほど、消極的だったわけじゃないでしょう」

「相手が単なる女性である場合は、われわれと同じように接することができます。どこへでも一緒に出かけて行きますし、ふざけたり冗談を言ったりもしていました」

「どういう場合に気が小さくなり、コンプレックスが強まるんです」

「異性を意識した相手に対してだけ、そうなるんですよ」

「ほう」

「女性として好意を抱いたり、魅力を感じたりすると、もう手も足も出なくなり、その相手の前では口をきくこともやっとなんです。だから、恋愛にまで発展することがないんです」

「つまり、相手にセックスを意識した場合ってことでしょうかね」

「そうなんです。セックスを意識した女性に対して、臆病そのものになってしまうようでした」

「セックス・コンプレックスですな」

「はい」

「それと同じように、ほかのことに対しても臆病だった」

「車なんか一台も通らない交差点でも、信号が青になるまでは絶対に横断しない。君原さんは、そういう人でした」

「なるほど、タイプとしてよくわかりました」

「その君原さんが、会社の金を持ち逃げするなんて、出来心とか魔がさしたとかにしてもあり得ません」

「ところが、あり得たんですね」

「だから未《いま》だに信じられないし、ぼくには不思議でならないんですよ」

「一千四百八十万円の現金は、彼の目の前にあったんですか」

「君原さん自身がその現金を、三階の総務部からここへ運んで来ることになっていたんです」

「しかし、君原はここへ来ないで、三階から一階へと直行した」

「はい。そのまま君原さんは現金を持って、行方をくらましてしまいました」

「正月早々、どうして一千四百八十万円の現金が必要だったんですか」

「ある事業団体から依頼されて、東南アジア旅行の九十人のツアーを組んだんです。ところが間もなく内部事情のために、その事業団体が解散することになってしまいましてね。当然、海外旅行も中止になりました。それでキャンセル料を差し引いた額の払い戻しを、正月早々にすることになったんです」

「一千四百八十万円は、その払い戻し金だったんですか」

「はい」

「それをそっくり、君原が持ち逃げした。しかも、そのほとんどを使わずに、銀行預金にして残しておいた」

「そのことだって、君原さんは金を必要としていなかったという証拠でしょう」

「金がどうしても必要だと、君原が追いつめられた状況になかったということだけは、確かでしょうな」

「じゃあ、君原さんはどうして、一千四百八十万円を持ち逃げしたんですか」

「趣味や道楽で、持ち逃げするはずはありませんよ」

「しかし、必要でもない大金を持ち逃げして、わざわざ一生を棒に振るなんてことをやりますか」

「あなたには何か、思い当たることがあるようですね」

「一つだけ、あります。このことはまだ、ここへ見えた刑事さんたちには一度も話しておりません」

「あなたにとっては、秘密にしておきたいことなんですね」

「いいえ、これまでの刑事さんたちには、そこまで質問されなかったからです。それに……」

「それに？」

「これはあくまで臆測であって、ぼくの想像ということになるからです」

「臆測でも結構ですから、一つ聞かせて頂けませんか」

「恋だと思うんです」

「恋……？」

「つまり、恋愛です」

「君原が誰かに、恋をしたということなんですか」

「そうです」

「その相手は……？」

「それは、ぼくにもわかりません。でも、要するに君原さんはひとりの女性を愛し、これまでになく真剣になってしまったんだと思うんです」

「しかし、本気になって異性を意識すれば、君原は消極的になる男なんでしょう」

「その君原さんが、これまでのように手も足も出ない、口もきけないではすまされなくなったんです。コンプレックスもどこかに吹っ飛んでしまい、狂ったように情熱的に積極性を発揮したんです」

「人が変わったんですな」

「はい。それだけ君原さんは、その女性に夢中になったんだと思います。生まれて初めてそこまで女性を愛したということで、君原さんにとっては一世一代の恋だったのに違いありません」

「それで、その結果は……?」

「失恋です。君原さんは何らかの形で、愛する女性を失ったんです」

「そのように推定できる裏付けが、あるんでしょうか」

「裏付けの一部なら、あるんです」

「聞かせて下さい」

「君原さんは、ぼくにこう言ったことがあるんです。おれみたいな男でも本物の恋を知ると、この世がバラ色に見えるんだな。彼女を自分のものにできるんなら、おれは死んでもいい……」

「なるほど」

「それから三カ月ほどして、彼女は手の届かないところへ行ってしまったと、君原さんは苦悩する顔でぼくに訴えました」

「手の届かないところね」

「おれは彼女と、一世一代の恋を失ってしまって、いまは彼女と自分が憎いだけだ。死んでしまいたい、そして生まれ変わりたい。そうでなければ、別人になりたい。このように、君原さんは言ってました。それから一カ月後に君原さんは、金を持ち逃げして行方不明になったんです」

「一カ月後ですか」

「君原さんはその言葉通り、これまでの人生を捨てようとしたんではないでしょうか。別人になりたかったんです。過去とは結びつかない別世界の住人になって、黒崎太郎という別人になろうとした。そのための資金として一千四百八十万円を持ち逃げしたんだと、ぼくはそう解釈しています」

江夏という青年は、文学的な見方をしている。だが、文学的な解釈で、間違っているということにはならない。理論的でもあるし、江夏の想像も事実に近いものではないだろうか。

しかし、その江夏の言葉の中には、別の意味で重大な部分が織り込まれている。それに気づいて、波多野と山城は顔を見合わせていた。

2

君原新太郎が一千四百八十万円の現金を持ち逃げしたのは、今年の正月六日ということになっている。

それより一カ月前に、君原新太郎は江夏という同僚に、絶望的な心境を伝えている。

「彼女は、手の届かないところへ行ってしまった」

「おれは彼女と、一世一代の恋を失ってしまった」

「いまは、彼女と自分が憎いだけだ」

「死んでしまいたい、そして生まれ変わりたい」

「そうでなければ、別人になりたい」

君原新太郎は、このようなことを言ったのである。この時点、つまり昨年十二月の初旬に、君原は失恋しているのだ。

それより更に三カ月前、君原新太郎は江夏に本当の恋をしてしまったと打ち明けている。

「おれみたいな男でも本物の恋を知ると、この世がバラ色に見えるんだな」

「彼女を自分のものにできるんなら、おれは死んでもいい」

君原は、こう言ったのだ。

昨年の十二月初旬の三カ月前となると、九月の初旬でなければならない。君原新太郎は、その九月初旬より少し前に本物の恋を知ったわけである。その頃に、恋の相手と接触を持ったのだ。

その頃が、八月だったとしてもおかしくはない。八月にもし添乗員として、君原新太郎が残虐魔の犠牲者たちと一緒に海外旅行へ出かけていたら、その中に彼の恋の対象がいたという可能性も十分にある。

「君原があなたに恋の虜《とりこ》になったことを打ち明けたのは、去年の九月の初めと判断していいでしょうな」

山城が、そう念を押した。

「九月の初めでした」

江夏という元同僚は、考えることもなく答えた。

「君原が恋をしたその相手なんですが、お客の中にいたとは考えられませんか」

「お客さまというと、海外旅行者ってことですか」

「そうです。君原も添乗員として、お客と一緒に海外へ行くことがあったんでしょう」

「君原さんは年に三回ぐらい添乗しましたけど、ヨーロッパが専門でしたね」

「そうした場合、女性旅行者と添乗員が親しくなるってこともあるんじゃないですか」

「それは、もちろんです。接触する機会が多いし、海外が初めてのご婦人は特に添乗員を頼りにしますからね。それに海外では現実から解放されて、日本の女性はムードに酔ってしまいます。日本女性は外国男性に弱くて、相手構わずのご乱行という悪評もあるくらいで、中には添乗員を誘ったりするご婦人もいます」

「いずれにしても、恋のチャンスはあるんですね」

「知り合って、親しくなって、恋をするということでしたら、添乗員とお客の関係じゃなくても当然あるでしょう」

「君原は去年の八月に、添乗員としてヨーロッパへ行っていませんか」

「去年の八月ですか」

江夏という社員は、助け舟を求めるようにサービス課長へ目を走らせた。

無言を続けていたサービス課長が、膝《ひざ》の上の帳簿のようなものを開いて顔に近づけた。二十センチほどの厚さで、表紙に『サービス課・予定業務誌』とあった。何年も前から使っているものらしく、表紙も色褪《いろあ》せて薄汚れていた。

「ご指摘の通りですね」

課長がメガネを押し上げながら言った。

「去年の八月に、ヨーロッパへ行っているんですね」

山城が目を、ギョロリとさせた。

「はあ」

「ツアーですね」

「そうです。出国が八月二日、帰国が同じく十五日です」

「行く先は……?」

「ギリシャですね」

「添乗員は間違いなく、君原なんでしょうね」

「添乗員は君原と根岸《ねぎし》で、当社から二人が行っています。女性ばかり、百人のツアーですね」

「百人もですか」

「これは、ご招待ではなくて、優待の旅行です」

「招待と優待と、どう違うんですか」

「ご招待の場合ですと、主催者が費用の全額を負担します」

「海外旅行へ、無料ご招待というやつですね」

「はあ。優待となると、主催者側で費用の全額は負担しません」

「個人負担分もある」

「そうなんです。この旅行の場合ですと、費用の三分の二を主催者が負担、残り三分の一を個人が負担して、ギリシャ十日間の旅を楽しむということになっております」

「それでも、応募者がたくさんいるんでしょうね」

「はあ」

「その主催者ってのは、どこだったんでしょうか」

「女性週刊誌ですね。『女性ウイークリー』の主催です」

「『女性ウイークリー』……」

山城と波多野は、また顔を見合わせていた。思わぬところで、ベールが剝《は》がされたのである。

ギリシャにて

1

サービス課長が、募集要項の写しをテーブルの上に置いた。

山城と波多野は、頭を寄せ合ってそれに目を走らせた。最初に、『愛読者を三分の一の費用で、ギリシャ十日間の旅へご優待』という文字が目に触れた。次に、『第3回・女性の生活エッセイ・コンクール作品募集』とあった。

募集対象及び参加資格は、『二十歳以上の女性に限ります』とある。

作品テーマは『秋の化粧法の独自な工夫について』となっていて、『四百字詰め原稿用紙五枚以内のエッセイ』であった。

あとは応募方法、作品の送り先、応募の締切り、審査員五人の氏名、入選発表などが記されていた。北海道、東北、北関東、甲信越、南関東、東海、北陸、近畿、中国、四国、九州・沖縄の地域区分で入選者を決め、全国均等に百名を選び、ギリシャ十日間の旅に三分の一の費用で招待するというのだ。

特別な条件として、『参加は入選者当人だけに限り、実費による同行、同伴も認めない』という項目があった。主催は『女性ウイークリー』で、大手の化粧品メーカーが後援、『インターナショナル進航旅行社』が協力となっている。

これで、五人の被害者が共通して『女性ウイークリー』の読者だった、ということの意味も読み取れたわけである。五人の被害者に加えて砂川春奈も、『女性ウイークリー』を読んでいて、この募集に気がついたのだ。

大勢の読者と同様に彼女たちも、三分の一の費用でギリシャ十日間の旅というのに、魅力を感じたのだろう。それで、生活エッセイ・コンクールに応募した。その結果、入選した百名の中に、彼女たちも含まれていたというわけである。

しかし、入選しようと親や夫が許してはくれないだろうと、彼女たちには最初からわかっていた。参加は当人に限る、という条件がついている。たとえ費用全額を自己負担しようと、同行者や同伴者は認められないのであった。

親、夫、婚約者、恋人と一緒に参加することは許されない。ツアーであろうと、女ひとりの海外旅行と変わらないのだ。娘の行動に厳しい親、妻の外出や外泊を嫌う夫が、それを許可するはずはなかった。

それに、無料招待であれば折角だから行って来いという気にもなるのが、人間の心理であった。だが、三分の一の費用だろうと持ち出しとなれば、逆に厳しく反対したくなるのも、また人情というものである。

いずれにしても、本当のことを打ち明ければ、親や夫に阻止されてしまう。それで彼女たちは最初から、すべてを秘密にしていたのだ。『女性ウイークリー』からの通知を、親や夫に見られないように、苦心したことだろう。

郵便物が会社に届けられるように配慮して、応募した者もいたのに違いない。砂川春奈も別な理由で秘密にする必要があったので、応募したことを誰にも口外しなかったのである。

入選の通知を受け取った彼女たちは、まず貯金なりへソクリなりを引き出して、秘密裡に費用を確保した。旅券、予防接種など渡航手続きの一切も、親や夫に知られないようにしてすませた。

あとは、口実だけであった。半月ほど家をあけるのだから、旅行に出るということだけは、正直に言わなければならない。もちろん、国内旅行だと嘘をつくことになる。

彼女たちはそれぞれ適当な口実を設けて、勝手に旅行先をデッチ上げた。従って彼女たちが告げた旅行先が、北海道、東北、新潟、能登半島、山陰、沖縄とマチマチになったのは当然だったわけである。

また、彼女たちが急に旅行すると言い出したことも、これで頷けるのであった。入選の通知を受け取った時点から、彼女たちは急遽《きゅうきょ》、夢の実現のために行動を起こさなければならなかったのである。

適当な口実を設けての国内旅行でも、彼女たちは親や夫の反対を受けることになった。だが、もうあとには引けない彼女たちは親の反対を振り切り、夫と喧嘩してでも、強引に出発を果したのであった。

親も夫も、彼女たちが日本国内にいるということだけは、信じていたのに違いない。しかし、その間の彼女たちは何とはるか彼方《かなた》の外国、ギリシャにいて気ままな旅を楽しんでいたのだった。

最近の女は人妻、独身の別なく思いきったことをするものである。大胆というより、非常識であった。こうしたいという欲望を、自制することができないのだ。あとは何とかなるだろう、という甘えが先行している。

同時に、それは日本の女がいかに外国への憧憬《しょうけい》を強く持っているかを、物語っていることでもあった。憧《あこが》れる理由もなく、ただ無条件に外国へ行きたがる。日本の女にとって海外旅行は、麻薬と変わらないのではないか。

波多野も山城も、そう思わずにはいられなかった。

だが、そんなことはどうでもいいのだ。問題はツアーに参加した六人の被害者と、君原新太郎の接点である。彼女たちと君原新太郎の七人で、ギリシャを旅行したというのであれば、何も考えることはない。

しかし、ツアーは女ばかり百人で、それも全国から集まって来ているのだった。六人はそのうちの、ほんの一部ということになる。その六人にしても、ツアーに参加して初めて知り合ったのである。

添乗員といえども、百人の女全員と親しくなれるものではない。現に君原新太郎は百人のうちから六人だけを選んで、特別に接触を深めたものと判断できるのである。どうしてそういうことになったのかを、まず解明しなければならなかった。

「このツアーの参加者のリストを見せて頂けませんか」

波多野が、サービス課長に言った。

「さあ……」

サービス課長は大きくのけぞって、片方の腕で頭をかかえるようにした。

「参加者のリストは、保存されていないんですか」

波多野は、苦笑を浮かべているサービス課長の顔を、見守った。

「もう一年がすぎていますし、正規のリストは残っておりませんでしょうね」

サービス課長は、メガネをはずしたあとの顔をこすった。

「正規のリストでなくても、結構なんですがね」

「何か残っているか、捜させましょう」

「お願いします」

「あるいは、『女性ウイークリー』さんのほうに、リストが揃っているかもしれませんね。電話で、問い合わせてみましょうか」

「よろしく、どうぞ」

「では、少々お待ち下さい」

「それから、根岸さんという方にも、お目にかかりたいんですがね」

「承知しました」

サービス課長は立ち上がって、江夏という部下と一緒に応接室を出て行った。

波多野と山城は言い合わせたように、楽な姿勢になって椅子の背に凭《もた》れかかった。二人は、無言でいた。真相が明らかになったときの一種の虚脱感と、毒気にあてられたような気分に口が重くなっていたのである。

「ギリシャとは、驚いたな」

やがて、山城が沈黙を破った。

「まったくだ」

波多野は、苦笑した。

「細川佐知子なんてのは、旅行から帰って来てからも、浮かれた気分でいたそうじゃないか」

「ギリシャ旅行が、よっぽど楽しかったんだろう」

「亭主を騙《だま》して外国へ行って来たくせに、いい気なもんだぜ」

「そうそう、ギリシャと聞いてわかったことなんだがね。旅行から帰って来たばかりの細川佐知子が、食事の支度《したく》をしたところで、鼻唄まじりに食べるなって言ったことから、決定的な夫婦喧嘩になったという話だったじゃないか」

「うん。食べるなって言われて、美容家の先生の怒りが爆発したということだった」

「そのタベルナだけど、食べるなという意味の日本語じゃなかったんだよ」

「ギリシャと聞いてわかったというのは、その言葉の意味なのか」

「そうだ。オリーブ油をたっぷりとかけたギリシャ料理の店を、タベルナと呼んでいるんだよ」

「ギリシャ語かい」

「細川佐知子は食事の支度を終えたところで、何となくギリシャ料理店を思い出したんだろうな。それでタベルナって、鼻唄まじりに口に出してみた。亭主には何もわかっちゃいない、という密《ひそ》かに楽しむ気持もあってのことさ」

「それを亭主は、日本語の食べるなと受け取って激怒した」

「心が離れてしまっている夫婦を、絵に描いたような言葉のいき違いじゃないか」

そう言いながら波多野は、馬鹿馬鹿しくなって溜め息をついていた。

「笑えない喜劇だな」

山城が、肩をすくめた。事実、彼は怒ったような顔つきでいた。

2

十五分ほど待たされた。

サービス課長が戻って来たとき、波多野と山城は目をつぶったまま動かずにいた。人の気配を感じて、波多野と山城は慌《あわ》てて姿勢を正した。目の前に、人影が二つあった。サービス課長と、もうひとりは背の高い女だった。

「根岸です」

サービス課長が二人に、女子社員を引き合わせた。

女子社員は、黙って一礼した。長身で、パンタロン・スーツを着てスタイルがよかった。三十すぎに見えた。化粧もしていないし、ボーイッシュな感じである。知的ではあるが、色気はなかった。

「よろしく……」

「どうも……」

波多野と山城が、腰を浮かせて挨拶した。

「根岸三枝子《みえこ》です」

女子社員はニコリともしないで、波多野と山城に名刺を手渡した。

「『女性ウイークリー』さんにも、電話で問い合わせてみたんですがね。去年のコンクールとツアーの関係書類をそっくり、紛失してしまったそうで、何もわからないということでした」

椅子にすわりながら、サービス課長が言った。

「紛失したんですか」

波多野が、眉をひそめて訊いた。

「去年の年末に『女性ウイークリー』の編集部は、新しい社屋へ移転したんだそうです。その引っ越しのときに、どこかへ紛《まぎ》れ込んでしまったらしく、捜しても見つからないとかで……」

「それで、こちらにもリストは残っていないんですか」

「はあ。多分、廃棄処分になったんだと思います」

「すると、メモみたいなものも、ないというわけですね」

「いや、この根岸君が参加者百人の名前だけの控えがあるはずだと、あちこちを捜してくれましてね」

「その控えというのが、見つかったんですか」

「はあ」

あとは彼女に訊いてくれというように、サービス課長は根岸三枝子のほうへ視線を投げかけた。

「あなたも添乗員として、君原新太郎と一緒にツアーに同行されたんですね」

波多野も、根岸三枝子に目を転じた。

「はい、そうです。当社の添乗員としては君原とわたくし、それに主催の『女性ウイークリー』さんから三名ほど同行しました」

根岸三枝子は、そう答えた。口のきき方も、はきはきしていて男っぽかった。

「その参加者の名簿の控えというのを、見せて頂きましょうか」

それを促《うなが》すように、波多野はテーブルの上の灰皿を押しやった。

「こんなものなんですけど……」

根岸三枝子はテーブルの上に、取り出した紙を広げて置いた。

ペン字で書かれた名簿を、複写したものと一目でわかる紙であった。そこには、百人の名前がぎっしりと書き込んである。旅行中に必要とした名簿なので、もちろん名前だけであり、住所も年齢も記入されていない。

波多野と山城は身を乗り出して、百人の名前にざっと目を走らせた。『キングス・パレス』とか、『アテネ・ヒルトン』とかの文字もあった。

「キングス・パレスやアテネ・ヒルトンは、ホテルということになりますね」

波多野が、顔を上げて言った。

「はい。これはギリシャのアテネに滞在中のホテルの割り振り表の、控えということになります」

根岸三枝子は、もの怖じしない目つきで波多野を見やった。

「アテネを観光基地にしたので、このホテルの滞在が長かったわけですか」

「はい」

「二つのホテルに、分宿したんですね」

「実は、全員がキングス・パレスに泊まることになっていたんですが、ホテル側の予約ミスのために、七人だけあぶれてしまったんです」

「七人……」

「はい。それでキングス・パレスのほうでアテネ・ヒルトンに話をつけてくれまして、七人だけがアテネ・ヒルトンに泊まることになったんです」

「それに対する添乗員たちの責任の分担は、どういうことになったんですか」

「キングス・パレスには九十三人がお泊まりになっているので、『女性ウイークリー』さんの三人とわたくしが分担しました」

「すると、アテネ・ヒルトンの七人を分担したのは、君原新太郎ということになりますね」

「はい。アテネ・ヒルトンの七人については、君原に責任を持ってもらいました。ですから君原も、アテネ・ヒルトンに泊まっていたわけです」

「その七人の名前を、覚えておいでですか」

波多野は、緊張しきった面持ちになっていた。

「名前や顔までは、とても覚えてなんかいられません。でも、アテネ・ヒルトンにお泊まりの七人の名前は、ちゃんと分けて書いてあるはずです」

根岸三枝子は、指先を紙の上に置いた。

なるほど『アテネ・ヒルトン』の文字の左側に、少し間隔を置いて名前が並んでいた。改めて眺めてみると、どれも見覚えのある名前ばかりであった。波多野と山城の視線は、そこに突き刺さって動こうともしなかった。

小川てる代
砂川春奈
仲本真由美
細川佐知子
向井《むかい》八重子《やえこ》
山下静香
山野辺ミキ

アイウエオ順に書かれた七人の名前であり、初めて接するのは、向井八重子だけだった。この七人だけがアテネ・ヒルトンに泊まり、責任者として君原新太郎も一緒だったのである。これで女同士、それに彼女たちと君原新太郎との接点が、明確になったのだった。

鏡の中の結論

1

ギリシャのアテネで、日本人旅行者がよく利用するホテルは、キングス・パレスだという。しかし、手違いがあって百人の団体客のうち、七人だけがどうしてもキングス・パレスに泊まれないということになった。

そこで、その七人に限りアテネ・ヒルトンに、部屋を借りたのであった。アテネ・ヒルトンも超一流で、格式を誇るホテルであった。そこに七人の女と、添乗員の君原新太郎が滞在したわけである。

君原新太郎がその七人と、特に親しくなるというのは当然のことだろう。だが、こうしたギリシャでの偶然の出来事が後日、残虐魔事件の被害者に通ずるということを、予測した者がひとりでもいただろうか。

君原新太郎は、残虐魔事件の被害者の名前を列記して、正確な一覧表を作っていた。その一覧表から、筑波朗という便乗変質者によって暴行殺害された被害者の名前は、ちゃんと除外してあった。

君原新太郎の一覧表にあった七人の女の名前は、アテネ・ヒルトンに泊まった七人にそっくり当てはまる。一覧表にあったＹ・Ｍのイニシャルは、向井八重子を表わしているのだった。

つまり、アテネ・ヒルトンに泊まった七人が帰国してしばらくたってから、そのまま残虐魔事件の被害者になったのである。向井八重子だけが被害者になっていないが、恐らく東京以外の場所で殺されているのに違いない。

こうなるとやはり、残虐魔の正体は君原新太郎と考えるほかはなかった。君原はギリシャへの旅行で、七人の女と親しくなった。帰国後、七人の女は暴行殺害され、そのリストを君原が作成していた。

向井八重子を除く六人が殺された直後に、君原新太郎は自殺と思われるような死を遂げている。しかも君原の死後は、残虐魔事件が発生していない。君原こそ残虐魔と判断するのが、最も妥当ではないか。

では、君原新太郎はなぜアテネ・ヒルトンに一緒に滞在した七人を、帰国してから殺さなければならなかったのか。それも、残虐魔というマスコミ用語が生まれるほど、異常な殺し方によってである。

君原新太郎はもともと、変わっている男であった。異常性格、変質者的という見方も、できなくはない。異性に対するセックス・コンプレックスが強く、ひどく孤独な男だったようである。

車が通らない交差点でも、信号が青にならなければ渡らないというほど臆病で気が小さい男が、あるとき突然に会社の金を持って行方をくらます。その上、持ち逃げした金の大半を銀行に預けて、用心深く潜伏生活を続けていた。

臆病なのか大胆なのか、用心深いのか計画性に欠けているのか、さっぱりわからない。そうしたところにも、君原という男の異常性が感じられる。セックスを意識すると女に接近できなくなるというのも、それを裏返せば変質者としての要素になるのではないだろうか。

そうした君原が、恋をしたというのだ。君原はその女に対しては真剣であり、もう夢中だったという。君原自身も江夏という同僚に、一世一代の恋だと告白しているくらいである。

江夏という同僚の話によると、その恋によって君原新太郎は人が変わったらしい。コンプレックスなど吹っ飛んでしまい、その彼女には狂ったように情熱的だったし、積極性も発揮したという。

その君原の恋の対象は、七人の女の中にいるはずであった。去年の八月に海外で七人の女と親しくなった君原が、九月の初めの頃に恋をしていることを同僚に打ち明けているからである。

ここで、君原の恋が実を結んでいれば、問題はなかったのだろう。つまり、相手もその気であれば、君原が苦悩することはなかったのだ。しかし、その恋は君原新太郎の、一方的なものだったのに違いない。

君原は三カ月にわたって、彼女に対する働きかけを続けた。情熱を傾けて彼女にアプローチを試み、積極的に求愛を繰り返した。だが、彼女はついに最後まで、君原を拒《こば》み通したのだ。

去年の十二月初旬に、君原は失恋したことを江夏という同僚に打ち明けた。そのショックは、かなり大きかったようである。君原にとって一世一代の恋を拒まれたことで、彼は彼女を憎悪してさえいるのだった。

「おれは彼女と、一世一代の恋を失ってしまった」

「いまは、彼女と自分が憎いだけだ」

「死んでしまいたい、そして生まれ変わりたい」

「そうでなければ、別人になりたい」

これらの言葉が物語っているように、君原は絶望感に打ちのめされ、自分の人生を呪《のろ》い、彼女を憎まずにはいられなかったのである。それほどのショックを受けた君原が、抑制していた異常性を剝《む》き出しにしたとしても、おかしくないのではなかろうか。

「もう一つだけ、調べて頂きたいことがあるんですがね」

波多野が、サービス課長に言った。

「はあ」

サービス課長が、小さく頷いた。

「君原の出勤状況なんです」

「当然、去年のことになりますな」

「ええ、去年の十一月下旬から十二月上旬にかけて、君原が会社を休んでいないかどうかを知りたいんです」

「つまり、休暇をとっているかどうかですね」

「そうです。出張を除いて、休暇、欠勤と何でもいいんですが、要するに会社に顔を出していない日というのを、調べて頂きたいんです」

「わかりました」

サービス課長は根岸三枝子に、庶務係へ行って調べて来るようにと命じた。

応接室を出て行った根岸三枝子は、五分もしないうちに戻って来た。社員の出欠の記録は去年のものだろうと、簡単に調べがつくように庶務係に保管されているらしい。根岸三枝子は、サービス課長にメモ用紙を手渡した。

「一週間ほど、休んでおりますね」

メモ用紙を目に近づけて、サービス課長が言った。

「いつのことですか」

波多野は訊いた。

「去年の十一月下旬で、十一月三十日までの一週間です」

「休暇をとっているんですね」

「はあ。日曜日が一日含まれているので、六日間の休暇をとっていることになります。その前日が勤労感謝の日ですから、都合八日間休んだことになりますな」

「何のための休暇かということまでは、もちろんわからないでしょうね」

「当社では、家事の都合によりと形式的な理由をつけて、休暇届を出すのが慣例となっておりますのでね」

「なるほど……」

「当然、社員のほうも差し支《つか》えがない時期を選んで、休暇をとるようにしておりますがね」

「わかりました。どうも、お手数をかけました」

波多野は、口許《くちもと》を綻ばせた。それは、満足したときの笑いと言えそうだった。

これで一応、調査は終了したことになる。長い長い道を歩いて、ようやく目的地にたどりついたといった気分であった。不鮮明だった部分の九十パーセントが、綺麗になったようである。

謎という汚れが洗い落とされて、真相が明らかになった。結論はまだ出ないにしろ、ギリシャ旅行、君原新太郎と七人の女の接点という重大な事実を知り得たことは、一応の目的を果したと評価されていいはずであった。

2

波多野と山城は、インターナショナル進航旅行社の本社を出た。

暑くもなく寒くもないという陽気を肌で感じなくても、心が秋なる季節を受け止めるものであった。人間の胸のうちから強烈なものが消えて、細めた目で過去を振り返りたくなる。

そうした秋という季節には、空しさが付きものであった。東京駅八重洲口の雑踏も、道路を埋めた車の列も、春、夏に見るような活気を伴っていない。また、冬独特の情緒にも、欠けている。

何か、空しいのである。

その空しさの中で、更に空しいことをしているのではないかと、波多野と山城の心の中には共通するものがあったのだ。それは、目的地には到達したものの、予想通りの目的地だったという気がするからである。

今回の調査は、残虐魔の正体は君原新太郎にあらずという前提のもとに、始められたはずであった。そして意外な真相や新事実という成果も得て、大いに満足することにもなったのだった。

ところが、意外な真相や新事実はかえって、君原新太郎こそ残虐魔だという判断を、決定的に裏付けることになったのだ。つまりは、遠回りをしただけで目的地は同じだった、というわけである。

「君原が一世一代の恋をしたという相手は、七人のうちの誰なんだろうか」

気をとり直すように、声に張りを持たせて山城が言った。

「当然、Y・Mだろうな」

波多野は、空車のタクシーを見つけて手を振った。

「やっぱり、向井八重子だと思うか」

波多野に続いてタクシーに乗り込んでから、山城警部補は唸《うな》るような溜め息をついた。

波多野は運転手に、荏原三丁目を経由して上野毛へとコースを告げた。山城を家まで送ったあと、波多野もマンションへ引き揚げるつもりだったのである。

タクシーは、交通渋滞の中で前進を始めた。

「向井八重子だけが、残虐魔の被害者として浮かんでいないだろう」

波多野は言った。

「向井八重子は、残虐魔による連続殺人事件よりもずっと以前に、東京から離れた場所ですでに殺されていると見るべきだろうな」

「君原は向井八重子に一世一代の恋をして、三カ月間も求愛を続けたが、結局は拒絶された。君原のような男だから、一世一代の恋を諦《あきら》めることはできなかった」

「一種の逆恨みで、君原は向井八重子を憎んだ」

「殺してやろうと思った。君原は去年の十一月の下旬に休暇届を出して会社を休み、八日間の自由な時間を得ている。この間に君原は、向井八重子と接触を持ったに違いない」

「地方まで出向いて、向井八重子と会ったんだな。そうでなければ、一週間も会社を休む必要はない」

「百人は全国の各ブロックから均等に選ばれた女性ばかりで、そのうちの七人がアテネ・ヒルトンに泊まることになった。たまたま七人のうち六人までは東京在住だったけど、ひとりぐらい地方のブロックから選ばれた女性が、含まれていてもいいはずだろう」

「そうだな」

「向井八重子だけが、地方在住だった。それで君原は、向井八重子に会うためには旅行に出なければならなかった」

「君原はそのための時間を、八日間とたっぷり確保したわけだ」

「旅先で君原は、向井八重子に会うことになる。そこで君原は、最後の求愛に努めた。しかし、向井八重子はあくまで、君原の愛を拒んだんだろう」

「君原は向井八重子を憎悪し、殺意さえ抱いた」

「君原はその旅行から帰ったあと、江夏という同僚に失恋したことを打ち明けた。その中で君原は、殺人者に相応《ふさわ》しいようなことを言っている」

「一世一代の恋を失ったというのはその通りなんだろうが、それに彼女もと君原は付け加えている」

「失恋すれば当然、彼女を失うことになる。しかし、彼女と一世一代の恋を失ったと、一つにした言い方のニュアンスが問題だと思うね」

波多野は、タバコに火をつけた。

彼女と一世一代の恋を失ったという言い方のニュアンスとして、彼女はこの世に存在しなくなったし、従って生涯にただ一度の恋も終わったと受け取れるものがあるのだった。彼女がこの世から消えたということは、彼女の死を意味する。

また、いまは彼女と自分が憎いだけだという言い方は、拒み続けた彼女と、その彼女を死に追いやった自分自身が憎いと、君原の心境を物語っているのではないか。殺人者の告白である。

更に、死んでしまいたい、生まれ変わりたい、別人になりたいという願望には、殺人者の後悔と絶望感が滲《にじ》み出ている。この時点ですでに、君原は現実逃避を考えていたのではないだろうか。

「当然、君原は向井八重子を、力ずくで自分のものにした。向井八重子の激しい抵抗に、憎しみが倍加して殺したというふうにも考えられる」

山城が言った。

「いずれにしても、君原は向井八重子を暴行した上で殺したんだ」

タバコの煙と一緒に、波多野は言葉を吐き出した。

「死体は、どこかに隠匿《いんとく》した」

「あるいは事故死、変死に見せかけて、その通りに処理されているのかもしれない」

「まずは、向井八重子の身許を洗うことだな」

「全国の警察に、行方不明者、身許不明の変死者について、照会することも必要じゃないのか」

「そっちの捜査は、おれが何とかしよう」

「向井八重子を暴行殺害した君原は、今年の正月になって現実逃避を実行に移した。君原は会社の金を奪って逃走し、まったく別の世界で別の人間として生きようとしたんだ。事実、君原は黒崎太郎という別人になりきっていた」

「そうなってからの君原は、すでに異常者として生まれ変わっていたのかもしれない。君原は向井八重子を暴行殺害した経験によって、異常なセックスの快楽を覚えた」

「同時に君原は、自分を受け付けなかった向井八重子への憎しみを忘れられない。向井八重子に結びつく女たちを、残酷な手段で暴行殺害することで、異常な復讐の念と性的欲望を満足させようと思い立った」

「向井八重子に結びつく女たちとなれば、君原にとってアテネ・ヒルトンで一緒だった連中しかいない」

「向井八重子を除いて六人、すべて東京在住の女性たちだ。君原は六人の女の日常や生活環境を下調べした上で次々に襲い、向井八重子のときと同じようなやり方で辱《はずか》しめ殺した」

「六人にとって君原は顔見知りでもあるから、家の中への侵入も容易に許してしまったんだろう」

「しかし、六人を殺したあと、君原を襲ったのは空しさだった。もうすべては終わったし、残ったのは恐怖感と後悔だ。君原は向井八重子をはじめ殺した七人のあとを追いたくなり、発作的に飛び降り自殺を図った。そして、君原も死んだ」

そう言って、波多野は口を噤んだ。山城も、無言であった。長い沈黙が、続くことになった。ついに君原新太郎こそ残虐魔、という結論に達してしまったのである。そのことに波多野も山城も、そんな結論ならもう何度も鏡に映して見ていると、抵抗感を覚えていたのだった。

新婚旅行

1

数日がすぎた。

日曜日を迎えて、波多野丈二は久しぶりに正午すぎまで寝ていた。法律事務所は、休みだった。さし迫っての裁判も、訴訟の打ち合わせの予定もなかった。仕事に関しては、のんびりできそうであった。

私的な面でも、同じくである。一応、調査活動は終わったのだ。残虐魔の正体は君原新太郎という不満な結論に到達したが、いまはそれを動かしようがなかったし、どうすることもできないのであった。

いずれにしても、一段落ついたのだった。次のラウンドがあるのかどうかはともかく、一ラウンドは終わったのだ。山城士郎も特別休暇を終えて、また警部補としての戦列に復帰したはずである。

疲れていた。精神的に、疲れ果てたのであった。新しい発見、手がかり、真相と収穫が十分にありながら、残虐魔の正体は君原新太郎という判断の域から一歩も出ることができなかった。

喜ばされた上で、突き放されたようなものである。満足が、ヌカ喜びとなった。苦心して目的地にたどりついたとたんに、無駄足だったことを知らされるのと変わりなかった。そうした場合の疲労は、ずしりと重いものだった。

思いきって波多野は上体を起こした。もちろん、隣に多美子の姿はなかった。毛布の下に、温《ぬく》もりも残っていない。多美子はもう、何時間も前から起きているのだろう。波多野は、ベッドをおりた。

パジャマの上にガウンを重ねて、波多野は寝室を出た。テレビの音声が聞こえた。波多野は、浴室へはいった。歯を磨き、顔を洗った。浴室を出ると、よく晴れた秋空が目に映じた。

その真っ青な空をバックに、多美子の姿があった。日溜《ひだ》まりになっているベランダへ出て、多美子は波多野の何着もの背広をハンガーに掛け、干しているのである。ベランダはすぐ日が射さなくなるし、虫干しには適していた。

多美子のそうした姿には、新婚の妻の甘さと甲斐甲斐《かいがい》しさが感じられた。多美子は家庭的な女であり、よく気がつくし働き者であった。妻として満点で、理想的な女ということになるだろう。

その多美子が波多野に気づいて、あれっ、というような顔をした。照れ臭そうに笑って、多美子はガラス戸をあけた。外の騒音とともに、風が吹き込んで来た。多美子は室内へはいると、慌ててガラス戸をしめた。

「おはようございます」

まぶしそうな目で、多美子は波多野を見やった。

「あまり、早くもないけどね」

近づいて波多野は、多美子の両肩に手を置いた。

「ご機嫌は……」

「悪くない」

「よかったわ」

「食欲もありすぎるくらいだ」

「もう、用意できているのよ」

「何だい」

「納豆と塩鮭と、カキ揚げ、キャベツの刻んだのと目玉焼き」

「オーケーだ」

「お味噌《みそ》汁の実は、ワカメだわ」

「食べたら、どこかへ出かけるか」

「何か、用があるの」

「いや、きみへのサービスだ。きみだって、たまには出たいだろう」

「だったら、どうぞご心配なく。わたし、どこへも出かけたくなんかないわ」

「そうかね」

「それに、折角の日曜日なんですもの。家にいて二人きりで、のんびりしていたほうがいいわ」

「多美子……」

波多野は衝動的に、多美子を抱き寄せていた。

その激しさに多美子は、波多野の胸にのめり込んでいた。波多野の胸に縋《すが》りながら、多美子は脅えるような目で彼を見上げていた。波多野の荒々しさに、多美子は恐れをなしたのだろう。

「きみは、可愛《かわい》い女だ」

波多野は、多美子を見おろした。彼は心から、そう思ったのである。

「変な人、急にそんなことを……」

多美子の唇は、動き始めたとたんに強く封じられていた。

波多野がぶつけるように、唇を重ねたのである。多美子はすぐに、彼の舌を迎え入れた。長い接吻《せっぷん》になった。多美子の両手が、波多野の腕を摑《つか》んだ。そのまま徐々に移動して、波多野の肩に達した。

次の瞬間、多美子は両腕を、波多野の首に巻きつけていた。多美子の胸が、大きく波を打ち始めた。膨脹し収縮する彼女の左右の乳房が、波多野の胸を圧迫するくらいであった。

そうした多美子の反応に、波多野はある種の感慨を覚えずにはいられなかった。それは演技ではなく、多美子という女そのものに生じた正真正銘の変化であった。この二、三カ月のうちに、多美子の性感は確実に熟しつつあったのだ。

臆病で遠慮がちな人形とは、比較にならなかった。大胆で、積極的な女になっていた。波多野の調教に素直に応じ、彼の努力に合わせて進歩することを怠《おこた》らなかった。ただ多美子には、性感が完成させられることを恐れるというブレーキが、働いてさえいるようだった。

波多野は、唇を離した。多美子はぐったりと彼に身体を預けて、苦しそうな呼吸を繰り返した。そうした多美子の両腋《わき》に手を差し入れて、波多野は彼女の身体を支えていなければならなかった。

「こんなになってしまうなんて、わたし恥ずかしいわ」

肩で喘《あえ》ぎながら、多美子が甘える声で言った。

「ほかには、誰もいないだろう」

多美子の髪の毛に、波多野は顔を押しつけた。

「それでも、恥ずかしいわ。真っ昼間なのよ」

「ここは、おれたちの住まいだ。いつ、何をしようと勝手じゃないか」

「でも……」

「それにきみが乱れるのは、それだけ愛しているという証拠だ」

「愛しているわ、愛しているわよ。愛するってこういう気持なのかって、わたし生まれて初めて知ったんですもの」

「だったらどうして、結婚するという気にならないんだ」

「愛することと結婚は、別だと思うのよ」

「未婚であって恋人もいる若い女性の考え方としては、貴重なくらいに珍しいな」

「わたしは現実的に、実際問題として考えているのよ」

「お母さんか」

「母が生きている限りは、長崎で一緒に暮らすというのが、わたしの義務じゃないかしら」

「親ひとり子ひとりとして、それが当然だと思う。しかし、どこかに妥協点が、見出せるんじゃないかな」

「母は長崎で死にたい、それまで一緒に暮らしてくれって、わたしに言っているのよ。そのもっともすぎるくらいな母の願いを、無視することはできないわ」

「そうなると、きみと結婚したおれのほうが、長崎で生活するほかはない」

「不可能でしょ」

「不可能ってことはないだろうけど、まあ無理だろうね」

「あなたも母も両方が無理ってことになれば、妥協点なんて見出しようがないんじゃないかしら」

「じゃあ、きみはやっぱり予定通り、年内には長崎へ帰るつもりなのかい」

「そうするより、仕方がないでしょ。とても、辛《つら》いことだけど……」

「その時点で、おれとの関係も清算するってことになるのか」

「それこそ、無理よ。そんなこと、とてもできないわ」

波多野を見上げて、いやいやするように多美子は首を振った。いまにも、泣き出しそうな顔であった。

「だったら、どうするんだい」

多美子の唇に、波多野は指先を触れた。

「わたしが東京へ、来ることだってあるわ。それに、あなたが東京から、わたしが長崎から来て、どこかで落ち合うってこともできるでしょ。たとえば大阪で落ち合って、四国とか南紀とか山陰とかを旅行するのよ」

「そうできたら楽しいし、素晴らしいことだ」

「わたしたちって、いつも新婚旅行をしているのよ」

「しかし、いつまでもそんなことを、続けていられるだろうか」

「いつまでもってことには、ならないと思うわ。母が生きているうちに、限られることでしょうね」

「何だか、お母さんが死ぬのを、待つみたいじゃないか」

「でも、仕方がないでしょ。それが、現実というものだわ」

多美子は悲しげな顔を、波多野の胸に埋《うず》めた。

「わかったよ」

吐息まじりに言って、波多野は多美子を抱きしめた。

2

波多野は本気で、結婚してもいいと思っていたのである。これまでは、マチ子のことが胸に引っかかっていた。真相がわからないままに波多野は離婚に持ち込み、そのこともあってマチ子は自殺した。

後味のいいものではなかった。一方では正直になれないマチ子を責めながら、他方では妻を死に追いやったのは自分ではないかと罪の意識を捨てきれなかった。そうしたジレンマの中で、波多野の結婚観も変わったのである。

しかし、マチ子の死について真相が明らかにされてからは、波多野の気持も軽くなっていた。マチ子はやはり、筑波朗に犯されたのであった。それ自体、マチ子の罪ではなかった。

不運であり不幸であり、とんでもない災難であった。悲劇のヒロインとして、同情されるべきだった。だが、その事実をあくまで隠し通そうとして、波多野に嘘をついたところに、マチ子の大きな過《あやま》ちがあったのだ。

マチ子は結果的に、自分で自分を追いつめたのである。そして、みずから死を選んだ。波多野のせいではなかった。憎むべきは筑波朗だが、いまとなってはそれをマチ子の運命と見るほかはない。

もはや、過去のことである。過去は忘れて、捨てきらなければならない。結婚もすべて不幸に終わるとは限らないし、もう一度見つめ直してもいいのではないか。多美子は、妻にするのに相応《ふさわ》しい女であった。そういう自分の判断に忠実になることこそ、生きている人間の義務ではないだろうか。

だからこそ波多野は、本気で多美子との結婚を考えていたのである。だが、母親が生きている限り、結婚は無理だと多美子は言い張るのだ。その辺の事情については、話を聞いてみればもっともなことであった。

年内に、多美子は長崎へ帰るという。だが、それを機会に、波多野と別れるわけではない。その後も、多美子は上京してここに泊まることになる。あるいは大阪あたりで落ち合って、四国、南紀、山陰地方を旅行する。二人はいつも、新婚旅行することになる、というのである。

男にとっては、都合のいい話であった。結婚する必要はないし、いつもは互いに干渉することがない。波多野は独身でいられるし、会うときは常に新鮮な多美子である。理想的な愛人同士だった。

しかし、同時に何という空しい男女関係だろうかと、波多野は思うのであった。たとえば新婚旅行だが、たった一度のことだから、それなりの意義があるのだ。いつも新婚旅行をしている男女など、まったく悲しい関係と言えるだろう。

わたしたちって、いつも新婚旅行をしているのよ――。男女関係を語るのに、これほど寂しい言葉がほかにあるだろうか。こうした男女は旅行していないあいだ、どのような状態で過ごしているのだろうか。

会ってまた別れるために、旅行するのであった。寂しい旅行である。

チャイムが鳴った。

「おれが出る」

波多野は、玄関へ向かった。

多美子はまた、ベランダへ出て行った。

玄関に出ると波多野は、鍵をはずしてドアをあけた。ドアの外に、男が二人立っていた。二、三回、顔を合わせたことがある。一方は四十代、もうひとりは三十代で、所轄署の刑事であった。

「ご苦労さまです」

波多野は、刑事たちに笑顔を向けた。波多野が散弾銃で撃たれた事件を、担当している刑事であった。一応その労を、ねぎらわなければならない。

「その後、変わったことはありませんか」

四十代の刑事が、愛想よく笑いながら言った。

「そうですね、別に何もないようです。捜査のほうに、何か進展がありましたか」

波多野は訊いた。

「いやあ、かなり難航していましてね。全国的にはとても無理ですが、東京都公安委員会の許可を得ている猟銃のうちから、当該の散弾銃を選んで現在、シラミ潰《つぶ》しに捜査を続行中なんですよ」

四十代の刑事が答えた。

「それは大変ですね」

「散弾銃を突きとめてから、その持ち主を洗うというやり方でないと、手の下しようがないみたいでしてね」

「時間が、かかるでしょう」

「それはもう、忍耐あるのみです。実は、われわれがいちばん心配しているのは、その時間がかかるということなんです。犯人は、波多野さんを狙って撃った。だが、失敗した。従って犯人は、まだ諦めてはおりませんよ」

「また、犯行を繰り返すというんですか」

「もちろんです。犯行に失敗して、警察が動き出した。だから、しばらくはおとなしくしていますよ。しかし、警察の捜査がいつ身辺に及ぶかわからない、という焦《あせ》りもありますからね。時間がたつと、必ず動き出します。それを、われわれは心配しているわけなんです」

「でしたら、こちらも気をつけましょう」

「是非とも、そうして下さい。ところで、一時間ぐらい前に、お客さんが見えませんでしたかね」

「いや、誰も……」

「そうですか」

「何か、あったんですか」

「いえね、いまわれわれがすぐそこの派出所に立ち寄ったところ、波多野さんの住まいはどこかと訊きに来た者がいると、警官の報告を受けたもんですからね。こうして、ちょっと寄ってみたんですよ」

「それが、一時間ぐらい前のことだったんですね」

「ええ、まだ若い娘さんだったそうです。場合が場合だけに、警官がさりげなく名前を尋ねたらしいんですがね。そうしたら、まあ偽名かもしれませんが、朝日奈と名乗ったそうですよ」

「朝日奈……」

波多野は、首をかしげた。心当たりのある名前ではないし、もちろん友人や知人の中にもいなかった。どこかで聞いたことがある名前のような気もするが、波多野にはどうしても思い出せなかったのである。

日曜日の夜

1

朝食とも昼食ともつかない食事を終えたあと、波多野はソファに横になってテレビを見た。テレビを見るというより、画面をぼんやりと眺めていたのである。本気になって見るほど、興味をそそられるテレビ番組がなかったのだ。

どこのチャンネルを回そうと、すべて同じだった。NHKと民放三局が、ゴルフ、サッカー、競馬、テニスとスポーツ番組であった。残りの民放二局は、歌番組を放映していた。

日曜日の午後のテレビは、スポーツと歌の番組ばかりである。見るのではなく、眺める番組だった。どうでもいいと思いながら、何となくテレビに目を向けている人々が多いのに違いない。

波多野はふと、先輩から聞かされた話を思い出していた。その先輩は、旧制中学の三年のときに、終戦を迎えたのであった。当時、先輩はアメリカの日本人に対する3S政策というのについて、聞かされたことがあったそうである。

日本人は真面目で勤勉で、頭がよすぎるくらいである。そうした日本人の特性が、今後再びアメリカに脅威を及ぼす原因になるかもしれない。そうした恐れを防ぐには、日本人を根本的に変えなければならない。

つまり、日本人を骨抜きにして、知能低下を図ろうというわけである。そのための3S政策であった。3S政策を教育面と日常面から、日本民族に滲透《しんとう》させることが、アメリカの狙いだったのだ。

3Sとは――。

スクリーン。

スポーツ。

ソング。

この三つの頭文字を集めて、3S政策としたのであった。映画、スポーツ、歌を日本人の生活に密着させて、骨抜きと知能低下を実現させるというわけである。

その話を聞いたとき、先輩たちは大笑いをしたという。そんな政策によって、一つの民族が本質的に変わったりするはずはないと、嘲笑《ちようしよう》したのだそうである。確かに、先輩たちから上の世代は、一変したりすることはなかった。

だが、先輩たちより若い世代は、どうだっただろうか。三十年がすぎてふと気がつくと、3S政策は完全に日本人の中に滲透していたのである。いつの間にかそうなっていたことに気づき、先輩たちは愕然となったという。

スクリーンつまり映画は衰退したが、代わりに同じようなテレビが不動の地位を占めた。そして日本人はスポーツに多くの関心を向け、歌に熱狂するようになった。それらは、単なる娯楽ということで、すまされるものではなかった。

いまやテレビ、スポーツ、歌は、日本人の生活の中心にさえなっている。それらは娯楽性に富み、頭を使う必要もなく接することができる。3S政策は成功し、日本人を本質的に変えたのであった。

つい最近になって波多野は、先輩の弁護士からそういう話を聞かされたのである。そのときの波多野は、深く考えずに聞き流していた。しかし、いまになって波多野は、なるほどと思ったのだ。

現に彼は、テレビを眺めている。そのテレビの番組は、すべてスポーツか歌なのであった。しかし、波多野は先輩より若い世代のうちにはいるのだし、3S政策の成功に驚いたりする気にはなれない。

むしろ、3S政策という呼称が面白いと、波多野は感心していたのだった。3Sとは暗号めいていて、スクリーン、スポーツ、ソングの三つの頭文字と、実は理屈に合っているのである。

波多野はその点に興味を持ったり、妙に感心したりしたのであった。

そのうちにテレビをつけたまま、波多野はソファの上で浅い眠りに落ちた。彼は、夢を見た。3S政策が、夢の中に甦《よみがえ》ったのである。但《ただ》し、3S政策ではなく、波多野が夢の中でしきりと口にしたのは、Y・M政策ということだった。

Y・Mつまり向井八重子のことが、波多野の意識の中に深く突き刺さっている証拠であった。そのために夢の中では、3S政策がY・M政策にすり替わったのだろう。頭文字という共通点から、そんな夢を見たのに違いない。

電話の音で目を覚まし、波多野は無我夢中で起き上がったのだった。波多野は送受器を手にすると、発音が不明瞭《ふめいりよう》な言葉で応じていた。聞き覚えがある声を耳にして、波多野はゴシゴシと目をこすった。

「どうしたんだ。風邪《かぜ》を引いたみたいな声じゃないか」

山城士郎の声が、そう言った。

「いや、何でもないよ」

昼寝をしていたとは正直に答えられずに、波多野は声を張り上げるようにしていた。

「日曜日だし、のんびりしているんだろうな」

山城はそれを羨《うらや》むような、あるいは不満そうな口調であった。

「まあね」

波多野は、時計に目を落とした。時間は、五時をすぎていた。

「こっちは相変わらず、日曜日も返上ってところさ」

「ほかの仕事を、追っているのか」

「一昨日《おととい》、タクシーの運転手殺しがあったろう。その事件《やま》を、追っているんだがね」

「気の毒みたいだな」

「しかし、あんたに言われて引き受けたことだって、忘れちゃいないからな。その報告をするために、電話をしたんだよ」

「すまん」

「いや、そう言われると、頭が痛いな」

「どうしてだ」

「吉報じゃないからさ」

山城の声も語調も、何となく遠慮がちになっていた。

波多野に頼まれて山城が引き受けたことというのは、向井八重子の身許調べの件なのである。わかっているのは、向井八重子のところへ、君原新太郎が押しかけたということだけであった。

その地方とは、いったいどこなのか。向井八重子の住所も、彼女と君原新太郎が会った場所も、不明なのである。それがわからなければ、君原新太郎が向井八重子を殺したという事実を、明らかにはできない。

それにしても、不思議なものだった。Y・M政策などと向井八重子のことを夢に見ていた波多野を叩き起こした電話で、山城が彼女の件について知らせて来たのである。偶然とはいえ、以心伝心の妙が感じられる。

「やっぱり、消息不明か」

波多野は訊いた。

「そうなんだ。改めてインターナショナル進航旅行社と、『女性ウイークリー』の編集部に関係書類を捜してみてくれと、頼んだんだがね」

山城は、吐息まじりに言った。

「無駄だったんだな」

「インターナショナル進航旅行社では、廃棄処分にしたということが確認された。これはもう、どうしようもない」

「しかし、『女性ウイークリー』の編集部のほうは、大切に保管しておくべき書類じゃなかったのかな」

「その通り、ちゃんと保管しておいたんだそうだ。毎年の行事となる海外優待旅行に関する書類だし、読者の名簿ってことにもなるんだからね」

「新築の社屋に移転するとき、紛失してしまったというのは、やっぱり事実だったんだな」

「そうなんだ。トラック何台分かのゴミの山ができたので、恐らくその中に紛れ込んだんだろうという話だった。念のためにと編集部の全員で大捜索をしたんだけど、やっぱり新しい社屋からは発見できなかった」

「運が悪いというか、間が悪いというか、こういうことはよくあるもんだよ」

「ギリシャ旅行を後援した化粧品メーカーにも、問い合わせてみたんだ。化粧品メーカーとしては、そういう名簿をD・Mに利用するんじゃないかと思ったんでね」

「百人からの女性の名簿なんだから当然、ダイレクト・メールに活用できるわけだ」

「ところが、その大手の化粧品メーカーでは、名目だけの後援だったので名簿も何も受け取っていないんだそうだよ」

「仕方がないさ。関係書類がまったく存在していないとなれば、調べようがないだろうよ」

「あとは、身許不明の変死体、行方不明者ってことになる。これについては全国の警察本部に、至急ということで照会してみた。今日になって、その回答がまとまったんだが、向井八重子という家出人、行方不明者はまったくいない。それに身許不明の変死体で、死亡した時期や若い女という点で向井八重子に該当すると思われるような死体は、見つからないそうだ」

「絶望的だな」

波多野は、つぶやくように言った。

「しかし、おかしいとおれは思うんだ。向井八重子はこうなると、生きているとしか考えられないじゃないか」

山城は彼らしく、怒ったように張りのある声になっていた。

2

七時に、夕食となった。食後、波多野はブランディを飲んだ。いかにも、日曜日の夜らしい気分だった。十時すぎに、風呂にはいった。多美子もその頃に、一日の仕事から解放された。

波多野はベッドの中で、ブランディを飲み続けていた。酔うために飲んでいるのだが、なかなか思考力が麻痺《まひ》しなかった。気になることが、二つも重なっているせいだろう。何となく、釈然としないのである。

一つは、向井八重子の件であった。もう一つは、朝日奈という女の正体だった。いずれも不可解な現象、ということになる。特に朝日奈という女のことが、波多野の頭に引っかかっていた。

今日の昼間、狙撃事件を捜査している刑事が訪れた。それより一時間ほど前に、若い女がすぐ近くの交番に寄って、波多野の住まいはどこかと尋ねているというのである。その若い女は、朝日奈と名乗っている。すぐ近くの交番で、波多野の住まいを訊いている。警官は、ホワイト・マンションの場所を教えた。そうなれば当然、その若い女が波多野の住まいを、訪れなければならないのだ。

若い女が交番に立ち寄ってから一時間もすぎているというのに、それらしい訪問者はなかったのである。訪問しないのなら、なぜ近くの交番でマンションの場所を尋ねたりしたのだろうか。

犯罪者であれば、交番で訊いたりはしないだろう。若い女だというし、犯罪には関係なさそうである。だが、若い女が波多野の自宅を確かめるというのも、おかしな話であった。

依頼人ならば、赤坂の事務所へ来るはずだった。自宅を訪れるのは、個人的な知り合いということになる。しかし、朝日奈という若い女に心当たりはないし、知り合いならば訪問して来るだろう。

そう考えると、何となく薄気味悪くなる。近くの交番まで来ていながら、姿を現わさなかった。常識では、判断できないことだった。あるいは、朝日奈というのは偽名かもしれない。

交番の警官は咄嗟《とっさ》の機転から、さりげなく、若い女の名前を確かめたのだという。波多野が狙撃事件の被害者であることから、警官も警戒を怠らなかったのだ。それに対して、若い女が偽名を口にするというのは、大いにあり得ることである。

刑事も、偽名ではないかと言っていた。若い女は特別な理由がなくても、偽名を使ったりするものだった。偽名だとすれば、波多野に覚えがないのは当然であった。だが、たとえ偽名を使ったにしろ、当人がマンションを訪れなかったということは、やはりおかしいのである。

「深刻な顔をしちゃって……」

多美子が、寝室へはいって来た。湯上がりの裸身を、バス・タオルだけで包んでいる。そうした姿を波多野にまともに見られても、もう恥じらうことはない多美子であった。

「綺麗だ」

波多野は言った。いまは容貌《ようぼう》ではなく、多美子の輝くように美しい肌を褒《ほ》めたのだった。

「そうかしら」

嬉《うれ》しそうに笑って、多美子はベッドの上にすわった。それから、おもむろに身体を横たえるのである。足から毛布の下へと、身体を滑り込ませる。バス・タオルがはずれるのを、防ぐためであった。

完全に毛布の下にはいってから、多美子はバス・タオルをはずして、ベッドの下に落とす。全裸になった彼女の身体の火照《ほて》りと、湯上がりの温もりによって、毛布の下が熱くなる。

「何を考えているの」

甘える目つきで、多美子は波多野を見上げた。

「ちょっと、気になることがあってね」

波多野も多美子と並ぶ位置まで、身体をずらしながら言った。

「気になることって……」

多美子はすでに陶然となったように、うっとりとした目を閉じかけていた。

「大したことじゃない」

波多野は、多美子の裸身を抱き寄せた。張りのある肉づきと、滑らかな肌の感触が心地よかった。

「教えて……」

多美子は小さく口をあけて、あっという声を言葉に変えていた。波多野の手が、多美子の胸のふくらみに触れたのである。多美子は右の乳房に、ひどく敏感な性感帯を有しているのだった。

「朝日奈という名前を、聞いたことがあるかい」

意地悪をするつもりはないが、波多野は多美子の左の乳房を掌《てのひら》で包んでいた。左の乳房にしても、まるで鈍感というわけではなかった。

「朝日奈……」

多美子は顎《あご》を上げるようにして、苦悶《くもん》するみたいに眉根を寄せる表情を見せていた。

「若い女なんだ」

波多野は、唇を触れ合わせながら言った。

「だったら、知っているわ」

多美子が、波多野の下唇を軽く嚙《か》んだ。

「知っている……？」

波多野は大きく目をあけて、多美子の顔を見おろした。

「あなた、忘れちゃったの。光琳女子短大の学生寮で、会ったじゃないの」

多美子は、目を固く閉じたままでいた。

「光琳女子短大……」

波多野はその短大の名称に、懐かしさを覚えていた。

「朝日奈レイさんっていうお嬢さんタイプの人で、いろいろと話を聞かせてくれたでしょう」

「朝日奈レイか」

「思い出した？」

「思い出したよ。なるほど彼女が、朝日奈さんだったっけな」

「あの人が、どうかしたの」

「いや、何でもない」

波多野は勢いよく、毛布をはねのけた。気になることが、一つ消えたのだ。あとは日曜日の夜らしく、情熱的な行為に打ち込むべきであった。焦《じ》らしたあと待望のという感じで、波多野は多美子の右の乳房に唇を押しつけた。

多美子は悲鳴に近い声を発して、全身を硬直させながら大きくのけぞっていた。

拾う神あり

1

女そのものが本質的に矛盾しているのか、それとも多美子が特に変わっているのか、波多野にはよくわからなかった。とにかく、ひとりの人間でありながら、正反対の二面性を具《そな》えているように思えるのである。

波多野の愛撫《あいぶ》に、多美子は素直に順応する。波多野の前戯《ぜんぎ》は、すでに型にはまっていた。テクニック、愛撫する部分、費《ついや》す時間、移行する順序など、あらゆる意味でのコースとスタイルが、一定しているのである。

だが、多美子はその決まりきったセレモニーを、歓迎する。たまには刺激を得るために変わった方法もと、波多野は試みることもあるのだが、多美子のほうはそれを喜ばなかった。

これまで何度となく繰り返されている愛撫のテクニックと、前戯のコースを多美子は希望する。波多野によって開拓された多美子の肉体は、教えられた基本的なコースというものを大切にしたがるのだろうか。

それを女の保守性と見るより、最初に知った性感の階段を着実にのぼりたがる女の堅実性と解釈すべきだった。

女は何事においても、安定したものを求める。性感にしても、同じなのに違いない。新たな刺激を欲して不満な結果を招くよりも、新鮮味がなかろうと安定した方法で十分な満足を得たほうがいいのである。あるいは、より刺激的なことを求めるほど、まだ現在のセックスに倦怠《けんたい》を覚えていない、ということなのかもしれない。

いずれにせよ、いつものコースをたどれば、多美子は波多野の計算通りに興奮し、われを忘れるのである。波多野としては、思うように操《あやつ》れるのであった。多美子は狂乱し、その反応の示し方も絶叫する声も、別人になったように一変する。

波多野がまだ多美子の脚のあいだにいるうちに、彼女は何度かエクスタシーに達している。だが、その段階では全身の硬直と痙攣《けいれん》、それに絶叫するような声だけで、歓喜を表現するのであった。

言葉がないのである。多美子は波多野を迎え入れてから、言葉を口にするようになる。それも、わけのわからないことを口走るのではない。具体的な言葉によって訴え、感嘆し、称賛するのであった。

しかも、それらの言葉は性感の上昇によって、使いどころがだいたい決まっているのだった。性感の上昇線をたどりながら言葉が変化し、それがいつも同じなのである。恐らくそれらは多美子の本音であり、真実の叫びなのだろう。

そのうちの主なものを拾って、性感の上昇線を追う順序に並べると、まず最初は好きという言葉から始まる。好きよ、好きだわ、好き好きの連呼といろいろあるが、要するにその繰り返しであった。

そのあとの変化は、声の大きさや感動的な口調の激しさに、比例して見られる。

「いやよ、離れないで。離れたくないわ、一生こうしていたい」

「お願い、わたしを放さないで。捨てないで、捨てちゃいやよ」

「愛している。愛しているわ、ねえ、愛している！　この世で、いちばん愛しているわ。もう狂いそうに、愛しているわ」

「このまま、一緒に死にたい！」

「ねえ、お願い。殺して、殺して、殺してちょうだい！」

こうして絶頂を極め、それが繰り返し続いているうちに言葉がなくなり、咆哮《ほうこう》し泣き叫ぶような声だけになる。

つまり、そこに二面性を感ずるのである。性感の上昇とともに発する言葉は、どういうことを意味し表現しているのか。好き、離れたくない、一生こうしていたい、放さないで、捨てないで、愛している、このまま一緒に死にたい、殺してちょうだい――。

これらの言葉はすべて、波多野とずっと一緒にいたい、一緒に死にたいから殺して、という願望を表現している。ベッドの中ではもう死んでも離れたくないと、多美子は狂おしく訴え絶叫しているのである。

もし、それが彼女の本音であり、真実の声だとしたら、何も改めてそのように訴える必要はない。絶対に不可能なことを、求めているわけではないのだ。多美子さえその気になれば、希望通りに実現できることなのである。

しかし、実際には多美子が、どのようなつもりでいるかを、波多野は考えずにいられなかった。多美子は、波多野のプロポーズを断わっている。みずから、波多野と別れることを希望したのだった。

母親のためには仕方がないにしろ、それは多美子の意志であった。機会があれば一緒に旅行するといった程度の関係でいいと、彼女は頑《かたく》なに言い張っている。多美子は事実、年内に長崎へ引き揚げることになるだろう。

一緒に死にたいくらい、離れ難い気持でいる。捨てないで、放さないで、愛している、殺してと訴える女が、なぜその相手の男のプロポーズに応じようとしないのか。どうして、結婚への努力を惜しむのか。

そこに大きな矛盾を、感ずるのであった。女の心と身体の違い、女は自分の肉体をコントロールできなくなる、心身の分離といったことをよく耳にするが、多美子の場合もそうなのだろうか。

セックスの快感に酔い痴《し》れているときだけの、多美子の姿と言葉にすぎないのだろうか。強烈な性感が演じさせる狂態と、肉体を通じて吐かせる台詞《せりふ》ということになるのかもしれない。

だが、それにしても多美子の望むところと、実際の言動とが違いすぎる。正反対なのである。そこに女の現実性と苦悩があるにしても、まるで二人の多美子が同居しているみたいに感じられる。

身体が離れてからも、多美子は波多野の胸にしがみつくようにしている。発熱した幼児のような顔をしている。頰《ほお》と唇が真っ赤に染まり、細かい粒になっている汗が顔いっぱいに浮かんでいた。

薄くあけた目がキラキラ光るだけで、どこを見ているのか焦点が定まっていない。小さく開いた口で忙《せわ》しく息をしながら、苦しそうに何度も唾《つば》をのみ込む。汗まみれの胸が、痛々しいほどに激しく波を打っている。

「本当に素敵だわ」

「愛している」

「このまま、死んでしまいたい」

と、まだ同じことを、譫言《うわごと》のように口走る。

「だったら、結婚すればいいんだ」

そう言ってやりたいところだが、波多野は黙っていた。

やがて、呼吸が整い、胸の上下する動きも正常に戻る。汗も引く。多美子は目をつぶり、しあわせそうな表情と安らぎの寝顔を見せる。陶酔の余韻の中にあって、女が最も満足したときを迎えているのだった。

その多美子の顔を眺めながら、女とは不思議なものだと波多野はしみじみと考えさせられる。水のように冷徹な現実性と、火のように燃え盛《さか》る肉体的な情念との両方を持ち合わせている。

それが男にはない女の裏表と、神秘性なのかもしれない。男の前では口もきけないような気品ある貴婦人が、ベッドの中では野獣に一変してセックスを貪《むさぼ》るということを、思い出さずにはいられなかった。

そうした女の二面性、正体を見せたがらない習性、秘密や矛盾が多い部分というものが、日常生活にも大きく影響している。そして、それらがいつの間にか、多くの謎を生むという結果になっているのではないか。

「彼女が、そんなことをするはずはないだろう」

「彼女の性格は、そうじゃない」

「彼女が、まさか……」

「あの彼女が！　本当かい！」

と、日常ひとりの女をめぐって正反対の見方や評価をしたり、とても信じられないと驚かされたりするのは、決して珍しいことではない。それは明らかに女の二面性、正体を見せたがらない秘密主義が原因となっている。そのために周囲の者にさえ、真相や事実がわからなくなる。

Y・Mのイニシャルによって登場した向井八重子にもそのような二面性と秘密主義があったのではないだろうか。それが結果的に、彼女にまつわる不可解な謎を提出しているのではないか。

Y・Mとは向井八重子のことであり、向井八重子は間違いなく実在の人物である。君原新太郎の恋の対象が、向井八重子だったという判断にも自信があった。だが、それでいて向井八重子の存在を、確かめることができないのだ。

ギリシャ旅行の関係書類が失われていなかったら、向井八重子の住所、年齢、職業はすぐにわかっただろう。しかし、関係書類が失われたという偶然があったにしろ、その存在がまったく知れないのは、やはり普通とは思えない。

向井八重子が生きているとするならば、同じアテネ・ヒルトンに泊まった六人の女が殺されるという事件に対して、知らん顔をしていられるだろうか。常識的にいって、知らん顔はしていられないはずである。

そういう考えもあって、向井八重子はすでに死亡しているという判断が生まれたのであった。向井八重子こそ最初の犠牲者であり、彼女を殺した君原新太郎の手によって死体はどこかに隠されたものと、断定せざるを得なかったのだ。

ところが全国の道府県警本部に照会した結果、それらしい死体は見つかっていないという回答が寄せられた。死体が発見されていなくても、すでに殺されているとすれば当然、家出人、失踪《しっそう》、行方不明者として警察に届けが出ているはずである。

しかし、向井八重子という家出、失踪、行方不明の該当者は、全国どこの警察にも記録されていないというのだ。海外旅行をするという若い女が、行方不明になっても気づかれないような隠遁《いんとん》生活を送っているとは思えない。

そうだとすると、向井八重子は生きているということになる。生きていれば、残虐魔事件を知らないはずはない。残虐魔事件を知っていて、沈黙を守っている。それも向井八重子という女の二面性と、正体を見せたがらない秘密主義が原因となっているのではないだろうか。

波多野はふと、頭を持ち上げた。電話が鳴っているのに、気づいたのである。

2

電話を寝室に切り替えるのを、多美子が忘れたのであった。それで電話のベルは、居間のほうで鳴っているのである。

起き上がってから、波多野は多美子の寝顔に目をやった。何の反応も示さずに、多美子は安らかな寝息を立てていた。快い肉体の疲労と、満足しきった心の緩《ゆる》みから、熟睡しているのに違いない。

波多野は足音を忍ばせて、寝室を出た。リビングで鳴っている電話のベルが、急に大きくなった。もう、十二時をすぎている。こんな時間に、当たり前な電話がかかるはずはなかった。

悪い知らせか、吉報か、それとも間違い電話か、いずれにしても夜中の電話は不安感をかき立てる。波多野はフロア・スタンドにスイッチを入れてから、電話機に手を伸ばした。

「もしもし……」

波多野のほうから、警戒するような低い声で呼びかけた。送受器を握る手に、力が加わっていた。

「もしもし……」

若い女の声が、遠慮がちに応じた。

「波多野です」

朝日奈レイではないかと直感しながら、波多野はソファに腰を落としていた。

「夜分遅く、ごめんなさい。朝日奈と申しますけど、覚えていらっしゃるかしら」

果たして、女の声がそう言った。

「朝日奈レイさんでしょう」

波多野の胸を重くしていた不安が、一瞬にして消えていた。

「わあ、嬉しい。覚えていて下さったんですね」

朝日奈レイのほうも、急に晴れ晴れしい声になった。

「しかし、あなたが電話をくれるなんて、どういう風の吹き回しですかね」

「こんな時間に話し込んで、ご迷惑じゃありません？」

「いや、構いませんよ」

「だったら、いいんですけど……。実は、もう何カ月も前から、お電話をするなりお目にかかるなりしようかなって、思っていたんです」

「何カ月も前からですか」

「ええ。ほら、あの事件が解決した直後からなんです。筑波先生が逮捕されて、君原という人が自殺したでしょ」

「要するに、残虐魔事件でしょう」

「そうなんです。その直後に波多野さんに会ってみようかなって、思いついたんですけど……。どうしてもって用じゃないし、思い出したり忘れたりで、ずっとそのままになっていたんです。だけど、今日になって二子玉川まで行く用事があって、ふとついでに寄ってみようかなって気になったんです」

「なるほど……」

「今日は日曜日だし、きっと自宅にいらっしゃるだろうと思ってね。それに、波多野さんが銃で撃たれたという記事を新聞で読んだから、お見舞いかたがたお邪魔しようって……」

「それは、どうも……」

「頂いたお名刺の裏に、ご自宅の住所と電話番号が書いてあったので、それを頼りにすぐ近くまで行ったんです」

朝日奈レイはそこで、照れ臭そうに笑った。

「そうですか」

朝日奈という名前も忘れるような相手に、自宅の住所と電話番号を書き加えた名刺を渡してあったのかと、波多野も苦笑していた。

「それで近くの交番で場所を確かめてから、マンションのすぐ前まで行きました。そうしたら、波多野さんのお部屋と思われるあたりのベランダに、女性の姿が見えたんです。それを見たとたんにお邪魔するのが何だか悪いみたいな、ご迷惑みたいな気がしちゃって、これは遠慮すべきだって、お寄りするのをやめてしまったんです」

朝日奈レイは、息も継がずに言った。

「彼女はわたしと一緒にあなたとも会っているんだし、何も遠慮なんかすることはないでしょう」

なるほどと、波多野は思った、今日、波多野が起きた時間に多美子はベランダに出て、彼の衣類の虫干しに取りかかっていた。その多美子の姿を、朝日奈レイは表通りから、かいま見たというわけである。

「でも折角マンションの前まで行きながら、お会いしなかったということが一日中、気がかりになっていて……。それで、こんな時間になってから、思いきってお電話をしてしまったんです」

「どんなご用件でしょう」

「用件なんてものじゃなくて、どうでもいいようなことなんですけどね。誰かに話さないでいると、いつまでも胸に引っかかっているようなことで……。警察には知り合いがいないし、だったらあの人に話そうって波多野さんのことを思い出したんです。もう何カ月も前のことですけどね」

「本来ならば、警察に知らせるべきことなんですか」

「さあ、どうでしょうか。ただ、あの君原新太郎という人と旅行先で口をきいたことがあるって、それだけの話なんです」

「朝日奈さん、明日お会いできないでしょうか」

波多野は、弾《はじ》かれたように立ち上がっていた。捨てる神あれば拾う神ありとは、まさにこのことであった。

南国の影

1

翌日の正午に、波多野は赤坂の事務所を出て、歩いて七、八分のところにあるホテルへ向かった。そのホテルの二階にある牛肉専門のレストランで、朝日奈レイと会うことになっていたのだ。

朝日奈レイは、大したことではないと思っている。だからこそ、数カ月もほうっておいたのだろう。警察へ情報提供をすべきかどうかも、朝日奈レイには判断がつかなかったのである。

別に騒ぎ立てるほどのことでもないし、知らん顔をしていればそれですんでしまうと、彼女なりに考えていたらしい。昨夜の朝日奈レイも電話で、用件などというものではない、どうでもいいようなことだと、言っていた。

ただ、その話を誰かに打ち明けたい。このまま自分ひとりだけの胸に秘めていて、いつか忘れてしまうというのでは、何となく心残りである。何かが喉《のど》に引っかかり、胸につかえているような気がしてならない。

警察に知り合いはいないし、また警察へ持ち込むほどのことでもないだろう。それなら残虐魔事件に強い関心を示していたあの弁護士に打ち明けてみようと、朝日奈レイは思いついたのだという。

だが、波多野にとって、これほど重大な情報というのは、ほかになかったのである。まさに餓死寸前のネコに、生きた魚が投げ与えられたようなものだった。波多野はなりふり構わず、朝日奈レイの話に飛びついたのであった。

昼飯ぐらい、ご馳走《ちそう》するのは当たり前である。それで波多野は、赤坂のホテルの中にある牛肉専門店に、朝日奈レイを誘ったのだ。味もいいが値段もいいということで、知られている店であった。

個室を、予約しておいた。個室と言っても、六畳ほどの和室だった。約束の時間は、十二時三十分である。波多野はまるで恋人との初めてのデートのように、落着かずに朝日奈レイの出現を待った。

朝日奈レイは、十二時三十分に個室へ案内されて来た。もちろん、レイの顔は忘れていなかった。可愛《かわい》い感じの繊細なお嬢さんタイプで、悪戯《いたずら》っぽい目つきの美貌《びぼう》が小妖精という印象である。

身体《からだ》つきに幼さが残っていると思っていたが、今日の朝日奈レイは違っていた。着るものによって、違ってしまうのかもしれない。コバルト・ブルーのスーツを着ている朝日奈レイは、なかなか肉感的な身体の線を見せていた。

朝日奈レイはステーキが嫌いだというので、しゃぶしゃぶに網焼きを注文した。波多野がビールを頼むと、レイも悪戯っぽく笑って二本ほど追加した。学生寮にいるときとは違って、色気もあるし大人っぽかった。

ビールが運ばれて来てから、波多野はしばらく雑談を続けた。すぐ本題にははいらず、まずは朝日奈レイの口を軽くさせる必要があった。波多野はレイにビールをすすめ、彼女は調子づいてよく飲んだ。

「でも、会えてよかったわ」

やがて顔をピンク色に染めて、朝日奈レイが嬉《うれ》しそうに笑った。早くも、ほろ酔い機嫌になったようである。

「そうですね」

波多野は言った。

「あら、波多野さんもそう思って下さるの」

「思いますよ」

「本当かしら」

「本当ですよ」

「わたしね、この話を波多野さんに会って話そうって、最初に思ったんです。どうしてだか、おわかりになりますか」

「さあ……」

「理由は、三つあるの。一つは波多野さんが、大坪初江さんのお兄さまだから……」

「なるほど」

「第二に、波多野さんから、お名刺を頂いていたからよ」

「つまり、連絡しやすいからっていうわけですね」

「そうなんです。そして第三には波多野さんが、若くて素敵な弁護士さんだったからなの」

「あなたから見れば、若くはないでしょうよ」

「いいえ、わたしたちって波多野さんくらいの年齢で、独立した仕事をやっていらっしゃる男性に、いちばん魅力を感じちゃうんです」

「それはどうも、光栄ですな」

「女性には、そういうところがあるみたいね。これで、もし波多野さんが六十代の弁護士さんだったりしたら、きっと会ってお話しようなんて気には、ならなかったでしょうね。ちょっと、不真面目《ふまじめ》かしら」

「まあ、縁なんていうのは、そんなものなんでしょう」

「でも本当に、この話がそんなに重大なことなんですか」

「ええ、大変に重大です。だから一つ、正確に詳しく聞かせて頂きたいんですがね」

「わたしも最初のうちは、まるで気がつかなかったんです。新聞に載っていた君原新太郎という人の顔写真を見ても、別に何も感じませんでした。ところが、週刊誌がずいぶん君原新太郎という人の写真を、扱うようになったでしょう」

「女性週刊誌にまで、記事や写真が載っていました。これが果たして、憎むべき女性の敵〝残虐魔〟の正体だろうか。まあ、そういった調子でしたがね」

「わたしも、いろいろな週刊誌で君原新太郎という人の写真を見ました。そうしているうちに、どこかで見た顔だ、この人を知っている、というような気がして来たんです」

「うん」

「それから、君原新太郎という名前にも、覚えがあるって思ったわ。それで、もらった名刺を残らず、調べてみたの」

「あなたは相手が誰であろうと、もらった名刺はすべて保管しておくんですか」

「ええ、わたしの父がいつもそうしていたので、それを真似《まね》るようになったんでしょうね。実は、君原新太郎という人の名刺を捜しているときに、波多野さんから頂いたお名刺もついでに見つけたってわけなの」

「それで、君原新太郎の名刺は、見つかりましたか」

「ええ」

「見つかった……！」

「名刺を見つけると同時に、わたしはあの人といつどこで接触を持ったかということも、思い出したんです」

「それが、旅先だったというんですね」

「ええ、列車の中で偶然、隣り合わせの席にすわって、その男の人に話しかけられました。わたしもほんの少しだったけど、口をきいたんです」

「あなたは、おひとりだったんですか」

「わたしの趣味は旅行、趣味の旅行はひとりでするものって、決めているんです」

「そのときのあなたは、どこへ旅行されたんです」

「ご存じかしら、都井岬《とい》……」

「あの馬の放牧で知られている宮崎県の都井岬ですか」

「ええ。とっても、素敵なところだったわあ」

朝日奈レイは、思い出を楽しむように、笑った目つきになった。そうしたときのレイは、急に無邪気な少女という感じになる。

「それで、君原新太郎に話しかけられたのは、どのあたりを走っている列車の中だったんです」

硬い表情で、波多野は訊《き》いた。

「宮崎からの日南《にちなん》線の列車内で、あれは油津《あぶらつ》をすぎて串間《くしま》につくまでのあいだだったわ」

レイはバッグをあけて、一枚の名刺を抜き取った。

「そのときの君原新太郎に、連れはいなかったんですね」

波多野は、レイの手にある名刺を見守った。

「ええ、もちろん……」

レイが、名刺を差し出した。

それを受け取って、波多野は目を落とした。折目ができたり、皺《しわ》も寄ったりの名刺で、新しいものではなかった。しかし、印刷されている活字は、はっきりと読み取れる。

肩書、名前、勤務先の所番地と電話番号が、活字になっていた。

肩書は、インターナショナル進航旅行社・東京本社業務部サービス課・主任、となっている。

名前は、君原新太郎。

勤務先の所番地も大代表の電話番号も、波多野が知っているものと一致した。

朝日奈レイも、君原新太郎の写真を見て、思い出したというのである。それに加えて、この名刺も例の君原新太郎のものだった。同名異人のはずはなく、例の君原新太郎に間違いなかった。

2

しゃぶしゃぶと網焼きの支度《したく》ができたが、もう少し待ってもらうことにした。邪魔がはいる前に、朝日奈レイの話を聞いてしまいたかったのである。

朝日奈レイは、更に酔いが回ったらしく、ひとりで喋《しゃべ》り続けた。話の腰を折られたがらないと見て、波多野は質問を差し控えることにした。レイの話をとにかく最後まで、聞いていたほうがよさそうであった。

その朝日奈レイの説明によると、彼女は一年に三回ほど趣味の旅行に出かけるということだった。趣味の旅行はひとり旅で、目的地へは列車で向かうことにしている。飛行機は、便のいい地方の基点までしか利用しないのである。

宮崎県の都井岬へ向かったときも、そうだったのだ。レイは大阪まで、飛行機でいった。大阪からは、夜行の特急寝台・彗星《すいせい》号に乗り込んだ。終着は、都城《みやこのじょう》である。翌朝四時五分に、門司《もじ》につく。

そのあと中津《なかつ》、別府《べっぷ》、大分、津久見《つくみ》、佐伯《さいき》、延岡《のべおか》、日向《ひゅうが》市、高鍋《たかなべ》に停車して、午前十時三十五分に宮崎に到着する。都井岬へ行くには、宮崎から日南海岸を下る道と、日南線の串間駅から向かうのと二通りある。

レイは最短距離まで列車でいくことにしているので、宮崎で日南線の列車に乗り換えた。宮崎発十一時五十八分の急行佐多《さた》であり、約一時間四十分で串間につく。串間着は、午後一時三十九分であった。

この日南線の急行佐多に乗り込んだとき、隣の席に男がすわったのである。その男も同じ日豊《にっぽう》本線で来て、宮崎で乗り換えたのかもしれない。列車が走り出してからしばらくは、レイもその男も互いに知らん顔をしていた。

やがて十二時五十七分に、列車は油津についた。油津を発車したとき、あと四十分ほどで串間につくとレイは思った。同時にレイは、隣の男が何となく落着かない様子でいることに、気づいたのだった。

話しかけたがっていると、レイには察しがついた。若い女のひとり旅の場合、隣にすわった男十人のうち八人までは、必ず話しかけてくる。レイとしては、もう馴《な》れきっていることであった。

「どちらまで、いらっしゃるんですか」

果たして、その男も間もなく声をかけて来た。

「串間までです」

馴れているので、レイは素直に答えた。しかし、その男と目が合ったとき、レイはなぜか不快感を覚えていた。いやな感じだし、こういう男とは口もききたくないと、レイは思った。

別にこれという理由はない。男の外見は当たり前であり、服装も態度も紳士的だった。顔立ちそのものも整っているし、知的な容貌は決して悪くなかった。だが、それでいて何とも言えないいやな印象を与えるのであった。

あるいは男同士であれば、何も感じないのかもしれない。女だけが本能的に嫌悪感を覚えるタイプ、というような気がした。暗くて陰気な感じで、おどおどしていて媚《こ》びるような目つきをしている。

何を考えているのかわからない人間、空恐ろしいような裏側を持っている男、という直感が働いて薄気味悪くなる。陰険な爬《は》虫《ちゆう》類を連想してしまい、生理的に敬遠したくなるのだった。

そう思っているレイの表情を、男は違った意味に受け取ったようである。レイが列車内で話しかけて来た男を、単純に恐れ警戒しているものと、解釈したらしい。男は慌《あわ》てて、名刺を取り出した。

「別に怪しい者じゃありません。ぼくは、こういう者でして……」

男は、名刺を差し出した。

「どうも……」

レイは受け取った名刺の肩書と名前を確かめてから、それをバッグの中へ入れた。

「ぼくも、串間まで行くんですよ」

「そうですか」

「東京から、いらしたんでしょう」

「ええ」

「串間は、初めてですか」

「ええ」

「ぼくは、今日が二度目でしてね」

「そうですか」

「串間に、お知り合いでも……？」

「いいえ、串間が目的地じゃないんです。串間から、都井岬へ向かうんです」

「ああ、都井岬ね」

二人のやりとりは、そこで途切れた。

レイは男と話をしたくなかったので、窓に顔を押しつけるようにして景色を眺めていた。男のほうも、それっきり声をかけては来なかった。列車が串間につくまで、沈黙は保たれた。

串間で二人は、一緒に下車した。ホームで別々になったほうがいいと思い、レイは男から離れてゆっくり歩いた。男はそうしたレイに会釈を送ると、足早に改札口のほうへ立ち去った。

それで一応、レイとその男との縁は切れたのである。

「まさか、その男の人があとになって、新聞や週刊誌を賑《にぎ》わすようなことになるとは、夢にも思わなかったわ」

朝日奈レイは顔が熱くなったのか、両手で頰《ほお》をはさみつけていた。

「その旅行というのは、いつのことだったんですか」

波多野はようやく、質問のときを捉《とら》えていた。

「ええと、去年の十一月二十二日に東京を発《た》ったんだから、君原という人と日南線の列車で一緒になったのはその翌日ね。十一月二十三日、勤労感謝の日だわ」

屈託《くったく》のない顔で、レイは答えた。

君原新太郎は去年の十一月の下旬に、六日間の休暇をとっている、日曜日を含めて、十一月三十日まで会社を休んだのである。しかも、休み始める前日が十一月二十三日、勤労感謝の日で祭日だったから、実質的には八日間の休暇ということになる。

その十一月二十三日に君原新太郎は、宮崎県を走る日南線の列車の中で、朝日奈レイと一緒になっているのだった。東京から宮崎への直行便がある。波多野の記憶では、朝の便は東京発が七時三十分で、飛行機が宮崎空港に着陸するのは午前九時十分だった。

空港から宮崎駅へ行き、十一時五十八分発の日南線の急行佐多に、ゆっくり間に合うわけである。その結果、急行佐多の車内で君原新太郎は、朝日奈レイの隣にすわることになった。

これで、君原新太郎の旅行先について、見当がついた。その目的地には当然、向井八重子がいたということになるのである。

「宮崎県の串間か」

波多野は、唸《うな》るような声で言った。

「串間へ行くなら、わたしも一緒にね」

朝日奈レイが長い髪を揺すりながら、甘えるような目を波多野へ向けた。

発見

1

明日にでも、九州へ飛びたかった。

同行したいという朝日奈レイの申し出も、受け入れるほかはないだろう。拾ってくれた神に対する感謝の念もあったし、食事ぐらいでは誤魔化《ごまか》せない功労者なのである。その朝日奈レイの頼みを、拒《こば》むわけにはいかなかった。

それに朝日奈レイにはまだ、出し惜しんでいる君原新太郎についての知識が、あるかもしれないのだ。現地に関しても詳しいようだし、連れて行って損はないだろう。目的地についてから、役に立つはずだった。

波多野は朝日奈レイを連れて、宮崎県へ向かうことにした。彼はレストランから、波多野法律事務所へ電話を入れた。いますぐに航空券を確保して、ホテルを予約することを指示するためであった。

三十分後に事務所から、返事の電話がはいった。明朝の宮崎行きの航空券を二枚確保して、『都井岬観光ホテル』に二部屋を予約したということである。これで、明日の宮崎行きが決定した。

明朝六時三十分に羽田《はねだ》空港で落ち合うことにして、波多野と朝日奈レイはレストランを出たところで別れた。事務所へ戻ってから波多野は、山城警部補だけにそのことを電話で連絡した。

本来ならば、多美子を一緒に連れて行きたいところだった。多美子の郷里の長崎が、同じ九州にある。宮崎県での調査を終えたあと、長崎に寄ってもいいと波多野は思ったのであった。

だが、朝日奈レイという同伴者がいる。まさか、多美子も一緒に三人で、というわけにはいかなかった。むしろ多美子への手前を考えて、波多野ひとりで宮崎に行くということにしておかなければならない。

朝日奈レイは、単なる同行者である。やましい気持はさらさらなかったし、何も隠す必要などないのであった。少なくとも波多野のほうは、朝日奈レイに異性を感じていなかった。

しかし、当人の胸のうちを誰もが、その通りに理解してくれるものとは限らない。朝日奈レイは、魅力的な若い女である。その朝日奈レイと二人きりで、二、三泊の旅をするのだった。

目的地は、新婚旅行やアベック旅行に、国内でいちばん人気を集めている宮崎県であった。ムードいっぱいの南国の観光地に男と女が二人だけで滞在すると聞けば、多美子にしてもいい気持はしないのに違いない。

誤解を、招きたくはなかった。

そうかといって、なぜ朝日奈レイを連れて行かなければならないかを、説明するのも面倒臭い。まずはこれまで多美子に話してなかった事件の全貌から、聞かせなければならなくなる。

その夜、マンションへ帰った波多野は多美子に、明朝早く旅行に出ることを告げた。

「だったら大変、すぐ仕度をしなければ……」

多美子は慌てて、戸棚からスーツ・ケースを引っ張り出した。

「急な出張でね。依頼人の話の中に、不鮮明なところがあることに気づいたんだ。それで証人になってくれそうな人を捜し出して、裏付けを取らなければならなくなったというわけさ」

波多野の説明は、最初から弁解じみていた。

「そう、大変ね。ひとりで、いらっしゃるんでしょ」

多美子はどうやら波多野の言葉を、頭から信じ込んでいるようだった。

「うん。まあ、こういう旅行には、慣れっこになっているからね」

「それで、どこへいらっしゃるの」

「九州だよ」

「あら、九州なの」

「残念ながら、長崎県じゃない。宮崎県なんだ」

「宮崎県だって、長崎までそう遠くはないわ」

「そうだろうね」

「鹿児島空港から、飛行機に乗ればいいのよ。長崎まで、四十五分だわ」

「どうだい、宮崎での仕事を終えたら連絡するから、きみも九州へ飛んで来ないかい。それで、一緒に長崎へ行こうじゃないか」

「そうね」

「きみのお母さんに会って、話し合ってみたいしね」

「いいわ、とにかく連絡して下さい」

「よし、話は決まった」

波多野は、ホッとしていた。多美子をうまく、騙《だま》しおおせたからというのではない。そうするのが、いちばんいい考えだと、気づいたためである。宮崎県での調査がすみ次第、朝日奈レイと別れることにするのだ。

夜更《よふ》けのベッドの中で、波多野と多美子は激しく求め合った。新婚夫婦と変わらない二人にとって、それは当然のことであった。一方が、何日間か家をあける旅行に出る、というその前夜なのである。

波多野には多美子に嘘《うそ》をついて、レイと二人で旅行に出るという弱みがあった。その心に咎《とが》めるのも作用して、より情熱的に多美子を愛そうとする。一種の穴埋めのつもりで、多美子を満足させようと努めるのだった。

それに調子を合わせるという意味ではなくて、多美子のほうも積極性を発揮していた。多美子としては珍しく、注文をつけたり要求したりで、能動的であった。そのせいか、いつになく奔放で狂気じみたセックスを、貪欲《どんよく》に続ける結果となった。

「まるで人が違ったみたいに、素晴らしかったよ」

波多野は、まだ苦しそうに喘《あえ》いでいる多美子の汗まみれの裸身を、抱きしめながら言った。

「あなたも、あなたもよ。わたし、わたしね、いま、いま、愛し合うことが、とても、とっても貴重な、貴重なものに思われて、それで……」

乱れる呼吸に多美子は、途切れ途切れの言葉を口にした。

「いつだって、貴重じゃないか」

「でも、今夜は特に……」

「どうして、今夜は特別ってことになるんだ」

「だって、あなたが泊まりがけで、出かけるなんて、わたしにとっては初めてのことでしよ」

「そうだったかな」

「どんなに遅くお帰りになったって、外泊するってことは一度もなかったわ。だから、ここでわたしひとりが留守番していて、何日も過ごすってことは初めてなの」

「せいぜい、二、三日だ。すぐまた、九州で会えるじゃないか」

「でも……」

「心細いのか」

「これっきりになってしまうんじゃないか、今夜が二人にとって最後の晩になるんじゃないかって、そんなふうに思えてくるのよ」

「そんな馬鹿な……」

「あなた、本当にわたしのことを、愛していて下さるのね」

「当たり前じゃないか」

波多野は内心、ギクリとしていた。多美子は、波多野を疑ってはいない。だが、何か異変めいたものを、嗅《か》ぎ取っているのではないか。彼の一種の裏切り行為を、多美子の女の直感が捉えているのではないかと、思ったのである。

同時に、女の直感というものが予感にも通じているとするならば、今度の旅行中に何か異変が生ずるのではなかろうかと、不安を覚えたのだ。異変とはたとえば、波多野と朝日奈レイとのあいだに、何かが起こるといったことであった。

「わたしも心の底から、あなたを愛しているわ」

多美子は波多野の顔を、じっと見つめていた。訴えるような目つきであり、真摯《しんし》な眼差《まなざ》しだった。

涙とも見える多美子の顔の汗に、波多野は胸を締めつけられる小さな感動を覚えていた。彼は改めて激しく、多美子の裸身を抱きしめた。

「ねえ、もう一度、愛して……」

小声でそう言ってから、多美子は狂おしげに唇を重ねに来た。

2

翌朝六時三十分に、波多野は羽田についた。空港のロビーには、すでに多くの人影があった。だが、早朝だけに空港ロビーは、混雑しているというほど、ごった返してはいなかった。

黒のブラウスにサーモン・ピンクのスーツ、白いスーツ・ケースに黒いバッグという色彩的に鮮やかな朝日奈レイの姿が、すぐ目についた。コートの類《たぐ》いを持っていないのは南国の気温を、彼女自身がよく知っているからだろう。

メイクアップも念入りだし、長めの髪の毛を振り払いながら笑ったレイの顔は、艶《あで》やかで魅惑的であった。レイには異性を意識していないはずの波多野にも、彼女の気品のある美貌がまぶしかった。

これから二人で、推定による君原新太郎の足どりを、その通りに追ってみるのである。去年の十一月下旬とは一年近い差があるので、飛行機や列車の時間には若干《じゃっかん》の違いが生じている。

だが、大した変わりは、ないはずであった。

波多野とレイが乗り込んだのは、七時二十五分発の全日空機だった。宮崎行き直行便である。機内は九分通り満席で、やはり男女のカップルが多かった。そのことに気づいて意識したのか、レイが波多野を見やってニッと笑った。

ボーイング７３７は、定刻に離陸した。よく晴れた秋空を、ボーイング７３７は快適に飛び続けた。波多野とレイが日常的なことをほんの少し話し合っただけで、一時間四十五分の空の旅はもう終わりに近づいていた。

飛行機は九時十分に、宮崎空港に着陸した。機外へ出たとたんに、夏のような日射しを浴びた。空も地上も底抜けに明るくて、秋という季節感を見失ってしまう。暑くはないが、南国らしい印象はまだ夏のままなのである。

空港からタクシーで、宮崎駅へ向かった。波多野とレイは、言い合わせたようにサン・グラスを取り出した。そのサン・グラスを、窓外《そうがい》へ向けている顔にかけた。

タクシーで南へ向かったほうが、時間的には早いかもしれなかった。宮崎市の南から都井岬に至るまでの海岸線を中心とした日南海岸国定公園は、国道二二〇号線を南下することによって、その総合的魅力を満喫できるのであった。

だが、観光旅行に来たのではないし、君原新太郎の足どりを忠実に追うことが目的なのである。君原新太郎は空港から宮崎駅へ直行し、日南線の列車に乗り込んでいる。その列車内で彼は、朝日奈レイと隣り合わせの席にすわったのだ。

宮崎十時発の、普通列車には間に合わなかった。どうしても、次の急行佐多を待つことになる。一時間と三十分ほど待って、二人は急行佐多に乗り込んだ。急行は十一時五十八分に、宮崎駅を発車した。

南宮崎駅で日豊本線と分かれた日南線は国道二二〇号線と並行して海岸線沿いに南へ走る。こどものくに、青島《あおしま》、堀切峠《ほりきり》といった名所は素通りすることになるが、車窓の眺めだけでも十分に満足できた。

太平洋の大海原《おおうなばら》と、無限に続く水平線が見える。フェニックスやビロウ樹をはじめ、亜熱帯植物が絶え間なく目についた。空と海の明るさと色の美しさだけでも、日南海岸国定公園に接しているという実感が湧く。

一旦は国道に別れを告げて、内陸部へ半円を描いたあと、日南線は油津で再び海岸線に戻る。しかし、間もなく日南線は国道二二〇号線とともに、南の都井岬へ向かう道路と分かれて、方向を西に転ずる。

内陸部で南へ向かうと、やがて串間であった。

この宮崎県南端の串間市には、都井岬などの観光地も含まれている。だが、市の中心となる串間は、観光地ではない。農林業を主として、バナナやパパイアを特産品としているこの地方の行政・商業地区だった。

従って、串間市の市街地に、観光旅館は少なかった。観光客は宮崎市、青島、都井岬などのホテルか旅館に泊まって、日南海岸国定公園を一巡することになる。串間には旅館が、数えるほどしかないのである。

「そのほうが、捜す側にとっては好都合だけどね」

串間駅で下車する仕度をしながら、波多野は言った。

串間でまず、君原新太郎が泊まった旅館を捜し当てなければならないのである。旅館の数が少なければ、それだけ早く結果がわかるのであった。

「君原は間違いなく、串間の旅館に泊まったんだと思います」

立ち上がったレイが、波多野の腕にすがった。スピードを落とした列車内の通路を、二人は歩き出していた。

「君原の目的は、観光旅行じゃない」

「そうなの。わたしが都井岬へ行くと言っても、君原はまるで興味を示さなかったんですものね」

「君原の目的地はあくまで、この串間だったんでしょう」

「だったら串間の駅前の旅館にでも、泊まったはずだわ」

「とにかく、君原が泊まった旅館がわかれば、すべてが明らかになる」

波多野とレイは、駅のホームに降り立った。ホームを歩き始めてからも、レイは波多野の腕に手をかけたままだった。

駅を出ると、眼前には明るい街の風景があった。市街地というほど近代化はされていないが、殺風景に鄙《ひな》びてもいなかった。活気があってものんびりしているし、遊んでいる市民はいなくても豊かな感じのする雰囲気であった。

最初に訪れた旅館では、何の手がかりも得られなかった。しかし、二軒目の橋田屋《はしだ》という旅館で、早くも十分すぎるほどの反応に接することができた。橋田屋は古い旅館らしく、広い間口のガラス戸越しに、黒光りしている柱や廊下が見えた。

「実は、蒸発した肉親を捜して、東京から参った者なんですが、この串間の旅館に泊まったことがあるらしいという情報を耳にしまして、こうしてお伺《うかが》い致しました。去年の十一月の下旬に一週間ほど、こちらに滞在した客について心当たりはございませんでしょうか」

波多野は応対に出た主人らしい中年の男に、そのように持ちかけたのであった。

「わたしどものところに、一週間もご滞在のお客さまとなると、まあ十年におひとりでしょうな。それで、はっきり覚えているのですが、去年の秋に一週間ほど滞在されたお客さまが、確かにいらっしゃいましたよ」

橋田屋の主人が、真剣な面持《おもも》ちで答えた。

「名前は、君原新太郎と申します」

波多野が言った。

「そう、そう君原さん。一週間もご滞在ですと、家族同然になってしまいますからね。間違いございません」

橋田屋の主人は、手を叩《たた》きながら腰を浮かせていた。レイと顔を見合わせて、波多野は息苦しくなるのを感じた。一年前の君原新太郎の足跡を、発見したのである。

都井《とい》岬の死

1

君原新太郎という名前も、彼の顔写真も、新聞や週刊誌に載った。ただ自殺した男というだけでなく、残虐魔と目された人物の記事だから、九州地方の新聞にもかなり大きく報道されたことだろう。

週刊誌も、全国的に売られている。

橋田屋の主人とその家族、それに従業員たちは、君原新太郎という名前も彼の顔も知っているはずである。それでいて、君原新太郎が自殺したことにも、残虐魔と見られたことにも、気づいていないのであった。

新聞や週刊誌の記事を、読まなかったのだろうか。読んでも、去年の客のことなど思い出さなかったのか。あるいは、自分のところに泊まった客と大事件の中心人物とを、結びつけては考えないものなのかもしれない。

いずれにしても、南国の平和な生活を、感じさせることであった。旅人を旅人として歓迎するのであって、それを東京での血腥《ちなまぐさ》い事件への関心にまで、延長させることはないのだろう。ここには一種の別世界が、構成されているのかもしれなかった。

橋田屋の主人は、君原新太郎の滞在期間を調べてくれた。

それによると君原新太郎は、去年の十一月二十三日、勤労感謝の日に橋田屋旅館を訪れている。朝日奈レイが日南線の列車内で、君原と一緒になったのも去年の十一月二十三日だから、この点に間違いはないだろう。

君原新太郎はその日から、十一月三十日の朝まで橋田屋にいたのである。十一月三十日の早朝に、君原は橋田屋を発っている。君原の休暇は十一月三十日までで、翌日の十二月一日には会社に出勤しているので、橋田屋を発ったその足で東京へ向かったということになる。

「君原さんが、この橋田屋をご利用下さったのは、このときが初めてではないんですよ。去年の九月の末にも一度、お泊まりを頂きました。そのときは、二泊されただけでございますがね」

橋田屋の主人が言った。橋田屋の主人は好意的で、協力を惜しまないという熱心さである。蒸発した肉親を捜しているという波多野の言葉を、信じ込んでいるのに違いなかった。

君原は日南線の列車内で、串間は二度目だと朝日奈レイに喋っている。一度目というのが九月末のことで、そのときも橋田屋旅館に二泊しているのである。

君原新太郎は橋田屋の宿泊者カードに、事実を記入している。名前、年齢、住所、職業と、何一つ隠してはいないのだ。それは君原が罪を犯すつもりなどなくて串間市へ来ていることを裏付けていた。

殺人が目的の旅行であれば当然、偽名を使うだろう。それに同じ旅館に一週間も、滞在したりはしない。犯罪など意識することもなく、君原は恋する女に会うために、串間市へ来ているのだ。

「一週間も滞在して、いったい何をしていたんでしょうか」

波多野は訊いた。

「さあ、そういうことになりますと、わたしどもにはよくわかりませんが……」

恐縮したように、橋田屋の主人は頭に手をやった。

「しかし、旅館の中で過ごすということは、なかったんでしょうね」

「はい。それはもう毎日、必ずお出かけでした」

「どこへ、行っていたんでしょう」

「それは、わかりません」

「串間へ何が目的で来ているのか、まったく話さなかったんですか」

「余計なことは一切、係りの者にもお話しにならなかったそうでございますよ。わたしどもと顔を合わせても、寂しそうに笑うだけで、無口な方でございましたからねえ」

「誰かが、お宅へ訪ねてくるということも、なかったんですか」

「一度もございませんでしたよ」

「電話はどうです」

「君原さんのところへ電話がかかるということも、まったくありませんでした」

「君原のほうから、電話をかけるということは……」

「それは、あったかもしれません。確かなことは、わかりませんけどねえ」

「どこへ電話をかけたか、調べようがありませんか」

「何分にも去年のことですし、市内通話となるととても……」

「観光地について、尋ねるようなこともなかったんですね」

「はい。観光地めぐりというのは、まずなさらなかったと思いますよ。観光地へ行かれるんなら、わたしどもにはお泊まりになりませんでしょう」

「すると毎日、串間市内のどこかへ行っていたということになりますね」

「そうだったのに、違いありません。串間に知り合いがいるって、おっしゃっていましたしね」

「その知り合いがどこの誰かは、まったく言わなかったんですね」

「はい、それ以上のことは……」

「タクシーを呼んだことが、あるんじゃないでしょうか」

「ございません」

「一度もですか」

「はい」

「タクシーに乗って、帰ってくるということは……？」

「それも、ございませんでした」

「確かでしょうか」

「はい。君原さんは毎日そう遠くないところへお出かけなんだねって、家の者たちと話し合ったことがございます」

「そうですか」

波多野は、唇を嚙《か》みしめた。焦燥感を覚えたのである。

君原新太郎が串間市の橋田屋旅館に一週間も滞在して、毎日そう遠くないところへ足を運んでいた。そこまでは、はっきりしすぎているくらいなのだ。だが、それ以上の手がかりとなると、またはっきりしすぎているくらいに何もない。

君原新太郎は、どこで誰と会っていたのか。それには、どのような目的があったのだろうか。

この串間市に向井八重子が住んでいたということは、十分に考えられる。君原は毎日、向井八重子のところへ通っていた。目的は、求愛である。

そう考えるのは容易だが、あくまで仮説にすぎないのだ。向井八重子が串間市民だという確証を得ない限り、想像の域を出ない、それを確かめるには、三万二千人の串間市民と、この一年間の元市民の名前を調べるほかはないのである。

「ちょっと、待って下さいよ」

不意にそう言って、橋田屋の主人は宙の一点を凝視《ぎようし》した。

「何か……」

波多野は一瞬の期待感に、身体を固くしないではいられなかった。

「そうでした。たった一つ君原さんについて、気になることがあったんです」

橋田屋の主人は、波多野の顔に視線を移した。

「どんなことです」

波多野の足が動いて、スーツ・ケースを倒していた。

「去年の十一月の下旬にお見えになったときのことなんですが、君原さんはわたしに一つだけ質問をなさいました」

「何を尋ねたんです」

「西方《にしかた》中学校は、どこだろうかって……」

「西方中学校ですか」

「はい。おつきになった翌朝、わたしにお尋ねになったんです。ただそれだけのことでしたら何でもないんですが、間もなくその西方中学校の女の先生が自殺したって土地の新聞で読んだもんですから……」

「女の先生が自殺したって、その先生の名前はわかりますか」

「一年も前のことですし、西方中学校には縁がないもんで、忘れてしまいましたが……。とにかく、都井岬から身を投げて、自殺したんだそうです」

「西方中学校までの距離は、どのくらいなんでしょう」

「ここから、三キロほどですねえ」

「その先生が自殺したのは、いつのことだったんです」

「君原さんが東京へ帰られる前日の朝、ということになります」

「去年の十一月二十九日の朝ですね」

「君原さんが東京から見えた翌日の朝、西方中学校の場所をお尋ねになった。その西方中学校の女の先生が自殺した翌日の朝、君原さんは東京へ帰られた。そのことが何となく気になって、当時のわたしの印象に残ったというわけでございます」

「その先生が自殺したということは、間違いないんでしょうか。たとえば他殺ではないかと、疑問視する向きもあったというようなことは……」

「いいえ、都井岬の突端《とったん》を朝の散歩中だった観光客が六人も、飛び込むところを目撃したそうでしてね。その観光客がホテルに知らせて、ホテルから警察に連絡したというんですから、間違いなく自殺でしょうね」

橋田屋の主人は、深刻な面持ちになって答えた。

2

橋田屋旅館の主人の貴重な記憶が、とにかく突破口を開いてくれたのである。再び、前進が可能になった。

波多野とレイは、西方中学校まで歩いてみることにした。距離は三キロ、暑くもなく寒くもない気候である。荷物が重く感じられるだけで、歩くこと自体は少しも苦にならなかった。

それに一度、君原新太郎が毎日のように往復した道を、歩いてみたかったのである。君原新太郎が橋田屋に滞在中、毎日通っていたのは西方中学校に間違いなかった。その西方中学校には、教師として向井八重子がいたのだ。

君原新太郎はもちろん、向井八重子の住所も職業も知っていた。九月下旬に串間市へ来たときには、向井八重子の自宅を訪れたのだろう。だが、どうしても向井八重子に会うという目的を、果たすことができなかった。

それで二度目のときには、向井八重子の勤務先の西方中学校へ、足を運ぶことにしたのではないだろうか。君原が串間に来てすぐに、旅館の主人に西方中学校の場所を尋ねたのも、そのためなのである。

「好きな人に会うために毎日、中学校へ通うなんて変な話だわ」

歩きながら、朝日奈レイが言った。

「それは好きな人が、中学校の教師だったからでしょうね」

波多野は、苦笑しながら答えた。

「学校には、生徒がいるでしょ。学校内でデートするわけにはいかないし、どうにもならないじゃないの」

「何か特別な目的があったのかもしれないな」

「顔を見るだけでいいとか、校門の近くで帰りを待ち受けるとか……？」

「いや、そんな可愛らしい目的じゃなくてですよ」

「でも、その先生はどうして、急に自殺しちゃったのかしら」

「だから、彼女を自殺へ追い込むようなことを、君原が毎日学校へ足を運んでは繰り返していたのかもしれないと、言っているんです」

「じゃあ、彼女を自殺へ追い込むことが、君原の目的だったのね」

「それは違う。君原は執念深く彼女を追いつめてはいたけど、彼女が自殺することはまったく予期していなかった」

「好きな人が自殺するようなことを、承知のうえでやるというのは、どうかしていますものね」

「だから君原は彼女が自殺したことを知って翌日の早朝、逃げるようにして串間を出発しているんです」

波多野は、それればかりではないと思った。君原が帰京してから、江夏という同僚に聞かせた言葉も、そのことを裏付けているのである。

君原新太郎は江夏という同僚に失恋したことを打ち明けて、次のような言葉を口にしたという。

「おれは、一世一代の恋を失ってしまった」

「いまは、彼女と自分が憎いだけだ」

「死んでしまいたい、そして生まれ変わりたい」

「そうでなければ、別人になりたい」

これは昨年の十二月初旬、つまり君原が串間から帰京した直後に、口走った言葉なのである。

いま、そのようなことを言った君原の心情が、はっきり読み取れた。君原はみずからの手で、彼女を殺したことを悔《く》いていたのではなかった。君原は彼女を自殺へ追いやった自分の愚《おろ》かさを、責めていたのである。

彼女を自殺させた自分が憎いし、自分よりもあえて死を選んだ彼女も憎い。このようなことになってしまい、もう生まれ変わるか別人になるかするほかはないと、君原は嘆いたのであった。

こうした事実が、向井八重子の自殺を立証している。それに目撃者が、六人もいたという。向井八重子は間違いなく、自殺したのである。

山城警部補の尽力による行方不明者、変死体の全国警察本部への照会が徒労に終わったのも、当然のことだったのだ。向井八重子は失踪《しっそう》もしていないし、行方不明にもなっていなかった。

また、死因がはっきりしない変死体として、見つかったわけでもないのである。向井八重子は、自殺したのだった。はっきりとした自殺ということで一年前に、串間警察署で処理されていたのであった。

串間市の中心には、北方《きたかた》、西方、南方《みなみかた》という地名がある。串間駅から国道二二〇号線を、西南へ向かうと間もなく海を見ることになる。列車の線路も国道と付かず離れずで、鹿児島県へ向かっている。

東側を流れる福島《ふくしま》川も海へはいり、その河口の付近に福島港がある。海は志布志《しぶし》湾であった。その志布志湾に面して、今町《いままち》というところがある。東に高松《たかまつ》海水浴場があり、海の眺めがまぶしいほど明るい。

今町より北に位置して、西方中学校はあった。一棟だけの小さな中学校だが、鉄筋コンクリートの新しい校舎だった。校庭も広くて、何から何までが明るかった。海が見える中学校であった。

途中で三度ばかり休んで、波多野とレイは西方中学校にたどりついた。校庭に人影はなく、学校全体が静まり返っていた。二人は正面入口からはいって、波多野が教務課の窓口で女子事務員に、校長に会いたいと来意を告げた。

女子事務員が、教務主任と交代した。この場合は、弁護士の肩書がある名刺が必要であり、レイはたちまち秘書に化けなければならなかった。教務主任は弁護士の肩書と、東京からわざわざやって来たということ、それに訴訟のための調査とあって、冷淡ではなくなっていた。

「ところで、ご用件はざっとどんなことなんでしょうか」

教務主任が訊いた。

「去年の十一月二十九日に自殺された向井八重子先生のことに関して、お話を伺いたいんです」

波多野は、正直に答えた。

教務主任は一瞬、暗い顔つきになった。だが、向井八重子という名前ではないと、否定したりすることはなかった。やはり串間市の西方中学校の教師で、一年前に自殺したというのは、向井八重子だったのである。

悲惨な求愛

1

西方中学校の校長は、面会を応諾した。弁護士が東京から訴訟事件の下調べに来たと聞かされて、面会を拒絶するわけにはいかないと思ったのだろう。

波多野とレイは、校長室へ案内された。広い校長室であった。校長の席のほかに応接セットと、会議用のテーブルと椅子《いす》が据《す》えてある。優勝旗、胸像、額、松の木の盆栽などが目に触れた。

校長は六十に近い白髪の老紳士という印象で、小柄な身体を新品のような背広に包んでいた。ネクタイの好みもいいし、神経質そうな顔の都会的なインテリだった。メガネをかけた校長は、笑いのない顔で波多野と挨拶《あいさつ》を交わした。

教務主任が、立ち会った。

一方のソファに、校長と教務主任がすわった。テーブルをはさんで向かい合いのソファに、波多野とレイが腰をおろした。校長はメガネを持ち上げると、改めて波多野の名刺を見やった。

「亡くなった向井先生のことで、いらしたそうで……」

メガネを元通りにすると、校長は視線を波多野へ向けた。ニコリともしないのが、どうやらこの校長の特徴のようである。

「はあ」

波多野も表情を厳しくして、校長と教務主任へ目を走らせた。

「それで、何をお調べになりたいんでしょうか」

校長が訊いた。

「単刀直入に、お伺いします。向井八重子さんの自殺の原因は、どういうことだったんでしょうか」

波多野は言った。

「自殺の原因は、はっきりしています。しかし、向井先生にはまったく責任のないことでして、一方的に押しつけられた災難というべきでしょう。向井先生にとっては、お気の毒なことです」

校長は目を伏せて、苦しそうに溜《た》め息をついた。

「向井八重子さんは、もちろん独身だったんですね」

結論を急がずに、波多野は質問を変えていた。

「独身でした。亡くなった去年で、二十六だったんですからね。本校に奉職して三年、教師として最も意欲的になる時期だったんですが……」

「教師としての評判は、どうだったんでしょう」

「よかったです。同僚の先生方、それに生徒のあいだでも、人気は上々でした。生徒たちは、ピー子先生と呼んでいたそうです。ピー子という綽名《あだな》ではなく、ピー子先生という愛称だったんでしょう。この学校には二十代の女の先生となると、向井先生しかおいでにならなかった。それでなおさら、人気があったんだと思います」

「紅一点ですか」

ましたね」

「職員会議などでも、向井先生がそこにいるというだけで、何となく雰囲気が明るくなり
「性格的にも、陽気だったんですか」

「いや、性格ではなくて、向井先生の雰囲気なんでしょうな」

「性格的には、暗いほうだったんですね」

「暗くはありません。いつもニコニコしておられたし、素直でユーモアもわかる人でした
からね。ただ、やや内向的なところがあって、積極性に欠けていたようです」

「つまり、もの静かな女性だったんですか」

「そうですね。無口で控え目で、もの思いに沈みがちな女らしい人でした。ロマンチック
すぎて、気弱なところがあったと、言えないことはないでしょう」

「串間市民だったんですか」

「そうです」

「すると、串間市で生まれ育ったんでしょうか」

「いや、向井先生が本校に奉職されると同時に、一家で串間市へ越して来られたんです。

ですので串間市民となったのは、亡くなる三年前からということになります」

「それまでは……?」

「日南市に住んでおられました」

「すぐ北にある日南市ですね」

「ええ、同じ宮崎県のね」

「家族構成は、どんなふうだったんでしょう」

「向井先生が亡くなる時点で、ご両親、妹さんと弟さんの五人家族でした。お父さんも、教育者でしてね。日南市の小学校の教頭先生で、串間から日南へ通勤されていたそうです」

「向井八重子さんに、恋人はいなかったんですか」

「恋人というより、婚約者でしょうな。見合いによって婚約したという相手が、日南市にいたそうです」

「ところで去年の八月に、向井八重子さんが海外旅行をされたことは、校長先生もご存じでしょうね」

「知っております。夏休み中のことですが、一応、向井先生からも海外旅行の届け出を受けました。女性週刊誌の愛読者優待ということで、ギリシャ十日間の旅に出かけると、事前に聞かされましてね」

「そうですか」

「そもそも、その海外旅行というのが、向井先生にとって災難の始まりってことになるんですよ」

「その海外旅行中に向井八重子さんは、ひとりの男性と知り合ったはずなんです」

「そうなんです。その男こそ、疫病神《やくびょうがみ》だったんですね」

「その男の名前、職業など、わかっているんですか」

「残念ながら、当の向井先生を除いては、誰ひとりとして知っておらんのですよ。その男を、見た者もおりません。向井先生はひとり自分だけの胸に秘めていて、その男のことで大騒ぎしたりしなかった。それで、誰も詳しいことは知らんのです。向井先生が亡くなってしまってからは、警察でさえその男の存在を、確認できなかったくらいでしてね」

「すると、真相はまるっきり、わからないんでしょうか」

「いや、生前の向井先生やご家族の話によって、明らかにされたことが、二、三ありますがね」

「その男は東京から、この串間市へ二度ほど来ています。最初が去年の九月の末、二度目が同じく去年の十一月下旬ということになります」

「そうらしいですな。生前の向井先生が同僚の先生にこぼした愚痴《ぐち》と、ご家族の話をまとめると次のような経緯ということになるんですがね」

沈痛な面持ちで校長は、窓外の校庭へ視線を投げかけた。無人の校庭には、明るい日射しとともに静寂《せいじゃく》だけがあった。その彼方には絵に描いたような南国の海が広がり、大隅《おおすみ》半島の一部が島に似た姿を見せていた。

校長の説明によると、向井八重子の自宅に差出人不明の封書が配達されるようになったのは、昨年の九月初旬からだったという。向井八重子宛の封書は、一日置きに配達された。

差出人の住所も名前も書いていない。向井八重子に無断で家族が開封するわけにはいかなかった。それに当の向井八重子が手紙を読むだけで何も言わなかったから、家族たちも黙ってそのままにしておいた。

家族たちが気づいていたのは、差出人が東京にいるらしいということだけであった。あとは向井八重子が、四、五通まとまると手紙を燃やしていたということぐらいしか、家族たちは知らなかったのである。

その九月も下旬になって、向井八重子は西方中学校の四十半ばの教師に、愚痴をこぼしている。相手はいわば同僚であり、四十半ばの女の教師だったことから、向井八重子は相談を持ちかけたつもりなのかもしれなかった。

「毎日のように、ラブ・レターを送ってよこすんです」

「わたしのほうは、男性を意識したこともない相手なんです」

「完全に無視しているんだけど、まるで感じないのかしら」

「図々しいというか、押しつけがましいというか、自分の求愛に応ずるのが当然みたいなことを、書いてくるんです」

「一方的に夢中になられると迷惑だし、むしろ嫌悪感が強まるものなんですね」

「困ったわ。今月の末にはその人が、串間まで会いにくるって言って来ました」

向井八重子は苦悩する顔で考え込み、愚痴をこぼすだけに終わった。四十半ばの女教師は先輩として、相談に乗ってやろうという気にもなっていた。だが、それ以上に向井八重子が詳しいことを語りたがらない様子なので、ただ話を聞くだけに留《とど》めるほかはなかったのである。

2

九月二十八日に、向井八重子は母親に次のようなことを頼み込んでいる。

自宅に男の訪問客があったら、問答無用で追い返して欲しい。

八重子を名ざしの電話がかかったら、留守だと断わって欲しい。

その日、訪問客はなかったが、夜になって電話が三度かかった。三度の電話にはいずれも母親が出て、八重子は留守だと伝えた。次の電話は翌二十九日の朝六時にかかった。電話には父親が出て、非常識なことをするなと抗議した。

しかし、二十九日の夜になって、また電話がかかった。一時間置きに電話をかけてくるので父親が激怒し、一一〇番に通報すると大声で相手に伝えた。それっきり、電話はかからなくなった。

電話をかけて来たのは、同じ男の声であった。同一人物であり、標準語を用いた。八重子さんをお願いしますというだけで、余計なことは一切口にしなかった。

三十日の午前中に二度、西方中学校に電話がかかった。向井先生に取り次いでくれ、という男の声の電話だった。もちろん、向井八重子は授業中だからという理由で、二度の電話を無視した。

以上で、九月末の騒ぎは一応、おさまったということになる。九月二十八日に串間市に来た君原新太郎は橋田屋旅館に二泊して、向井八重子の声を聞くこともできずに、三十日の午後には東京へ向かったのである。

しかし、それで君原新太郎は、諦《あきら》めたわけではない。冷たくあしらわれれば、君原のような性格の男はいっそう熱くなる。君原の向井八重子への求愛は、もはや執念に近かったのだろう。

向井八重子のもとに送られてくる手紙は、週に二通ぐらいと数だけは減った。だが、手紙の内容は求愛の言葉から、恨み、怒り、憎しみ、脅《おど》しの文句に変わっていったらしい。つまり、ラブ・レターが脅迫状に、一変したわけである。

十月いっぱい、そうした手紙が続いた。家族の話によると、向井八重子は手紙を受け取り次第、すぐに焼き捨ててしまうようになったという。また八重子は、先輩の女教師に次のような言葉を聞かせている。

「もう、どうしようもないんです。まるで、脅迫だわ」

「非常識というより、正常ではないと言ったほうがいいでしょう」

「執念の鬼に、見込まれてしまったんだわ。世の中にはこういう男もいるし、こんなこともあるのね」

「もし愛を受け入れてくれなければ、死ぬって書いて来ました。それに、二人は結ばれるべくしてこの世に存在しているんだから、結ばれるためには手段を選ばないって……」

「いったい今後、どうなるのかしら」

十一月にはいって間もなく、向井八重子は二度ばかりその男と電話でやり合っている。夜遅くなってかかって来た電話に、たまたま八重子が出てしまったのである。多分、東京からの電話だったのに違いないと、八重子の家族たちが証言している。

「もう、いいかげんにして下さい。あなたとわたしは、無関係な人間なんです！」

一度目はそのように強い語調で言って、八重子はいきなり電話を切ってしまった。二度目の電話のときは、ヒステリックな調子ではあったが、一分間ぐらいやりとりを続けていたという。

「愛しているも何もないでしょう。一方的に押しつけて、成り立つものではありません。そのくらいのことが、あなたにはわからないんですか。いいえ、わたしのほうは、何とも思っていません。もう、あなたの顔だって、覚えていないんですからね。わたしには婚約者もいるし、本当に困るんです。ええ、好きも嫌いもなく、わたしにとってあなたは未知の人も同じなんです。あら、脅迫するんですか。あなたは、どうかしています。もう、やめて下さい」

と、八重子は泣き出しそうになって、電話を切った。そのあと八重子は、妹と弟にこんな言葉を聞かせている。

「手紙や電話だけじゃ脅迫にはならないし、しつこく男にプロポーズされるからって警察に通報するわけにはいかないでしょ」

「何だか、怖いみたい。相手が異常者では、どうすることもできないわ」

「恐ろしいことが、起こるんじゃないかしら」

この向井八重子の悪い予感は、的中したのである。電話で八重子が言ったことを、彼女の最後通牒《つうちょう》と受け取ったのか、君原新太郎は行動を起こしたのであった。それはまさに、目的のためには手段を選ばずというやり方だったのだ。

十一月十日に、西方中学校の校長は一通の封書を受け取った。宛名は西方中学校校長殿となっていて、差出人は記されていなかった。日付印には、東京・中央とあった。東京中央郵便局で、集配された手紙である。

封筒の中身は罫線《けいせん》のないレターペーパーで、そこにガリ版刷りの字が並んでいた。その文字に目を走らせて、校長は愕然《がくぜん》となった。レターペーパーには本文のほかに、一字も記されていなかった。

去る八月十一日に、ギリシャのアテネにある『アテネ・ヒルトン』において、盗難事件がありました。同宿していたアメリカの富豪夫人のダイヤ（三・八キャラット）が紛失したのです。ネックレスにはめ込まれていたダイヤの一つが落ちたもので、富豪夫人はそれを拾うために階段を駆けおりましたが、すでに人影とともにダイヤが消えたあとだったのです。

サーモン・ピンクのドレスを着た東洋人という夫人の証言により、警察当局が調べたところ、東洋人の宿泊者は七人の日本女性だけだということがわかりました。結果的にはダイヤも発見されず、確証もなく、被害者の富豪夫人も諦めたことから、警察当局はすぐに捜査を打ち切りました。

では、ダイヤを奪って逃げた日本女性とは、いったい誰だったのでしょうか。そのときサーモン・ピンクのドレスを着ていたのは誰か、同じツアーのメンバーだったほかの六人の日本女性の口から訊き出せるわけです。

六人の証人は、誰を指名するでしょうか。貴校の教員である向井八重子さんに、六人の証人の指が集まるかもしれません。

以上が、ガリ版刷りの全文だったのである。

一家消滅

1

教務主任が持って来たガリ版刷りの手紙と写真を、波多野は受け取った。改めて、ガリ版刷りの手紙を一読した。校長の話にあった通りの内容だし、なるほど本文のほかには一字も記されていない。

校長は一応、この手紙を、串間署の知り合いの刑事に見せたという。だが、その刑事は処置のしようがないと、首を横に振ったそうである。手がかりがないからというのではなく、刑事事件として取り上げようがないとのことだったらしい。

当然であった。波多野も、法律家として同感である。こうした手紙の内容では、恐喝《きょうかつ》罪にも脅迫罪にもならない。何も要求していないし、第三者に送っている手紙なのだ。名《めい》誉毀損《よきそん》罪も、成立しない。

向井八重子がダイヤモンドを盗んだとは、まったく書かれていないのである。特定の個人を、対象としてなかった。アテネで盗みの疑いをかけられた七人の日本女性の中に、向井八重子も含まれていると告げているのにすぎない。

手紙を置いて、波多野は写真を手にした。素人が撮影したスナップ写真で、どうやら西方中学校の校庭で写したらしい。男が三人と、女がひとりである。いずれも、西方中学校の教員なのだろう。

ひとりだけの女が、向井八重子ということになる。やや小柄な感じだが、均整がとれていていいスタイルをしている。セーターの胸が形よく隆起し、腰の曲線なども申し分なかった。

恥じらうように笑っているが、なかなかの美人である。大都会の女のように、ケバケバしく作った美貌ではない。化粧などしなくても、美しさに変わりはないだろう。女っぽく整っている顔立ちで、見るからにやさしそうであった。

なるほどピー子先生だと、波多野は思った。どこがどうしてという理由はないが、ピー子先生という印象の美人なのだ。何よりも、女らしい愁《うれ》い顔がいい。男に抱きしめたいという欲望を起こさせるような魅力を、波多野も感じていた。

「この手紙を受け取って、わたしはすぐ向井先生を校長室に呼び、事実かどうかを確かめました」

タバコに火をつけながら、校長がそう言った。

「向井八重子さんの答えは……」

波多野は、写真にある彼女の顔に目を落としたままだった。

「この手紙に書かれているようなことが、実際にアテネ・ヒルトンであったそうです。七人の日本女性はホテル内で、警察の取調べを受けたということでした」

「しかし、犯人は結局、わからなかったんですね」

「そういうことです。ところが、七人の中でも向井先生が、いちばん厳しく追及されたらしいんです。向井先生が正直に、そう話してくれたんですがね」

「いちばん、容疑が濃かったということですか」

「そうでしょうね」

「なぜ、向井さんだけに、強い疑いを持たれたんでしょう」

「ほかの六人の日本女性が口を揃《そろ》えて、今日の午前中にサーモン・ピンクのドレスを着ていたのは向井さんだったと、証言したらしいんですな」

「事実、そうだったんでしょうか」

「向井先生には、まったく身に覚えがないことだったそうです。向井先生がサーモン・ピンクのドレスを着ていたのは、その前日だったということでした」

「すると、ほかの六人の女性の錯覚《さっかく》だったのかな」

「六人が六人とも、錯覚するもんでしょうかね」

「では六人が共謀して、向井さんを窃盗《せっとう》犯に仕立て上げようとしたんですか」

「どうも、そのようですな。向井先生の話によると、ほかの六人の女性としっくりいかなくて、向井先生は孤立していたということですからね」

「そうなると同じ日本人でありながら、外国の警察に向井さんを引き渡そうと企《たくら》むなんて、ずいぶん性質《たち》の悪い連中だ」

「アテネの警察の手に、向井先生を引き渡そうと企んだなんて、まあそこまでは考えていなかったでしょう。女の集団特有の意地悪、というところですな」

「向井さんも結果的には、シロということになったんでしょう」

「シロとまでは、いかないでしょうね。アテネの警察では、七人の日本女性の中に間違いなく犯人がいると、見ていたんでしょうからな」

「しかし、盗まれたダイヤも見つからないし、証拠もないということで、警察としてはやむなく手を引いた」

「そうですね。それに被害者があるいはサーモン・ピンクのドレスを着た東洋人の女性というのは、ただそこを通りかかっただけなのかもしれないし、自分もダイヤのことは諦めるから、これ以上の騒ぎにはしないで欲しいと警察へ申し入れたんだそうです」

「それで警察はあっさり、引き下がったんですか」

「被害者は有力者の夫人だそうですし、アテネは各国からの旅行者が集まる観光地でしょう。それで警察も外国人を相手に、騒ぎを大きくしたくはなかったんじゃないですか」

「とにかく、それで向井さんたちは、無事に日本へ帰って来た」

「ええ。アテネで警察の取調べを受けたことは、外国での出来事であり、すでに解決ずみだったので、向井先生も進んでわたしに報告はしなかったんだそうです」

「この手紙ですがね」

「ええ」

「差出人が誰か、向井さんには見当がついたはずです。校長さんはその点を、向井さんに尋ねられましたか」

「もちろん、訊きました」

「それで……」

「向井さんには、心当たりがあるということでした。しかし、それはあくまで推測であって、こういう手紙だけに軽々しく口にはできないからって、向井先生はその人の名前を明らかにはしてくれませんでした」

「しかし、向井さんには当然、ラブ・レターをよこす男だって、わかっていたんでしょう」

「そうでしょうな。ラブ・レターが脅迫状みたいに変わっていたんだし、その男のいやがらせだと向井先生にはピンと来たはずですよ」

「それで、この問題は、どう処理されたんですか」

「向井先生に非はありませんので、話を聞いただけですませましたよ。それに串間署の知り合いも、どうしようもないと言うし、この手紙はわたしが握りつぶすことにしたんです」

「なるほど……」

「しかし、この手紙が結局あとになって、命取りになったんですよ。向井先生はこの手紙によって、殺されたのも同じなんですよ」

「それは、どういうことなんですか」

「この手紙、なぜガリ版刷りなんかにしたんでしょう」

「筆跡を誤魔化すためなんじゃないですか」

「だったら、ガリ版刷りなんかにするよりも、雑誌の活字を切り抜くとか、左手で書くとかすればいいでしょう。わたしひとりのところへ送るだけの、ただ一通の手紙でしたらね」

「ガリ版は同じ文章を、何枚も刷るためにある」

「そうなんです」

「じゃあ、ほかにもあちこちへ、これと同じものを送って来たんですか」

波多野は、暗い眼差しになっていた。

「送ったというより、バラまいたんです」

指のあいだに埋まりそうになっているタバコを吸って、校長はようやくそれを灰皿の中へ投げ込んだ。

十一月十日に西方中学校の校長宛にガリ版刷りの手紙が送られて来てからは、向井八重子のところへラブ・レターも脅迫状も届かなくなった。これは、向井八重子の家族の証言である。

だが、十一月二十三日の夜になって、向井八重子の自宅へ電話がかかった。電話には直接、八重子が出た。電話を切ったあと、八重子は深刻な表情で考え込んでいた。八重子は電話の内容について、家族たちに打ち明けようとしなかった。

しかし、あとになって思えば、そのときの電話が例の男の最後通告だったのに違いないと、家族たちは言っている。恐らく、会ってくれなければ大変なことになる、という最後通告だったのだろう。

それでも向井八重子は、その最後通告を蹴《け》ったのである。そのために、例の男は言葉通り、大変なことをやらかしたのだ。その卑劣な手段がとられたのは、十一月二十六日のことであった。

2

最後通告の電話がかかった十一月二十三日には、君原新太郎が串間市に来ている。君原新太郎は橋田屋旅館についたその夜になって、最後通告の電話をかけたのであった。翌朝、君原は橋田屋で西方中学校の場所を訊いてから、出かけている。

外出は、毎日続いた。

行く先は、西方中学校である。多分、君原は向井八重子に、会ってくれるまで西方中学校へ足を向けると、電話で伝えたのだろう。教師にとって、これ以上のいやがらせはない。

だが、向井八重子は、それを無視した。

十一月二十四日、二十五日と君原は無駄骨を折った。もはやこれまでと思った君原は、二十六日になって最後通告を実行に移したのである。

君原新太郎は、何をやったのか。

下校の時間に校門の近くで待ち受けていて、西方中学校の生徒のうち三十五人に、例のガリ版刷りの紙を手渡したのであった。三十五人の生徒は、そのガリ版刷りの文章を読んで驚き、家に持ち帰って親にも見せた。

親たちの驚きは、更に大きかった。その日のうちに学校に電話をかけたり、近所の人々に相談がてら話したりした。夜になってからは、向井八重子の自宅へ電話をかける者もいた。

翌二十七日には、父母たちが学校へ押しかけた。たちまち全校生徒のあいだに、話が広がった。昨夜のうちに事情を察した向井八重子は、病気と届けて学校に姿を見せなかった。

三十五人の生徒から、ガリ版刷りの紙を配った男について、校長がじきじきに質問した。しかし、背広を着てネクタイをした三十ぐらいの男で、サン・グラスをかけていたということしかわからなかった。

校長以下、先生全員が向井八重子を弁護し、生徒もその家族も悪質な中傷ということで納得した。だが、無責任な噂《うわさ》と悪口が好きな連中は、防ぎようがなかった。大都会と違って、噂は西方中学校の生徒が住む全地域に広まった。

「外国のホテルで、ダイヤを盗んだんだそうだ」

「ギリシャへ遊びに行ったはいいけど、金を使い果たした挙句《あげく》に盗みを働いたらしい」

「アテネの警察で取調べを受けたけど、日本大使館の口ききで許してもらったんだそうだ」

「学校の先生が、外国へ行って泥棒するとはね」

悪口をまじえた噂とは、こうなってしまうものである。向井八重子とその家族は、外へも出られなかった。特に向井八重子は、自分の部屋に閉じこもりっきりであった。二十六日の夜は、泣き明かしたらしい。

二十七日、二十八日と飲まず食わずだった。もう泣くことはなかったが、一睡もしないで過ごしたようである。そして向井八重子は十一月二十九日の未明に、家を抜け出したのであった。

向井八重子は、自分の自転車に乗っていった。都井岬までの二十四キロの暗い道を自転車でひた走り、向井八重子は二十九日の早朝に死を迎えた。彼女は都井岬の断崖のうえから、迷うことなく身を投じたのである。

「もちろん、名誉を傷つけられて、世間に顔向けができなくなったということもありましょう」

校長は、沈痛な面持ちで言った。一年前までは生きていた向井八重子の姿を、思い浮かべているのに違いない。

「しかし、それだけではありませんね」

波多野も、写真の向井八重子に目を戻していた。

「向井先生にとってやりきれなかったのは、一方的な恋情を押しつけられたうえに、それを拒《こば》んだことに対するひどい仕打ち、その情《なさ》けなさだったんですよ」

「それに、この場は何とか切り抜けても、今後また何をされるかわからないという恐怖感と、これからもずっとあの男に付きまとわれるのではないかという絶望感もあったんでしょう」

「自分さえ消えてしまえばと思いつめて、死に走ったんでしょうな。しかし、向井先生が消えただけでは、事はすまなかったんですよ」

「そのあと、何かあったんですか」

「家族たちへの影響が、大きすぎました。向井先生の初七日に、お父さんも自殺されたんです」

「ほう」

「ご自宅で、縊死《いし》を遂げられました。娘さんの死への悲しみのほかに、小学校の教頭先生というお立場も考えられたんでしょう。遺書には、娘が盗みの疑いをかけられたまま自殺したことで責任をとる、とあったそうですよ」

「気の毒に……」

「向井先生の妹さんも結婚が決まっていたんですが、お姉さんが自殺したということで、先方から解消を申し入れて来ましてね。去年の十二月の半ばになって、今度は弟さんが亡くなりました」

「自殺ですか」

「いや、事故なんです。ヤケ酒を飲んで、泥酔状態で自動車を運転しましてね。ダンプと正面衝突して即死でした」

「悲劇ですね」

「三人の家族が、あっという間に亡くなりました。残ったのは向井先生のお母さんと、妹さんの二人だけです。お母さんも半病人になってしまったし、もう串間に住んでいても仕方がないということで、実家に帰られましたよ」

「するともう、向井家の人は串間市に住んでいないんですね」

「串間に住んでおられた向井先生のご一家は、わずか一カ月のうちに消えてしまったと言えましょう」

校長は目を閉じて、長い溜め息をついた。

「そうですか」

波多野は向井八重子の写真を、そっとテーブルのうえに置いた。

君原新太郎はガリ版刷りの紙を配ったあとも、二十七日、二十八日と西方中学校の付近まで出向いて、反応を窺《うかが》っていたのに違いない。そして向井八重子が自殺したと知るや、君原は慌てて東京へ逃げ帰ったのである。

ひとりの女に一方的に恋慕して、その執念から罪もない一家を破滅に導いた君原新太郎という男は、非常識な行動をも含めてやはり異常者と言わなければならないだろう。

犯人像

1

串間市からタクシーで、都井岬へ向かった。都井岬も串間市内だが、市街地からだと東の太平洋岸まで二十四キロの陸路を行かなければならない。その陸路が、国道二二〇号線と分かれて南下してくる道路と、合流するところが都井岬の根もとなのである。

途中、都井峠を越える。

目に痛いほど明るい紺色の海が、眼前に広がる。気が遠くなりそうに、水平線が長かった。まさに、太平洋の大海原である。バスのガイドではないが、海の向こうはアメリカだと、言いたくもなる。

日南ロードパークの終点とされている都井岬は、海と亜熱帯植物と放牧の野生馬によって、南国の象徴に作り上げられている。青い空と明るい日射しは、季節というものを考えさせない。

『駒止《こまど》め ノ門』から都井岬にはいると、まず目に映ずるのは、緩《ゆる》やかに波打つ丘陵《きゅうりょう》地帯であった。この丘陵地帯に八十頭の野生馬が、放牧されているのである。だが、いまは一頭の馬も、見当たらなかった。

日南海岸の最南端に突き出している都井岬の長さは四キロ、二百九十五メートルの扇《おうぎ》山《やま》を中心に丘陵地帯が広がり、岬全体が高台になっている。それで岬の周囲には断崖が多く、特に先端は絶壁となって海に落ち込んでいる。

その岬の先端に灯台があり、灯台の西側の断崖のうえには御崎《みさき》神社がある。付近には、野猿が生息しているという。それに、御崎神社の南寄りにあるソテツの自生林も、都井岬の名物となっている。

「何度、来てみても、素晴らしいところだわ」

朝日奈レイが、嬉しそうな笑顔を窓外へ向けていた。

「野生馬が、まったく姿を見せないな」

波多野はシートに凭《もた》れて、前方にだけ視線を走らせていた。無精《ぶしょう》をしているわけではなかった。ただ窓外の美観に、心を奪われないだけなのだ。心を奪われたくても、そこまで夢中にはなれない。

波多野の頭の中を、別の思惑《おもわく》が大きく占めているのである。向井八重子の死、その家族たちの悲惨な結末が、波多野の気持を重苦しくしている。視界の明るさに違和感を覚えるのも、そのためであった。

「春から夏にかけて、岬の丘陵地帯や草地に群れ集まるそうだわ」

レイが言った。

「すると、いまは季節はずれか」

波多野はふと、向井八重子が死に場所として選ぶには、あまりにも明るく平和で美しすぎるところだと思った。

「それでもいつ、ひょっこり姿を現わすかわからないわ。地響きを立てて馬の群れが、疾走することもあるっていうしね」

「要するに、自由奔放に振る舞うのが、野生馬なんでしょう」

「そうね。でも、馬が見当たらない代わりに、人も少ないみたい。観光客や新婚さんで満員になるときより、人の少ない都井岬のほうがずっといいわ」

「去年に来たときは、どうだったんです」

「残念ながら、満員でした」

「まだ都井岬が一般に知られていない頃に、くればよかったんでしょう」

「そんなの無理だわ。都井岬のホテルの人から聞いた話なんだけど、十数年前までは訪れる観光客なんて、ほとんどいなかったんですってよ」

「ほう」

「住んでいる人といえば、灯台の職員だけということだったそうです」

「その頃だったら、いまより更に素晴らしい都井岬じゃなかったのかな」

「だから、それが無理ということなのよ。その頃、わたしはまだ生まれていなかったか、ほんの幼児だったかでしょう」

「なるほど、そういうことになる」

「日南海岸国定公園の一部になってから、急に新婚さんや観光客が押しかけるようになったらしいわ」

「つまり、みんなに見つかっちゃったという感じですね」

「そう、そんなことなのね。でも、今日は人が少ないという感じだし、こんなときにゆっくりしていきたいんだけどな」

それが本音らしく、レイは不満そうな顔をした。

「機会は、いくらでもあるでしょう」

波多野は、薄情な慰《なぐさ》め方をした。間違っても彼は、二、三泊していけばなどと、すすめたりはしなかった。レイには感謝しているが、いまはもう用ずみなのである。若い娘を早く帰らせないと、という責任も感じているし、明日には多美子を都井岬へ呼び寄せたいのであった。

「そういうことにしておいて、今回はおとなしく東京へ引き揚げるほかはないわね」

レイは、溜め息をついた。

「明日、帰るんでしょう」

波多野は、そう念を押した。

「明後日にはどうしても投げ出せない用事が東京にあるから、明日の夜までには学生寮につきたいの」

「だったら、明日の朝早く、出発したほうがいい」

「ええ、宮崎か鹿児島か、飛行機に乗れる可能性が強いほうの空港へ向かうわ」

「今日のうちに、わたしのほうで航空券を押さえておこう」

「そうですか。どうも、すみません」

「とんでもない。あなたには、感謝のしようもないくらいなんだから……」

「オーバーだわ」

「いや、事実ですよ」

「わたしのほうだって、官費旅行ができたんですもの。お礼を申し上げなくちゃあね。それに、波多野さんって魅力的だし、わたし好きだわ。その波多野さんと、たとえ一泊でも旅行ができたんだから、これで満足すべきなのよ」

レイは波多野の横顔を見やって、悪戯《いたずら》っぽく笑った。近頃の若い女は、平気で大胆なことを口にする。また鼻の下を伸ばしやすい大人の男を、巧《たく》みにからかう術《すべ》を心得ているようでもある。

だが、それにしてもレイのはっきりした言い方が、波多野には照れ臭かった。無視することを装《よそお》って、かえって意識するから気詰まりになる。波多野の年代だともう、軽く受け流すということができないのだ。

「あなたの協力がなかったら、真相は永遠に明らかにされなかったかもしれない」

真面目な顔で、波多野は言った。

「そうかしら」

レイは、首をすくめた。

「そうなんですよ。調べは厚い壁にぶつかって、完全に動きがとれなくなっていた。ところが、その壁に抜け穴があることを、あなたが教えてくれたんですよ」

「わたしはただ日南線の列車の中で、君原新太郎らしい男と一緒になったことがあるって、波多野さんに打ち明けただけだわ」

「そのことが、われわれにとっては唯一の救いだったんですよ。あなたが日南線の列車内で、君原新太郎と言葉を交わした。これが、すべてを解決する鍵だった。あなたはそのことを、わたしに話してくれた。つまり、あなたはわたしに、鍵をくれたんですよ。わたしはその鍵で抜け穴の扉をあけて、壁の向こう側にいる犯人の姿を認めた。こういうわけで、あなたが第一の功労者なんです」

「だったら波多野さんには、もう犯人がわかったんですか」

「いや、犯人ではなくて、犯人像というべきでしょう」

「ねえ、どういう犯人像なの」

「わたしの最初の判断は、決して間違っていなかった。残虐魔は、婦女暴行殺害を目的とする変質者じゃない。変質者を装っただけで、犯人の目的は復讐を遂げることであり、計画的な殺人だった」

「誰が何のために、復讐したんですか」

「あなたには、わかりませんか」

「わかりません」

「向井八重子の自殺と、その家族たちの悲惨な末路を考えれば、誰が何のために復讐したか明らかでしょう」

「向井八重子さんの遺族ってことかしら」

「当の向井八重子が自殺、その父親も自殺、彼女の弟も自殺同然に死んだ。母親は苦しみと悲しみによって半病人となり、妹の結婚も解消ということになった。この一家に悲惨な不幸をもたらしたのは、いったい誰だったのか。アテネ・ヒルトンに一緒に宿泊した六人の日本女性と、君原新太郎ということになる。しかも、六人の女と君原は、いかなる罪にも問われない。六人の女と君原を処罰するとすれば、みずから手を下して殺すほかはない。そして六人の女と君原は、間違いなく死んだ」

「でも、向井八重子の生きている肉親となると、お母さんと妹さんしかいないわ」

「そういうことになる」

「お母さんや妹さんが、婦女暴行の犯人になれるはずはないわ」

朝日奈レイは、ひどく真剣な顔つきになっていた。表情が硬いというより、強張《こわば》っているのである。熱っぽい眼差《まなざ》しだし、すっかり緊張しているようだった。ついさっきまでの悠長なレイではなくなっていた。

その朝日奈レイの顔を、波多野はまじまじと見ないではいられなかった。

2

例によってという感じで、若山牧水《わかやまぼくすい》の歌碑がある。

その前をすぎてから、点在するホテルや国民宿舎を見るようになる。目に触れただけでも、五つほどのホテルがあった。タクシーは、『都井岬観光ホテル』の前で停まった。タクシーを降りたときの朝日奈レイは、元の楽しそうな彼女に戻っていた。

部屋はもちろん、二つ予約してあった。波多野が案内されたのは、ツインの洋間だった。ひとりであってもホテルではツインの部屋を取るというのが、波多野の以前からの習慣になっていたのである。

波多野はまず、東京へ電話を入れなければならなかった。最初は、上野毛のマンションであった。電話には、多美子がすぐに出た。波多野は多美子に、いま都井岬にいることを告げた。

「何とかして、明日にはつくようにするわ。でも、あなたがとても遠くにいるって感じで、明日にはそこまで行きつけるって気がしないの」

多美子は言った。甘えているみたいでもあり、拗《す》ねているようにも受け取れる多美子の口調であった。

「そんなに、遠いところじゃない。明日には、ここで会えるさ」

波多野は笑った。

「じゃあ、明日……」

「待っているよ」

多美子とのやりとりは、これだけに終わった。続いて波多野は、赤坂の法律事務所へ電話を入れた。旅先にいても必ず毎日、事務所に電話をかける。この定時連絡を、欠かすことはできないのである。

「わたしだ。何かあるかね」

「いまのところ、特別な連絡事項はございません」

「電話はどうだ」

「プライベートの電話ですか」

「うん」

「一時間ほど前に、山城警部補からお電話がありました。それで宿舎を知りたいとおっしゃるので、都井岬観光ホテルをお教えしておきました」

「いまに、電話をかけてくるさ」

「それからもう一本、午前中にいちばんでお電話がありました」

「プライベートな電話かね」

「はい」

「誰からだ」

「中村《なかむら》さんとおっしゃる男性でした」

「中村……？」

「はい。先生と同じマンションに住んでいらして、個人的にも親しくして頂いていると、おっしゃってました」

「嘘《うそ》っぱちだな」

「旅行中ですと答えたら、火急に相談したいことがあるので、先生の連絡場所を教えて欲しいと……」

「このホテルにいるってことを、教えたのかい」

「ええ。先生と同じマンションに住んでいると言われたんで、本気にもしましたし、断るわけにはいかないと思ったんです」

「まあ、いいさ。それで、ほかには……？」

「以上です」

「どうも、ご苦労さま」

波多野は電話を切ると、ベッドのうえに寝転がった。

赤坂の法律事務所に、妙な電話がかかったものである。男の声で中村と名乗り、波多野と同じマンションに住んでいて、個人的にも親しい仲だと言ったらしい。うまい嘘だし、それを信じた事務員を責めるわけにはいかなかった。

しかし、その男は波多野の所在を確かめ、どこにいるかを探り出すために、嘘をついたのである。中村とか田中とかは、簡単に思いつく偽名だった。また事実、波多野の知人のうちに、中村姓の人間はいないのだ。

ホワイト・マンションにどんな人物が住んでいるかも、波多野はまるで知らないのである。もちろん、個人的に親しくしている相手など、マンションにいるはずがない。波多野と同じマンションの住人というのも、前もって用意しておいた作り話なのだろう。

気にすまいと、波多野は思った。

ただ何となく、周囲の動きが慌ただしくなり、目に見えないところで波が立ち始めたように思えてならなかった。波多野の九州へ飛ぶという行動が、それなりの影響を与えているのかもしれない。

たとえば、朝日奈レイである。

波多野が犯人像に触れたとき、朝日奈レイは人が変わったように真剣になった。もし朝日奈レイが事件解決への抜け穴を教えてくれた当の功労者でなかったとしたら、波多野は恐らく彼女のことを疑っていただろう。

いや、たとえ一瞬でも波多野はすでに、朝日奈レイに疑惑の目を向けたのであった。波多野の向井八重子の遺族が犯人だという説に、レイが真剣になって否定の意味での反論を試みたからである。

レイは波多野にとって、貴重な情報提供者であり、協力者であった。そのレイを、犯人側につく人間と見ることはできない。レイが犯人側の人間ならば、自分を不利にするような情報を提供したりはしない。

むしろ波多野を敬遠し、遠ざかろうとするだろう。そうしようと思えば、レイにはできることなのだ。ところが、レイはみずから進んで波多野に接近し、貴重な情報を提供しているのである。

その朝日奈レイが、向井八重子の母親や妹がどうして婦女暴行の犯人になり得るのかと、ムキになって反論した。なぜムキになったのかはともかく、波多野はレイの言葉からヒントを一つもらっていた。

向井八重子の遺族が犯人なら、彼女の母親か妹しかいないと、レイは強調したのである。波多野自身はまだ向井八重子の関係者が犯人だと判断しただけで、それ以上に具体的には見定めていなかったのだ。

だが、なるほど向井八重子の遺族は二人しかいないと、犯人像がより鮮明になったのであった。

その姓名

1

ベッドのうえに大の字になったまま、波多野は三十分ほどじっと動かずにいた。彼の目は、燃えるように光っていた。獲物を追いつめて、それに近づく飢えた野獣のような目つきであった。

表情は、深刻である。とても信じられないような異常現象にぶつかったときの人間の顔とは、恐らくそのくらい深刻なものになるのに違いない。波多野はいま、とんでもない想定を、頭の中に置いていたのだった。

犯人は向井八重子の遺族としか、考えられない。向井八重子の遺族であって、実際に悲劇の高波に押し流されたのは、彼女の母親と妹のほかにいないのだ。そこから出発して波多野はその想定を、頭の中に組み立てたのである。

想定を分析しているうちに、彼はこれ一つしかないという結論に到達した。その結論が、太陽が西から出る、男が妊娠する、真夏に大雪が降る、新生児が一升酒を飲むといった異常現象に通じていたのだ。

しかし、そうした異常現象のように、絶対に起こり得ないことではなかった。ただ社会通念から、あるいは一般常識から、誰もがあり得ないことだと、決めてかかっているのにすぎない。

波多野の判断は、社会の通念や常識を打ち破ったものである。もっとも、それはほんの怪我《けが》の功名《こうみよう》であって、気がついてみれば何ということもないのだ。だが、彼はその発見に、ショックを感じていた。

深刻にならずにはいられなかった。誰にも気づかれないうちに、そうした恐ろしい形で犯行が重ねられていた。その誰ひとり知り得ていない秘密ということにも、波多野は興奮させられていたのである。

ドアが、ノックされた。

「はい」

波多野はなぜか慌てて起き上がり、自動ロックされているドアへ大股《おおまた》に足を運んだ。訪問者は、朝日奈レイだとわかっていた。彼は黙って、ドアをあけた。

白のパンタロン・スーツに着替えたレイが、バッグを振り回すようにしながらはいって来た。

「お邪魔します」

「あら、素敵だわ。このお部屋……」

朝日奈レイは室内を眺め回してから、窓辺へ小走りに近づいた。都井岬の突端《とったん》と灯台を正面に見て、太平洋の海原を一望にできる窓の位置が、彼女には気に入ったようだった。

「同じ三階でも、このお部屋のほうが景色がいいみたい」

レイが、背中で言った。

「ちょっと、訊きたいことがある」

意識的にベッドを避けて、波多野は壁際のソファにすわった。

「何かしら」

向き直ってレイは、腰をおろす場所を捜すように目を配った。

「あなたはさっき、向井八重子の母親や妹が犯人であるはずはないと、ムキになって反論した。それは、どうしてなんですか」

波多野はサン・グラスをかけた目で、朝日奈レイを見つめた。

「どうしてって、つまりそう思ったからだわ」

朝日奈レイは、ベッドに腰を沈めた。波多野が、大の字になっていたベッドである。彼がいくら意識して避けたところで、レイのほうはそんなことにまったく無頓着《むとんちやく》だったのだ。

「ただそれだけのことにしては、いささかムキになりすぎたようだった」

波多野は言った。

「そりゃあ多少は、わたしの感情ってものが作用していたからでしょうね」

ベッドのうえに俯《うつぶ》せになると、レイは顎《あご》の下にバッグを宛《あて》がった。

「あなたの感情とは……？」

「要するに、向井八重子さんのお母さんや妹さんを犯人にしたくないっていう、わたしの感情的願望ね」

「なぜ、向井八重子の母親や妹を、犯人にしたくないんです」

「だって、串間市での真相を波多野さんに見せつけたのは、このわたしってことになるんでしょ。わたしが余計なことを言ったりしたりしなければ、誰ひとり串間市に目も向けなかったんだわ」

「それは確かに、そういうことになるかもしれない」

「大変な不幸を押しつけられた悲劇の主人公、向井八重子さんのお母さんや妹さんだって、これ以上はとやかくつっ突かれなくたって、すんだはずでしょ。それを、わたしが余計なことをしたばっかりに、向井八重子さんのお母さんや妹さんが、今度は犯罪者として舞台に引きずり出される。わたしはそんなふうに、させたくなかったの」

「それであなたはムキになって、向井八重子の母親や妹は無関係だと主張した」

「ええ」

「いや、よくわかりました」

「波多野さんだって、向井八重子さんの生存している遺族だというだけで、お母さんや妹さんを疑ったりはなさらないでしょ」

「実は、その逆でしてね」

「逆……？」

「あなたの主張によって逆に、残虐魔はその生存している遺族だという確信を持ってしまったんだ」

「そんな……！」

「残念ながら、それが結論ということになる」

「ちょっと、待って下さい。六人の女性と君原新太郎を計画的に殺すという動機は、確かにあります。いいえ、向井八重子さんのお母さんと妹さんにしか、確固たる動機はないと言ってもいいでしょう。だけど、実際問題として半病人のお母さんと、まだ年の若い妹さんに七人の人間を殺すなんてことができますか」

朝日奈レイは起き上がって、ベッドのうえにすわり込んでいた。

「半病人の母親には無理だとしても、妹ならば可能ということにはならないか」

波多野のほうが、今度は頑《かたく》なになっていた。表情は冷静だが、彼の言い方は断定的であった。

「誰かに、協力を求めて……」

「七人も殺すという犯行に、協力する人間なんているだろうか。犯行の動機は復讐なんだし、復讐はみずからの手で遂げなければ意味がない。共犯者も協力者もなしの単独犯行だ」

「向井八重子さんの妹さんの単独犯行だとしたら、婦女暴行についてはどういうことになるのかしら」

「問題は、そこなんだ。そこが最大の盲点だったし、犯人の巧みなカムフラージュでもあった。表現が露骨になりますが、構いませんか」

「結構です」

「六人の女性が、殺された。いずれも二十代から三十代であって、いわば性欲の対象として恰好《かっこう》の女性たちだ。被害者となった彼女たちは、全裸あるいは半裸にされていた。そして女性のシンボルとも言える部分に、赤いペンキを噴射されていた。更に、彼女たちの局部には一様に、異物が挿入されていた。そのうえで、六人の女性は殺されたわけだ。こうした事件が世界のどこで起ころうと、犯人は男だと断定される。いや、迷ったり考えたりった挙句に、断定されるわけじゃない。考える余地もなく、頭から犯人は男と決めてかかって、それを疑う者はいないはずだ」

「確かに、それが現実というものでしょうね。小説でない限り当然、犯人は男と看做《みな》されるわ」

「世界中の警察が、どこの国の世論だって、男の犯行と決め込んでしまう。女がこんな犯行を六回も繰り返すなんて、誰が思うだろうか。犯行は異常でも、変態性欲の男の犯罪としてはまったく珍しくないからだ」

「現に、東京の合同捜査本部でも、犯人は男と断定していたんでしょ」

「そうだ。それに残虐魔の一連の犯行を知っていた数千万人の日本人の中に、犯人は女だと想像した人間がひとりでもいただろうか。もちろん、ひとりもいなかったはずだ」

「でも、六人の被害者の中には、男の犯行だという証拠を刻み込まれた人が、いたんじゃないですか」

「それなんだが、このことに気づいてから六人の女性の被害状況について、じっくりと思い起こしてみた。すると、どうだろう。異物挿入を除いて、体内から男の体液が検出されたという被害者は、ひとりもいないんだ」

「間違いなく、そうなんですか」

「間違いない。しかし、そうした事実に対しても、不審に思う者はいなかった。男の体液が検出されないから、女の犯行ではないかなどと疑ってみる捜査員もいなかった。それは、無理もないことなんだ」

「どうしてなんです」

「性的不能であるがために、異常性欲者だったり、変態行為に走ったりする例が少なくないからだ。性的不能だからこそ、異物挿入という代償行動で満足する。むしろ性的不能者であって当然だと思うから、体液が検出されないことにも疑問を感じなかった。体液が検出されないから犯人は女だというのは、論理の飛躍がすぎて、誰も思いつかなかったんだ、それも、女が女の身体に変質行為を施《ほどこ》して殺したりするはずはない、という絶対的な先入観が動かなかったせいだろう」

波多野は息苦しくなって、思わず深呼吸を繰り返していた。

朝日奈レイは、目を大きく見開いているだけで、もう何も言わなかった。

2

波多野の妹の大坪初江が殺されたとき、初めて残虐魔の体液が検出されたということで、捜査陣は色めき立った。山城警部補なども、一筋の光明《こうみよう》を見出《みいだ》したと意欲を燃やしていたのである。

だが、初江を凌辱《りようじよく》して殺したのは、残虐魔事件に便乗しての変質者、筑波朗の犯行とわかった。

筑波朗は、「はじめのうちは、体液を残さないようにするというところまで、考えが及ばなかった」と自供している。

しかし、新聞などで残虐魔の血液型が判明したと大きく報道されたことに驚き、筑波朗も以後その点に注意したという。つまり、三番目に林田千枝子を襲ったときは、体液を残さないようにしたのである。

この筑波朗の三件の犯行を除くと、残虐魔が襲った相手は六人ということになる。その六人の被害者からは、犯人の体液がまったく検出されなかった。そうした事実に、疑惑の目を向ける者もまたいなかったのである。

性的不能者の異常犯罪、あるいは異常犯罪によって性的満足を得る犯人と、解釈するほうが自然だからだった。それに、後日の証拠となることを恐れて、体液を残さないような手段を講じた、という見方もあったのだ。

しかし、犯人は赤いペンキを吹き付けたり異物を挿入したりしただけで、それ以上の行為には及んでいなかったのである。赤いペンキや異物挿入も、犯人にしてみれば不本意な行為だったということになる。

それは、犯人を男とするための擬装工作であり、みずからの欲望を満たすといったことにはおよそ無関係だったのだ。犯人はできることなら、被害者たちを犯して、体液を残しておきたかったのに違いない。

そうすれば百パーセント、犯人は男ということになったからである。だが、それだけは不可能であった。なぜなら、犯人は女だったから——。しかし、赤ペンキと異物挿入だけでも、擬装工作は十分に成功した。

世界中の警察、世論に疑問の余地を与えずに、犯人は男と思い込ませる方法と言ってもいいくらいの擬装工作だったのだ。

犯人は六人の女を襲うのに、事前に丹念な調査を行っている。六人の女の日常における生活態度や習慣、周囲の状況、家族の動静、夜間の環境などを監視、観察して犯行の時間と機会を的確に捉えている。

しかし、それにしても、被害者のほうが不用心にすぎた感があった。あまりにもあっさりと、犯人を迎え入れてしまっているのだ。不意を襲われたと見られるのは、ひとりで留守番をしていた山野辺ミキと、庭のプレハブの離れにいた山下静香の二人だけだろう。

あとの小川てる代、細川佐知子、仲本真由美、砂川春奈はいずれも簡単に犯人の侵入を許している。もし相手が男だったとしたら、もう少し用心したのに違いない。

白昼の団地の一室、夜遅くのマンションの一室、夜更けの屋上、真夜中のマンションの一室と、どれも男と二人きりになっていい場所や時間ではない。顔見知りであろうと、警戒心が働くはずである。

しかし、相手が若い女であれば、話はまた別だということになる。たとえ見知らぬ相手でも、女同士という安心感がある。ドアをあけたり、チェーン・ロックをはずしたりもするだろう。

女ひとりの犯行ということも、決して無理ではない。一回にひとりずつを襲うのであり、最初から凶器を用意していれば抵抗されることもない。女が男を襲うとなると何かと障害もあるだろうが、女同士の一対一となれば武器を持っているほうが強い。

そして最後は、君原新太郎である。君原は男であり、凶器を振りかざして襲いかかっても、若い女ひとりの手には負えないだろう。そこで犯人は君原に、話し合いを求めたものと思われる。

君原新太郎こそ、残虐魔事件は異常者の犯行ではなく計画的な連続殺人だと、いちばん最初に気づいた人間だったのに違いない。ニュースで報道される被害者たちの名前を、君原は記憶していた。

二人、三人と被害者の名前を確認するとともに、それらがすべて『アテネ・ヒルトン』に泊まっていた女たちという符合に、君原は気がついた。それで彼は六人の女の名前を書き連ねてみたりしたのである。

その時点でまだ殺されていなかった砂川春奈をH・S、また事件の前に自殺してこの世には存在していない向井八重子をY・Mと、それぞれイニシャルで表わしておいたのだ。

同時に君原は連続殺人について話し合う必要があるのではないかと思い、砂川春奈のところへ何度も電話をかけたのである。

犯人にとって、そうした君原新太郎は邪魔な存在だった。君原の口を封じなければ、計画的な連続殺人であることが、明らかにされる恐れもあった。それに君原はまた、向井家の人間たちを悲劇のどん底へ追いやった張本人でもある。

向井八重子の妹は、その二つの動機から最後に君原を殺した。最悪の場合でも、君原新太郎が残虐魔としてすべての罪を背負うことになるだろうと、犯人には計算ができていたのかもしれない。

向井八重子の妹は、田園ハイツ九〇一号室を訪れて、君原新太郎と二人だけの時間を持った。向井八重子の妹であることを名乗れば、君原としても追い返すわけにはいかない。犯人はテラスへ誘って話し合っているうちに、隙《すき》を捉えて君原新太郎を地上に突き落としたのである。

波多野は立ち上がって、電話機に近づいた。彼は西方中学校に電話を入れて、教務主任を呼び出した。

「向井先生のお母さんの実家はどこか、それにお母さんと妹さんの名前を教えて下さい」

波多野は言った。

「お母さんの実家は、長崎市です。それから名前は旧姓に戻ってお母さんが材木の木に元気の元、千代に八千代にの千代で木元千代《きもとちよ》さん、妹さんは貧富の富に美しいで、富美子《とみこ》さんですがね」

西方中学校の教務主任は、そのように答えた。波多野の呼吸が一瞬、停止していた。

捕《と》えてみれば

1

電話を切ってからも、波多野はその場に突っ立っていた。金縛りにあったように、身動き一つできなかったのである。後頭部を一撃されたようなショックとは、こういうのを言うのだろう。

さいわい、朝日奈レイは窓の外を眺めやっている。波多野の顔から血の気が引いたことに、彼女は気づいていない。それが、せめてもの救いであった。いま朝日奈レイに、どうかしたのかと訊かれたら、答えに窮《きゅう》して四苦八苦することになる。

何ということだろう。

まさか、まさかといくら首を振ってみたところで、これは否定できないことなのである。夢にも、思ってみなかったことなのだ。しかも、波多野の立場としても犯人の場合にしても、これはあまりにも悲劇的にすぎる。

向井八重子の母親は実家に帰り、旧姓に戻って木元千代という名前になっている。向井八重子の妹までが、母方の姓を名乗っているかどうかはわからない。多分、戸籍上は向井姓のままでいるのに違いない。

しかし、通称として母方の姓を名乗るということは、十分に考えられる。そうだとすれば向井八重子の妹は、即《すなわ》ち犯人は木元富美子ということになる。

木元富美子に波多野がかぶせたのは、川本多美子という名前だったのである。川本多美子が本名であるかどうかを、確かめたことは一度もない。つまり、それが偽名だったとしても、不思議ではないというわけなのだ。

多美子は本名を必要とする境遇には、置かれていなかった。学生でもないし、住民票を必要とするような生活もしていなかったのである。職業は、クラブのホステスだった。

クラブの経営者に対しても偽名で通すホステスは、決して珍しくない。経営者やママのほうも、本名でなければ承知しないというものではなかった。

ホステスが本名だという名前を、そのまま受け入れる。クラブ数利夢のママ砂川春奈も、川本多美子というのを本名として認めていた。

しかし、砂川春奈にしてみれば、川本多美子が本名だろうとなかろうと、どうでもよかったのである。当人が本名だというから、その通り認めていたのにすぎないのだ。

従って、川本多美子を偽名と見ていいわけである。偽名を用いる場合、何らかの形で本名と相通ずる名前を作りたがるのが、人間の心理というものであった。

向井富美子も、そうだった。母方の木元という姓を用いて木元富美子、そしてそれによく似ている偽名を作ったのである。

木元富美子。

川本多美子。

そっくりではないか。『木』と『川』、『富』と『多』の二字が違っているだけであった。五文字の姓名ということも、イニシャルT・Kも同じである。

まだある。

木元千代の実家は長崎市だという。木元千代は娘の富美子と二人で、長崎市の実家へ帰っているというのだ。

多美子も家は、長崎にあると言っていた。事実、彼女は長崎市へ帰ったことがあったし、そのとき波多野もそこへ電話を入れている。

電話にほかの人間が出ていれば、波多野は川本さんのお宅ですかとか、多美子さんをお願いしますとか言ったはずである。そして、そこでトラブルなり疑問点なりが、生じたのに違いない。

だが、電話には本人が出たので、何事もなく終わった。あのときは波多野から電話がかかると、わかっていたのである。それで多美子は、電話機のそばで待機していたのだろう。

その長崎市の家には、母親と二人だけで住んでいる。母親は、病気がちであると、多美子はその辺のことについては、正直に打ち明けているのであった。

すべての点で、木元千代・富美子と一致する。

これで多美子が、波多野との結婚という幸福な未来に、背を向けた理由もよくわかった。母親を東京へ呼び寄せることはできないと、頑として譲らなかった理由にしても、また同じである。

近いうちに、長崎へ帰る。今後はたまに旅先で会う愛人、という関係で満足する。多美子がそうした方針でいたのも、当然ということになるだろう。

多美子がいかに波多野を愛していようと、どのように幸福な将来を望んでいようと、彼女は彼との結婚を拒まなければならなかったのである。

七人の男女を殺している犯罪者として、しあわせな結婚というムシのいいことを、考える気にはなれなかったのだろう。

愛する男との結婚生活であればこそ日々、破綻《はたん》が生ずることを恐れて暮らすのは苦痛である。いつか発覚するときがくると思えば、愛する人から遠ざかろうとするのが、本当の人間というものだろう。

それに多美子は波多野と結ばれ、彼を愛するようになったことから、皮肉ともいえる十字架を背負わされる結果となったのである。それは、筑波朗に妹の初江を殺されたのがキッカケで、波多野が残虐魔の追及に異常な熱意を注ぎ込むようになったことだった。

波多野は残虐魔と愛し合いながら、必死になって残虐魔の正体を追い求めている。そうと承知している当の残虐魔にしてみれば、まるで針のムシロだったのに違いない。

結婚することになれば、川本多美子ではいられない。向井富美子という正体を見せつけなければならないし、戸籍から抹消されている父、姉、弟のことについても真実を語らなければならなくなる。

そのことは、波多野の残虐魔追及にとって、いい材料になるだろう。だから、波多野との結婚は許されない。

そうでなくても波多野の調査は、核心に迫りつつあった。波多野のそばを、離れなければならない。波多野を愛すればこそ、なおさら多美子は彼から逃げ出さなければならなかったのである。

そして多美子は、ついに間に合わなかったのだ。逃げ出す前に波多野のほうが、真相を知るベルト・コンベアに乗ってしまったのであった。

波多野が九州へ行くと聞かされたときに、多美子はもう駄目だと観念したに違いない。宮崎県へ行くというのは、串間市の向井家に手がかりを得たことを意味する。

遅かれ早かれ波多野はゴールインすると、多美子は察したのである。いまから思えば、波多野が宮崎県へ旅立つ前夜に、多美子は絶望と苦悩をはっきりと示しているのだった。

多美子としては珍しく、積極性を発揮して波多野を求めた。多美子のほうが主導権を握り、ベッドの中で能動的に振る舞った。いつになく奔放で狂気じみたセックスを、貪欲《どんよく》に続け、繰り返した。

多美子には波多野と愛し合うのはこれが最後だ、という気持があったのだろう。彼女の顔には、汗とも見える涙があった。あの多美子の訴えるような目つきと、真摯な眼差しを波多野はいまでも思い出すことができる。

「いま、愛し合うことが、とっても貴重なものに思われて……」

「今夜は、特に……」

「これっきりになってしまうんじゃないか、今夜が二人にとって最後の晩になるんじゃないかって、そんなふうに思えてくるのよ」

「心の底から、あなたを愛しているわ」

多美子はそうした言葉を、口走ったのであった。それもまた、多美子が心の中で波多野に別れを告げた、ということを物語っているのである。

さっき、この部屋から多美子に電話をかけた。波多野は都井岬へくるように言って、彼女はそれを承知した。多美子は恐らく、波多野との最後の出会いになることを覚悟のうえで、都井岬へくるつもりなのだろう。

「何とかして、明日にはつくようにするわ。でも、あなたがとても遠くにいるって感じで、明日にはそこまで行きつけるって気がしないの」

多美子は、そう言った。

あなたがとても遠くにいるように感じられて、明日のうちにそこまで行きつけるという気がしない——。何という寂しい言葉だろうか。

波多野も、窓の外へ目をやった。青い海が見える。やがて、日が暮れる。海は真っ黒になり、灯台の明かりが心細く、その闇を照らすことになるだろう。

信じたくない。

忘れてしまいたい。

すべてを、投げ出したい。

だが、それは許されないのである。いかに残酷なゴールだろうと、悲劇的な終着駅だろうと、こうなったからには目をそらすことはできないのだ。

向井八重子の妹富美子とは、あの川本多美子であった。

悪戦苦闘の末に突きとめた残虐魔の正体は、自分の愛する女だった。

波多野丈二はいま、貴重な勝利を得た瞬間に、地獄に突き落とされたのであった。勝利の報酬は、地獄の責め苦だったのだ。

2

向井富美子は、母親と二人で長崎市に移り住んだあと当然、働かなければならなかった。当面の生活には困らないにしろ、居食いをしていれば父親の退職金も貯金もたちまち使い果たすことになる。

母親は、半病人である。

若い女が一家を支える収入を得るには、水商売がいちばん手っ取り早い。富美子は、長崎市内のバーのホステスになったものと思われる。

それは、まとまった収入を得るためだけではなく、復讐計画にも必要なことだったのだ。やがて、富美子は上京して、復讐計画を実行することになる。

富美子は復讐の対象となる七人について、姉の八重子から聞かされていた。従って、七人の姓名、住所、職業、それにざっとした生活環境を、富美子は承知していたわけである。

今年の春、それは三月初めと思われるが、富美子は長崎から上京した。多分、富美子は自分の貯金を全額おろして、資金としたのに違いない。

富美子は三軒茶屋のアパートの一室を借り、中古車を買い込んだ。計画の実行や事前の調査の機動力として、車が必要だったのである。

三月三十一日になって、最初の犯行を果たした。世田谷区に住む主婦、小川てる代、二十八歳を殺したのである。

刃物で脅せば、犯行は容易であった。女同士ということも、有利である。それに全裸あるいは半裸にして、口の中にパンティを押し込み、乳房や腹部に赤いペンキを噴射し、局部に異物を挿入するという擬装は完全に成功した。

異常者、変質者の犯行と看做されて、疑う者はいなかったのである。つまり犯人は男と、問題なく断定されたのだ。

しかし、富美子のそうしたやり方は、男の犯行と見せかけるための擬装だけを、目的としたのではない。被復讐者たちを女としてこのうえもなく辱《はずか》しめてやる、という心情的なものもあったのに違いない。

四月十日、大田区に住むＯＬ、山野辺ミキ、二十五歳を殺した。

四月十六日、中野区に住む主婦、細川佐知子、三十六歳を殺した。

センセイショナルな事件として、警察と世間は重大な関心を持った。『残虐魔』という造語が、一般に通用し始めた。

このように騒がれて注目を集めれば、それだけ富美子は安全になる。残虐魔の犯行とされ、計画的な犯行の動機などわかろうはずはない。人口一千万余の東京に住むひとりの女に、誰が目を向けるだろうか。

絶対に安全だと見た富美子はこの頃になって、本名を川本多美子、源氏名をサトミとして、『クラブ数利夢』のホステスとなったのである。

四月二十六日、台東区に住む仲本真由美、二十三歳を殺した。

仲本真由美を殺害したのは夜の十一時頃だから、クラブ数利夢に出勤してはいられなかったはずである。この日、富美子は店を休んだのに違いない。

その二日後、四月二十八日に波多野はクラブ数利夢へ行き、サトミという新人のホステスを初めて引き合わされた。それが川本多美子こと富美子であり、波多野は彼女に送られてマンションへ帰ったのである。

また同じ二十八日の夜、波多野の妹の初江が、残虐魔になりすました筑波朗によって暴行殺害されている。

この便乗残虐魔の筑波朗の出現によって捜査は混乱し、富美子も当惑させられたということになるのである。しかし、筑波朗は柏木良子、林田千枝子と更に二人を生贄《いけにえ》にしたところで、逮捕されたのであった。

五月十二日の午前一時三十分頃、目黒区に住むＯＬ、山下静香、二十六歳を殺した。犯行時間が午前一時三十分だから、クラブ数利夢での勤めを終えたあと、富美子はその足で山下静香の家へ向かったのだろう。

同じ夜、これより二時間ほど遅れて、奇《く》しくも筑波朗が林田千枝子を暴行殺害している。

五月十八日になって、富美子は最後の犯行にとりかかった。午前三時から三時三十分のあいだに、クラブ数利夢のママ砂川春奈、二十八歳を渋谷区の自宅で殺した。

そして一時間から一時間三十分後の午前四時三十分頃、横浜市港北区の田園ハイツ九階九〇一号室のテラスより、黒崎太郎こと君原新太郎を突き落として殺した。

以上で、富美子の一連の犯行は、終了したのである。計画は完全に成功し、復讐を遂げることができた。もし波多野の追及さえなければ、富美子の七人殺しは永久に発覚しなかっただろう。

残虐魔は、君原新太郎と断定されたはずである。六人の女を殺した残虐魔は自殺したということで、事件はやがて世間の記憶から消えたのに違いない。

ただ二点ばかり、波多野の推理も及ばないことがあった。第一点は、富美子がどうして君原新太郎の潜伏先を、知り得たのかということである。

第二点は、富美子はなぜ波多野に接近し、彼と愛し合うようになったかであった。この二点については、当の富美子の口から訊き出すほかはないだろう。

電話が鳴った。

波多野は、山城警部補からに違いないと思いながら、送受器を手にした。

「おれだ」

果たして、山城の声が怒鳴るように聞こえた。

「あんたを散弾銃で撃ったやつが、わかったんだよ。倉沢友和という青年だ。ところが、その倉沢が今日の昼から、遺書めいたものを残して姿を消してしまったんだがな。まさか、そっちへ行ったとは思えないが……」

山城警部補は、一気にまくし立てた。

静かな対決

1

山城警部補の説明によると、倉沢友和の父親から所轄署へ、狩猟用の散弾銃と手持ちの散弾実包が残らず盗まれたと届け出があったのだという。

昨夜のことであった。

所轄署では世田谷・上野毛で発生した狙撃事件に関係があるのではないかと見て、倉沢宅へ多数の捜査員を派遣した。その結果、狙撃に使われた散弾と、倉沢宅で見つかった散弾実包とが同種類だとわかった。

ところが、今日になって息子の倉沢友和が行方をくらました。倉沢友和の父親のゴルフ・バッグも、一緒に消えた。そこで、倉沢友和が散弾銃をゴルフ用具に見せかけて、持ち出したのではないかという疑いが濃くなった。

　今日の午後になって、倉沢友和の遺書めいた走り書きが発見された。そこには、孤独で絶望的な人生を更に陰惨なものにしてくれたあの男を必ず殺して自分も死ぬ、といったことが書かれていた。

　その報告を受け山城警部補は、倉沢友和が波多野を本気で殺すつもりでいると判断した。倉沢友和と波多野には、明らかに接点がある。倉沢友和は、彼が捜査本部で残虐魔事件について取調べを受けたのは波多野の密告によると、その点で逆恨《さかうら》みをしているのに違いない。

　倉沢友和がいう孤独で絶望的な人生とは、これまでの彼の日々の生活を指しているのだ。母親をなくしたひとり息子であり、映画関係の仕事をしている父親は家にいないことのほうが多かった。

　倉沢は常にひとりであり、主婦代わりの仕事もしていた、そのうえ、彼はずっと浪人生活を続けていた。友人もいないし、親しくしていたのは初江ぐらいなものだったのだろう。

　その初江も、残虐魔を装う筑波朗に殺されてしまった。しかも、倉沢友和はその暴行殺害の現場を、見たのであった。彼は異常なショックを受けて、ますます孤独で絶望的な人生を感ずるようになった。

そこへ、波多野が出現した。

倉沢友和はそのとき、逃げ出したりした。そして、彼は捜査本部へ、呼ばれることになったのである。波多野が自分のことを、容疑者として密告したのに違いないと、倉沢友和は考えた。

残虐魔事件の容疑者だろうと参考人だろうと、捜査本部で取調べを受けたことに変わりはない。結果的には間もなく自由の身となったが、密告されて取調べを受けたという屈辱感を、倉沢友和は忘れられなかった。

密告した波多野が憎い。殺してやろうと、父親の猟銃を持ち出して波多野を狙撃した。そのときは失敗に終わったが、倉沢友和は諦めなかった。警察も動き出したことだし、こうなったら目的を果たすだけだと、倉沢友和はいっそう凶暴になった。

それが、孤独で絶望的な人生を更に陰惨なものにしてくれたあの男を必ず殺して自分も死ぬ、という決意になったのである。

「どうだ、狙撃者が倉沢友和だったとは、意外だろう」

山城警部補が言った。

「別に、意外とは思わんね」

波多野の声は、沈みがちであった。倉沢という青年のことなど、どうでもよかったのだ。波多野の頭の中は、川本多美子こと向井富美子によって占められているのである。

「驚かないのか」

「うん」

「そうかね」

「間違ったことを注意されたのが気に入らないからって、その相手を殺す。そうしたことが、珍しくもないご時世じゃないか」

「そりゃあそうだ。気に入らない相手は、すぐに殺すってことになる。まったく、人間ってやつはどうかしちまっているからな」

「自己主張が強くなる平和な時代とは、そんなものなんだろう」

「孤独で絶望的な人生だなんて、甘ったれていやがる。そいつをまた、すぐ人のせいにしたがるんだ」

「まあ、好きなようにさせておくさ」

「そうはいかんよ。倉沢はあんたを、殺そうとしているんだぜ。もう、そっちへ向かっているかもしれない」

「間違いなく、向かっているよ」

「何だって……」

「今日の午前中に中村とか名乗る男が、事務所へ電話をかけて来て、おれの所在を確かめたそうだ」

「それで事務所では、あんたがそこにいるってことを、その男に教えたのか」

「うん」

「そいつは大変だ！」

「大丈夫だよ」

「何が、大丈夫なんだ」

「銃を持っているんだったら、飛行機は避けるだろう。倉沢は恐らく、列車か船でこっちへ向かっているはずだ。いずれにしても、ここにつくのは明日になるだろう。明日になれば、おれはもうここにはいない。おれの行く先はわからないし、やつはとんだ無駄足ってことになる」

「しかし、万一ってことがあるし、おれもそっちへ行こう。もちろん宮崎県警にも、手配を依頼しておく」

「そんな人騒がせなことを、してくれるなよ。それより……」

「それより、何だ」

「まあ、いいや。とにかく、ありがとう。これで、失敬するよ」

波多野はそう言って、一方的に電話を切った。

山城警部補と話を続けていると、残虐魔事件の真犯人がわかったと口に出してしまいそうな気がしたからである。いまももう少しで、多美子がまだ東京にいるかどうかを確認してくれと、言ってしまうところだったのだ。

波多野は一応、時刻表を調べてみることにした。大丈夫だと楽観はしているものの、山城の言う通り万一ということがある。倉沢友和がゴルフ・バッグに散弾銃を入れて、こっちへ向かっていることは百パーセント確かなのであった。

父親が警察へ届け出たことから、倉沢友和は一気に決着をつけざるを得なくなったのである。いまや、手負いの猪《しし》であった。よく考えてみれば、決して油断のできる相手ではなかった。

長距離フェリーだと、宮崎県の日向港につくのが、明日の午後二時ということになる。日向港から都井岬まで、三時間以上はかかる。都井岬につくのはどんなに早くても、明日の午後六時だろう。

それまでには、波多野のほうが都井岬を去っている。海路をくれば、倉沢友和は間に合わない。問題は陸路、列車であった。

東京から新幹線で、小倉《こくら》までくることになる。今日の午後の新幹線に乗って、夜の十時四十七分までに小倉につくようにする。東京を午後四時に発車する新幹線に乗れば、最終的に間に合うはずだった。

小倉着が、十時二十七分である。そうすれば、この日のうちに小倉を出る最終列車に乗れるのであった。最終列車は小倉発が十時四十七分、急行日南四号だった。この急行は、明朝五時四十五分に宮崎につく。

この列車でくれば倉沢友和は、明日の朝八時か九時に都井岬に姿を現わすことができる。それよりも早く向井富美子が到着しなければ、波多野はまだ都井岬にいるということになるのであった。

2

翌朝、朝日奈レイは七時にホテルを出発した。

鹿児島空港を十二時四十分に出発して、大分経由で東京まで飛ぶ航空券を確保できたのである。朝日奈レイは、ついでに桜島《さくらじま》や鹿児島湾を見物していくという。都井岬から加《か》治木《じき》までの百四十キロほどを、タクシーで飛ばすのであった。

そのために、早朝の出発となったのである。加治木まで行けば、鹿児島空港はもうすぐであった。国道二二〇号線と一〇号線の一部をドライブするレイは、屈託のない顔でタクシーに乗り込んだ。

「いろいろと、ありがとう」

「こちらこそ……」

「助かりましたよ」

「早く、東京へ帰って来てね」

「そうします」

「東京でまた、お会いしたいわ」

「ええ」

「じゃあ……」

「気をつけて」

「さようなら」

「さよなら」

波多野と朝日奈レイは、窓越しに手を握り合った。握手を交わしながら、波多野は空《むな》しかった。朝日奈レイと違って、波多野には重大な問題が二つも残されている。波多野はもう、朝日奈レイと再会することはないのではないか、という気がした。

タクシーは走り出すと、みるみるうちに遠ざかって、波多野の視界から消えた。青空の下に、明るい日射しを受けとめた地上がある。そこに波多野はひとり、取り残されたような気持であった。

波多野は、部屋に戻ると荷物をまとめた。向井富美子が到着したら、すぐホテルを出なければならない。ホテルを出たあと、どこへ向かったらいいのか。それは、これから考えることであった。

か。


八時をすぎ、九時になった。

あるいは倉沢友和のほうが先に、都井岬についているかもしれない。波多野の想定通りの列車に乗ってくれれば、もう都井岬に到着する時間である。串間署に連絡すべきだろうか。

いや、それは軽率にすぎる。すべては想像であって、はっきりとした事実が確かめられたわけではない。倉沢友和は東京にいて、九州へ足を向けてもいない。そういうこともあり得るのだ。

それに山城警部補が、宮崎県警に手配を頼むと言っていた。山城自身も多分、こっちへ向かっているはずである。いまは個人的に、騒ぎ立てるときではない。法律家として冷静でいるべきだと、波多野は思った。

倉沢もホテルの部屋の中まで、押し入ってはこないだろう。部屋の中にいる限り、安全である。山城警部補は今朝の飛行機で、宮崎へ向かったものと思われる。

正午までには、山城警部補がここへくるだろう。それまでは、たとえ向井富美子が到着しても、この部屋から出ないほうがいいかもしれない。波多野は室内を歩き回りながら、時間がすぎるのを待った。

十時三十分に、電話が鳴った。フロントからで、お連れさまがおつきでございます、ということだった。向井富美子である。波多野は、緊張した。彼女はいかなる姿で、どのような顔で、波多野の前に立つだろうか。

波多野は、心臓の鼓動がズキズキと鳴り、息苦しくなるのを、どうすることもできなかった。彼は部屋のドアを大きくあけて、それを正面に見る位置に立っていた。感情が激しく揺れ動き、絶望感が高まった。

人影が、眼前に浮かび上がった。これまでになく、華やかにメイクアップをした女の顔であった。身につけているものも派手である。波多野がよく知っている多美子とは、別人の観があった。

プリーツがたくさんはいっている黒のスカートに黒のブラウスを着て、クラシックな感じのピエロ・カラーのあたりに真紅《しんく》の花をつけている。頭に同色の真紅のスカーフを巻き、ウエストには二本のゴールドのベルトをはめていた。

それに、シンプルな黒のビッグ・コートを羽織《はお》っている。艶然《えんぜん》としていて、大人のムードだった。顔は神秘的に美しいが、表情が死んでいた。黒いバッグのほかに、荷物は持っていなかった。

多美子、いや富美子は部屋の中にはいると、後ろ手にしめたドアに寄りかかった。何もかも覚悟のうえで、そこに立ったという女の顔であり、雰囲気であった。黒は死を意味し、真紅は愛を物語るのだろうか。

「飛行機かい」

腕を組んで、波多野は富美子を見つめた。

「昨夜の福岡行きの最終に乗れたの。福岡に一泊して今朝、七時三十分発の宮崎行に乗ったのよ。宮崎空港についたのが八時十分。あとはタクシーを飛ばして来たわ」

富美子は、表情のない顔で答えた。

「きみは確か飛行機が嫌いで、絶対に乗らなかったんじゃないのかな」

「飛行機が嫌いなのは事実だけど、いざというときには乗るわ」

「そうかい」

「でも、何かあったのかしら。宮崎についてから、やたらとパトカーや警官の姿を見かけたわ」

「ほう」

「宮崎空港にも、警官が大勢いたしね。それに道路の分岐点には必ずパトカーが停めてあって、まるで検問をやっているみたい。特に都井岬の入口が、厳重だったわ。検問所を設けて、車も人もいちいちチェックしているのよ」

「きみも、検問を受けたのか」

「タクシーを、停められたわ。だけど、女ひとりとわかると、すぐに通してくれたの」

「おれの命を、狙《ねら》っているやつがいるんでね」

「まさか……」

「本当なんだよ。上野毛のマンションの前で、おれを狙撃したやつさ」

「誰だか、わかったの」

「きみも、知っているだろう。倉沢友和という青年だ。おれに密告されたということで怒り、おれを殺そうってわけだよ」

「それで、その倉沢がここへ、くるかもしれないのね」

「うん。しかし、どうやら大丈夫そうだ。宮崎県警の手配が厳重で、都井岬への入口も封鎖されているんなら、ここはむしろ安全地帯だよ」

「それで、わたしたちここにずっといるの」

「きみが来たら、すぐここを出るつもりでいた。しかし、都井岬が安全地帯なら、このホテルにいたほうがいいだろう」

「いつまで……？」

「三、四日だ」

「そのあと、どうするの」

「串間警察署へ、一緒に行こう」

「それで三、四日の猶予《ゆうよ》を下さるってわけなのね」

「きみが自首するまでの三日か四日は、おれたち二人だけの世界だ。おれたちはその日まで、二十年間分ぐらいここで愛し合うんだよ」

「嬉しいわ」

ドアの前から走り出すと、富美子はぶつかるようにして波多野の胸にしがみついた。

「それまでは、多美子と呼んでいたい」

波多野は、富美子を抱きしめた。

「あと三、四日あなたと一緒にいられるんだったら、着替えぐらい持ってくるんだったわ」

泣き出しそうな声で、富美子が言った。

「ここについたら、すぐ自首することになると思っていたのか」

「ええ。だから、何も持ってこなかったの」

「おれがきみの正体を見抜いたって、いつわかったんだ」

「あなたが宮崎県へ行くっておっしゃったとき、もう駄目だって覚悟は決まったわ」

「真相は、九十九パーセントまで推理できたよ。ただ、あと一パーセントだけ、当の向井富美子の口から聞かなければ、わからない部分がある。それを、話してもらいたい。早くさっぱりして、一刻も早く二人だけの世界に引きこもりたいんだ」

「ええ」

「外に出て、散歩しながら話そう」

波多野は、富美子の肩をかかえて歩き出した。抱き合ったままで、二人は部屋を出た。

日本の女たち

1

海抜二百五十メートルの断崖のうえに、都井岬灯台がある。しかし、その岬の突端のほうへは、足を向けなかった。富美子の実の姉の向井八重子が、身を投じたところなのである。

そこへいま近づくことは、残酷にすぎる。波多野はそうした配慮から、反対の方角へ富美子を誘った。好天気である。海も空も美しく、南の大隅半島、北の鵜戸《うど》ノ岬などがはっきりと見えた。

北へ蛇行している道を歩いた。二人の影が濃かったし、まるで夏のようである。都井岬の根元には、東西の海岸から木柵が走っていて、中央に『駒止めノ門』があった。岬の野生馬を、外へ出さないようにする木柵だった。

富美子の話によると、この木柵に沿って警官の目が光っているという。警官の数も多いし、パトカーも何台か集結しているそうである。そうした一種の非常線を突破して、都井岬に侵入することは、まず不可能なのに違いない。

都井岬の中央部の風景は、平和そのものであった。

「きみはどうして、おれに接近したんだ。それが、質問の第一さ」

歩きながら、波多野は言った。

富美子は波多野に、寄りかかるようにして歩いている。彼の肩のうえに、富美子は完全に頭をのせていた。波多野が不意に横へ逃げたら、富美子は転倒するだろう。彼女は、うっとりとした顔つきだった。

「おれに関わり合っていても、きみの計画実行にはまるでプラスにならない。クラブ数利夢のママが取り持ったにしろ、きみはそれを拒むことができた」

波多野は、富美子の肩を抱いた。

「ずいぶん、即物的な質問だわ」

富美子は、目をうえに向けた。彼女の目の中に、青い空があった。

「そうかな」

「まるで、わたしには計算と打算しかないみたい。わたしにだって、計画には無関係な部分だってあるのよ」

「つまり、接近したかったから、接近したというわけか」

「わたしにとって、あなたは好みのタイプだった。魅力を感じたわ。初めて会ったとき一目見て、嫌いじゃないって思ったの」

「あなたに強い関心を持ったのは、奥さまのことでだったわ。奥さまが自殺なさったって聞かされたとき、あなたもわたし同様に傷ついている人なんだなって思ったの。それから、あなたの妹さんがあんなことになったとき、わたしは責任を感じたわ」

「それだけかな」

「責任……？」

「妹さんにあんなことをしたのは筑波朗だけど、その筑波朗を刺激したり、犯罪方法を教えたのは、わたしってことになるでしょ。だから……」

「なるほど、そういう責任の感じ方もあるわけか」

「それで、たとえ絶望的な恋だろうと、わたしはあなたを愛さなければならないんだって、心に決めたのよ。あとは、あなたに愛されれば愛されるほど、わたしはあなたに夢中になる。それは女として、女の性的機能として、当然なことでしょ」

「わかった」

「ほかに、質問は……」

「君原新太郎のことだ。きみはどうやって、君原新太郎が潜伏しているマンションを知ったんだね」

「あれは、偶然よ」

「どういう偶然だったんだ」

「それを説明するには、あの晩のことを詳しく話したほうがよさそうだわ」

「あの晩、ママにおれたちの関係について打ち明けたことから、マンションへ行こうという話になった」

「ママは明日にでも、長崎に帰ってこいってわたしにすすめたわ」

「ママのマンション、グリーン・ハウスについたのは十二時五十分……」

「あなたとママは、今後の現実的な問題について話し込んでいたわ」

「きみは、紅茶をいれていた」

「やがて、電話が鳴ったでしょ」

「ママは正体不明の男から過去三回、変な電話がかかって来ているって、気味悪がっていた。だから、あの電話のベルがなったときも、ママはハッとなって腰を浮かせていた」

「そこで、わたしが咄嗟《とっさ》に、出ましょうかと言ったわ。ママが、お願いって答えた。わたしは、ダイニング・キッチンにある電話に出たわね」

富美子の顔に、感情は示されていなかった。他人事《ひとごと》のような、言い方である。

その富美子の言う通りで、砂川春奈の代わりに電話に出たのは彼女であった。電話で応対する富美子の声は、ほとんど聞こえなかった。波多野と砂川春奈は、気味の悪い電話をかけてくる男のことについて話し合っていた。

電話をかけて来た男が何者なのか、最初のうちは富美子にもわからなかった。男は是非とも会って、重大なことで話し合いたいと言った。男は富美子のことを、砂川春奈だと決め込んでいるようだった。

「あなたは、わたしと会ったことがおありなんですか」

砂川春奈を装って、富美子は男に質問した。

「お忘れですか。去年の夏、ギリシャへご一緒してアテネ・ヒルトンでもお世話した君原ですよ」

男は思いきったように、吐息してから答えた。

「まあ、あのときの君原さん。それで、ここの電話番号も、ご存じだったのね」

心臓が破裂しそうな思いを噛みしめて、富美子は声に笑いを含ませた。

「そうなんですよ」

男の声も口調も、落着きを取り戻したようだった。

「もっと早く名乗って下されば、これまでだって何度も、電話を切っちゃったりしなかったのに……」

「ぼくのほうも何となく、中途半端な気持から、電話をしたもんですからね」

「ご用件って、どんなことかしら」

「一刻も早く、お目にかかってお聞かせしたいことがあるんです」

「話によっては、いまからでもお会いしますけど……」

「もちろん、残虐魔事件をご存じでしょうね」

「事件そのものは、知っていますけど。でも、新聞で読んだ程度だわ」

「被害者のうちの五人の名前について、心当たりがあったはずなんですけどね」

「残虐魔事件の被害者を、わたしが知っているとおっしゃるの」

「小川てる代、山野辺ミキ、仲本真由美、細川佐知子、山下静香をご存じでしょう」

「どこかで聞いたような気がする名前だけど、別に知り合いってわけじゃないみたい」

「ギリシャ十日間の旅のとき、アテネ・ヒルトンに同宿した女性たちと申し上げても、思い出すことはないでしょうか」

「君原さん、それ本当なんですか」

「だから、五人の名前を思い出してみて下さいよ」

「そう言われれば、あの人たちの名前だという気がするわ。旅行中だけに限っての間柄だし、帰国したらもう思い出すこともない人たちでしょ。それに旅行中だって個人的には親しくなかったし、まともに名前を呼び合うことも少なかったんですもの。その五人の名前にしても、はっきり覚えているわけじゃないのよ。ただ仲本さん、山野辺さん、静香さん、ミキさんとかを、断片的に記憶しているような気はします」

「向井八重子さんのことは、いかがですかね」

「あの人の名前だったら、はっきり覚えています。アテネ・ヒルトンで、ああいう事件があったんだし……」

「それはともかくとして、アテネ・ヒルトンに一緒に泊まった五人の女性が揃って、残虐魔事件の被害者の中に含まれているんです。こうした事実が、偶然と言えるでしょうか。次はあなたの番であっても、不思議じゃないんですよ。それに、ぼくには犯人についての心当たりがあるんです。そのことで是非、あなたにお話したり、相談したりしたいことがあるんですよ」

「よく、わかりました。これからすぐ、あなたのところへお伺いしますわ」

「これから、すぐにですか」

「だって、わたしのためにも、一刻でも早いほうがいいと思うんです。このままでは気味が悪くて、眠ることもできないし。明日にでも、わたしは残虐魔に命を狙われるかもしれないんでしょ」

「それは、そうですけど……」

「それとも、あなたからこういう話を聞かされたんだけどって、警察に保護を頼んだほうがいいかしら」

「いや、それはまずい。ぼくはいま、警察と接触を持ちたくない状態にありましてね」

「それはまた、どうしてなんですか」

「新聞で読んで、ご存じなんじゃないんですか」

「いいえ、何も知りません。失礼ですけど、君原さんというお名前を聞かされただけじゃ、あなたがどなたかわからないくらいなんですもの。ギリシャ旅行のときに一緒で、アテネ・ヒルトンにも同宿した君原さんと言われたから、初めて思い出せたんですわ。だから、あなたの身に何があって、そのことがどう新聞に載ったかなんて、わたしまるで知らないんです」

「そうですか」

「とにかく、これからどこへ出向けばいいのか、おっしゃって下さい」

「夜中となると、どこかで落ち合うというわけにもいかないでしょう。それに、ぼくは人目につく場所へは、出入りしたくないんです」

「だったら、あなたのお住まいに、お伺いします」

「それは、ちょっと困るんだな」

君原新太郎は明らかに渋っていたし、困惑と躊躇《ちゅうちょ》がその口ぶりに感じられた。

「あら、あなたのほうから熱心に、持ちかけて来たことじゃなかったのかしら」

いまさら取り消したりできるような問題ではないというように、富美子は思い切って声と口調を強張らせていた。

2

電話を切ってから富美子は、波多野と砂川春奈のところへ、紅茶を運んでいった。そのときすでに、富美子の決心と殺意は固まっていた。今夜のうちに、砂川春奈と君原新太郎の両方を殺すという考えが、まとまったとも言えるのである。

富美子はもちろん、君原新太郎という名前を知っていた。ほかの六人の女の名前とともに、忘れようにも忘れることができなかった。六人の女と君原新太郎を葬《ほうむ》ることが、富美子の最初からの目的であり、復讐という使命でもあったのだ。

復讐は九分通り成功し、余すは砂川春奈と君原新太郎の二人だけになった。だが、君原の所在は不明であり、彼を殺すメドだけがつかなかった。ところがいま、その君原のほうから、連絡して来たのである。

好機到来であった。

君原新太郎はかなり迷っていたが、最終的にはすぐこれから会うという約束をした。君原は富美子に、横浜市港北区大棚町の田園ハイツ九〇一号室にいて、黒崎というネーム・プレートを出してあると教えた。

富美子は午前四時をすぎるだろうが、必ず行くと君原新太郎に伝えた。

君原も起きて待っているので、夜が明けきる前に話をすませて帰って欲しいと、注文をつけた。そこで、電話を切ったのである。

午前一時五十分頃に、波多野と富美子はグリーン・ハウスを出た。路上で接吻《せっぷん》を繰り返したあと、二人はタクシーで三軒茶屋へ向かった。三軒茶屋のアパートの近くで富美子をおろすと、波多野が乗ったタクシーはすぐに走り去った。

富美子は、駐車場にある自分の中古車に乗り込むと、再びグリーン・ハウスを目ざして走らせた。午前二時四十分に富美子は、砂川春奈の部屋の前に立った。砂川春奈は、風呂にはいる仕度をしていた。

だが、富美子が忘れ物をしたらしいと言うと、砂川春奈はすぐに部屋のドアをあけた。その砂川春奈が浴室へ戻ったところを、富美子は襲いかかって殺した。パンティを口の中に押し込み、異物を挿入し、赤いペンキを吹き付けた。

富美子は車の中で濡れた服を脱ぎ、シャツとジーンズに着替えた。その車を渋谷まで走らせて、高速道路へはいった。車は疾走を続けて、乗用車よりトラックが多くなった東名高速へと抜けた。

東名川崎インターチェンジを出て五キロ、田園ハイツを目前にした闇の中に車を停めたのは、午前三時三十分だった。富美子は無人と化した田園ハイツの中にはいり、九〇一号室へ直行した。

起きて待っていた君原が、富美子を部屋の中へ招じ入れた。君原は向井八重子の妹の顔を知らなかった。それに、クラブ数利夢のホステスで、ママのお供をして来たのだという富美子の言葉を、君原は疑わなかったのである。

　更に君原は、ママはすぐそこの路上でパトカーの警官の職務質問を受けて、手間どっているという富美子の話を鵜呑《うの》みにした。君原はパトカーと聞いて緊張し、どの辺で職務質問を受けているのだと気にし始めた。

　それで富美子は、そこから見えるはずだと、君原をテラスへ誘い出した。君原は柵から乗り出すようにして、右に左にと眼下の路上を見おろした。富美子はその君原をすくい上げる恰好で押しやり、あとは体当たりによって突き飛ばした。

　落下した君原新太郎は、声も残さずに闇の中へ吸い込まれて消えた。

　計画はこれで、すべて完了した。大成功だった。目的を完全に、果たすことができたのである。これから午前七時に東京を出る新幹線に、間に合うよう行動すればいい。そうすれば、夕方の五時二十二分には、長崎につく。

　夜になったら、長崎に帰っていることを強調するために、波多野と電話でやりとりをしよう。波多野のほうから長崎へ電話を入れるように、仕向けることが肝心であった。あと心残りなのは、波多野を本気で愛してしまっていることだけ――。

　丘陵の彼方からカーブしてくる道に、パトカーの姿が見えた。二台ほど、走ってくる。都井岬のネックを完全に封鎖したことから、いよいよ岬全体の捜査と警戒にとりかかるのだろう。

その前に当然、警察の責任者と波多野が会うことになる。二台のパトカーは、そのためにホテルへ向かって来ているのかもしれない。しかし、いまはそれよりも富美子の話のほうが重要だと、波多野は思ったのである。

「もう一つだけ、聞いておきたい。アテネのホテルでの盗難事件とは、いったいどういうことだったんだ」

波多野は富美子を引き寄せて、道の端へ寄りながら訊いた。

「国辱にも等しい日本女性の外国でのご乱行というのを、耳にしたことがあるでしょ」

富美子は異様に、目をキラキラと光らせていた。

「最近ではよく、週刊誌の記事なんかで目にすることがある」

波多野は答えた。

「その日本の女たちなんだわ。彼女たちこそ、異常者じゃないの！」

富美子は憎悪の目を、広い青空へ向けていた。

おれも異常か

1

目の前を、二台のパトカーが通りすぎた。二台のパトカーには、知らない顔の私服、制服の警官が乗り込んでいた。山城警部補の姿はなかった。警官のほうも、顔を見ただけでは波多野とわからない。

都井岬には、大勢のアベックが泊まっている。散歩している男女を見かけるのは、当然すぎることであった。それに、命を狙われている人間が、屋外を歩き回っているとは誰も思わない。

警官たちは、波多野と富美子へ視線を集めたが、パトカーを停めようとはしなかった。二台のパトカーは、すぐにカーブする道の向こうへ消えた。警官たちはホテルについてから、波多野が出かけていることを知るはずである。

波多野と富美子は道からはずれて、西北への丘陵の斜面を歩いた。同じ方角に、扇山がある。振り返ると、S字形にカーブしている道が見おろせた。

「姉から、詳しく話を聞いたわ」

立ちどまって、富美子が言った。

富美子の話によると、向井八重子はギリシャへ出かける前に、すでに友人から日本の女たちの悪評を聞かされていたという。その友人は仕事でよく外国へ行き、ギリシャにも何度か滞在していた。

向井八重子は旅行に出る直前に、東京に住んでいるその友人と会ったのである。初めての海外旅行だし、八重子は友人から予備知識を仕入れるつもりだったのだ。友人は八重子に、日本人としての良識を重んずるようにと、まず忠告したらしい。

日本人旅行者の評判は、総体的によくない。だが、その悪評の中でも特に眉《まゆ》をひそめさせるのは、日本の女の桃色行状記であった。日本の男のピンク旅行も有名だが、彼らが相手にするのはプロの女たちなので、まだ大目に見られている。

しかし、日本の女の場合は完全なる桃色行状記であって、恥も外聞もなく外国の男に抱かれたがる。それもプレイを楽しむといった余裕がなくて、ただセックスそのものへと走ってしまう。

もちろん、海外旅行をする日本女性がすべてそうだ、というわけではない。評判が悪いのは女だけの小グループ、それに寄せ集めの女ばかりの団体で、それらにしても奔放な行動に走るのは一部の者たちということになる。

だが、その一部の女たちの行動が、日本女性全体に対する評価となっている。日本女性はセックス・アニマルだ、プライドも自尊心もないみたいだ、日本にいるときもああなのかと、外国人から真剣な質問を受けることもある。

そうした質問に対しては次のように答えるしかない。

日本人には、欧米コンプレックスがある。

日本女性はムードに極端に弱く、外国での解放感にも簡単に酔ってしまう。

日本人には、旅の恥はかき捨てという考え方があり、現実的な日常と解放された旅とを区別する二面性があるのだ。日本女性はもちろん、日本にいれば良識というものを重んずる。

悪評の対象になるのは一部の日本女性であって、彼女たちにしても帰国すれば何事もなかったという顔で、別人のように振る舞うだろう。

このように説明はするのだが、それで納得する外国人はまずいない。日本にいるときと海外を旅行しているときと、別人のように変わってしまうというのが、どうも理解できないらしいのだ。

ギリシャでも、日本女性の旅行者について、同じような風評が聞かれた。特にギリシャの観光旅行には、エーゲ海の船旅というロマンティックなコースがある。これがギリシャの男性とともに、日本女性の好みにぴったりらしいのだ。

エーゲ海のクルーズ船の下級船員から、若い日本女性のグループは大歓迎だ、なぜなら彼女たちはわれわれにも色目を使う、という話を聞かされたことがある。また、クルーズ船ではなくデロス島に通う小型船の乗組員も、日本女性の旅行者がいる限りセックスには不自由しないと言っていた。

こうした国辱的な一部の日本女性と、同一視されないように気をつけろと、向井八重子は友人から言われたのである。だが、八重子はそうした話を、信じなかったのだ。まさかという気持が、強かったのであった。

日本女性の一部というが、ほんの二、三人がやったことなのに違いない。それが、オーバーに伝えられたものだと、八重子は思ったのである。

しかし、八重子はギリシャに行ってから、自分の判断の甘さを思い知らされた。友人の話は、本当だったのだ。ギリシャの観光めぐりが始まって三日目あたりから、同行者たちに別人のような変化が見られた。

解放感とムードに酔い、全員が大胆で奔放な若い女になりきっていた。特にアテネ・ヒルトンに分宿した連中は、小人数のせいもあって気ままに行動し、それが次第にエスカレートしていったのだ。

人妻の小川てる代は、十八歳のギリシャ人の少年と肉体関係を持った。貧しい家の少年だそうで、小川てる代は彼にいろいろな品物をプレゼントしていた。

同じ人妻の細川佐知子は、小川てる代の相手をした少年と、ほかに国籍がよくわからない白人二人とも関係を持った。細川佐知子が最も発展的で、三人の白人とのセックスに夢中になっていた。

山野辺ミキは、妻のいるフランス人の四十男と一夜をともにした。もっとも山野辺ミキの場合は一晩だけの情事で、あとはおとなしくしていた。彼女は婚約者のことを思い出してか、外国人との浮気を後悔しているようだった。

仲本真由美は、ヒッピーみたいな若いアメリカ人旅行者と親しくなり、ついに関係を持ってしまった。仲本真由美は処女を失うと同時に、ひどく妊娠を恐れていた。

山下静香は酔った勢いで日本人旅行者と深い仲になり、そのあとジャーナリストだと自称するギリシャ人と関係した。

山下静香に言わせると、日本人旅行者は別れた恋人によく似ていたからであり、そのあとのギリシャ人は口直しだったという。

砂川春奈はラテン系の外人と、二、三回、関係を持ったようである。初めてセックスの素晴らしさを教えられたと砂川春奈は言っていたし、彼女が相手の男から五百ドルをもらったとかもらわないとか、話題になったこともある。

結局、品行方正だったのは、向井八重子だけであった。その八重子には、添乗員の君原新太郎が付きっきりだったのだ。迷惑な話だが、あなただけが本当の日本女性だと、君原新太郎は熱っぽい眼差しで八重子を見守るようになっていたのである。

いずれにしても、それぞれハメをはずした連中にとって、無傷でいる八重子は煙《けむ》たい存在となったのだった。六人の女は何となく八重子を敬遠し、裏切者を見るような目を向ける。八重子は仲間はずれにされて、孤立していた。

そんなときに、アメリカの富豪夫人のダイヤモンド窃盗事件が起こったのである。容疑者は、七人の日本女性に絞られた。犯人は、サーモン・ピンクのドレスを着ていたという。

小川てる代、細川佐知子、山野辺ミキ、仲本真由美、山下静香、砂川春奈の六人は、警察の取調べに対してどう証言したか。彼女たちは口を揃えて、サーモン・ピンクのドレスを持っているのは向井八重子だけだと主張したのである。

その結果、向井八重子が犯人にも等しい容疑者みたいに、厳しい追及を受けることになった。

確かに、サーモン・ピンクのドレスを持っていたのは、八重子だけであった。しかし、女ばかり五、六人で旅先にいると、洋服や装身具の交換というのをよくやる。自分のドレスや装身具だけでは限りがあって、同じものを何度も身につけるということになる。

それで、互いにドレスや装身具を交換して、それぞれが有効に着飾ろうというわけである。八重子のサーモン・ピンクのドレスの場合もそうであって、全員が一度はそれを借りて着ているのだった。

　彼女たちはそうした事実を意識的に隠して、八重子のドレスだということだけを警察に申し出ているのだった。それは明らかに、六人の女の八重子に対する敵意の表われであった。

　六人の女の秘密を握っていて、しかもひとりだけ清潔でいる八重子を、裏切者、異端者として扱ったのだ。好んで汚れておきながら、清らかなものに対して、後悔の裏返しである羨望と嫉妬《しっと》を覚えるという女心だった。

　六人の女の共犯者意識による連帯感が、八重子への敵意と意地悪になって働いたのに違いない。六人の悪童連中が、ひとりいい子でいる生徒のことについて、先生に嘘の言いつけ口をしたのであった。

　以上が、ダイヤモンド窃盗事件のあらましである。では、いったい誰が三・八キャラットのダイヤを、持ち逃げしたのだろうか。

　確証はないが、その日サーモン・ピンクのドレスを八重子から借りていった人間が誰だったかは、はっきりしている。その人間とは砂川春奈であった。

2

　これで、すべてが終わった。もう、富美子に質問することはない。あとは都井岬で、二人きりの日々を過ごすだけであった。永遠の別離を前に、現実から隔絶された三、四日というものを、二人の一生として費《つい》やすのである。

そのあとのことは、考えまい。八十年だろうと四日間だろうと、それだけが人生だと考えれば大して変わりはない。お互いにさっぱりした気持で、将来への計算もなく愛し合うことこそ、むしろ貴重なのではないだろうか。

「ダイヤを盗んだのは間違いなく数利夢のママ、砂川春奈だよ」

波多野は丘陵の斜面を、道のほうへ向かってゆっくり歩いた。ホテルへ、戻るつもりだったのである。

「そうね。あのママは、金銭欲が強かったもの」

富美子は、波多野の腕に手をかけた。

「ママはね、残虐魔事件の被害者たちが、アテネ・ヒルトンに同宿した彼女たちと一致するということに、気づいていたはずだ」

「当然、そうでしょうね」

「普通なら、そのことを警察に届けるだろう。ところが、ママはそれをしなかった。アテネ・ヒルトンでのことについて、警察が詳しく調べる。そうなることを、ママは恐れたんだよ」

「ダイヤを盗んでいるという弱みが、あったからなんでしょ」

「そうだ。それから仲本真由美が、妊娠について危惧《きぐ》していたってことだけどね。彼女は心配した通り、そのアメリカ人との関係で妊娠する結果となった。もちろん彼女は、それを中絶したんだがね」

「そう」

「さあ、これくらいにしよう。もう二度と、こうした話には触れないよ。きみは、川本多美子に戻るんだ」

「ねえ、七人の人間を殺しているわたしのことを、気味悪く感じないの。平気で一緒にいて、愛し合うことができるの」

「きみは、多美子なんだ。おれにとって多美子は、人殺しなんかじゃない。おれが愛した女、それだけさ」

　そう言いながら波多野は、都井岬の突端とネック、つまり正反対の方向から走ってくる二台の車を認めていた。左手からくる小型乗用車のほうが、はるかに接近が早かった。右の方角からくるパトカーは、まだかなり遠くにあった。

　丘陵の斜面の真下で、小型乗用車がいきなり右折した。スピードを落とさずに、道路から斜面へと強引に突っ込んで来たのである。そのまま小型乗用車は、大きく揺れ動きながら、波多野たちのほうへ向かってくる。

　波多野の顔から、血の気が引いた。

　倉沢友和だと、直感したからである。

小型乗用車のナンバー・プレートを見た。大分ナンバーのレンタ・カーであった。倉沢友和にレンタ・カーという機動力があろうとは、夢にも思わなかった。同時に、レンタ・カーの存在は倉沢が昨夜のうちに、すでにこの都井岬の突端の近くまで来ていたということを、物語っているのだった。

倉沢は昨日の午前十一時に東京駅を出る新幹線に乗って、九州の小倉を目ざしたのに違いない。そうすれば、小倉発十七時四十二分の宮崎行き特急にちりん七号に間に合う。だが、倉沢はその列車で、宮崎まではこなかった。

宮崎着は夜の十一時六分で、そんな時間にはレンタ・カーを借り出せないと判断したのだ。それで倉沢は大分で下車して、レンタ・カーを借りたのである。大分市から都井岬までの二百九十キロも、五時間で走れるだろう。

倉沢友和は昨夜半から、都井岬のどこかに停めた小型乗用車の中にいたのである。都井岬のネックでの検問は、何の役にも立たなかったのだ。そしていま倉沢の運転する小型乗用車が、野獣のように襲いかかって来たのであった。

小型乗用車が、急停車した。運転席から、人影が飛び出した。ジーンズ姿の倉沢友和が、散弾銃を構えた。

「逃げろ！」

波多野は、富美子を突き放した。

「いや！」

富美子は逆に、波多野のほうへ走り寄ろうとした。

「おれから、離れるんだ！　やつも、異常者だぞ！」

そう叫びながら、波多野は地上へ身体を投げ出して転がった。

ズーン！

ズーン！

銃声が、あたりの空気を震わせた。波多野は、躍《おど》り上がって大きくのけぞり舞うように回転してから、地面に転倒する富美子の姿を見た。次の瞬間、波多野の全身が怒りによって爆発していた。

彼は起き上がって、猛然と走り出した。倉沢との距離は、十メートルとなかった。その距離を一気に縮めて、波多野は倉沢の正面から突進した。散弾銃を構えてはいたが、それを発射せずに驚愕《きようがく》する倉沢の顔が、波多野の眼前に迫った。

波多野は、身体ごとぶつかった。倉沢は、仰向《あおむ》けに倒れ込んだ。投げ出された散弾銃を、波多野は拾い上げた。彼は銃身を握って、散弾銃を振りおろした。ゴルフ・スイングのような恰好だった。

「ぎゃあっ！」

倉沢が叫んだ。骨を砕かれただけではなく、頬に大きな裂傷が走っていた。

「この野郎！」

波多野は、絶叫した。絶叫しながら彼は二度、三度とゴルフ・スイングで、銃床《じゅうしょう》を倉沢の顔に叩きつけた。それでも飽きたらず、波多野は倉沢の顔を垂直に台尻で突いた。それは銃床と台尻で、倉沢の顔を押し潰《つぶ》す結果となった。

近くに停まったパトカーから、警官たちが飛び出して来た。先頭を走りながら、山城警部補が何やら叫んでいる。倉沢友和は、すでに何の反応も示さなかった。もう、人間の顔ではなくなっている。それは鮮血と骨と肉を、まぜ合わせたものだった。

波多野は、散弾銃を投げ捨てた。

「おれも、おれも異常者か……」

苦しそうに息を弾《はず》ませながら、波多野丈二はそうつぶやいた。その彼の目に映じたのは、底抜けに明るい日射しと空と海であった。入り乱れた靴音が、すぐ近くまで来ていた。

（この作品『異常者』は、昭和五十六年二月、
徳間書店より文庫版で刊行されたものです）

一〇〇字書評

異常者

切・り・取・り・線

購買動機（新聞、雑誌名を記入するか、あるいは○をつけてください）

□（　　　　　　　　　　　　）の広告を見て
□（　　　　　　　　　　　　）の書評を見て
□ 知人のすすめで　　　　　□ タイトルに惹かれて
□ カバーが良かったから　　□ 内容が面白そうだから
□ 好きな作家だから　　　　□ 好きな分野の本だから

・最近、最も感銘を受けた作品名をお書き下さい

・あなたのお好きな作家名をお書き下さい

・その他、ご要望がありましたらお書き下さい

住所	〒				
氏名		職業		年齢	
Eメール	※携帯には配信できません	新刊情報等のメール配信を 希望する・しない			

この本の感想を、編集部までお寄せいただけたらありがたく存じます。今後の企画の参考にさせていただきます。Eメールでも結構です。

いただいた「一〇〇字書評」は、新聞・雑誌等に紹介させていただくことがあります。その場合はお礼として特製図書カードを差し上げます。

前ページの原稿用紙に書評をお書きの上、切り取り、左記までお送り下さい。宛先の住所は不要です。

なお、ご記入いただいたお名前、ご住所等は、書評紹介の事前了解、謝礼のお届けのためだけに利用し、そのほかの目的のために利用することはありません。

〒一〇一－八七〇一
祥伝社文庫編集長　坂口芳和
電話　〇三（三二六五）二〇八〇

祥伝社ホームページの「ブックレビュー」からも、書き込めます。
www.shodensha.co.jp/bookreview/

祥伝社文庫

異常者《いじようしや》

令和 元 年 9 月 20 日　初版第 1 刷発行

著　者　笹沢左保《ささざわさほ》

発行者　辻　浩明

発行所　祥伝社《しようでんしや》

東京都千代田区神田神保町 3-3
〒101-8701
電話　03（3265）2081（販売部）
電話　03（3265）2080（編集部）
電話　03（3265）3622（業務部）
www.shodensha.co.jp/

印刷所　萩原印刷

製本所　ナショナル製本

カバーフォーマットデザイン　芥 陽子

Printed in Japan ©2019, Sahoko Sasazawa　ISBN978-4-396-34562-4 C0193

祥伝社文庫の好評既刊

笹沢左保　金曜日の女　新装版

この物語を読み始めたその瞬間から、あなたは「金曜日の女」に騙されている。自分勝手な恋愛ミステリー。

笹沢左保　白い悲鳴　新装版

愛憎、裏切り、復讐……殺人の陰に潜む哀しい人間模様を描く。意表突くどんでん返しの、珠玉のミステリー集。

笹沢左保　死人狩り

銃撃されたバス乗員乗客二十七人、全員死亡。犯人は誰を、なぜ殺そうとしたのか。大量殺人の謎に挑むミステリー。

森村誠一　灯（ともしび）

あるバスに乗り合わせたことで、三つの家族の運命が狂い始めた。現代社会の病理と希望を模索する傑作推理。

森村誠一　恐怖の骨格

雪中の後立山《うしろたてやま》〝幻の谷〟に閉じ込められた男七女一。交錯する野望と極限の生とは⁉　山岳推理の傑作。

森村誠一　高層の死角

大ホテルの社長がホテル内で殺された。秘書が疑われるが……。密室とアリバイ崩しに挑む本格推理の金字塔。

祥伝社文庫の好評既刊

森村誠一
殺人の詩集
人気俳優の不審な転落事故。傍らに落ちていた小説は何かのメッセージか？　棟居刑事は小説の舞台・丹沢へ！

森村誠一
棟居刑事の一千万人の完全犯罪
過去を清算する「生かし屋」なる組織。迷える人々の味方か、それとも？　棟居刑事が現代社会の病巣に挑む！

森村誠一
魔性の群像
ようやく手に入れた一戸建て。だが近所には――。日常生活に潜む〝魔〟の襲来を描いたサスペンスの傑作！

森村誠一
死刑台の舞踏
凄惨ないじめを受けていた義郎《よしろう》は、父の遺志を継ぎ刑事になる。数年後、いじめっ子たちが他殺死体となり――。

森村誠一
狙撃者の悲歌《ひか》
女子高生殺し、廃ホテルの遺体……死角に潜む真犯人の正体とは？　復讐に燃える新米警官が、連続殺人に挑む！

森村誠一
星の陣（上）
暴力団黒門《くろもん》組に、大切な人を殺された旗本《はたもと》。旧陸軍で中隊長だった彼は、かつての部下たちを集め復讐を誓う！

祥伝社文庫の好評既刊

浦賀和宏　緋《あか》い猫

殺人犯と疑われ、失踪した恋人を追って彼の故郷を訪ねた洋子《ようこ》。そこにはあまりにも残酷で、衝撃の結末が……。

浦賀和宏　ハーフウェイ・ハウスの殺人

『ハウス』に囲われる少女と行方不明の妹を探す兄。引き裂かれたふたつの世界の果てに待つ真実とは……？

柚月裕子　パレートの誤算

ベテランケースワーカーの山川《やまかわ》が殺された。被害者の素顔と不正受給の疑惑に、新人職員・牧野《まきの》聡美《さとみ》が迫る！

矢樹　純　夫の骨

結末に明かされる九つの意外な真相が不器用で、いびつで、時に頼りない、現代の〝家族〟を鋭くえぐり出す！

北原尚彦　ホームズ連盟の事件簿

「ホームズへの最上質のオマージュ」——有栖川有栖氏も絶賛！　ワトスンたちが、快刀乱麻の大活躍！

北原尚彦　ホームズ連盟の冒険

最大のライバル、犯罪王モリアーティはなぜ生まれたか。あの脇役たちが魅せる名探偵もビックリの名推理⁉

〈祥伝社文庫　今月の新刊〉

渡辺裕之
血路の報復　傭兵代理店・改
男たちを駆り立てたのは、亡き仲間への思い。
狙撃犯を追い、リベンジャーズ、南米へ。

深町秋生
ＰＯ《プロテクションオフィサー》　守護神の槍
警視庁身辺警戒員・片桐美波
「警護」という、命がけの捜査がある――。
闘う女刑事たちのノンストップ警察小説！

柴田哲孝
ＫＡＰＰＡ
何かが、いる……。河童伝説の残る牛久沼に、
釣り人の惨殺死体。犯人は何者なのか!?

西村京太郎
十津川警部　わが愛する犬吠《いぬぼう》の海
ダイイングメッセージは何と被害者の名前!?
銚子へ急行した十津川に、犯人の妨害が！

笹沢左保
異常者
〝愛すること〟とは、〝殺したくなること〟
男女の歪んだ愛を描いた傑作ミステリー！

花輪如一
詐話師《さわし》　平賀源内
万能の天才・平賀源内が正義に目覚める！
騙して仕掛けて！　これぞ、悪党退治なり。

睦月影郎
あられもなく　ふしだら長屋劣情記
艶やかな美女にまみれて、熱帯びる夜――。
元許嫁との一夜から、男の人生が変わる。

野口　卓
羽化《うか》　新・軍鶏侍
偉大なる父の背は、遠くに霞み……。道場を
継ぐこととなった息子の苦悩と成長を描く。

山本一力
晩秋の陰画《ネガフィルム》
時代小説の名手・山本一力が紡ぐ、初の現代
ミステリー。至高の物語に、驚愕必至。